CAUTIVADOS

YA Sp Agrest
Agresti, Aimee,
Cautivados /
$21.00   ocn960291196

el lado oscuro

AIMEE AGRESTI

CAUTIVADOS

el lado oscuro

Cautivados

Título original: *Infatuate*

© 2013, Aimee Agresti

Traducción: Jorge Eduardo García-Robles

Diseño de portada e ilustraciones: Richard Zela

D.R. © 2016, Editorial Océano, S.L.
Milanesat 21-23, Edificio Océano
08017 Barcelona, España
www.oceano.com

D. R. © 2016, Editorial Océano de México, S.A. de C.V.
Eugenio Sue 55, Col. Polanco Chapultepec
C.P. 11560, Miguel Hidalgo, Ciudad de México
Tel. (55) 9178 5100 • info@oceano.com.mx
www.oceano.mx • www.oceanotravesia.mx

Primera edición: 2016

ISBN: 978-607-735-998-2

Reservados todos los derechos. Ninguna parte de esta publicación puede ser reproducida, almacenada o transmitida por ningún medio sin permiso del editor. Cualquier forma de reproducción, distribución, comunicación pública o transformación de esta obra sólo puede ser realizada con la autorización de sus titulares, salvo excepción prevista por la ley. Diríjase a cedro (Centro Español de Derechos Reprográficos, www.cedro.org) si necesita fotocopiar o escanear algún fragmento de esta obra.

IMPRESO EN MÉXICO / *PRINTED IN MEXICO*

Había algo extraño en mis sensaciones, algo indescriptiblemente agradable. Me sentí más joven, más ligero, mi cuerpo estaba feliz, experimenté una fuerte sensación de embriagante osadía, un cúmulo de sensuales imágenes caóticas comenzaron a fluir como una corriente de agua, se trataba de la desaparición de cualquier deber ser y el surgimiento de una desconocida y nada inocente libertad del alma.

Robert Louis Stevenson

Primera parte

1

La calma después de la tormenta

Nunca pensé que terminar la preparatoria se sentiría así. En verdad existía una especie de exuberante efervescencia en los fríos pasillos de la preparatoria Evanston, donde se escuchaban gritos de júbilo, las personas se daban abrazos afectuosos, el suelo lucía innumerables pedazos de papel de colores para envolver regalos y el ambiente se inundaba por el rugido vigoroso de cientos de alumnos que cuchicheaban al unísono, hablando de sus planes para la semana por venir. Pero esa emoción no podía siquiera compararse con el tremendo gozo que segundos antes había sentido justo en el momento exacto en que sonó la campana anunciando el fin del día. El blanco invierno que cubría el campo de futbol más allá de la ventana esperaba lleno de posibilidades, a lo lejos podía escucharse el rechinar de las llantas de los coches en el estacionamiento y el estruendo que provocaba el incesante pitido de sus bocinas. Entonces las vacaciones de fin de año eran inminentes, y el hecho de que Dante, Lance y yo no regresaríamos a la escuela sino para la ceremonia de graduación en junio no era una noticia que a nadie más pareciera importarle. Me asomé por la ventana una vez más mientras el viento de Chicago hacía girar una imprevisible hoja de periódico sobre el erguido poste de anotación. En mi mente, los recuerdos revoloteaban de igual modo. Terminar los créditos de la escuela mucho antes de la graduación tendría que ser el momento más anticlimático de la historia.

De pronto, alguien azotó el casillero que estaba a mi lado, era Dante.

—Parece que esta noche todo el mundo va a ir a la fiesta de Navidad de Jason Abington —dijo para provocarme, levantando y bajando una y otra vez las cejas. Se burlaba de mí como sólo los mejores amigos pueden hacerlo.

—Perfecto —dije, con la suficiente dosis de sarcasmo.

Quité las fotos que tenía pegadas en el interior de mi casillero y les eché un último vistazo, en todas estaba yo con Dante o con Lance, luego tomé mi abrigo y mi bolsa. Moví la cabeza ante el casillero vacío y lo cerré por última vez. *Bang*. Luego vi rápidamente la mirada de Dante que parecía explicarme cómo yo nunca sería capaz de sostener una plática agradable en turbulentas fiestas como ésa.

—Nada mejor para Navidad que pasar la noche en una casa llena de borrachos con gorros de Santa mientras Jason y Courtney se revuelcan en cada una de las habitaciones —ya me había recuperado del largo periodo de embobamiento que había sentido por Jason, aun así, ver cómo se divertía con la retrasada mental que tenía por novia no estaba en mis planes. No, muchas gracias: yo paso.

Después de la conflagración en que se convirtió nuestro baile de graduación, cuando literalmente todo fue devorado por las llamas y el Hotel Lexington se vio reducido a cenizas —en lo que el *Tribune* calificó como "El Gran incendio de Chicago, parte dos"—, Jason de hecho me llamó por teléfono en una ocasión; fue poco después de iniciarse las vacaciones de verano. Pensé que era Dante que me estaba jugando una broma, pero cuando me convencí de que en efecto era Jason quien llamaba me sentí demasiado alterada como para poder contestarle. En realidad, ya no importaba porque ahora, contra todo pronóstico, yo estaba dentro del feliz estatus de "tengo novio". Tal vez los chicos tienen una especie de radar que les informa de nuestra existencia sólo cuando una ya no está interesada en ellos. Y es precisamente entonces cuando comienzan a buscarnos.

—¿Entonces, tu respuesta es no? —preguntó Dante con fingida inocencia.

—Es un no, aunque de ello dependiera la vida de todo el mundo: no; te lo digo de nuevo: *no* —no pude evitar añadir dramatismo con la repetición.

A veces parecía que Dante, Lance y yo vivíamos en un universo distinto al de toda la escuela. La primavera pasada habíamos jugado el extraño rol de salvar sus almas, pero parecía que todos lo ignoraban. A veces pensaba que todo aquello había sido una ilusión. La vida de Dante, la mía y la de Lance habían cambiado, pero las de los demás no.

—Está bien, está bien, entiendo —dijo Dante y levantó las manos en señal de rendición—. No eres nada divertida —hizo una pausa y siguió, con una sonrisita prepotente—, si quieres nos ponemos a cantar villancicos.

Examiné el lugar donde estábamos, pero como de costumbre ninguno de los cuerpos que rebotaban como átomos cargados en los multitudinarios pasillos nos ponía la mínima atención, así que haciendo un pequeño guiño dije:

—¿*Ángeles cantando están*?

Dante me golpeó amistosamente el brazo.

–¿Estoy demente o estos chistes nunca pasarán de moda? —dijo, luego clavó su mirada sobre mi hombro—. Todavía estás apuntado para nuestra alocada noche de fiesta, ¿cierto?

–Por supuesto —sonó la voz de Lance a mis espaldas; luego sentí que dos brazos rodeaban mi cintura como ramas de vid y me jalaban, y que su barbilla se posaba en mi hombro—. ¿A qué hora nos vemos? Por cierto, feliz fin de cursos —dijo. Después me volteó a ver, se lanzó sobre mí y me dio un beso rápido y certero en los labios.

–Feliz sea —le dije con algo de coquetería y le regresé el beso.

–Uf, les juro que a veces ustedes son peores que Courtney y Jason.

–Me siento ofendida —protesté burlona.

–Yo no —dijo Lance y de inmediato me abrazó, me dio un beso en la nuca con ademán exagerado y se apartó con rapidez, se ajustó luego sus toscas gafas oscuras sobre su nariz y me miró con dulzura.

Con el rabillo del ojo vi pasar en ese momento a mi maestro favorito de Inglés, al parecer fingiendo no habernos visto. A pesar de que Lance y yo llevábamos juntos ya bastante tiempo, yo me ponía roja cada vez que en la escuela él tenía un cariñoso arrebato como aquél. Nunca me hubiera imaginado ser el tipo de chica que hiciera esa clase de cosas en la escuela. Hasta el último semestre mi comportamiento había sido por completo distinto. Dante sacudió su cabeza.

–Las cosas que he tenido que soportar en nombre de la amistad —dijo, y tenía razón.

Los tres nos teníamos mutuamente, lo que agradecíamos mucho. Dante y yo habíamos sido amigos desde niños. Lance había sido una especie de ser solitario hasta que aquella funesta práctica en el hotel nos unió en el segundo año de preparatoria. De él había sido la idea de estudiar en verano para finalizar cursos más rápido: "¿Qué tenemos que perder, otro baile de graduación?", había dicho entonces, bromeando. Así que nos dedicamos a estudiar durante unos meses calurosos, escribiendo trabajos finales y presentando exámenes hasta haber terminado.

Después de vaciar nuestros casilleros nos dirigimos por el pasillo a la salida mientras la cálida mano de Lance sujetaba la mía.

–Pensaba que ir a la fiesta hoy en la noche sería un riesgo que no estaría mal afrontar —Dante me dirigió sus palabras.

–Está bien, iré —dije suspirando—. Sólo debo terminar de llenar las solicitudes para la universidad —luego me dirigí a Lance—: No todos podemos ser malditos genios como Dante, que maquina las suyas mientras duerme.

Yo pensaba enviar solicitudes sólo a las universidades a las que realmente quería ir: Northwestern, Chicago, Princeton, Harvard y Yale (estas dos últimas las había enviado sólo por rutina), pero de todas maneras tenía mis opciones de respaldo. De hecho, éstas fueron elegidas en el último minuto, con la esperanza puesta en no ser necesarias.

–Como sea, todavía tienes mucho tiempo para enviarlas —dijo Dante, que parecía sacar perfectas calificaciones sin segregar una gota de sudor.

–Todo a su debido tiempo, tienes como una semana —dijo Lance riéndose. Él era también un alumno brillante y muy organizado, que ya había enviado sus solicitudes desde septiembre.

–Exacto, falta mucho tiempo todavía —dijo Dante con su amplia y triunfal sonrisa—. Yo terminaré las mías de camino al aeropuerto, estarán listas y enviadas antes de que despegue el avión.

Le golpeé el brazo amistosamente, sabía que estaba bromeando. Los pasillos estaban casi vacíos cuando llegamos a la puerta de salida. Envolví mi cuello con mi bufanda y Lance abrió la puerta para que pasara. Los tres salimos de la escuela y una ráfaga de viento nos dio la bienvenida. Con la cabeza agachada nos dirigimos a la estación del metro.

Durante el verano solíamos tomar el tren, bajarnos en la muy familiar parada del centro y luego caminar entre los escombros que quedaban del antes glamoroso hotel al que alguna vez llamamos hogar. Al principio pasábamos frente a él y como todo el mundo sentíamos como si visitáramos una tumba. Nos sentábamos para hacer un recuento de los buenos y malos recuerdos que teníamos del lugar, porque a pesar de todo habíamos sido testigos de algunas cosas positivas que sucedieron ahí.

Compramos chocolate caliente en una vieja y agradable tienda debajo del paso elevado del tren y nos dirigimos a la avenida Madison Sur por calles sucias cada vez más vacías. Cada pulgada del cielo era gris y el viento nos latigueaba como para convencerme de que aunque no fuéramos a tomar un avión para viajar al sur y permanecer allá los próximos meses, probablemente no tendríamos que realizar tantas peregrinaciones aquí antes de que el cruel y denso invierno de Chicago nos obligara a alejarnos.

En alrededor de una semana estaríamos camino a Luisiana como voluntarios de un programa estudiantil en Nueva Orleans, iríamos a presentar proyectos de servicio comunitario y a la vez —yo imaginaba— vivir una o dos aventuras más. Una vez estuve en Florida, en Disney World, con mi madre adoptiva, Joan, pero fuera de ese viaje lo más al sur que había viajado era a la casa de mis primos que vivían en Evansville, Indiana; ya había estado fuera de casa un tiempo, pero sólo en un hotel de Chicago. Incluso así, mi casa había estado muy cerca del Hotel Lexington, y eso había facilitado las cosas. ¿Qué pasaría ahora en Nueva Orleans? Sólo de pensarlo mi pulso se aceleraba.

Me abrigué un poco más con la chamarra y a través de la cortina de mi cabello vi a Dante, que estaba a mi izquierda mirando el cielo; y a Lance, a mi derecha, con las manos metidas en los bolsillos y su mirada fija en el pavimento. No habíamos hablado desde que nos subimos al tren en Evanston, lo que era un signo inequívoco de que nuestros pensamientos eran casi idénticos.

Dimos vuelta en la esquina y de pronto nos encontramos ante los escombros del Hotel Lexington. Cuando iba ahí era casi imposible imaginar cómo lucía la entrada original con su marquesina inclinada y su majestuosa escalera, o cómo las hileras de ventanas se alzaban diez pisos hacia el cielo. El edificio estaba en tan mal estado que parecía le habían arrojado una bomba en su interior. Sólo quedaron unos cuantos vestigios del primer piso y rastros puntiagudos de la fachada que se proyectaban a lo alto. El resto del mastodonte había quedado reducido a unas cuantas colinas de fragmentos informes, como esos rompecabezas tridimensionales de edificios históricos que Lance mantenía en su habitación.

Sobre la tragedia se contaban infinidad de historias. Cuando acababa de suceder se escribieron elogiosos panegíricos a la increíble y glamorosa dueña del lugar, Aurelia Brown, a su segundo a bordo, Lucian Grove, y a los hermosos pero siniestros miembros de su personal, llamados el Equipo, todos supuestamente reducidos a cenizas. *Lucian*. Incluso entonces era difícil pensar en él, imaginar en lo que se había convertido. Cada vez que se metía en mi mente, tenía que aniquilar su recuerdo. Su pérdida me caló hondo. Imprimí todos los artículos que hablaban de él, los leí sólo una vez y los metí en un sobre debajo de mi cama.

Lo que más se leía eran artículos recientes que especulaban sobre lo que había pasado en esa "tierra sagrada". Se hablaba de reabrir el lugar algún día, pero por el momento seguía completamente abandonado. De todos modos, así como estaba lo sentíamos nuestro.

Con trozos carbonizados de arcilla, piedras y ladrillos machacados metidos en las suelas de nuestro calzado, nos dirigimos a nuestra colina favorita de escombros, para resguardarnos en una viga de metal torcida que parecía tribuna de estadio. Desde ahí podíamos ver una zanja que en un día soleado permitía reconocer los cristales del candil que brillaban donde se cayó, en el piso del vestíbulo. Era el último residuo de opulencia del lugar que alguna vez pisamos y en donde nos enamoramos antes de descubrir que esas personas querían cubrirnos de oscuridad. De hecho, ni siquiera eran personas, eran demonios que alguna vez habían sido como nosotros, pero que se desviaron en el camino y se metieron en el negocio de comprar almas a cambio de grandes recompensas, condenando a los conversos a un eterno castigo.

No tenía duda de que en unos cuantos días íbamos a enfrentar de nuevo alguna versión de ese mundo infernal, que nos esperaba en Nueva Orleans, aunque no hubiéramos hablado una palabra sobre el tema. Era algo obvio. Tomé mi collar —un ala de oro— para darme fuerzas y coloqué mis manos en el vaso de cartón de mi chocolate para calentarlas. Lance me abrazó y yo me acurruqué en él.

—Porque pasemos un tiempo fácil en la Gran Relajada —dijo Dante con voz grave mientras levantaba su vaso de chocolate para brindar.

—Por un voluntarismo, estilo Nueva Orleans —levanté mi vaso.

–Salud —dijo Lance.

–Gracias, señor Connor Mills, coordinador estudiantil extraordinario —añadió Dante.

Volunturismo o turismo de voluntariado era una idea que había surgido el verano pasado. Si nos íbamos a graduar antes de lo normal, pensamos, teníamos que hacer *algo* con el tiempo que nos sobraría. No podíamos cruzarnos de brazos por todo un semestre, pero tampoco queríamos empezar todavía nuestros estudios en la universidad. Era... demasiado. Teníamos muchas cosas en la cabeza como para, en ese momento, perseguir objetivos académicos expeditos.

La idea nació cuando regresé a mi dulce y viejo trabajo de voluntaria en el Hospital General de Evanston, en junio, al lado de Joan. Resulta que una tarde, durante un partido improvisado de basquetbol, un fuereño, de nombre Connor Mills, fue llevado a Emergencias porque le habían golpeado el ojo. Fue algo feo pero pudo haber sido bastante peor. No me molestó el hecho de que el herido fuera del tipo de personas que se veían desaliñadas: era robusto y atlético, tenía el pelo rubio y sucio, las facciones algo torvas pero agradables de quien escala montañas, un encanto natural, todo a pesar de exhibir una herida en la cabeza. Había sido un día ajetreado en el hospital y como quisieron observar bien sus heridas, él se quedó hasta entrada la noche. Estaba recogiendo los platos vacíos de su cena, dándome un breve respiro después de trabajar todo el día, cuando comenzó a hablar:

–¿Así que estás en la escuela de medicina de Northwestern? —me preguntó arrastrando las palabras. Tenía un parche de gasa en un ojo—. ¿Cuánto crees que tardará en curarse esto?

–No has de ver bien —le dije sonriendo—, soy sólo una voluntaria, estudio la preparatoria, por eso no puedo darte ninguna opinión médica, pero puedo traerte unas exquisitas galletas de la sala del personal, por si tienes hambre. A veces las enfermeras del turno de la noche las acaparan, pero yo siempre reservo algunas.

—Sí, podría ayudarte con eso —dijo riéndose.

—¿Sabes dónde está el que te hirió el ojo?

—Es mi amigo —dijo Connor sacudiendo la cabeza—. Vine para quedarme unos días aquí y ver a algunos amigos, pero no esperaba pasar mi tiempo en un lugar como éste.

Me sentí un poco mal por él y, como no me necesitaban en ningún otro lado, lo sondeé un poco y lo reté a jugar cartas.

Acababa de ganar una partida y me dirigía a la máquina expendedora de M&M's para cobrarme lo que habíamos apostado, cuando Connor dijo:

—¿Así que eres voluntaria? Yo ayudo a echar a andar un programa de voluntarios en Nueva Orleans: niños de la ciudad, víctimas del huracán Katrina, toda clase de participación comunitaria. Apuesto a que es algo que te gustaría.

—¿Cuánto apuestas? —le dije con mi mano llena de M&M's.

Él rio, tomó uno y lo arrojó a su boca.

—Allá lo llamamos *voluntarismo*.

—Suena atractivo.

—Deberías solicitarlo y unirte al programa, el invierno es agradable allá.

Cuando Connors fue dado de alta ya me había convencido y prometió enviarme la solicitud a mi correo electrónico. Por su parte, ni Dante ni Lance necesitaron mucha labor de convencimiento para unirse a mí, y desde el momento en que fuimos aceptados nos preguntamos qué era lo que realmente nos esperaba en Nueva Orleans.

—Bueno —alguien tenía que romper el silencio mientras observábamos las ruinas—. ¿A alguno de ustedes le dieron maravillosos regalos de graduación? —pregunté, con el tono de voz más suave que pude. A mí, Joan me había llevado a la ciudad en una especie de Día de Chicas, de compras, y a un tratamiento de spa antes de irme, un claro intento para hacerme ver más femenina. La amaba por eso.

—Sigo intentando convencer a mi mamá de que los platillos del chef de Alinea serían una buena inversión —dijo Dante, nuestro *gourmet* privado, riéndose en silencio para sí mismo.

Lance dejó de abrazarme y se inclinó hacia adelante hasta colocar sus codos en las rodillas mientras observaba las montañas de escombros. De pronto, una fuerte ráfaga hizo volar una nube de polvo de ladrillo y yeso que cubrió nuestros rostros.

—No —dijo finalmente en un tono neutral—, pero tengo algo para ustedes.

—¿Qué tal la revista *Seventeen* o alguna de chismes? Son divertidas. ¿O tal vez *Us Weekly*? Debí asaltar la tienda de regalos del hospital —dijo Joan, sacudiendo su cola de caballo gris y tomando varias revistas del escaparate que estaba frente al cajero.

—Me siento tan mal por irme otra vez. ¿Estás segura de que todos en el hospital están bien?

Por segunda vez en un año estaba pidiendo un permiso para ausentarme de mi trabajo como voluntaria en el hospital y no podía evitar sentirme culpable. Como había crecido en ese lugar, no me gustaba abandonar a la gente que ahí trabajaba. Eran como mis parientes.

—No hay problema, ellos te aman —aseguró Joan mientras seguía examinando las revistas—. ¿Cuánto durará el vuelo?

—Unas tres horas, no es tanto.

Tomó una tercera revista —*Entertainment Weekly*— y la puso en el mostrador.

—Nos llevamos ésta también —dijo a todo pulmón—. No hay nada peor que no tener qué leer en un viaje.

—Gracias, Joan.

—De nada, cariño, es lo menos que puedo hacer —pagó las revistas, me dio la bolsa donde estaban guardadas, colocó uno de sus brazos a mi alrededor y jaló la maleta con la otra mano mientras buscábamos dónde sentarnos, cerca del punto de inspección.

—Estoy muy orgullosa de ti —me apretó el brazo—, aunque no esté ciento por ciento emocionada de que te vayas.

Asentí. Joan había tenido que aguantar mucho todos estos años a mi lado, además de haber visto cómo el fuego había reducido a cenizas el lugar en donde hice mi internado en primavera. Ella se hizo cargo de mí cuando yo tenía cinco años de edad y había sido abandonada a mi suerte cerca de Lake Shore Drive. Seguramente no fue algo fácil para una enfermera como ella, que trabajaba en el turno de noche, desplegar su ternura como madre adoptiva.

—No sé todavía por qué es tan importante ir, pero entiendo que es una buena oportunidad —continuó Joan—. Te dije que Nueva Orleans es algo así como la capital mundial del crimen, ¿cierto? —dijo, y suspiró. Fue como si en realidad no deseara ofender a la ciudad.

En efecto, me había dicho esto miles de veces.

—No es la capital mundial del crimen, si acaso es la líder de este país —le dije sin defender exactamente mi causa; luego agregué—: En todas las ciudades se cometen crímenes.

—Deberías ir a algún sitio que ocupara el primer lugar en ingreso a la universidad o en actos de bondad.

—No creo que haya manera de medir eso, pero a lo mejor Nueva Orleans tiene el primer lugar en eso último.

Joan colocó sus manos sobre mis mejillas y me miró a los ojos:

—Te voy a extrañar mucho.

—Yo también —intenté controlar mi voz y mis nervios, pero el aeropuerto O'Hara no era precisamente un espacio zen: había filas culebreando sin parar y la gente corría hacia las salas de espera como si compitieran en un torneo de campo traviesa. Sentí un calambre agudo y deseé estar bajo los cobertores de mi cama, pero me controlé.

—En realidad no tienes por qué esperar a que me vaya. No tardarán en llegar Dante y Lance, estoy segura, en serio —le dije a Joan mirando la hora en mi reloj—. Tienen hasta las 10:15 o perderán el vuelo.

Esperaba que Dante, que siempre llegaba tarde, no nos obligara a comportarnos como esas personas frenéticas que corren para abordar su avión.

—No quisiera que los esperaras sola, además tengo que disfrutarte todo el tiempo que pueda —dijo y me rodeó con sus brazos—. Por cierto, ¿podrías darme cierto mérito por haberte dejado viajar con tu novio?

—Joan —puse los ojos en blanco—, pero si tú amas a Lance.

—Está bien, está bien, es que no puedo creer que no te veré por tanto tiempo —dijo, aunque ya teníamos planeado que nos visitara, pues ella nunca había estado en Nueva Orleans.

Asentí, pero de repente me distrajeron cuatro números que anunciaban el año nuevo, para el que aún faltaban catorce horas, y que se movían hacia arriba y hacia abajo, cada vez más cerca de mí. Estaban sujetos con unos resortes a una banda que portaba Dante en la cabeza. Siempre me aliviaba tenerlo cerca, su presencia relajaba mi inquieto estómago.

–¡Hola, señora T! —le dijo Dante a Joan, se estiró hacia ella y la abrazó.

–¡Qué gusto verte, querido! Aunque nosotras no vayamos tan festivas como tú.

–¡Gracias! —Dante sacudió la cabeza, conmovido.

–¿Caminarás hacia el punto de inspección así? —le dije en broma y golpeé uno de sus números—. Luces como una auténtica amenaza.

–¡Decir cumplidos te llevará a donde quieras! Y relájate, que te traje unos para que te los pongas también.

No pude evitar reírme.

–Lance ya debería estar aquí —dije.

–Lo vi hace un momento, está como dos minutos atrás de mí. Intentaba convencer a su madre de que no lo acompañara hasta aquí. Yo tuve que correr para que la mía no me siguiera.

–¿Escuchaste, Hav? No soy la única que se comporta así —dijo Joan.

–Yo no me puedo liberar de ella —la señalé.

De todos modos, no podía evitar sentir que la iba a extrañar. Lo cierto era que aún no estaba convencida por completo de ese nuevo tipo de vida que comenzaba a llevar, además de que no me gustaba guardarle secretos a Joan. ¿Pero qué se suponía que iba a decirle? *La verdadera razón de mi viaje es que soy un ángel en entrenamiento —de hecho, los tres lo somos— y en este viaje afrontaremos la segunda de las tres pruebas que necesitamos aprobar para obtener nuestras alas. Y ciertamente, si no la apruebo, básicamente...* No podía terminar la idea. Mi estómago se me revolvió y empecé a sudar frío.

Joan seguía hablando.

—De todos modos, no hubieras querido comprar por ti misma las revistas, ¿o sí?

—Ya llegó —Dante abrió la boca mientras veía a Lance cruzar lentamente la puerta, cargado con su enorme mochila de lona.

—Perdón, chicos —dijo—. Hola, señora Terra, ¿cómo está?

—¡Ah, hola, Lance! Estás muy elegante hoy —dijo Joan entusiasmada.

En realidad Lance traía puestos unos jeans y una sudadera con capucha debajo de su chamarra afelpada.

—Mmm, gracias, señora Terra —rio tímidamente—. A ver, déjame ayudarte —se volvió para tomar mis maletas.

—Oh, gracias pero no deberías… —aún me costaba aceptar gestos como ése, aunque en secreto me agradó ver que Lance ignoró mis reparos—. Bueno, creo que llegó la hora de irnos —les dije.

Joan abrazó a Lance y a Dante, nos deseó suerte y luego, mientras ellos caminaban hacia el punto de inspección, me dio un largo y fuerte abrazo.

—Estoy orgullosa de ti, Haven querida. No olvides llamarme.

—Lo prometo —asentí y sacudí la mano mientras me dirigía hacia donde estaban Lance y Dante. Ya me había alejado un poco cuando Joan me gritó:

—Deja que los buenos momentos fluyan, querida.

Volví a despedirme con la mano.

—Laissez les bon temps rouler —les dije a mis compatriotas. Lance detuvo su marcha un instante para darme el más rápido de los besos.

—¡Pero no tanto! —resonó la voz de Joan.

2

Laissez les bon temps rouler

Dejé que Dante se sentara junto a la ventanilla y yo me senté en medio. En cuanto nos acomodamos, él ya tenía en su poder las tres revistas que me había comprado Joan, una almohada bajo su cabeza rapada y los ojos cerrados. Del otro lado, Lance se puso a leer la revista *Popular Mechanics*, con los audífonos puestos. Estaba absorto, con la mirada viva de emoción y lo que parecía una corriente subterránea de miedo. "Próxima parada, Nueva Orleans..."

—Ésta es tu segunda atracción en el *tour Metamorfosi* —le susurré, usando la palabra que habíamos aprendido en la primavera para referir a los ángeles y a los demonios, y para reafirmar sus respectivas identidades. Un escalofrío recorrió mi cuerpo.

—Todo irá bien —murmuró Lance—. Lo prometo —luego estiró el cuello, le echó un ojo a Dante, que dormía, se acercó lentamente a mí, colocó su mano en mi quijada y me besó; suficiente para hacerme olvidar por un momento lo que íbamos a enfrentar. Tomó con suavidad mi cuello, puso uno de los audífonos en mi oído, el otro en el suyo, se arrellanó en su asiento y mientras escuchábamos una de sus canciones favoritas devolvió la vista a su revista.

Lo observé un momento y noté un pliegue en su frente, señal de que estaba concentrado en algún artículo de matemáticas, ciencia y arquitectura, materias que en verdad disfrutaba.

Me recargué sobre el asiento y empecé a tontear con mi misterioso y nuevo teléfono inteligente. Lance nos regaló a Dante y a mí unos teléfonos en las ruinas del Lexington el último día de clases.

–Vaya, éste es un bonito y extravagante regalo de graduación. Tal vez debí haber invitado los chocolates calientes —le dije cuando recibí el mío. Como los de ellos, tenía la inicial de mi nombre grabada en dorado sobre un estuche negro. Hasta entonces yo sólo había tenido un teléfono estrictamente útil. Joan siempre había dicho que una chica de preparatoria no necesitaba toda la nueva parafernalia tecnológica para comunicarse. Y puede que tuviera razón, pero a veces resultaba embarazoso ser vista con mi pequeño y aburrido teléfono en la escuela.

Los ojos del obsesivo por los gadgets, Dante, se iluminaron en cuanto los vio.

–¡Qué maravilla! —tomó su teléfono y comenzó a apretar botones. Luego frunció el ceño y comenzó a agitarlo como si esperara escuchar algo roto en su interior—. Hey, creo que el mío no sirve.

Lance alzó los hombros y le dijo:

–Sí, no he logrado que el mío funcione tampoco, pero tengo el presentimiento de que empezarán a trabajar pronto —Dante y yo lo observamos atentos—. Lo importante es que nos estamos modernizando.

Entonces nos contó cómo había llegado a su casa y había encontrado tres teléfonos en su cama con una nota escrita a máquina:

No más postales, no más libros...
Para cada uno de ustedes.
Sigan las instrucciones.

Eso era todo, pero era suficiente. Sólo pudimos suponer que íbamos a recibir una suerte de guía a través de esos teléfonos, del mismo modo que en un libro habían aparecido de pronto páginas escritas, que me habían ayudado a sobrevivir durante nuestra primera prueba, en el Hotel Lexington. Lance también había recibido tarjetas postales que funcionaron igual que el libro. Nunca nos dieron todas las respuestas —al parecer, querían que pensáramos por nosotros mismos—, pero nos daban pistas y, lo más importante, nos convencieron de que alguien o algo estaba al pendiente de nosotros.

A la mitad del vuelo intenté encender el teléfono, pero no funcionó.

—Disculpe señorita, pero debe apagar su teléfono —dijo la azafata, una dulce rubia que se inclinó con la sonrisa brillante de finalista de concurso de belleza.

Ni un mechón de su cabello estaba fuera de sitio. No podía entender cómo era posible lograr ese nivel de perfección, pero ya había aprendido que uno nunca sabe lo que se oculta detrás de alguien así. Guardé el teléfono en mi mochila y saqué un nuevo ejemplar de *El extraño caso del doctor Jekyll y Mr. Hyde,* uno de los libros de la clase de Literatura avanzada que llevaba conmigo y quería releer.

El avión cambió de dirección y mis oídos se me taparon un poco mientras la nave se inclinaba en el cielo; en ese momento Dante soltó un ronquido y acomodó su cabeza en mi hombro. Volteé a ver a Lance para ver si había escuchado el ronquido, esperando que nos pudiéramos reír un poco, pero sus párpados luchaban por mantenerse abiertos y sus lentes ya se habían resbalado lo suficiente para que la cicatriz que tenía en medio de los ojos fuera más visible. Traía puesta una muñequera de cuero con la imagen de un ala de ángel, igual a la del collar que estaba alrededor de mi cuello y que toqué con mis dedos, como si con ello me transportara de regreso a la noche de graduación, cuando compartimos un episodio impactante y fundamental, en el que casi morimos. Supuse que pocas relaciones iniciaban de esa manera. Era un hecho que esa vivencia nos había cambiado por completo.

Teníamos cicatrices... no sólo por las marcas de la espalda, que parecían estar esperando sus alas, ni por los tres cortes que yo tenía en el pecho junto al corazón, ni por el golpe que tenía Lance bajo el ojo, ni por el círculo que Dante tenía en el brazo. Los tres estábamos marcados en nuestro interior. No podíamos sobrellevar nuestras vidas sin asumir quiénes éramos.

Nos volvimos inseparables desde entonces. Necesitábamos estar cerca en nuestro pequeño y extraño grupo de ángeles, para sentir el placer de estar al lado de personas afines. Vivíamos en una especie de purgatorio, de limbo, en el que debíamos de estar en constante alerta para afrontar el siguiente reto. Todo el verano estuvimos nerviosos, inquietos. Al principio nos sentíamos muy afectados por estar siempre a la espera de ser atacados. Con frecuencia íbamos al Hotel Lexington y buscábamos la manera de fortalecernos: corríamos en la pista de la escuela durante horas después de las clases de verano, y a veces Lance y Dante iban a verme al hospital para transportar y levantar cajas llenas de productos pesados.

Cuando las clases empezaron, nos lanzamos como locos a cumplir con los deberes escolares. No éramos los típicos adolescentes de 16 años. Aún me sentía insegura sobre la remota posibilidad de tener una relación romántica normal con Lance. Pensaba que tal vez era una adicta a la adrenalina y que sólo daba lo mejor de mí motivada por la inminencia de la muerte. Fue con estos pensamientos que coloqué mi cabeza sobre el hombro de Lance, me dejé caer y no me desperté hasta que la voz del piloto penetró en mi inconsciente. Eché una mirada somnolienta por la ventana para corroborar que comenzábamos a descender.

El taxi se escurrió a través de calles llenas de juerguistas que sorbían en las aceras sus bebidas, en plena tarde soleada de media semana; cadenas de cuentas moradas, verdes y doradas brillaban en sus cuellos. Un jazz de trompeta, alegre y vigoroso, se desbordaba de las puertas abiertas de todos los bares que veíamos al pasar. Nueva Orleans era justo como me lo había imaginado, salvo por el calor. Pegajoso y de un olor dulzón, el aire húmedo y pesado nos comenzó a ahogar desde el instante mismo en que pusimos un pie fuera del aeropuerto. En cuanto encontramos el auto que habían enviado para recogernos, me quité el suéter y me quedé sólo con una camiseta. Deseé haber traído ropa adecuada para este tipo de verano.

—El clima está muy caliente incluso para nosotros, así que no se preocupen. No sólo ustedes sufren, norteños —nos dijo el chofer, un típico nativo de unos veintitantos años, a juzgar por su piel bronceada y brillante. Su entonación nasal y cantarina sonaba tan acogedora que me convenció de que yo podría ser una de esas personas que llegan a algún lugar de vacaciones, sin darse cuenta adquieren el acento local y cuando regresan a casa suenan ridículas.

—¿Dónde se puede ir de compras por aquí? —Dante ya estaba en lo suyo.

Lance estaba ocupado limpiando sus lentes, que se habían empañado, con la parte inferior de su camiseta.

—El corredor comercial está en las calles Canal y Magazine, en el Barrio Francés. Les va a encantar.

La ciudad que se desplegaba a través de la ventanilla no era menos que Chicago. Cada avenida estaba llena de tiendas y restaurantes. Balcones de acero forjado se incrustaban en hermosas casas alineadas, algunas pintadas como dulces de colores. Un gastado carruaje jalado por caballos pasó ante nosotros, pesado, más lento que si alguien fuera caminando relajadamente. Pero nadie parecía preocupado. Ahí el tiempo se movía de manera distinta. Respiré hondo hasta meter todo el aire en mis pulmones.

—Su casa está cerca de la plaza Jackson, que es muy bonita.

—Y a sólo una cuadra de la calle Bourbon, ¿cierto? —abrí la boca.

Según la guía de la ciudad, nuestro nuevo hogar estaba a una maravillosa distancia de la famosa avenida en donde al parecer la fiesta no terminaba nunca.

—Por favor, ¿qué vas a hacer *tú* en la calle Bourbon? —se burló Dante.

—Tal vez dar rienda suelta a mi parte salvaje, nunca se sabe.

—Reconozco que en La Bóveda realmente te soltaste el pelo —me regresó el comentario, refiriéndose a nuestras noches como pececitos fuera del agua en el club del Lexington.

Lance volteó a vernos desde el asiento delantero y me sonrió.

—Puedes sacar a una chica del club, pero no puedes sacar al club de la chica —dijo—. Desde el punto de vista cultural, sin embargo, la calle Bourbon definitivamente merece una visita.

El chofer se estacionó afuera de un pintoresco edificio de ladrillo rojo, en la calle Royal. La casa de dos pisos me resultó realmente encantadora y exótica, aun cuando parecía aplastada entre dos viejas mansiones. Nuestra residencia tenía uno de esos finos balcones que tanto admiraba y dos puertas dobles diseñadas como hojas de vid, que flanqueaban una entrada de metal. Un farol antiguo —como sacado de una novela de Sherlock Holmes— colgaba abajo de las puertas, listo para encenderse en cuanto el resplandeciente sol se ocultara.

El chofer acomodó nuestro equipaje en la acera.

–*Bienvenue!* —dijo—. Su casa está maravillosamente ubicada en el corazón del Barrio Francés.

Me gustó la forma en que pronunció la palabra *barrio*, arrastrándola —*baaaarrio*—, y de pronto, a causa del ritmo relajado de la ciudad, me sumergí en un estado de paz tal que tuve que pedirle que repitiera lo que dijo después porque pensé que no le había entendido bien.

–Sólo les decía que están justo a un lado de la casa embrujada —señaló una casona gris que abarcaba la esquina de la calle Governor Nicholls—. La mansión LaLaurie. Cuidado. Uuuuu —movió los dedos, en un ademán burlón como si pretendiera asustarnos.

–¿Por qué no me sorprende? —le susurré a Lance.

Lance rio socarronamente, viéndome de reojo. Me puse a observar la imponente mansión. Toda una historia se elevaba por encima de nuestra nueva casa, tenía postigos negros laqueados que enmarcaban las ventanas y un enorme balcón que cubría todo el espacio de la esquina. La pintura en tono gris paloma de la fachada estaba descarapelada y en la parte superior había algunas ventanas selladas. El sonido de un fuerte bocinazo interrumpió de golpe mis pensamientos y cimbró mis huesos, volteé hacia atrás y vi al taxi desaparecer, mientras una mano fuera de la ventanilla se movía en señal de despedida.

–¿Una casa embrujada? Por favor, eso no significa nada —dijo desdeñoso Dante y tomó sus mochilas con diseños atigrados—. Después de lo que enfrentamos...

Con el equipaje en mano regresamos la atención a nuestra propia residencia y merodeamos alrededor de la entrada principal. Nos asomamos hacia adentro y a través de un pasillo abovedado pudimos ver lo que parecía un patio. No había nadie a la vista. Empujé un poco la puerta y ésta se abrió.

–¿Entramos? —pregunté.

–Claro —respondió Dante.

Lance alzó los hombros y proclamó:

–Laissez les bon temps rouler.

Caminé a través del pasillo hasta que llegamos a lo que sería nuestro jardín secreto. Nunca había visto algo así: el jardín estaba rodeado por el edificio, pero hacia arriba sólo se veía un cielo empapado de sol. Una fuente de ornato labrada en piedra borboteaba en el centro y tenía una cornisa alrededor del estanque circular que parecía el lugar ideal para sentarse a leer. Una mesa de acero fundido con sillas a juego estaban apiladas a un lado, junto a un sillón acojinado. En todo el jardín florecían plantas tropicales cuyas enormes hojas color esmeralda eran sacudidas por la brisa caliente. Flores de colores vivos e intensos: sabrosos y dulces rojos manzana, rosas ardientes y sombras amargas trepaban por enrejados alineados en las cuatro paredes interiores. Intenté recordar todo lo que había visto en mi última visita al Jardín Botánico de Chicago, al que Joan me llevaba cada verano. Luego dejé que mis dedos tocaran una pared con flores color magenta.

–Son bugambilias —dije, pensando en voz alta.

–*Gesundheit* —dijo Dante, que se había sentado en una silla y levantado sus pies.

–Eres buena —Lance se acercó a mi lado y se inclinó para ver las flores de cerca—, creo que tienes razón.

–También hay árboles de plátano. ¿Algún interesado? —preguntó Dante, que se había parado e intentaba alcanzar un racimo.

–Tal vez deberíamos echar un ojo adentro antes de comernos el paisaje —dije, mientras buscaba si había alguien que se diera cuenta de que estábamos a punto de destrozar el lugar.

–Como quieras —Dante se limpió las manos sucias en sus pantalones—. Pero en seguida regreso a comer un poco.

A ambos lados del pasillo del vestíbulo sobresalían dos escaleras que conducían al piso donde estaba el balcón. Subimos por la escalera derecha hasta llegar a una puerta barnizada de verde, donde tocamos. Algunos de mis cabellos acaramelados que me llegaban al hombro se habían pegado a mi cuello caliente y a mis sienes sudorosas, así que recé por no encontrar personas en esta casa que lucieran como yo. Lance se agachó para echar un vistazo por la ventana que estaba cerca de la puerta y meneó la cabeza para confirmar que no había dentro señales de vida. Empujé la puerta, se abrió y entramos.

Nos encontramos en un salón de espejos, un pequeño espacio retacado desde el piso hasta el techo de espejos cuadrados del tamaño de una caja de pizza.

–Ésta es una casa divertida y con clase —murmuró Dante mientras entrábamos en una deteriorada sala que parecía todo un carnaval.

Las paredes estaban pintadas de gris, lo único sutil de la decoración. Una de las paredes estaba casi cubierta por una máscara gigante, hecha de una especie de laca brillante de color púrpura, dorado y verde esmeralda, con una expresión burlona y cuencas en forma de almendra, donde unos ojos gigantescos brillaban por su ausencia. Una tela de terciopelo púrpura, plegada y transversal, lucía en una de las esquinas de la habitación, cerca de la ventana que daba a la calle Royal. En otro lado, unas destartaladas mesas laterales de hoja de oro y una mesita para el café del mismo estilo atraparon mi mirada. Unas sillas bajas a juego y un sillón del color de las paredes —y salpicado por grandes cojines de los colores de la máscara— le daban a la sala un toque muy moderno, casi sicodélico. Dos cetros dorados del tamaño de palos de golf estaban colgados en forma de equis bajo una monumental pantalla plana, que estaba empotrada en la pared.

—Esta clase de amenidades es demasiado para nosotros, ¿no creen? —tuve que preguntar con prudencia.

Pero no estábamos solos. En ese momento escuché un murmullo de voces a cierta distancia, un ruido de música y el golpeteo de unos zapatos que avanzaban con velocidad… hacia nosotros. Un par de tipos hablaban entre sí mientras caminaban por el pasillo, más allá de la sala; uno de ellos hacía girar un balón de basquetbol con los dedos. En dirección contraria, una chica pelirroja cargaba una caja que parecía muy pesada para ella.

—¡Pensé que había escuchado la puerta! —dijo una voz profunda, alegre y jadeante, unida a los pies que corrían—. Perdón por tardarme en darles la bienvenida pero… ¡bienvenidos! —Connor se dirigió hacia nosotros con la mano extendida. Vestía una camiseta con el logo de la Universidad Tulane y jeans, y portaba una sonrisa brillante fabricada con todos sus dientes. Traía consigo un portapapeles y un bolígrafo, y su ojo parecía totalmente curado y libre de cicatrices—. Hola, soy Connor, ¿cómo están?

—saludó a Lance y a Dante, mientras estrechaba sus manos—. Haven, me da gusto volver a verte, en serio, qué bueno que estés aquí —y me señaló su ojo.

–Hey, se ve bien, estoy contenta de que estés mejor.

–Gracias a mis amigos del Hospital General de Evanston —me contestó.

–Así que tú eres el chico curioso con el ojo reventado —dijo Lance y empujó sus lentes sobre la nariz. Luego me miró como si no le hubiera comunicado algún tipo de información vital.

–Sí, me declaro culpable del cargo. Así que: ¡hola, Chicago! Vamos a que se instalen —Connor nos hizo una seña para que lo siguiéramos por un angosto pasillo adornado con viejos mapas de Nueva Orleans puestos en marcos con orillas gastadas, fotografías en blanco y negro de hombres vestidos como reyes, imágenes de las calles de la ciudad de noche y representaciones abstractas de la flor de lis.

–Es más amable de lo que esperaría de un tipo que es noqueado jugando basquetbol —susurró Lance mientras jalaba mi maleta.

–¿Qué? —dije, sin estar muy segura de mi respuesta—. Ohhh —intenté reprimir una sonrisa al darme cuenta de que estaba celoso.

–Nunca me dijiste que era tan guapo, Hav —dijo Dante en voz baja, sin ayudar demasiado, antes de apresurar el paso para alcanzar a Connor.

–No necesitó puntadas, pero en verdad lo golpearon fuerte —le dije a Lance, apegándome a los hechos.

–Me alegro —dijo—. Lo que quiero decir es… ya sabes —me contestó mientras sentía su mano libre en mi espalda, entre la ropa interior, sin que dejáramos de caminar.

Miré por el pasillo abierto que acabábamos de pasar —una cocina aquí, un comedor allá—, pero íbamos demasiado rápido como para fijarme bien. Connor provocaba un pequeño rebote que producía al caminar rápido, lo que para mí significaba empatía; había algo reconfortante en él.

—Voy a ser para ustedes una especie de consejero. Me encargaré de que todo funcione sin problemas, responderé a todas sus preguntas, me aseguraré de que todos sean amables con ustedes, ese tipo de cosas —explicó mientras caminaba—. Yo estudio en Tulane. Deberían dar una vuelta por ahí mientras estén aquí, es una gran escuela. Aún es tiempo para que soliciten su admisión. Van en el último año de preparatoria, ¿no?

—Recién graduados —dijo Dante.

—Por supuesto. Bueno, como saben, sin importar a qué universidad vayan, su vida en los dormitorios escolares no será para nada como esto —rio al tiempo que viramos en la esquina.

Las puertas tenían señalamientos callejeros de plástico pegados.

—Tenemos suerte de que nos hayan donado esta casa. Nos permiten usar el espacio para organizar eventos y alojar aspirantes, además de otras cosas. ¿Qué les parece?

Se detuvo ante una puerta que tenía un letrero que decía: CALLE DECATUR y comenzó a revisar su portapapeles.

—Al parecer a Lance y Dante les toca aquí. Por favor, instálense. Hoy a las ocho de la noche habrá fiesta de Año Nuevo y de bienvenida. Si quieren ir con nosotros en grupo, nos vemos a las 7:30 —golpeó amistosamente la espalda de Lance—. Diviértanse. Haven, tu habitación está a unas puertas del final del pasillo. Te ayudo con esto —tomó la mochila que traía en mi hombro y mi maleta, que tenía Lance. Mientras caminaba, empezó a silbar.

–Hay que amar a los caballeros sureños —Dante se encogió de hombros, con desenfado, como percibiendo la energía entre Lance y yo. Finalmente empujó a Lance al interior.

–Voy a desempacar —anunció Lance, luego me besó en la mejilla, siguió a Dante y yo me dirigí rápido al que sería mi dormitorio.

Connor se detuvo fuera de una puerta que tenía un cartel que decía: Tchoupitoulas, palabra que había leído en mi guía de la ciudad y esperaba no tener que pronunciar. Abrió la puerta.

–Sólo por curiosidad... —señalé el letrero.

–La *T* no se pronuncia —dijo sonriendo.

–Es bueno saberlo, gracias.

La habitación parecía salida de una casa de muñecas: estaba pintada de púrpura oscuro, tenía una ventana larga y angosta que daba al patio, un escritorio grande plateado, dos sillas, un armario del ancho de toda la pared y una cama. Suspiré aliviada, al parecer no compartiría el dormitorio con nadie.

–Estas habitaciones son algo estrafalarias —comenzó a decir Connor mientras colocaba mi maleta a un lado de la cama, luego señaló detrás de mí y caminó hacia una cortina transparente que colgaba en la pared, la abrió con un movimiento preciso y apareció una escalera y un ático montado en el muro, en el que había un colchón y un buró pequeño. Aunque los techos eran altos y en el lugar había suficiente aire para respirar bien, era imposible permanecer de pie ahí. El pequeño ático era realmente acogedor y te ofrecía algo de agradable privacidad, pero al verlo imaginé lo que significaba.

–Muchos dormitorios son así. Más tarde tú y Sabine decidirán dónde descansará cada quién.

–¿Sabine?

—Sí, ella llegó aquí hace poco, sólo que salió. Es de —consultó su portapapeles—, creo que de Boston.

—Sabine, de Boston —repetí y empecé a sentirme nerviosa.

—Sí… Nos vemos entonces a las 7:30 en la sala comunitaria —me señaló—. Hay un paquete de bienvenida para cada una de ustedes en la cómoda.

—Entendido.

Abrió el armario y aparecieron dos cómodas plateadas idénticas, del tamaño de un archivero, una maleta y una mochila a juego.

—Gracias.

Se dirigió a la puerta para salir.

—Si necesitas algo, sólo dilo.

Le sonreí agradecida y comencé a recorrer el dormitorio; subí las escaleras para revisar el ático detrás de las cortinas y saqué el paquete de bienvenida de una de las cómodas. Sabine ya había desempacado sus cosas en una de ellas, su ropa estaba perfectamente doblada y acomodada en hileras. Brinqué un poco sobre la cama y de pronto escuché un crujido. Miré las sábanas limpias y vi un papel con algo escrito:

Hola
Soy Sabine. ¡Gusto en conocerte!
Fuimos a comprar unos panecillos. Te dejo mi número
de teléfono por si quieres alcanzarnos.
Si no, espero verte esta noche.
Saludos,
Sabine

Su letra era bonita, redonda y uniforme, en forma de burbuja. Pensé en marcar al número que me había dejado, pero algo —¿mis nervios?— me contuvo. En cambio, comencé a desempacar.

⚜

3

Pronto serás una de nosotros

A las 7:25 Dante y yo salimos de nuestros respectivos dormitorios, listos para dirigirnos a la sala salpicada de colores; mi estómago se tensaba un poco al pensar que conocería a mucha gente, que me encontraba en una situación desconocida y por la necesidad de aprender a navegar en esta ciudad. Me sentía como si estuviera en un campo esperando a ser fulminada por un rayo —otra vez— sin poder protegerme, y no estaba segura de estar lista para librarme otra vez.

Como de costumbre, Dante me ayudó a aterrizar en cuanto me vio.

–Bienvenida —observaba fijamente mi atuendo.

–Gracias, Dante —dije desganada, preocupada, mientras acomodaba los pliegues del vestido liso color ciruela que me llegaba a las rodillas, e hice un gesto de agradecimiento. Yo jamás hubiera elegido un vestido así: sujeto de la cintura, con unas franjas llenas de cuentas y cristales transparentes que brillaban demasiado. Pero, sinceramente, como era muy femenino, me gustó cuando me lo puse.

—Sabes perfectamente que *en realidad* no querías ponerte ese viejo vestido para fiestas de bienvenida —me dijo Dante levantando la nariz. Siempre había criticado mis gustos. Cuando nos avisaron que habían llegado los paquetes con la información que pedimos a Chicago, en donde nos decían que la fiesta de Año Nuevo sería "semiformal", me obligó a salir de compras de inmediato. Él traía puesta ahora la corbata violeta que compró en aquel viaje—. Por favor, ser tu estilista es la mejor forma que tengo de distraerme de la vida real, ¿sabes? —dijo suavemente, pero con un temblor que mostraba miedo bajo la superficie. Tomó mi cabello para arreglarlo, mientras la puerta de su habitación se abría.

—Hola —dijo Lance, mientras buscaba algo en su bolsillo. Igual que Dante, traía un traje oscuro, pero su corbata era gris claro.

—Bueno, elegí sola estos zapatos, puedo tener algo de reconocimiento, ¿no? Por lo menos son zapatos de tacón —hice gestos mientras veía mis sandalias metálicas.

—Tuve que convencerte de que fueran plateados, así que el mérito es compartido —bromeó Dante.

—Pensé que te verías más alta. Sólo son tres centímetros, ¿no? —calculó Lance, como acostumbraba hacerlo. Luego avanzó hacia mí, me jaló del brazo para que sus labios estuvieran a la altura de mis ojos y levantó la barbilla hasta acomodarla en la parte superior de mi cabeza—. Sí, por lo general es más fácil hacer esto —lo empujé, jugando.

—Es sólo cuestión de tiempo antes de que no pueda dormir aquí, par de tórtolas —suspiró Dante—. Uf, en serio que las tórtolas son un problema, empiezo a entender por qué Hitchcock hizo aquella película con tantas aves.

—¡Dan! —giré los ojos, exasperada.

Lance pareció no haber escuchado. De hecho, había sacado su teléfono nuevo para probarlo una vez más, pero frunció el ceño al cerciorarse de que no funcionaba.

De pronto escuchamos voces. Pude sentir la ola de ansiedad que nos invadió a los tres, nuestra expresión corporal reflejaba una gran tensión.

−¿Ninguna señal de tu *roomie*? —preguntó Dante.

Lance había sacado la batería del teléfono, además de otra pieza, y las sostenía frente a uno de sus ojos. Luego me vio, sacudió la cabeza y metió todo en uno de los bolsillos de su saco, que estaba ligeramente arrugado.

−Nada todavía —respondí—. Por más raro que parezca, estoy nerviosa de conocerla.

Sabine no había regresado en todo el día y yo sentía pequeños espasmos de culpa en el estómago por no haberla llamado, por lo menos para saludarla y agradecerle la invitación de pasear por la ciudad; la verdad es que la nota que me había dejado era muy amable. Pero el día había transcurrido muy rápido y había ocupado mi tiempo en los consabidos asuntos que implica instalarse en una nueva casa, para luego seguir con una larga sesión de arreglo personal con Dante.

−Para ser honesto, nada me ha parecido extraño hasta ahora —dijo Lance.

−¡Relájate, Hav! —Dante me tomó de los hombros y me dio un golpecito en la espalda cuando entramos a la sala.

Nuestros compañeros ya estaban reunidos ahí. Los jugadores de basquetbol conversaban tranquilos. Supuse que provenían de la misma escuela, como nosotros. Otros —como la chica pelirroja, que portaba un vestido de cuello halter color jade— estaban sentados, con las espaldas erguidas, recargados sobre los muebles brillantes, como si quisieran ir a juego con la decoración. Miraban aquí y allá. Al parecer se debatían entre comenzar una conversación o esperar a que alguien más tomara la iniciativa. Nos colocamos en la periferia, pegados a la pared donde estaba el televisor. Antes de que pudiéramos comenzar a socializar, nos sorprendieron unos fuertes aplausos que provenían del pasillo a un lado.

–¡Hey, equipo! —entró Connor y se detuvo en el centro de la sala. Vestía traje y corbata, pero traía el saco en la mano y las mangas de la camisa arremangadas de forma que se podían ver sus antebrazos bronceados—. Tenemos que encontrarnos con otros compañeros. ¡Vamos por ellos!

El tranvía de la calle Saint Charles retumbaba por el centro de una avenida llena de árboles dispuestos en hilera. Aquí y allá, algunas tiras con opacas cuentas ensartadas, sin duda restos del último Mardi Gras, se encontraban aún colgadas, enroscadas en las ramas superiores de los árboles. Verlas me hizo recordar la llamada que me había hecho Joan más temprano, para asegurarse de que habíamos llegado sanos y salvos a Nueva Orleans. "Prométeme que no harás nada disparatado sólo porque alguien te arroje esas cuentas de plástico", me dijo. Reí y le aseguré que aún no había hecho nada demasiado salvaje.

Dante se deslizó hacia mí en el asiento de madera y se inclinó para ver mejor las mansiones que aparecían en el camino. Ninguna era igual, cada una tenía rasgos especiales, entradas adornadas, ventanas panorámicas, balcones y pórticos exquisitos y muy elaborados, pequeñas casas encantadoras, separadas, enclavadas en la parte de atrás.

–Garden District está increíble —dijo Dante.

—Resulta asombroso que todo esto haya sido alguna vez una sola propiedad —Lance mantenía su mirada hacia afuera, mientras sus dedos tamborileaban sobre mi pierna.

—Es bueno saberlo —dije—. Parece que la hora de la trivia ya está comenzando —a Lance y a mí nos gustaba competir sobre las cosas que sabíamos, era algo nuestro, una forma de seducirnos.

—Sólo quiero compartir información —dijo con falsa inocencia burlona.

—Uf, ¿ya se les olvidó que no estamos en la escuela? —gruñó Dante—. ¡Aquí, éste! —señaló por la ventana lo que parecía ser un pequeño castillo—. Vámonos a vivir ahí, Hav.

—Seguro —bromeé.

Lance sacó de pronto su teléfono, como si se le hubiera ocurrido una idea. Dante sacudió su cabeza y siguió mirando hacia fuera.

—Vean eso —dijo, siempre presto al cotilleo, giró su cabeza hacia la parte delantera del tranvía, donde Connor platicaba con el chofer. La pelirroja que estaba a su lado lo miraba en silencio, asentía a todo lo que él decía y se mantenía atenta a cada una de sus palabras.

—Al parecer este tranvía debería llamarse *Deseo* —susurré.

—¡Ya sé! Parece como si alguien estuviera esperando un beso de medianoche. Bien por ella —dijo Dante en un tono sincero, incluso serio, saliéndose de su coraza.

De reojo vi a Lance jugueteando con su teléfono. Aunque nubes negras oscurecían nuestros pensamientos, esa noche quería comportarme como todos los demás. Además, por primera vez tenía a alguien con quien compartir el ritual de año nuevo.

Como si hubiera leído mi pensamiento, Lance renunció a su teléfono y salió de su mundo interior para estar conmigo.

—¿Alguno de ustedes quiere visitar el viejo departamento de Tennessee Williams mañana? —dijo de pronto, mientras limpiaba sus anteojos con la manga de su camisa—. Está cerca de nuestra casa. También podríamos ir al de William Faulkner.

—Faulk... yeah! —dijo Dante. Le di una cariñosa palmada en la espalda.

El tranvía se detuvo y Connor nos dijo que bajáramos.

Después de caminar un poco por las calles más arboladas y tranquilas que había visto en mi vida, Connor dio vuelta en una esquina donde fuimos recibidos por una inmaculada mansión blanca con arbustos podados en forma de hongos exuberantes y de rosas suaves y blancas, que abarcaban todo el frente. Una terraza rodeaba por completo el primer piso del lugar y desde donde estábamos podíamos escuchar los compases de una banda de jazz. La noche había caído y un escalofrío flotaba en el aire para recordarnos que incluso en este sur era invierno. Sin embargo, un brillo denso y cálido proveniente de las persianas negras de las ventanas llamó nuestra atención. Un letrero que decía: ¡BIENVENIDOS, VOLUNTARIOS! colgaba en las columnas. Nos enfilamos por un camino cubierto con arcos de plantas.

—Vaya, qué bonito —dijo Lance respirando profundo mientras entrábamos y nuestros sentidos se dejaban envolver por la atmósfera de fiesta.

El aire estaba lleno de música alegre y de olor a comida sazonada. Había muchísimos estudiantes de distintas preparatorias y universidades, y adultos bien vestidos que andaban por ahí platicando, sostenían pequeños platos de comida frita selecta y daban sorbos a bebidas servidas en delicadas copas de cristal. Nuestro grupo se dispersó. Dante, Lance y yo nos dirigimos a la parte trasera del salón principal, mientras observábamos todo, y continuamos hasta la gran sala con muebles de caoba donde estaban el bufet y los chefs, vestidos con sacos blancos y limpios sombreros cilíndricos. Una larga fila de gente esperaba con paciencia a que le sirvieran toda clase de comida casera del sur.

–Muero por probar ese quingombó —dijo Dante, sin separar los ojos del bufet—. ¿Te dije que ya casi he perfeccionado mi salsa blanca? Debo prepararla para ustedes —continuó y se quedó pensativo, luego nos tomó del brazo a Lance y a mí y dijo—: Eso es, vengan.

Nos jaló hacia un rincón donde no había tanta gente. Mientras lo seguíamos, esquivando los grupos de personas que comían bocadillos, me pareció haber visto de reojo a... no, claro que no, ¿qué diablos me pasaba? Mi corazón se detuvo un momento y luego *él* se había ido. Su cabello dorado, el traje, una copa en la mano. Abrí y cerré los ojos varias veces y sacudí mi cabeza, confundida. Había un sinnúmero de personas en ese lugar, seguro que estaba imaginando cosas.

Dante se acercó a nosotros, le dio la espalda a la gente y sacó de su bolsillo una cajita de pastillas de menta.

–Tengo algo para ustedes, amigos —dijo—. Me lo van a agradecer.

–¿Deberíamos sentirnos ofendidos? —revisé mi aliento con la palma de la mano: aún olía a menta porque me había cepillado los dientes antes de ir a la fiesta. Lance se volteó e hizo lo mismo sobre su hombro.

–No, no, no —Dante entornó los ojos y abrió la cajita de hojalata, en donde estaban tres pequeñas hojas color café del tamaño de una estampilla postal—. Sólo me quedan unas cuantas del

Hotel Lexington. Dejen que se disuelvan en sus lenguas y podrán comer lo que se les dé la gana en las próximas veinticuatro horas, serán inmunes a las toxinas.

Su mirada se movió rápidamente más allá de nosotros, esperando que nadie lo hubiera oído. No tenía nada más que explicarnos. Antes de que el hotel se destruyera, Dante había robado toda clase de ingredientes misteriosos de la despensa del Lexington, plantas poderosas y hierbas cosechadas directamente en el inframundo.

—Gracias. Pero no sé, ¿no es un poco imprudente usarlas tan pronto? —preguntó Lance, era algo que yo también estaba pensando.

Dante meneó la cajita de hojalata y dijo:

—No tiene sentido esperar. Tenemos que ir a la segura. Ya se nos ocurrirá algo después, pero por ahora intentemos integrarnos. ¿Qué opinan?

—Me convenciste —le dije. Tomé una de las hojas traslúcidas y la puse en la punta de mis dedos—. *Deja que los buenos momentos fluyan.*

Coloqué la hoja en mi lengua, sabía a canela; al principio burbujeó, pero en un segundo ya se había disuelto. Lance encogió los hombros e hizo lo mismo. Dante tomó la última hoja y cerró la cajita de un golpe.

—Está bien, no me importa qué tan larga está la fila. ¿Quién viene conmigo?

En cosa de nada, ya nos encontrábamos frente a una mesa alta, en silencio, disfrutando del ardiente quingombó. Dante había acumulado, además, una enorme variedad de platillos, que nos fue presentando: *étouffée* cubierto de pequeños camarones y arroz, pollo y salchichas a la jambalaya, de sabor muy fuerte.

Lance parecía que estaba dispuesto a comer su propio peso en pepinillos fritos. Mientras tanto, yo me había servido varios trozos de pan de maíz.

Cuando terminamos de comer, fuimos a escuchar a la banda de música, luego examinamos las distintas especies vegetales que había en el invernadero, revisamos las dedicatorias y los autógrafos de las primeras ediciones de algunos libros que estaban en el estudio —"Este libro de Mark Twain podría pagar las colegiaturas de los tres en la universidad", dijo Lance, y señaló un libro abierto que se encontraba en un gabinete cerrado con llave— y finalmente, media hora antes de la medianoche, regresamos al jubiloso gran salón. Sentía que no nos habíamos integrado del todo a la fiesta.

–Creo que deberíamos empezar a conocer gente, ¿no? —dije, algo insegura, sintiendo los efectos de la comida—. No sé, comenzar a mezclarnos.

–Las únicas mezclas en las que estoy interesado son en esos cocteles por allá —Dante dirigió la cabeza hacia el lugar donde servían bebidas, cerca de las puertas francesas que conducían a la terraza.

Yo tomé mi copa de vino llena de agua. Tenía sed por toda la comida con especias que había devorado durante la noche. Avanzamos entre la multitud, esquivándola, y nos dirigimos hacia ese lugar saturado, donde había una bebida frutal que habían mezclado por galones.

–Me pregunto cuántos litros se necesitan para satisfacer a una multitud que festeja el Año Nuevo, si tomamos en cuenta que la gente está más que dispuesta a beber y calculamos por separado a los alcohólicos y a los no alcohólicos —dijo Lance observando a la gente, mientras su cabeza daba vueltas, contabilizándolo todo.

Y entonces sucedió otra vez. Como un relámpago lo vi cruzar. *Era él.* Mi cabeza comenzó a dar vueltas, pero su imagen se mantenía fija. Me detuve, la multitud se disipó lo suficiente para dejarme ver —ya sin duda— esos ojos que ardían en mi memoria. Los ojos que me habían mirado por última vez mientras él se consumía, absorbido por las profundidades del subsuelo, y rompiendo en el proceso a mi corazón. Esos ojos me penetraban ahora, me inmovilizaban. Me habían observado sólo a mí por largos segundos, mientras los cuerpos fluían en el vasto espacio que había entre nosotros.

De pronto, el repicar de unas campanas me hizo estremecerme y tiré mi copa, que se hizo añicos a mis pies. Aparté la mirada de él. Toda la gente a mi alrededor se hizo a un lado. Dante y Lance se habían ido a la mesa donde servían cocteles.

–Dios mío, perdón —les dije a todas las personas que estaban cerca de mí, mientras el cristal crujía bajo mis zapatos. Un mesero vestido de blanco y negro llegó rápidamente a mi lado con una escoba.

Alcé la vista y me paré de puntas para tratar de encontrarlo otra vez. Sus ojos atrajeron mi atención una vez más, mientras caminaba hacia el solárium. Entonces escuché una animada voz incorpórea y amplificada, que provenía de otra habitación.

–Si pueden, por favor, acompáñennos en el salón de baile.

La multitud comenzó a moverse en dirección contraria. Avancé a contracorriente, en un intento desesperado por seguirlo, sin pensar en nada más. Algo más allá de cualquier tipo de reflexión o instinto me poseyó, una necesidad instintiva de no dejarlo ir.

Finalmente logré llegar al solárium, cuyas paredes y techo eran de cristal. Las puertas que conducían al patio estaban abiertas. La figura vestida con un traje oscuro cruzó el césped y desapareció en un laberinto de grandes setas sobre el jardín. Me apresuré a seguir sus pasos. Busqué no perder el ritmo ni caerme mientras corría en el laberinto. Mis tacones se hundían en la tierra en cada paso, lo que hacía difícil mi carrera. Podía escuchar el suave crujido de su rápido andar mientras se escurría cada vez más lejos, en los recodos del laberinto. Hacía mi mejor esfuerzo en seguirlo. El aire fresco de la noche calaba mi sudorosa y resbaladiza piel cada vez que doblaba una esquina oscura y las puntas de los hongos me rasguñaban, hasta que vi una luz brillar a lo lejos.

Corrí hacia ella. Las cicatrices que estaban debajo de mi corazón comenzaron a quemarme. Pero no podía detenerme, simplemente no podía, tenía que seguir adelante. Una última descarga de energía y llegué a la última esquina, hasta el interior de un patio de piedra con una fuente iluminada que fluía suavemente en el centro.

Y ahí estaba Lucian, bañado por un halo de cálida luz cuyo resplandor se reflejaba en su piel, lo que reafirmaba los rasgos afilados de su quijada y le daba un brillo especial a sus ojos. Me quedé sin habla.

–Haven… —me dijo suavemente, y en ese instante me di cuenta de cuánto había extrañado esa voz durante todos estos meses, aunque no debería hacerlo.

Avancé un paso hacia él y mi mundo se desmoronó. Fue como meter un pie en una trampa y desencadenar una fuerza que desmentía esta fachada. Ante mis ojos se transformó en alguien diferente. Creció de tamaño y embarneció, su cabello se oscureció y los huesos de su rostro cambiaron.

Era el Príncipe de las Tinieblas quien yacía ante mí, con una sonrisa en los labios, burlándose en silencio del engaño que había sido muy fácil. Intenté girar mi cuerpo para huir, pero él me agarró el brazo con tanta fuerza que no pude moverme más.

Me jaló tan cerca de sí que podía percibir el calor que emanaba de su cuerpo. En el Hotel Lexington siempre lo vi de lejos. Lo poco que había visto de él siempre había sido a la distancia. Nunca había sentido de cerca su ira, siempre había mandado a sus subordinados para tratar conmigo. Y nunca había experimentado un miedo como éste. Sentí que me faltaba el aire, mi corazón comenzó a palpitar aceleradamente y cada centímetro de mi piel sintió un hormigueo.

A lo lejos podía escuchar los murmullos de los brindis en la casa y todo el mundo compartiéndolos, coreando la cuenta regresiva del Año Nuevo. Si estuviera ahí. Si hubiera puesto atención al mensaje de mis cicatrices.

Ese monstruo elegante y mortífero se inclinó tanto a mi oído que pude escuchar su respiración atronadora.

—Lucian te manda su amor —susurró con voz dulce—. Pronto serás una de nosotros, Haven, deja de resistirte —me dio un beso en la mejilla. Aunque sus labios apenas tocaron mi piel, su beso fue tan ardiente que sentí como si me hubiera marcado con un hierro caliente.

Desapareció en un instante y me dejó sola en medio del patio de piedra, justo en el centro de un círculo de fuego. Los sonidos de los brindis y de las cornetas llenaban el ambiente de la fiesta. Aturdida, me toqué el brazo adolorido y regresé a la vida después de haber estado tan cerca de la muerte. Hice un esfuerzo para controlarme, salté las flamas y eché a correr hasta encontrar el camino que me llevó junto a la multitud. Regresé al interior de la mansión y por fin me sentí segura en medio de extraños.

4

Boom

Corrí sin detenerme hasta entrar al gran salón, donde el sonido de los aplausos llegaba retumbando del salón de baile, al final de las notas de la canción "Auld Lang Syne". A mis piernas no se les ocurrió detenerse hasta que me estrellé con el pecho de alguien; mi rostro se ruborizó en su camisa de algodón blanco y su brazo se enganchó con el mío. Alrededor de nosotros, los invitados a la fiesta se dirigían al salón de baile. Conversaban con entusiasmo y se deseaban mutuamente feliz año nuevo mientras la música comenzaba a escucharse. Me recuperé y murmuré una disculpa, mientras colocaba una mano sobre mi collar de ala de ángel para sentirme segura.

—¡Haven! Justo a quien estaba buscando —dijo Connor riendo—. Ésta es tu compañera de habitación, Sabine. Sabine, Haven.

—¡Hola, me da gusto por fin conocerte! —una chica con el pelo negro y rasgos delicados me rodeó con sus brazos. Traía puesto un vestido sencillo, negro, con tirantes angostos, y zapatos de tacón alto que la hacían igualar mi estatura.

—¡Hola! —intenté parecer normal—. Encantada de conocerte, yo...

Connor parecía buscar algo.

—¡Oye, amigo! —le dijo a alguien por encima de mi hombro y sacudió con énfasis su mano, luego volteó a vernos a Sabine y a mí—. Diviértanse, feliz año nuevo, las veo luego, ¿de acuerdo?

—¡Nos vemos! —dijo Sabine. Yo apenas sonreí. Aún estaba recuperando mi respiración y luchaba por normalizar el ritmo de mi corazón.

Quería sentarme, acostarme o desaparecer para olvidarme del Príncipe, de Lucian y de lo que pudiera pasarme.

—Es guapísimo, ¿verdad? —me susurró Sabine en tono de conspiración y con mirada maliciosa.

—Definitivamente no está mal —tuve que sonreír.

—¿Has visto a los otros consejeros? Uf. Parecen trols. No, eso es horrible. Sabine es mala... —movió su cabeza y observó a la multitud mientras sorbía su bebida—. Pero, hay que decirlo... tenemos suerte.

—De acuerdo —reí entre dientes—. No hay de qué quejarse... Oye, ¿cómo estuvieron los panecillos? —me esforcé por sonar más alegre de lo que me sentía—. Gracias por tu nota y todo. Cuando la leí ya era un poco tarde, así que pensé... Pero fue muy amable de tu parte.

—Por Dios, ni te preocupes por eso. Pero estaban para morirse —dijo y tomó mi antebrazo para reforzar su argumento—. Tengo que regresar. Tenemos que ir mañana o quizás hoy abran por la tarde... al Café Du Monde, ¿lo conoces?

Me pareció que, en su forma de seducir a las personas, Sabine era la versión en mujer de Dante. Tenía una calidez que me gustaba. Era pequeña como yo, sólo que con el pelo negro, la piel de porcelana y una figura esbelta. Por entonces yo me sentía más atlética, más fornida, aunque no sabía si los demás me veían tan robusta como me sentía. Y, por supuesto, en ese momento me sentía más que frágil, sin fuerza alguna y... aterrada. Intentaba distraerme un poco con una plática sencilla.

—No, es la primera vez que vengo a Nueva Orleans.

—De todos modos, te juro que son maravillosos. ¿Así que eres de Chicago? Amo ese lugar, mi... —empezó a hablar, pero fue interrumpida súbitamente.

—Aquí estás. ¿Qué pasó contigo? —apareció Lance a mi lado.

—¡Te hemos buscado por todas partes! —dijo Dante, quien prosiguió a dar el último sorbo a su bebida. Quería enviarles a los dos un mensaje con los ojos, pero no había manera de hacerles saber lo que me había pasado.

—Bueno, ella es Sabine, mi *roomie* —ignoré la pregunta de Lance. Los presenté, hubo intercambio de sonrisas y más abrazos.

—¿Ya conocen a Max y a Brody? —nos preguntó Sabine.

—No, no creo.

—Les van a encantar —dijo ella, mientras revisaba el lugar de puntitas—. Voy por ellos. ¡No se vayan! —y se escabulló.

—Así que te perdiste el festejo del inicio de año. ¿Qué pasó? —preguntó Lance cuando Sabine se marchó—. Feliz año nuevo tardío —se inclinó y me dio un beso rápido en los labios que me hizo desear nunca haberme alejado. Quería rebobinar el tiempo, regresar a la medianoche y pasar el resto de la velada así. Pero Dante ya estaba hablando.

—También te perdiste un brillante discurso.

—¿Sí?

—Bienvenidos a la ciudad, atrévanse y conquístenla, bla, bla, bla... Presentaron a muchísima gente.

—¿Quieres un trago o algo? —me preguntó Lance. La preocupación nublaba sus ojos.

—Mmmm... —miré alrededor para asegurarme de que nadie pudiera escucharnos, pero en ese momento la multitud estaba tan relajada que ya se encontraban totalmente inmersos en sus propios asuntos: los adultos estaban ya muy entonados y nuestros compañeros parecían promocionar los platos de confecciones dulces que debían haber conseguido en la habitación de al lado.

—Lo que él quiere saber es si estuviste corriendo el maratón o algo así —dijo Dante adelantándose—. Te ves un poco... *agitada*.

—No, ya lo sé... —respondí. Alacié mi cabello y lo coloqué detrás de mis orejas, me limpié la frente con el dorso de mi mano.

Dante señaló mi mejilla y dijo:

—¿Qué es esta marca? ¿Lápiz labial?

Ardía. Tomé su muñeca para alejarla.

—No, es sólo... —dije tranquila y seria, como si estuviera colocando una bomba de tiempo en sus manos; luego los vi a ambos con una mirada punzante, no habría error en lo que estaba por decir—. Él está aquí, el Príncipe.

Lance se acercó hacia mí y puso su mano en la parte superior de mi brazo, luego su mirada aguda se fijó en la parte de arriba de mi cabeza y en la parte de atrás de mi cuerpo, en busca de algún agente secreto que estuviera amenazándome.

—¿Qué quieres decir? ¿Cómo lo sabes? ¿Qué pasó? —me preguntó con voz firme.

—Estuvo aquí, pero ya se ha ido. Ellos están aquí, en la ciudad. Vinieron por nosotros. Yo... nosotros estábamos yendo por las bebidas y entonces, ya sabes, pensé que había visto... —intentaba organizar mi discurso para *no* parecer la tonta que había sido.

—Hav, vamos, ¿qué pasa? —susurró Dante, sin poder evitar el tono de desesperación en su voz. Y me jaló un poco para que siguiera contando.

—Pensé que había visto a... Lucian —no quería decírselos, sobre todo a Lance, pero tenía que hacerlo, sino parecería que había algo que ocultar, lo que a la larga haría todo más dañino.

—Lucian —gruñó Lance.

—¿Lucian? Pero tú dijiste que... —intervino Dante.

—Sí, lo sé. Al principio vi a Lucian y comencé a seguirlo porque... no sé por qué. Pensé que me estaba volviendo loca. Pero tenía que... No lo sé, sólo lo seguí, afuera.

—Afuera —dijo Lance a quien no le gustó para nada el asunto—. Claro —chasqueó con la lengua—. ¿Por qué lo seguiste? ¿Algo te poseyó como para que...?

—Lance —Dante lo interrumpió—. No estás ayudando... —volteó a verme—. Cuéntanos todo, hasta el último detalle.

Narré lo que había pasado, lo que el Príncipe me había dicho. Me hicieron preguntas, pero yo no tenía respuestas. Aún no habían tenido tiempo para asimilar lo que les dije cuando Sabine regresó remolcando a dos chicos tras ella. Nos presentó al que parecía patineto y tenía pintado en su cabello rubio oscuro, cortado a la altura de su barbilla, una gruesa mecha azul eléctrico. Su nombre era Brody. El otro tenía la piel bronceada y el pelo negro y corto, que se asomaba por debajo de un pequeño sombrero de fieltro. Se llamaba Max.

—Así que ustedes son de Boston —preguntó Dante.

—No, sólo ella —Brody respondió rápidamente—. Yo soy de San Diego y él, de Phoenix.

—Nos conocimos hoy, ya sabes —aclaró Max.

Sucedía que Sabine era del tipo de personas que traba amistad de inmediato con todo el mundo. En ese momento ella metió la mano en su bolsa y sacó un brillo para labios.

–Bueno —comenzó a decir, mientras retocaba el maquillaje de sus labios—. Les tenemos una propuesta. Para ser Año Nuevo, aún es temprano, así que salgamos de aquí y demos una vuelta por la calle Bourbon antes de que toda esta locura se acabe.

–¿Quién viene? —dijo Brody.

Segundos después todos estábamos a bordo del tranvía en dirección al Barrio Francés, siguiendo el alboroto de los juerguistas. La calle Bourbon, cerrada al paso de los automóviles, estaba llena de personas, muchos con sombreros de fiesta y diademas, que bailaban en las calles con la música que salía de cada bar y restaurante.

Mujeres vestidas con poca ropa, recargadas en las entradas de las casas, les gritaban cosas a los hombres que pasaban caminando. Una voluptuosa mujer con los pantaloncillos más cortos que había visto en mi vida, unos tacones como picahielos y una blusa con estampado de leopardo, sin mangas ni tirantes, que apenas lograba contener sus curvas, saludaba a los grupos de hombres enfundados en sombreros de fiesta y anteojos de Año Nuevo.

–Podría jurar que lo que más quiere ella en el mundo es un abrigo, brrrr —bromeé, mientras cruzaba los brazos.

–Estoy seguro de que los abrigos no están entre sus principales intereses —dijo Max riéndose; luego miró a Dante, me señaló y dijo—: ¡Es tan linda!

Dante le golpeó juguetonamente en el brazo, como si ya fueran amigos.

–Ya sé —dijo Dante y tomó el sombrero de Max—. Tu sombrero es maravilloso.

Pronto, ambos estaban metidos en su propio mundo, hablando sobre adónde ir de compras.

–En serio —dijo de pronto Lance—. En promedio per cápita, hay muchas, mmmm... diversiones adultas en esta ciudad.

Entonces escuché algo que se derramaba, así que volteé y vi que Brody había quedado empapado con una cerveza que un tipo con una boa verde de plumas le había rociado encima. El líquido había mojado también un poco a Sabine, quien comenzó a limpiarse el brazo. El hombre claramente ebrio les pidió disculpas a gritos mientras se tambaleaba.

–No hay problema, amigo —le gritó Brody, empapado, poco antes de voltearnos a ver—. Es un ritual de iniciación, ¿no creen?

–Un bautizo —grité compartiendo la idea—. Todos deberíamos tener la misma suerte.

Brody sacudió su cabeza y sonrió, era un tipo agradable. Sabine me vio con una mirada que quería decir: "¿Habías visto algo así en tu vida?".

Un grupo de jóvenes atrajo mi mirada. Caminaban por el centro de la calle y seguían a una mujer joven que parecía formar parte de la pasarela de algún desfile de ropa interior. Tenía el cabello blanco y un corte como de hada, sus pómulos parecían esculpidos en piedra y su cuerpo era fornido. Traía puesto un diminuto minivestido blanco sin tirantes, zapatos de tacón muy alto, con correas que se entrecruzaban desde sus tobillos hasta sus rodillas, y una esponjosa boa blanca de plumas alrededor de su cuello. En una de sus manos traía una luz de Bengala que crujía y escupía pequeñas chispas como si fueran luciérnagas. Como la multitud era tan densa, no era fácil moverse rápido o lejos, pero este grupo no tenía problemas mientras su lideresa actuaba de manera exagerada y atraía la atención de todo mundo en la calle Bourbon. Su alegre banda de provocadores, todos con luces de Bengala, estaba formada, en resumen, por mujeres parecidas a estatuas, con vestidos oscuros de lentejuelas, y por hombres esbeltos, atléticos, con pantalones deportivos negros, camisa desfajada y las mangas arriba.

No podíamos apartar nuestros ojos de ellos y los observamos en silencio durante varios minutos, aunque la gente nos empujara por todos lados. Por más escandalosa y alcoholizada que estuviera la multitud de la calle Bourbon, me sentía cómoda en ella. Ser sólo una pequeña persona sumergida en un gran grupo me hacía sentir más segura de lo que nunca imaginé. Casi me daba miedo tener que regresar a nuestra residencia, donde tendría que estar sola con mis pensamientos durante esos horribles minutos antes de caer dormida, si es que tenía la suerte de conciliar el sueño.

La banda que desfilaba arrojaba cuentas mientras avanzaba, pero nosotros estábamos demasiado extasiados como para poder atraparlas. Lo más que lográbamos era dejar que las aventaran a nuestros pies mientras los veíamos desfilar. El hada movía su luz de Bengala como si fuera un bastón, y se las arreglaba para no quemarse ella misma ni a la gente a su paso. Parecía que estuviera guiando un desfile. Finalmente hizo un ágil movimiento y lanzó la Bengala hacia arriba, tan alto que parecía que iba a besar a la luna. Luego, se detuvo frente a mí un momento, me miró directo a los ojos y dijo fabricando una sonrisa salvaje:

—*Boom.*

Un segundo después, la luz de Bengala explotó: ¡*boom*!, como lo había anunciado. Estalló sobre nosotros y produjo colores caleidoscópicos y brillantes, luego comenzó a parpadear y se apagó, como la lluvia con la luz artificial. Sentí que mi quijada se abría por completo. Cuando dirigí mi mirada a la calle, aquella mujer ya se había movido y seguía su camino por la calle Bourbon. Tomó la luz de Bengala del hombre que estaba a su lado y la lanzó hacia arriba, ésta subió más y más alto, hasta que estalló de manera tan vibrante como la otra.

—Wow —dijo Lance, empujándose los lentes por encima de su nariz.

—Estoy segura de que este tipo de cosas son ilegales donde vivimos —dije.

—Definitivamente ya no estamos en Evanstone —dijo Dante sonriendo.

—Qué mujer tan guapa —susurró Sabine, nostálgica—. ¿No crees que hay que ser realmente perfecta para tener un cabello como el de ella? —dijo, y echó hacia atrás su melena—. Mataría con tal de lucir bien con un corte como ése, pero sé que nunca podré hacerlo.

—Claro que podrías —le aseguré mientras retomábamos el paso. Me sentí contenta de no ser la única que se había sentido intimidada. Me inquietaban las cosas hermosas por muchas razones, un acto reflejo después del Hotel Lexington—. Te verías maravillosa.

—¿En serio? —dijo Sabine, verdaderamente emocionada. Asentí y recargó su brazo en el mío—. ¡Tú también! —añadió. Sin importarme si lo que decía era verdad o no, me gustó oírla.

Todos caminamos juntos y en silencio rumbo a la calle Royal. Cuando llegamos, en la casa había actividad. El televisor retumbaba en la sala, se escuchaba música y voces que provenían de un par de habitaciones cuyas puertas estaban abiertas, y alguien buscaba comida en la cocina. Nuestro grupo se dividió en tres, y cada uno se retiró a sus habitaciones, todos cansados por lo que habíamos vivido en la noche. Dejé que Sabine se adelantara y le di las buenas noches a Lance en la puerta de su dormitorio, Dante ya estaba dentro.

—Sabes que puedes quedarte aquí si lo deseas, o... —Lance no logró terminar la frase y habló en un tono de clara incomodidad.

—Sí, gracias —le dije. La verdad era que no quería estar sola y nada me habría gustado más que dormir abrazada por Lance. Pero en nuestra primera noche en el nuevo lugar no quería ser la típica chica a la que se le conoce por abandonar la habitación de un chico de madrugada—. Creo que prefiero dormir en mi cama, por ser la primera noche.

—Claro, sí, me lo imaginé —mostró su acuerdo con énfasis—. Bien pensado —me dio un beso de buenas noches y sentí su mirada a mis espaldas mientras caminaba hacia mi habitación.

—Es lindísimo —dijo Sabine, cuando regresé, con una sonrisa malévola—. ¡Bien hecho!

—Gracias —le dije con una pequeña sonrisa.

—¿Hace cuánto que salen? —me preguntó poniéndose unos pantalones cortos y una camiseta mientras yo me liberaba de mis zapatos de tacón y me calzaba mis pantuflas turquesa de hospital.

—Hace pocos meses, primero fuimos amigos.

—Lindo —dijo—. Alguna vez salí con un amigo —esperé que me contara más cosas, pero ella no parecía estar ansiosa por hablar más del asunto.

—¿Vas a hacer guardia esta noche? —bromeó sobre mi atuendo. Echó hacia atrás su cabello y se sentó frente al escritorio viendo cómo colgaba mi ropa.

—Año Nuevo es uno de los días festivos más atareados —se me ocurrió decir—. Tengo mucho como voluntaria. De hecho, así conocí a Connor. Es una larga historia pero...

–¡Dios mío, yo también! —me interrumpió—. Quiero decir, no estaba yo precisamente salvando vidas, lo conocí en una heladería cercana —lo dijo como si no fuera importante contar más—, pero él fue allí un par de veces o algo así.

–¿De veras? —le pregunté y ella asintió, aparentemente emocionada por la coincidencia. No sé por qué me sentí algo desilusionada. En secreto me gustaba la idea de que Connor hubiera visto algo especial en mí y que por eso me hubiera pedido integrarme al programa; me habría gustado no tener necesidad de tener ese tipo de sensaciones, pero a veces es agradable sentirse deseada—. Qué divertido —dije con mucha menos gracia de la que hubiera querido.

–Como sea, pedía siempre de menta con chocolate —dijo Sabine.

–Es bueno saberlo.

–Muero por saber dónde trabajaremos —dijo mientras buscaba algo en su bolsa—. ¿Sabes algo de eso? —continuó mientras sacaba su teléfono y lo revisaba.

–No —dije pasmada. La sola idea provocó un escalofrío a lo largo de mi columna, al recordar a mi última jefa, la imponente y mortífera Aurelia Brown. En realidad no me imaginaba lo que iba a pasar al día siguiente.

–Awww —dijo Sabine sonriendo mientras veía su teléfono, y luego me lo mostró: era una fotografía de un montón de chicas en alguna sala en la que había un letrero que decía: "Feliz Año Nuevo". El mensaje de texto decía: ¡¡¡*Te extraño*!!!—. Qué raro no estar en casa esta noche, ¿no? —preguntó al tiempo que sus dedos pulgares fabricaban una respuesta.

–Sí, ya lo creo —dije, aunque en realidad no sentía que me estuviera perdiendo de algo. En casa también habría pasado el día con Lance y Dante, aunque no nos hubiéramos vestido tan elegantes.

–¿Cuántas horas hay de diferencia? —se preguntó, pensativa.

–¿Con Boston? Dos, ¿no?

Ella asintió y regresó a su teléfono.

–¿Conoces Boston?

–No. Para mí hay como una cerca eléctrica que me confina en el Oeste Medio. Es increíble lo que tuve que hacer para convencer a Joan de que me dejara llegar tan lejos.

–Me gusta mucho cómo le dices Joan a tu mamá.

Ya le había contado a Sabine que yo era adoptada, pero no había profundizado en el tema y, la verdad, así lo prefería. No me parecía adecuado contar todo sobre mi pasado.

–Boston es una gran ciudad. Tienes que conocerla. Vivo en las afueras, pero no está lejos de la calle Newbury, la zona de las buenas compras —colocó el teléfono en su oído—. ¡Hola! ¡Feliz año nuevo! ¿Cómo estás...? Ya sé, acabo de estar ahí. ¡Es hermoso!

La luz de la luna se filtraba a través de la ventana, e iluminaba el balcón blanquecino y circular. Quise darle privacidad a Sabine y quité el cerrojo y empujé la ventana para abrirla. Me senté en el alfeizar y alargué mis piernas para saltar al otro lado. El aire estaba frío, por lo que sentí un temblor en la piel. Aún se escuchaba el sordo rugido de la calle Bourbon a lo lejos.

–¿Sabías que hay una puerta ahí? —gritó alguien desde la parte diagonal del balcón que estaba cruzando el patio, agitaba su brazo.

Me asomé por el barandal y pude ver a un hombre a través de la luz brumosa. Era Connor. Le regresé el saludo y él señaló algo a mi izquierda. Volteé y vi una puerta que debía estar al final de nuestro pasillo.

—La vi, pero no me gusta hacer las cosas demasiado fáciles —le contesté.

—Me gusta eso de ti —respondió, y luego se despidió con la mano—: Buenas noches.

Se volteó y atravesó una puerta parecida a la que había señalado. Luego, en otra parte del balcón escuché unas voces apagadas. Estaba muy oscuro, pero pude ver ahí dos figuras sentadas que miraban el patio, abajo. Arriba de ellos, la mansión vecina se cernió sobre nuestra modesta casa, como un matón entre las sombras.

—¡Consigan una habitación! —gritó una de las personas que estaban enfrente.

Me asomé y descubrí dos figuras entrelazadas en un sillón. Eché un vistazo para descubrir de quién se trataba. Dos rostros miraron hacia el cielo y ambos cuerpos brincaron y se escurrieron dentro. Atrás de mí se escuchó que la ventana se abría.

—¡Oye! —dijo Sabine—. ¿Qué haces ahí?

—Supongo que siendo testigo del primer encuentro sexual que se lleva a cabo en la residencia.

—No inventes —dijo, colocando su pie en posición de furia burlona—. Qué envidia. Ven acá y dame la primicia. Podrías contarme mientras luchamos por la cama. No sé tú pero yo muero de sueño —terminó diciendo.

Regresé al dormitorio y ambas negociamos. Llegamos al acuerdo más razonable y justo posible: una moneda determinó que yo dormiría en el ático. Las dos nos acurrucamos en nuestras camas y apagamos las lámparas.

—Nuestro próximo proyecto —dijo Sabine bostezando en la oscuridad— podría ser decorar este lugar, ¿no crees? Tal vez deberíamos visitar las tiendas de antigüedades que están cerca de aquí, quizás encontremos algo que sirva.

–¿Viste algo gigante, como un camello de piedra que estaba en la ventana de la fachada? —le pregunté riendo.

–Perfecto —me dijo, aunque sabía que bromeaba—. Buenas noches.

–Descansa —me acosté de espaldas, con los ojos abiertos, y ése fue el momento en que me sentí menos cansada en todo el día.

Si no estuviera con una compañera, tal vez hubiera encendido la luz para leer, pero estando con alguien una primera noche, no me parecía respetuoso hacerlo. Por más que durante toda la noche quise expulsar de mi cabeza al Príncipe, lo único que podía ver cuando cerraba los ojos era su imagen, o la de Lucian convirtiéndose en él.

A través de la diáfana y transparente cortina que cubría el frente de mi habitación, desde un ángulo y una altura especiales, podía ver la luna entera, que brillaba afuera de la ventana. Esto me puso contenta, porque así podía iluminar los espacios oscuros que habitaban mi mente, y tuve la esperanza de que esa paz me envolviera por completo. Entonces lo vi y me incorporé súbitamente sobre la cama.

Un resplandor tenue parpadeó en la ventana de la esquina superior de la mansión contigua, y una luz chisporroteó. Nada de esto estaba antes, lo hubiera notado cuando estuve fuera en el balcón. Tan sólo había aparecido. Me arrastré hacia adelante sobre la cama y abrí la cortina con un movimiento rápido. Abajo, escuché que Sabine se giraba sobre el colchón y luego respiraba profundamente. Inclinada hacia adelante, distinguí una sombra. Alguien estaba allí. Pero antes de que pudiera observar las cosas con mayor claridad, el resplandor desapareció. Me quedé inmóvil, con la mirada fija en la ventana, esperando que algo pasara. Finalmente, después de varios minutos, regresé a la cama y me cubrí con las cobijas, hasta envolverme con fuerza en ellas.

5

¿Todo está bien aquí?

En cierto momento logré dormir un poco, pero no pude considerarlo un sueño reparador. Fue más una sucesión de pesadillas, una detrás de otra, sólo que todas tuvieron lugar en la vida real: mi mente repetía las secuencias de cada uno de los horribles acontecimientos a los que me había enfrentado durante mi primera prueba para convertirme en ángel. Cada momento —y habían sido muchos— en que había burlado a la muerte por poco. Cada envenenamiento, cada bola de fuego disparada contra mí, cada una de aquellas bellas y maléficas criaturas contra las que tuve que luchar. Aún sentía sus garras ardiendo sobre mi piel. Mi corazón recordaba la violencia de sus latidos cuando irrumpieron en mi habitación para atacarme.

Fue en ese momento cuando finalmente mis ojos se abrieron de golpe.

Miré el despertador, eran casi las cinco de la mañana. Afuera el cielo todavía estaba oscuro y apenas podía verse una delgada franja azul marino subiendo por el horizonte. Sabine dormía apaciblemente. Estaba demasiado oscuro para leer, así que tomé el libro del buró, bajé por la escalera y sin molestarme en cambiarme salí de la habitación en silencio.

Ni el vacío total ni el silencio extremo del pasillo ayudaron a que mis debilitados nervios se tranquilizaran. Al dejar atrás el pasillo, percibí un sutil sonido metálico de cubiertos y el peculiar ruido del refrigerador al abrirse. Me acicalé el pelo y eché un vistazo a la cocina justo cuando Connor se volvió y me miró.

—¡Wow! —dijo sobresaltado, y casi se le cae la botella de dos litros de refresco de dieta que llevaba bajo el brazo, la humeante taza de sopa ramen que cargaba en una mano y la manzana en la otra.

—¡Perdón! Hola —dije apenada, porque ni siquiera me había molestado en quitarme la pijama. Él también se veía un poco desaliñado, pero le sentaban bien su pelo alborotado en todas direcciones, sus párpados pesados, sus pantaloncillos de malla para futbol y su camiseta de una fraternidad universitaria con una manga desgarrada.

—Hola, Haven, no esperaba encontrarme con alguien tan temprano. Debo entregar un escrito. ¿Cuál es tu pretexto? —me preguntó mientras mordía la manzana.

—Bueno, ya sabes, estoy a la mitad de un buen libro —dije e hice una pausa para que él hablara. Lo del libro bien podía haber sido cierto.

—Me agrada una chica que se levanta temprano para leer. Eso dice mucho de ti —asintió en tono aprobatorio—. Sabía lo que hacía cuando te recluté.

—Supongo —contesté pensando en que también había reclutado a Sabine, pero no le dije nada.

—Bueno, siéntete como en casa. Dime si necesitas algo —sacudió la manzana en señal de despedida.

Me recargué en la barra de la cocina, me quedé pensando y lo llamé en voz alta:

—Connor —él asomó la cabeza. Hice todo lo posible por parecer indiferente—: ¿Qué hay con la casa de al lado?

—Ah, ¿la casa embrujada? —preguntó con aire exagerado—. ¿La mansión LaLaurie? —asentí y él se encogió de hombros—. Quién sabe. Los turistas por supuesto la adoran, pero sólo se trata de un poco de folclor y buena publicidad. No hay nada de qué preocuparse.

—No, claro, lo sé —me esforcé por sonar tranquila—. Entonces, ¿es una casa abandonada?

—En este momento, sí. Pero, en realidad, va a ser restaurada pronto. Algunos de ustedes estarán trabajando en ella como parte de los proyectos.

—Ah, muy bien. Gracias.

—La reunión es a las nueve en punto —me recordó. Caminó sin prisa por el pasillo mientras limpiaba su manzana.

Miré en el refrigerador y abrí los compartimentos con la esperanza de que algo sabroso me reconfortara. Encontré un paquete pequeño de galletas Oreo, como los que Joan solía incluir en mi lonchera para la escuela. No pude resistirme y lo abrí.

Entonces escuché un grito. Venía de afuera, de algún lugar cercano a la entrada. Era una voz masculina, profunda, que lanzaba maldiciones en un tono de metal repiqueteante. Después se oyeron los pasos de alguien que corría por el pasillo. Salí disparada de la cocina.

—¿También lo escuchaste? —me preguntó Connor y asentí como respuesta—. ¡Quédate aquí!

Se marchó a toda prisa por el corredor hacia la entrada principal. A pesar de sus instrucciones, lo seguí. El sol apenas comenzaba a salir y el cielo brillaba en un azul índigo oscuro. Decididos, bajamos por las escaleras de madera hacia el patio, cruzamos el arco iluminado con linternas y nos dirigimos a la entrada, que estaba cerrada con un candado. Uno de los muchachos de nuestra casa, el que había visto el día anterior con un balón de basquetbol, se encontraba ahí, aferrado a las barras de la reja, intentando entrar.

Connor caminó más despacio y se tranquilizó un poco.

—Jimmy, amigo, ¿qué pasa? ¿Qué haces aquí afuera?

—Tienes que dejarme entrar. ¡Déjame entrar! ¡Déjame entrar! —estaba frenético.

—¿Dónde están tus llaves? Si las perdiste vas a tener que pagar otra copia —dijo Connor mientras quitaba el candado y abría la reja.

Yo me resguardé en las sombras del corredor.

—Llama al 911 —Jimmy golpeó la reja al pasar y se echó a correr.

—¿De qué hablas? —le preguntó Connor.

Jimmy se detuvo un segundo y gritó desde el patio:

—Hay un cadáver allá afuera. ¡Un mal...dito cadáver!

Escuchamos cómo se tambaleaba en las escaleras y luego el ruido de un portazo. Connor y yo nos quedamos pasmados en el pasillo, iluminado por la bruma de las lámparas. Entonces suspiró y se rascó la cabeza como si estuviera mentalizándose para lo que seguía, después abrió la reja de nuevo. En silencio, salió hacia la calle Royal y yo lo seguí unos pasos detrás.

Cuando llegué a la acera, se volteó hacia mí con una expresión de piedra y con voz firme me ordenó:

—Haven, regresa.

Era demasiado tarde. Mis ojos se posaron inmediatamente en el suelo y un grito involuntario y primitivo se escapó más allá de mis labios. Me llevé la mano a la boca. Frente a nuestra casa yacía un cuerpo lacerado en medio de un enorme charco de sangre. Aunque la escena me sacudió por completo, no podía desviar la mirada. La víctima parecía un estudiante universitario, alguien a quien podíamos haber visto en la fiesta de bienvenida o que podía haber estado celebrando con la multitud cuando regresamos a casa. Llevaba puestos unos jeans gastados y una camiseta cubierta de los restos despedazados de una sudadera con capucha. Bajo la luz brillante de la mañana, mientras la ciudad aún dormía, nuestra calle se sentía tan tranquila que no daba la impresión de ser el tipo de lugar donde se encontraría algo así. La escena simplemente no encajaba. Poco antes habían limpiado el asfalto de la calle Royal y se habían llevado los restos de la fiesta. Connor me empujó apartándome de la escena.

—Vamos, regresemos —dijo.

Di un último vistazo y algo atrajo mi atención. Junto a uno de los brazos dislocados del estudiante, había una especie de fino plumaje; algunas plumas blancas se habían adherido al suelo, como si la sangre fuera pegamento.

—Desde hoy se nos ha impuesto una hora límite de llegada: la medianoche. Hay que mantener el buen juicio. Nueva Orleans es un maravilloso lugar, pero también es una ciudad muy grande y alocada —dijo Connor con el ceño fruncido y con una voz que daba la impresión de tener más años de los que en realidad tenía—. Manténganse atentos, muchachos, y si necesitan algo, aquí estoy.

La reunión en la sala de juntas había comenzado de una manera que nadie esperaba. Todos estábamos listos para arrancar el día, sentados en los sofás, en las sillas y en el piso, con libretas y bolígrafos y, ahora, expresiones serias.

Algunos residentes habían seguido durmiendo durante toda la conmoción que se vivió en la mañana. Otros se habían despertado al darse cuenta de los policías que estaban afuera hablando por sus radios y desenrollando cinta amarilla para cercar la escena del crimen. Finalmente habían enfundado el cuerpo en una bolsa y se lo habían llevado.

Sabine todavía dormía cuando regresé a la habitación y mis llamadas en la puerta de Lance y Dante no habían tenido respuesta, así que me concentré en bañarme y vestirme hasta que por fin pude hablar con alguien de lo sucedido. Cuando fuimos convocados para la reunión, no había habido tiempo suficiente para contarles todo. Lo único que Lance pudo hacer antes de que Connor comenzara a hablar fue susurrarme:

—Mira tu teléfono —me dijo. Yo sabía a qué teléfono se refería.

Obviamente, Connor estaba ansioso por terminar con este desafortunado asunto.

—Es muy fácil meterse en problemas en esta ciudad, se los digo, pero... bueno, por favor, tengan cuidado —hizo una pausa—. ¿Entendido? ¿Alguna pregunta? —recorrió la sala con la mirada. Nadie se movía, todos lo mirábamos en silencio.

—De acuerdo, si tienen algo que decirme aquí estaré —suspiró—. Sé que es una bienvenida muy desagradable y lo siento de verdad, pero todo va a estar bien —levantó una columna de papeles que estaba al lado de sus pies—. Bueno, tratemos de recordar por qué estamos aquí, somos voluntarios. Cuando me acerque a cada uno, por favor, digan su nombre y de dónde vienen.

Dio una vuelta por la sala y mientras nos presentábamos nos repartió una cantidad considerable de papeles engrapados, donde había información sobre nuestras actividades. Al terminar, regresó al frente del grupo.

—Bien, aquí lo importante es que no son pocos los servicios a la comunidad que ustedes pueden ofrecer a esta ciudad. Vamos a realizar varias cosas a la vez, desde dar asesoría a sus compañeros y hacer visitas guiadas a niños hasta construir casas para las víctimas del huracán Katrina, quienes todavía viven en albergues temporales. Aquí encontrarán los itinerarios —levantó los papeles engrapados que le quedaban—. Cada día será algo distinto a otro, pero no habrá un día aburrido. Irán a todas partes: a lugares tan apartados como el pantano y a lugares tan cercanos como la casa de al lado, donde algunos de ustedes repararán la vieja mansión LaLaurie. La ciudad se convertirá en un mundo de oportunidades.

Pensé en quienes pasarían el día en ese lugar y todo mi cuerpo tembló por un segundo, lo suficiente para que Lance me lanzara una mirada de curiosidad con el rabillo del ojo. No pude evitarlo, en mi mente apareció lo que había visto en la ventana. ¿Había sido el cansancio? ¿Podría estar imaginándome cosas? Por ahora no podía lidiar con esto. Hojeé el paquete y miré los mapas, los calendarios de los meses siguientes y las listas de negocios, lugares y contactos. Pero Connor aún no había terminado.

—Así que, si ya estamos listos, salimos todos en cinco minutos, ¿de acuerdo? —dijo levantando la mano—. Los veo en el patio, la primera parada será la biblioteca Latter, en la periferia de la ciudad.

Regresamos a nuestras habitaciones, hablamos de lo que acabábamos de escuchar y reunimos nuestras cosas. Subí al ático para buscar mi teléfono. Mientras Sabine se ocupaba de cambiar todas sus cosas de una bolsa a otra, reuní el coraje para echar un vistazo a la pantalla. Un mensaje apareció en ese mismo instante, sin indicación de quién lo enviaba o de dónde provenía. La fecha y la hora indicaban: 1 de enero, siete en punto. Y decía:

> Buenos días, Haven. Feliz año nuevo. Estamos juntos y espero que encuentres consuelo al saberlo. Sin embargo, lamento decirte que, una vez más, tu alma está en grave peligro. Sé fuerte, ser alado. Confía en tus instintos y vencerás de nuevo. Recuerda lo que has aprendido. Recurre a las lecciones que te han sido enseñadas, a las pruebas que has dominado.

–¿Lista, Hav? —preguntó Sabine.

Presioné el botón en un extremo del teléfono para limpiar la pantalla. En vez del acostumbrado despliegue de iconos que tiene cualquier teléfono inteligente, la pantalla se quedó en blanco. Presioné otra vez y apareció una imagen... mi imagen. Era el retrato que se había quemado en el Lexington, en la oficina de Aurelia Brown. En la imagen, me habían representado como la modelo de una pintura que me encantaba, *La jeune martyre*, recostada en las aguas poco profundas de un canal oscuro, con un halo sobre mi cabeza y una figura tenebrosa mirando en la distancia. Mi respiración se detuvo por un momento. Guardé el teléfono en la mochila, ansiosa por alejarlo de mis manos.

El tranvía retumbaba sobre sus rieles en la avenida Saint Charles, y fue hasta entonces cuando Lance y yo tuvimos de nuevo un momento a solas.

–¿Algo? —susurró.

–Algo vago, pero sí —asentí.

–Bien —asintió él con la cabeza.

Se veía aliviado de que los teléfonos funcionaran y de que, sin importar lo que nos esperara, por lo menos teníamos una especie de guía. Algo en algún lugar nos cuidaría aunque fuera de esa manera.

Connor nos saludó a todos y luego nos enfilamos hacia la hermosa perfección de las calles arboladas de los suburbios. El sol alumbraba el cielo de la mañana, el aire estaba húmedo y sorprendentemente tibio. Después de caminar algunas calles sentí que un poco de sudor brillaba en mi frente, aunque no precisamente por el clima. Ese mensaje de texto era la clara señal de que ahora tendríamos que estar en guardia.

Lance y yo caminábamos en silencio y el resto del grupo charlaba a nuestro alrededor. Imaginé que su mente iría a mil por hora, tal como la mía. Dante logró separarse de Max y me alcanzó. Se miraba los pies mientras caminaba. Cuando se quedaba callado, siempre había alguna razón.

—Oye, Hav —dijo finalmente, mientras pateaba una piedra sobre la acera—. ¿Estás... no sé, asustada por todo esto?

—Mmm, sí —reí y le di un golpecito con el hombro—. Creo que es una reacción muy normal —pensé por un momento—. ¿Entonces ya has recibido los mensajes?

—Sí, por Dios, ¿pero qué hay con esos mensajes? ¿Ustedes los recibían todo el tiempo? ¿Por qué no nos dicen todo de una vez? ¿De dónde vienen?

—Ojalá lo supiera. Créeme que si pudiera haría que todo esto fuera más sencillo. Pero ya encontrarás la manera de interpretarlos y ellos de decirnos cosas útiles —no sabía a quién de los dos intentaba tranquilizar.

—Creo que me siento un poco, no sé, *asustado*, por lo que pasó.

—No es para menos. Pero ahora somos más fuertes —le respondí.

Seguimos al grupo por un sendero que nos llevaba a lo que parecía ser una mansión apartada del camino, con el césped de un tono increíblemente verde.

−Sí —dijo, aunque no sonaba convencido del todo.

−Todo estará bien, nosotros estaremos bien. Esta vez tenemos la ventaja de saber que todo es sospechoso. Ahora miramos con ojos diferentes, con ojos entrenados. Eso tiene que ayudarnos, ¿no?

Dante asintió. Connor abrió la puerta, entramos y nos arremolinamos junto a todos en el recibidor, delante de una enorme escalera. Las habitaciones que nos rodeaban estaban llenas de libros clasificados, un estante tras otro, aunque la grandiosa propiedad ciertamente no era como una biblioteca pública cualquiera. Estaba vacía excepto por dos mujeres de cabello gris que acomodaban libros apilados en un carrito. Había una columna de volantes en la mesa de la entrada, tomé uno.

−Increíble, ¿verdad, chicos? —dijo Connor suspirando en voz alta, agitó el brazo para saludar a las señoras y luego nos condujo por las escaleras de madera que crujían.

−Esto es totalmente increíble —dijo Max.

Lance estiraba el cuello para captar cada detalle del lugar.

−¿Esto es francés? —preguntó Sabine al poner la mano sobre el barandal curvo—. Me encanta todo lo francés que hay en este lugar.

Eché un vistazo a una hoja de papel que había tomado.

−Podrían ser franceses o españoles, que eran las influencias cuando Nueva Orleans se fundó, pero la arquitectura y el estilo son italianos —dijo Lance con la alegría de alguien que abre un regalo inesperado.

−Antigua casa, donada a la ciudad para convertirla en biblioteca —leí en voz alta.

—Añádela a la lista, Hav. Me gustaría vivir aquí también —dijo Dante.

Asentí, pero estaba demasiado ocupada escuchando las ásperas voces que susurraban detrás de nosotros. Miré sobre el hombro y vi que la chica pelirroja, Emma, discutía con Jimmy, que parecía todavía al borde del colapso, lo que era comprensible.

—Pero ¿qué estaban haciendo? —preguntó ella con brusquedad—. ¿Dónde demonios estuvieron toda la noche?

—Estuve en una fiesta y después no sé.

—No puedo creer que no tengas la decencia de ser honesto conmigo. ¿Eso es todo? ¿Así me tratas después de un año?

Siguieron algunas maldiciones y después Emma me pasó rozando al subir de prisa las escaleras hasta donde se encontraba Connor. Jimmy se llevó las manos a la cabeza como si lo asaltara un terrible ataque de migraña.

—Aquí será nuestro centro de operaciones —anunció Connor mientras llegábamos al segundo piso—. Todas las asesorías se llevarán a cabo aquí.

Lo seguimos por la alfombra desgastada hacia una habitación con una ventana en forma de media luna que daba hacia el terreno que rodeaba la casa. El alto techo estaba decorado con molduras delicadas y había cuadros de gente muy pálida de la era victoriana. Enormes mesas plegables y sillas se apilaban en el centro de la habitación, como si estuvieran esperando a que las acomodaran. Un librero de metal vacío estaba en un rincón. Connor nos dio a cada uno una enorme lista de pendientes y nos explicó que pasaríamos algunas horas aquí cada tarde con chicos de primaria y secundaria para ayudarlos con sus deberes. Algunas noches a la semana la sala se ocuparía también para instalar una línea telefónica para adolescentes en crisis. Y, de hecho, habían equipado una hilera de escritorios en el fondo con cuatro teléfonos de aspecto antiguo.

–Como pueden notar, hoy es un día festivo, nos dejaron entrar para que nos instalemos. Ustedes, chicos, vengan por aquí —señaló hacia donde yo me encontraba—, echen un vistazo a esta lista de libros y tomen un ejemplar de cada uno para surtir nuestra pequeña biblioteca acá arriba. Mientras tanto, ustedes —hizo un gesto hacia los demás—, van a instalar los lugares de trabajo. Manos a la obra —dijo dando una palmada marcando el inicio.

En nuestro grupo, además de Lance, Dante y Max había dos personas más. La primera era una chica vestida de negro al estilo gótico, con perforaciones en la nariz, llamada River.

–Sí, es mi nombre real —había dicho con tono de impaciencia al presentarse momentos antes en la casa, aunque nadie le había preguntado.

Y la otra era Drew, una tipa sin pretensiones, con jeans acampanados, una túnica turquesa deslavada y unos rizos rubios que rogaban ser cubiertos por unas margaritas.

–Bueno, Haven y yo nos encargaremos de ciencias, matemáticas y biografías —propuso Lance.

Los otros se repartieron las disciplinas que quedaban y regresaron abajo para buscar libros de literatura y libros para niños. Yo me dirigía al mismo lugar cuando Lance me tomó del brazo.

–Ciencias y matemáticas están por aquí —echó un vistazo por encima del hombro para cerciorarse que estuviéramos solos—. Tengo que decirte algo.

–Bueeeno —dije mientras lo seguía.

Subimos un poco más por las escaleras hasta llegar a una habitación sofocante, con estantes oscuros, y un poco húmeda, debido tal vez a los volúmenes amarillentos que ahí estaban.

—Entonces, ¿qué viste esta mañana? —preguntó en voz baja mientras buscábamos en las columnas de libros los títulos que necesitábamos.

Teníamos toda la habitación para nosotros solos.

—Ya sabes, un cadáver.

Sólo pensar en ello me hacía temblar de nuevo. Saqué uno de los libros incluidos en la lista.

—Creo que deberías comenzar a tomar fotos otra vez —dijo en tono serio—. Sólo para cerciorarnos con quién estamos lidiando —se agachó para sacar un libro de texto de biología.

—Sí, yo también lo pensé.

Por supuesto, había traído mi cámara. No era nada especial, un modelo digital de segunda mano que había encontrado hacía algún tiempo. Sin embargo, el año anterior me había enterado de que el equipo no importaba, que en realidad yo era una iluminadora de almas. Cuando le tomaba a alguien una fotografía su aura verdadera quedaba registrada. Mis fotografías mostraban la belleza interior o, justo lo contrario, podían detectar un espíritu decrépito, un alma en descomposición.

—¿Eso es todo? —pregunté, todavía en tono sombrío, aunque ya se sentía cierta ligereza, como a veces sucedía cuando teníamos este tipo de conversaciones que otras personas simplemente no experimentan.

—Sí, en realidad no es nada —dijo como si intentara bromear conmigo.

Nos sonreímos.

—Sin problema, ¿verdad? —sacudí la cabeza y regresé a mis papeles—. Perfecto, entonces cuatro libros más y Darwin —miré a Lance y noté un poco de preocupación detrás de sus gafas pesadas, algo que tal vez yo podría cambiar—. Me llevaré los dos de abajo, tú toma los dos de arriba —di un lento paso hacia atrás—. ¡Te reto a ver quién encuentra a Darwin primero! —tomé los libros y me eché a correr. Su rostro se iluminó en un instante.

—No es justo, ¡tú empezaste antes! —me gritó desde el final del pasillo.

—Suena como algo que diría un perdedor.

Corrí al siguiente pasillo, jalé un libro de un estante y vi su cara del otro lado. Como un estallido, ambos comenzamos a correr otra vez, ágiles y silenciosos. Tomé mi otro libro, de astronomía. Di la vuelta corriendo para tomar el libro de Darwin y Lance salió disparado hacia el lado opuesto. Fui recorriendo los números de los lomos de los libros. *El origen de las especies* seguramente estaría en la parte alta de los anaqueles y no podría alcanzarlo. Dejé caer los libros que traía en las manos, corrí y me lancé hacia arriba. Saqué el libro cuando aún estaba en el aire. Justo cuando iba a caer, Lance me atrapó y me devolvió al piso.

—De todas maneras, gané —dije para provocarlo.

Sujetaba el libro a mis espaldas mientras él intentaba quitármelo con sus manos alrededor de mi cintura.

—Yo diría que fue un trabajo de equipo.

—En eso no estamos de acuerdo —reí mientras se inclinaba hacia mí para besarme.

Después de recolectar los libros, nos reunimos todos en la sala de asesorías y Connor nos dio un curso intensivo de consejos para la enseñanza.

—No hagan sentir a nadie estúpido y, si creen que ustedes no saben tanto sobre algún tema, no tengan miedo de admitirlo, lo que haremos será asignar a alguien más —nos dijo.

—¿Por qué me miras a mí? —protestó un chico atlético llamado Tom, que traía puesta una camiseta de los Lakers—. Sólo bromeo. Ya sé que deportes no es una de nuestras asignaturas.

Después Connor nos mostró un manual de asesorías.

—A éste me gusta llamarlo: "Cuándo llamar a la policía" —dijo en tono de broma.

Drew levantó la mano.

—No es necesario que levantes la mano, Drew.

—Perdón —dijo tímidamente—. Pero, ¿no hay algo así como la confidencialidad entre doctor y paciente?

—Una vez hablé con alguien que estaba por lanzarse de un edificio —dijo River sin expresión alguna, y en un tono de confrontación.

—Apuesto a que sí —bromeó Brody.

—Creo que tal vez quisiste decir que lo disuadiste —apuntó Dante.

—Eso fue lo que dije —respondió ella con brusquedad.

Y así continuó la tarde hasta que todos estuvimos listos para no causar daño académico o psicológico a los alumnos. El resto de la jornada transcurrió sin novedad. Pero aun así, cuando el día comienza como éste, la verdad es que ya no podía haber sucedido algo más... *trascendente*, por fortuna.

6

La ciudad de los muertos

A la mañana siguiente, mi programa incluía: "Visita a proyectos de servicios a la comunidad, primera parte".

—Algunos habitantes necesitan mano de obra voluntaria y muchísima gente intenta todavía reconstruir sus negocios, sus vidas o mantener los espacios públicos a pesar de los recursos limitados —explicaba Connor mientras nos conducía fuera de casa—. Así que antes de reportarse para sus tareas de asesoría cada tarde, se alternarán para ayudar a los habitantes de Nueva Orleans, sea lejos o cerca —se detuvo delante de la mansión de al lado y mi pulso se aceleró—. Lance, Brody y Tom, ustedes se quedarán aquí hoy.

Di un silencioso respiro de alivio. Lance agitó el brazo para despedirse de mí cuando entró.

—Aquí entre nos, estoy casi contenta de no estar en ese lugar —le susurré a Dante.

Connor llevó al resto del grupo a caminar por las sinuosas calles. Cuando llegamos a la amplia y tumultuosa calle Rampart, se detuvo.

—Haven, Sabine y Drew, ustedes irán al cementerio Saint Louis No. 1, justo después de la capilla. Ya las están esperando.

—¿Qué? —me sorprendí, Dante soltó una risotada estridente y después se llevó la mano a la boca. Connor lo miró, pero no pronunció palabra.

—Mucho mejor que una casa embrujada, Hav —dijo Dante—. Disfrútalo.

—Dante y Max, ustedes irán al templo vudú de la sacerdotisa Mariette.

Connor señaló hacia un letrero calle abajo que se balanceaba con el viento tibio.

—¿Es en serio? —preguntó Max.

—Sí. ¡Vamos! No les gustará hacer esperar a esa señora.

—Maravilloso —dijo Dante animado.

—Los demás se vienen conmigo. Visitaremos un comedor asistencial que está a unas cuadras de aquí, tendremos algo de acción en Comida sobre Ruedas. Nos vemos más tarde en la biblioteca. ¡Hagan que me sienta orgulloso! —nos dijo mientras se retiraba.

La lisa superficie gris de la capilla de Nuestra Señora de Guadalupe llamaba la atención al otro lado de la calle Rampart, con su columna que cortaba el cielo matutino sin nubes. De acuerdo con nuestras instrucciones, nuestro contacto era la hermana Catherine. Una monja ciertamente representaba un cambio comparado con mi última jefa.

Dentro de la capilla, con sus pesadas puertas pintadas de blanco, estaba reunido un pequeño grupo. Su guía hablaba con un susurro que el techo abovedado amplificaba. Los únicos otros sonidos que se apreciaban eran los crujidos que de vez en vez hacían los feligreses al moverse en sus bancos de madera, perdidos en sus pensamientos y oraciones. La luz atravesaba los vitrales y salpicaba los muros blancos con muchos colores. Yo no había pasado en realidad demasiado tiempo en ninguna iglesia, excepto por la pequeña y acogedora capilla enclavada en el hospital donde a menudo había acompañado a familiares de pacientes o, mejor aún, donde me enviaban para llamar a sus seres queridos para anunciarles una buena noticia. El silencio del lugar hizo más patente mi torpeza al caminar y el ruido de mi respiración. Sentí como si todos me miraran. Sabine estaba un poco menos preocupada por esas cosas.

—¡Me encanta! —le dijo Sabine a Drew tocando su rústica bolsa de correa al hombro—. Necesitas una de éstas, Hav, deshazte de tu mochila.

—Es de un estilo, tú sabes, de chica nerd —le contesté susurrando, algo avergonzada.

—A mí me gusta —dijo Drew.

Me agradaba que Drew fuera de esas personas que eran amables sin importar la situación.

—Bueno, no sé —dijo Sabine negando con la cabeza—. Ya pensaremos en algo. Pero, ¿qué tela es? ¿Cáñamo?

—Sí, pero es mucho más suave de lo que parece —dijo Drew tomando la bolsa para que la tocara—. Me encanta el buen cáñamo. De hecho, Connor me habló de este material.

De pronto les puse atención.

—¿Fuiste de compras con Connor?

Drew negó con la cabeza.

—No, me lo encontré cerca de donde vivo, en una tienda vegetariana a la que solía ir; ahí me convenció de que debía comprar una. Creo que él tiene una también.

Sabine y yo intercambiamos miradas.

—Ese tipo sí que se mueve por todos lados —dijo Sabine.

–¿Cómo? —preguntó Drew, confundida. Pero no le explicamos.

Sentí un ligero tacto en mi hombro, como si se hubiera posado un pájaro en él y no pude evitar sobresaltarme. Al voltear me encontré a una mujer diminuta metida en un hábito que sólo dejaba a la vista su cara redonda como la luna. Tenía las manos entrelazadas y sonreía con sus labios arrugados. Parecía contar por lo menos los setenta años.

–Hola, niñas, deben ser del programa de estudiantes —dijo, saludándonos con una delicada voz que temblaba por la edad, como los viejos discos de acetato de Joan, y con la dulzura cansada de su acento nativo. Ciertos dobleces de piel colgaban de su cuello como si fueran de papel crepé, y alrededor de sus ojos y de la boca tenía unas bolsas en las que se alojaban más arrugas. El suyo era un rostro frágil al que los años habían dado una calidez que proyectaba una amabilidad genuina. Una mano cubierta de venas salió debajo de su hábito para encontrarse con la mía.

–Hermana Catherine, hola, mucho gusto de conocerla. Soy Haven —su apretón era igual de amable que su presencia. Las demás estrecharon su mano blanda y también susurraron saludos.

–Es un placer tenerlas aquí, queridas. Agradecemos su ayuda. ¿Ya habían visitado el Cementerio Saint Louis No. 1?

–No, señora —respondió Sabine con mucha seriedad.

–Celebraremos pronto sus doscientos veinticinco años, así que lo estamos arreglando. Es muy bello, pero quedará más que deslumbrante gracias a sus hábiles manos y sus cálidos corazones.

–Gracias, estamos listas para ayudar —respondí mientras sonreía a Drew, que era varios centímetros más alta que nosotras y estaba un poco encorvada, lo que la hacía parecer más tímida.

La Hermana Catherine nos condujo nuevamente afuera, bajo los tibios rayos del sol. Su espalda ligeramente curva la hacía tener más o menos la misma estatura que yo. Me preguntaba qué tan alta habría sido y si no tendría demasiado calor debajo de ese hábito y su cofia.

–Pasarán la mayor parte de su tiempo en nuestra ciudad de los muertos —comenzó a decir. Aquellas palabras me congelaron la sangre por una fracción de segundo, luego continuó—: Pero hay muchas maravillas en nuestra pequeña capilla. Son bienvenidas para explorar todo lo que quieran. En nuestro jardín —señaló un área detrás de la iglesia donde una estatua de tamaño natural, probablemente de algún santo o un apóstol que yo tendría que conocer, vigilaba— encontrarán una gruta maravillosa. Si lo desean, enciendan velas o dejen algún mensaje. Sabemos que muchas oraciones tienen respuesta.

–Es bueno saberlo, gracias —dije después de un momento, sólo para llenar el silencio, porque mis compañeras no decían nada.

Me sentí un poco fuera de mi elemento con esta pequeña charla espiritual, pero hice mi mejor esfuerzo.

–Y bueno, santa Catalina es la santa patrona de... —hice una pausa esperando que la monja completara mi frase, porque ni idea tenía de la respuesta.

Llegamos a la calle Basin, donde un muro encalado como el de una fortaleza se extendía por toda la manzana. El sol brillaba con rayos que cegaban.

–El fuego —dijo Drew con sorprendente autoridad.

–¿Por qué? Ah sí, bueno, es que santa Catalina nos aleja del fuego, la enfermedad y las tentaciones.

Mis ojos se fijaron en Sabine, que dibujó una sonrisa. Si hubiera podido leer sus pensamientos, probablemente me habría encontrado con algo como: "¿Y por qué querrías alejar a las tentaciones?". Sólo negué con la cabeza.

—Nuestra iglesia se fundó aquí durante la gran epidemia de fiebre amarilla, a finales del siglo XVIII.

Seguimos a la hermana Catherine por la calle a un paso lento y constante. Caminaba con la seguridad de quien sabe que su atuendo puede detener el tránsito, literalmente; nadie atropellaría a una monja. Hasta que llegamos al portal abierto del cementerio. Oímos voces, pasos y agitación del otro lado.

—Tenerlas aquí, niñas, es como si fuera el Día de los Fieles Difuntos de nuevo, y siempre he pensado qué sería muy bonito si todos los días fueran el Día de los Fieles Difuntos.

La hermana Catherine se detuvo y nos miró con sus penetrantes ojos grises.

—¿El Día de los Fieles Difuntos? —preguntó Sabine.

—Es cuando la gente viene a adornar las tumbas, ¿no? —dije al recordar que en mi guía se mencionaba eso.

—Muy bien —dijo la hermana Catherine cuando entramos.

La seguimos por un sendero estrecho flanqueado por criptas de todos los tamaños. Algunas eran sólo un bloque de ladrillos derruidos a ras del suelo, del tamaño de un ataúd; otras eran blancas y muy brillantes, del tamaño de un cobertizo de jardín. Muchas estaban rodeadas de balaustres puntiagudos de metal delgado con pintura negra descascarada. Senderos estrechos y pasillos formaban intersecciones en el suelo y en la grava a medida que el cementerio se extendía en un trazado cuadricular en miniatura.

Caminamos en silencio, muy serias, por largos minutos hasta que nos detuvimos para dar el paso a un grupo de más de veinte turistas.

—Con toda certeza, el más famoso y más infame de todos los que habitan en Saint Louis No. 1 se encuentra por aquí —dijo el guía a un grupo, todos protegidos con sombreros y gafas de sol.

Finalmente, la hermana Catherine prosiguió:

—En el Día de los Fieles Difuntos, y el de Todos los Santos también, la gente viene a expresar respeto por sus seres queridos y a arreglar las tumbas —se detuvo frente a una cripta deteriorada con partes sin cemento, en las que se veían los ladrillos—. Es maravilloso tener quién ayude en esos días, claro, pero muchas de estas sepulturas permanecen así, sin que nadie las cuide. Lo cierto es que nuestra ciudad de los muertos ha sufrido. He estado aquí durante muchos años, pero ya soy demasiado vieja y no puedo hacer todo el trabajo de restauración sola. Con la ayuda de amables voluntarios como ustedes, esperamos restituir la gloria y el honor a los que han sido sepultados aquí. Así que comenzarán en este punto y se guiarán con una lista de sepulcros que queremos restaurar. En un momento dado espero que venga un contratista para que reconstruya de verdad algunas tumbas, en especial las que están muy deterioradas.

—Maravilloso —dije estudiando nuestro primer objetivo.

El nombre grabado en la lápida de mármol decía Barthelemy Lafon y una placa lo describía como arquitecto. Se lo contaría a Lance. Me preguntaba cómo la estaría pasando en esa casa espeluznante. Se sentía extraño trabajar lejos de él.

—Tenemos muchas ganas de comenzar —añadí.

—Perfecto —apoyó Sabine.

—Hay algunos materiales para ustedes en el cobertizo del conserje en la entrada —dijo la hermana Catherine y regresó cojeando por donde habíamos llegado—. También tengo unas camisetas y pantalones para que se cambien y puedan pintar.

Me sentía contenta de no tener que arruinar los únicos pantalones de algodón que tenía y una de mis blusas favoritas. Después, la monja se detuvo un momento y me miró cuando pasaba otro grupo de turistas.

—Tengo un poco más de trabajo para ustedes, si no les importa —dijo.

Me tomó del brazo y señaló con el dedo el camino por donde habíamos llegado. Dimos vuelta en uno de los senderos estrechos.

—Aquí tenemos a un buen número de gente muy conocida de Nueva Orleans, por eso se organizan las visitas guiadas —dijo con una animada y grave voz—. Pero en realidad es sólo una tumba la que los hace venir, como deben saber, la de Marie Laveau.

Nos detuvimos ante una cripta alta y estrecha que llegaba mucho más allá de nuestras cabezas. Gran parte de su blanca superficie de piedra lisa estaba cubierta de garabatos de agradecimiento o, mejor dicho, de letras equis. Muchísimos visitantes habían escrito líneas con tres equis juntas, garabateadas por toda la tumba. Eran marcas de variados colores, escritas con bolígrafo o pintura. Alrededor de su base había numerosos objetos que no conseguía comprender: flores, algunas de ellas marchitas, piedras, botellas, ladrillos (algunos cubiertos de papel aluminio), fruta podrida (algunos sólo habían dejado huesos de duraznos), empaques que parecían contener sobras de comida de restaurante, libros, bolígrafos, pastillas de menta, mapas, notas manuscritas, velas, fotos, huesos, bolsas de plástico con hierbas.

—Esta tumba nunca se pintará —dijo la Hermana Catherine muy seria—. ¿Han oído hablar de la señorita Laveau?

Nadie pronunció palabra. No quería ser esa niña horrible con la mano levantada en clase todo el tiempo, pero tampoco quería que pensara que no estábamos interesadas. Sabine y Drew lucían nerviosas.

—Bueno, según sé era una reina del vudú y creo que también fue enfermera durante los brotes de fiebre amarilla, ¿no? —respondí.

—Sí, querida, excelente —dijo la hermana Catherine mientras me miraba asintiendo.

—¿Qué significa todo eso? —dijo Sabine señalando un montón de letras equis.

Drew se acercó para inspeccionarlas y las recorrió con un dedo.

—Ésa es una muy buena pregunta —le dijo la hermana Catherine a Sabine, quien se veía muy orgullosa de sí misma—. Bueno, se dice mucho acerca de ella, como pueden imaginar. Muchos creen que si dejan esas marcas, se les concederán sus deseos. Otros visitantes también dan tres golpes a su tumba —ella lo hizo también—. Hay tantas historias como ésa, tantas supersticiones y gente que viene a pedirle ayuda... Todos tenemos nuestras creencias para buscar quien nos ayude cuando lo necesitamos, ¿verdad?

Sacudió la cabeza, como si sugiriera que tenía la esperanza de que todos los que venían aquí pudieran cruzar la calle para ir a la iglesia. Pero, ciertamente, yo lo comprendía. Después de lo que había visto, sabía que era necesario encontrar esperanza donde se pudiera.

—En fin —continuó—, la gente deja todas estas cosas como ofrenda para obtener el auxilio del espíritu de la señorita Laveau. Por desgracia, como pueden ver, algunos insisten en dejar cosas perecederas que no tienen probabilidades de durar en este clima cálido, y todo se ensucia. Si pudieran venir todos los días a retirar cualquier cosa que estuviera podrida, se los agradecería mucho.

Con esas palabras miró por última vez el lugar y se alejó con paso lento.

La seguimos a una especie de choza gris que era apenas un poco más grande que algunas de las caprichosas criptas. Dio vuelta a la llave en la puerta y entramos a una habitación casi vacía. Adentro había un escritorio de madera, una silla, una lámpara, un gabinete metálico para guardar cosas y un teléfono. Eso era todo lo que cabía. No sentí aire acondicionado, pero estar alejada de los rayos del sol era un alivio que se agradecía.

La hermana Catherine extrajo ropa muy bien doblada del gabinete y algunos papeles marcados con resaltador amarillo.

–Aquí tienen. Esto es todo lo que necesitarán. Éste —buscó entre los papeles hasta que extrajo uno— tiene algunos consejos básicos para pintar. Todos los materiales están aquí.

–Gracias, hermana —dijimos al unísono.

Ella asintió lentamente, mirando hacia abajo, con ese estilo que tienen las monjas en las películas, como cuando Joan y yo veíamos *La novicia rebelde* en Navidad. Caminó hacia la puerta y después se volvió para mirarnos.

–Por favor, no permanezcan en el cementerio después del atardecer. Por razones de... seguridad —dijo en tono grave y por un momento escalofriante.

–¿Qué quiere de...? —comenzó Sabine, pero antes de que pudiera terminar, la hermana Catherine ya se había esfumado y sólo pudimos ver cómo la punta de su hábito serpenteaba mientras salía cerrando la puerta.

–La monjas me ponen los pelos de punta —dijo Sabine gesticulando, como si tuviera escalofríos después de que la hermana se marchara.

–Vamos, fue muy... linda —dije.

Drew soltó unas risitas.

Procedimos a vestirnos con los pantalones de trabajo.

Sabine y yo parecíamos enanas, porque la ropa de trabajo había pertenecido a personas que nos doblaban la estatura. Las camisetas también eran enormes y tenían estampada la iglesia en el frente y unas letras enormes en la espalda, que decían PERSONAL.

Sabine se jaló la camiseta para ajustársela en un nudo. Como no tuvo mucha suerte, refunfuñó.

—Estos atuendos son muy sexis, ¿no? —bromeé y ella se rio de sí misma.

Con botes de pintura, rodillos, brochas y periódicos en la mano, regresamos por donde habíamos venido y nos dirigimos a un trío de tumbas que estaban en nuestra lista. Para ser enero, el sol parecía haber aumentado el calor más de lo usual. Coloqué las hojas del periódico en el suelo alrededor de la tumba de Lafon y comencé a trabajar esparciendo la pintura espesa con el rodillo. Como si tuviera sed, el cemento la absorbía. Con el rodillo pinté capa tras capa e intenté, sobre todas las cosas, que mi mente no se fuera demasiado lejos por lugares que no quería explorar.

Casi al medio día, había colocado la última capa y Lafon brillaba. En cierto momento, mis compañeras pintoras me dieron dinero y me enviaron en expedición para comprar el almuerzo; fue entonces cuando descubrí que la misteriosa *muffuletta*, que había visto anunciada por toda la ciudad y que me sonaba como un animal pequeño, en realidad era el sofisticado nombre de un emparedado.

Cuando ya estábamos por terminar, Drew, que se veía tan elegante con sus largas y torneadas piernas, pero que era increíblemente torpe, se las arregló para derramar un bote de pintura encima de sus zapatos deportivos.

—Bueno, por lo menos el blanco va con todo —dijo Sabine.

—En definitiva, pudo haber sido mucho peor —añadí intentando ser amable, pues Drew se veía un poco agobiada.

Les dije que se adelantaran, que yo cerraría el cobertizo del conserje y guardaría las cosas para que pudieran ir a casa, y Drew pudiera cambiarse antes de nuestra sesión de asesoría.

Un órgano sonaba en la distancia cuando pasé a dejar las llaves en la oficina principal de la iglesia. Una amable asistente, Susan, como de cincuenta años, con lentes, me condujo hasta una urna en forma de trofeo, como las que se usan para depositar cenizas, y me dijo que las dejara ahí. Al salir, mi teléfono normal vibró anunciando un mensaje de Dante: él y Max querían regresar a casa conmigo, pero estaban un poco retrasados y me preguntaban si no me importaría esperarlos.

Buscando un lugar para pasar el tiempo, caminé por los alrededores de la capilla y llegué hasta el jardín con su imponente estatua. Me senté en una banca, pero algo llamó mi atención y me dirigí hacia aquello. Había luces que parpadeaban más adelante, en un oscuro sendero. Cuando me acerqué, vi una especie de cueva, un acogedor rinconcito ahuecado en la roca. Ésta debía ser la gruta que la hermana Catherine había mencionado. Adentro, el espacio era apenas del largo de mi brazo, pero habían instalado repisas que sostenían cientos de velas encendidas. El olor a quemado se mezclaba con un olor a humedad y, sin embargo, resultaba reconfortante, como una vieja frazada en el fondo de un cajón. En las paredes rugosas había notas pegadas con cinta adhesiva, algunas tenían los nombres de las personas a quienes se les había concedido sus deseos. Repasé los mensajes. Me pregunté qué cosas habían pedido. Una brisa tibia llegó de afuera y silbó contra la entrada de la cueva. Una ráfaga me pasó de lado dentro de la gruta y la flama de cada veladora se movió, pero sólo una se apagó. No me gustó la idea de que alguien en algún lugar perdiera su deseo mientras yo vigilaba. Saqué la veladora de su vaso de vidrio rojo en la repisa y acerqué la mecha a la flama de su vecina. Encendió, brillante e intensa.

—No tienes idea de lo que puede suceder en una tienda de vudú —parloteaba Dante a mil por hora—. Vimos a un grupo de turistas que enloquecieron, fue difícil porque el lugar acababa de abrir y la encargada todavía no terminaba de llenar sus anaqueles ni de preparar su templo. No has vivido hasta haber visto a dos mujeres de Alabama sudando, quemadas por el sol, en una batalla campal por adquirir el último muñeco vudú para atraer esposo.

–Siento lástima por sus futuros maridos —dije.

–Ni que lo digas —Max movió la cabeza, silbando.

–Y no es que esté interesada en uno, pero ¿de veras tienen muñecos para eso?

–Hay muñecos para todo. Amor, suerte, dinero, venganza, lo que quieras. Algún día llegará mi príncipe —Dante bromeó en voz baja, agitando las pestañas.

Max revisaba los mensajes de su teléfono sin prestar atención.

–Déjame decirte —comenté entre dientes—, que vi a un príncipe en Año Nuevo y que no son tan grandiosos.

Max hablaba por teléfono.

–Perdón, cariño. La verdad no quería hablar de…

–No, no, descuida. Estamos juntos en esto.

–Lo sé, gracias por decirlo —respondió Dante, su sarcasmo hacía que todo se viera mejor.

–Entonces, ¿cómo es tu jefa? —pregunté, intentando hablar de cosas menos oscuras.

–Mariette. Es superatractiva pero, ya sabes, obviamente no es mi tipo. Es preciosa y un poco misteriosa. Hay una trastienda loquísima, llena de cosas que usa para sus hechizos y sus lecturas. Hoy estuvimos desempacando y ordenando, etiquetando cosas, literalmente, frascos con huesos de pollo y dientes de caimán.

—Vaya. Qué intenso —dejé de hablar por un momento. No estaba completamente segura de cómo mencionarlo, pero no podía evitar que las alarmas se activaran—. ¿Crees que Mariette sea... —dije quedamente— una, ya sabes, una de ellos?

—Muy buena pregunta —dijo Dante en voz baja. Su tono se volvió serio mientras lo pensaba.

De alguna manera había sobrevivido a que lo envenenaran, a que le lavaran el cerebro y a que casi lo reclutaran en las filas de Satán a principios de año. Y, sin embargo, él se lo tomaba con tanta tranquilidad que a veces olvidaba lo horroroso que había sido todo. Sólo pensarlo me hacía temblar, pese al calor de mediodía.

—No lo sé —dijo finalmente—. No siento que sea uno de ellos, pero es muy pronto para saberlo. ¿Y qué me dices de tu jefe? ¿Hay mujeres guapas con ustedes? —preguntó muy serio.

Cuando dijo eso, tuve que sonreír.

—Es una monja. Una vieja monja. La hermana Catherine.

Soltó una carcajada.

—¡Me has alegrado el día! Muy glamoroso, ¿eh?

Max había dejado de hablar por teléfono, movía la cabeza.

—Perdón, era mi mamá, ya saben, me controla todo el tiempo.

—Le hablaba de Mariette a Hav —dijo Dante.

—Ella es maravillosa —confirmó Max—. Creo que tenía una tienda hace años en otra parte de la ciudad, pero el huracán Katrina la borró del mapa y ahora está reconstruyendo su nuevo local. Es una mujer fuerte.

—Suena, no sé, un poco *salvaje* —dije imaginando su surtido de huesos y dientes.

—Sí, creo que ella es increíble —dijo Dante emocionado y le bailaban los ojos. Ya estábamos casi en casa.

—Recogeré a Lance —dije cuando nos detuvimos frente a la mansión LaLaurie.

—Ok. Ustedes son tan clasificación B, incluso contra su propio bien —dijo Dante riendo.

—Sabes a qué me refiero —lo golpeé en el brazo, con cara de impaciencia—. ¿Quieres entrar? Vamos, ¿cuántas veces tienes la oportunidad de entrar a una casa embrujada?

Incluso en la brillante y reconfortante luz del día, sentía como si el edificio se mofara de mí.

—Muy bien —asintió Dante—. Nos convenciste —caminó hacia la puerta y entró.

Max miró con desconfianza el umbral y lo siguió, aunque no con el mismo entusiasmo.

Entramos a un sitio en construcción. Las vigas estaban a la vista, había hule sobre las paredes, una mesa estaba cubierta de papeles en un rincón, y había andamios y plataformas montadas.

—¿Lance? —grité.

—Este lugar es el completamente espantoso epítome de una restauración. Aahh —dijo Dante mientras tocaba el plástico y se encogía como si éste fuera a morderlo.

La banda sonora de martillos y sierras zumbando hacía eco desde otra habitación.

—¡Aquí estamos! —la voz de Lance se esforzó por hacerse oír entre todo aquel bullicio.

Dante y Max desaparecieron por un pasillo oscuro, ansiosos por inspeccionar el lugar. Estaba a punto de seguirlos cuando vi un destello que llamó mi atención.

La ventana del recibidor había quedado abierta y una veladora estaba encendida en la repisa de la ventana. Me recordó las velas que había visto en la gruta. Una ráfaga se coló y la flama luchó contra ella, parpadeando antes de apagarse por completo. En ese momento me di cuenta de que algo sobresalía debajo del recipiente de vidrio. Era la esquina de un papel blanco. "Tal vez sea un deseo", me dije bromeando, y aunque imaginé que quizá sería un recibo de la tienda que se encontraba cruzando la calle, o una lista de lo que los contratistas tenían por hacer, no pude resistirme. Saqué el trozo rígidamente doblado en un cuadrado, de un liso y grueso papel color marfil con una textura como la del algodón. Y ahí estaba, como si estuviera grabada en el papel: H.

Mi corazón se detuvo como si supiera algo que mi cerebro no. Me apoyé en la repisa de la ventana y abrí la nota:

Haven:
Aquí estoy, y observo.
Siempre,
L

Las palabras me dieron vueltas en la cabeza. Me aterrorizaban y me emocionaban al mismo tiempo. Conocía esa letra. Alguna vez había acompañado a un vestido, el regalo que me puse en nuestra primera y última cita. Sí, sabía quién era L, sin duda alguna. Darme cuenta de eso me daba escalofríos y aun así sentí que comenzaba a sudar. Me sentía mucho más cómoda al saber que Lucian estaba resguardado, confinado en mis pensamientos y recuerdos, y no en este mundo conmigo. No sabía quién era ahora ni si la penitencia que sufría en el inframundo lo había cambiado. Ni siquiera tenía idea de a qué bando servía. Había pasado el tiempo suficiente como para olvidar todas las cosas buenas que él me había mostrado, pero no para que las malas desaparecieran de mi memoria. Era demasiado lo que yo ignoraba.

La leí de nuevo. Entonces, sin pensar en nada, la estrujé en mi mano, como si quisiera hacerla desaparecer con sólo apretarla con fuerza. La metí en mi cartera mientras se oían voces que se acercaban por el corredor. Lance, Dante y todos los demás aparecieron.

—Nos vemos mañana, John —dijo Brody a un tipo fornido con bigote que vestía una camiseta muy apretada y llevaba puesto un cinturón para guardar herramientas en la cadera.

Imaginé que se trataba del supervisor de la obra.

—Cuídense, muchachos —dijo el hombre. Restos de aserrín y sudor cubrían su rostro y sus brazos carnosos.

—Oye, ¿hola? —preguntó Lance riéndose—. Deberías ver lo que hay allá atrás.

—Perdón, estaba... intentaba comunicarme con Joan —no quise mentir, pero no estaba preparada para decir la verdad—. Estoy... ¿cómo estás?

—¡Vamos, Hav, anímate! En serio que te da miedo este lugar, ¿cierto? Parece como si hubieras visto a un fantasma.

No podía articular palabra. Por suerte no tuve que hacerlo. Max rompió la tensión al propinarle un codazo.

—No seas cruel. Vamos, Haven, no le hagas caso. Salgamos de aquí.

Él salió primero y lo seguimos todos. Eché un último vistazo antes de que se cerrara la puerta, como si Lucian fuera a aparecer en cualquier momento.

7

Tengo algo que decirte

El contenido de la nota comenzó a retumbar en la cabeza. Incluso estaba actuando de manera extraña, como cuando me quedé mirando a la nada desde la ventana del tranvía o cuando me sumí en mis pensamientos al hablar con Lance y con Dante rumbo a la biblioteca.

En cuanto llegamos a la sala de asesorías, que ya estaba repleta con más de diez niños de todas las edades, dejé que Lance se adelantara y jalé a Dante de la camiseta hasta llevarlo fuera del salón.

–¡Hey! —protestó.

–Tengo que decirte algo —le dije en un susurro.

Mi tono de voz no daba lugar a ninguna duda. Él notó la seriedad reflejada en mis ojos y me contestó con una mirada semejante, listo para escuchar.

–¡Vaya! —fue todo lo que pudo decir al principio, mientras miraba la nota.

–¿Crees que detrás de esto hay un tono siniestro o simplemente se trata de algo más informativo? Algo como: "Por cierto, sólo para que lo sepas, estoy por aquí".

–Mmmm... —Dante se mordió el labio, como si no quisiera responder.

–Y creo que vi algo extraño en la ventana de la mansión una noche, pero quizás estaba alucinando.

Dante ladeó la cabeza, procesando todo, y después miró hacia arriba mientras me pasaba la nota de regreso.

–Mira, Haven, tú misma lo has dicho. No tiene caso pensar en lo que ha podido pasarle a Lucian durante este tiempo, ya sabes, allá *abajo*. Es obvio que el Príncipe está apuntando hacia ti, hacia nosotros —añadió intentando tranquilizarme a su manera—. Y lo único que podemos hacer...

–Lo sé, lo sé, debemos actuar bajo el supuesto de que todos están en nuestra contra. No tenemos razón alguna para pensar de otra manera —suspiré—. Pero la verdadera cuestión es...

–Lance —Dante terminó mi oración.

–Mi intuición me dice que debo decirle... pero no puedo... No sé por qué...

–Yo sí sé. Va a perder el juicio.

–Sí, ¿verdad? —dije derrotada.

–Sí, por muchas razones. O sea, ¡vaya!

–Pero no me parece correcto no decírselo. Hasta por cuestiones de seguridad, esto es algo que necesitamos compartir, ¿no?

–Mmmm, sí, diría que sí —confirmó Dante—. Pero, por otro lado, es el caso típico de las pláticas sobre el exnovio. No quieres mentir, pero...

–Pero no fue algo que yo buscara. Y Lucian nunca fue mi novio...

–Como sea, Hav. Tal vez no saliste muchas veces con él, pero, en mi humilde opinión, sucedió lo suficiente como para que Lance se imagine cosas —dijo, y yo sabía que tenía razón—. Dame la nota —exigió.

No me había percatado de que estaba estrujándola junto a mi corazón. Se la di. La extendió, la leyó rápidamente y me miró, como si buscara la respuesta a una pregunta que todavía yo no había formulado. Después, con un chasquido agudo, arrancó de un tirón mi nombre escrito al principio de la nota, que incluía también la letra H en el reverso. Di un grito ahogado, sorprendida de mí misma. Por alguna razón, sentí como si me hubiera hecho un agujero en el corazón.

Dante me extendió el trozo de papel con mi nombre. Aunque no me di cuenta por completo del peso que tenía la nota —físico y de otro tipo— entendí el punto: ahora ya no era para mí. Ahora podría haber sido dirigida a cualquiera de nosotros, a todos nosotros. De hecho, sin mi nombre al principio, el tono cambiaba. Se sentía más ominosa.

—Oye. Mira esta nota que encontré —dijo Dante en un exagerado tono sobreactuado de alguien que lee mal un guión—. Es muy aterradora, ¿ves? ¿Qué crees que signifique? —cambió el tono de su voz a su vigor normal—. Se la mostraré a Lance y le diré que primero te la di a ti y como tú conoces la letra de Lucian, tiene sentido que hayas identificado al autor. Lo haremos esta noche cuando regresemos.

Cuando más tarde finalmente se lo dijimos a Lance, hicimos exactamente lo que habíamos planeado. Me sentí culpable. Lance tomó el papel que Dante le pasó y lo miró largamente mientras pasaba la mano por sus desordenados rizos oscuros. Finalmente, se la regresó con una mirada perdida.

—Así está la cosa, vamos a tener que cuidarnos muy bien todo el tiempo, porque por lo visto sabrán cómo atraparnos cuando lo crean conveniente.

Se mantuvo en silencio el resto de la noche. Dijo que estaba cansado y que se acostaría temprano. No lo presioné.

Esa noche, cuando vi el destello de luz en la puerta de junto, me senté en la cama y observé la esquina de la mansión. A medianoche una luz se encendió. Apareció una figura, enmarcada por la ventana. Podía decir que se trataba de la sombra fantasmal de un hombre por la forma en la que le daba la luz de la luna, aunque en realidad sólo era una silueta indefinida. Y podía decir que miraba en mi dirección, su cabeza estaba en el ángulo exacto para observar mi dormitorio. Temblé, se me puso la piel de gallina, pero aun así me encontré bajando la escalera del ático y acomodándome detrás de la ventana. La abrí y trepé hacia el balcón que, como el patio, estaban desiertos. Seguí observando hasta que la luz se esfumó y la ventana se quedó a oscuras.

Durante las dos noches siguientes aquella luz resplandeció de nueva cuenta a la misma hora, con la precisión de un reloj.

Connor había anunciado que nos consentiría con una fiesta de viernes en uno de los lugares emblemáticos de Nueva Orleans, para celebrar nuestra primera semana de trabajo. El Antoine's estaba repleto, las mesas estaban llenas de parroquianos ruidosos, y el mesero nos guio a través de una serie de estancias hasta llegar a nuestro salón privado. Rebosante de tapicería verde y oro, con un candelabro cuyos destellos caían desde el techo, el adornado salón parecía un museo. Los muros estaban cubiertos de vitrinas que exhibían vestidos de gala, tiaras, coronas, cetros y capas utilizadas por reinas y reyes del Mardi Gras. Me acomodé al final de la mesa, donde se sentó Emma, lejos de Connor y de Jimmy. Me pregunté si ella había llegado tarde o si los evitaba intencionalmente.

Ofrecí tomar fotos de todos los que se habían sentado a la mesa de banquetes.

—Muy bien, este ángulo es perfecto. Gracias, chicos —dije verificando la fotografía en el visor para confirmar que había capturado a la mitad del grupo en una sola toma.

Había decidido seguir el consejo que apareció en mi teléfono y regresar a las viejas lecciones aprendidas. En Chicago había descubierto que mi trabajo exponía la verdadera naturaleza de las personas, penetraba en sus almas y mostraba lo que ahí había. Si era algo maligno, la imagen se descompondría, así de simple. Se me había confiado el poder de destruir estas fotos y de proscribir a estas personas al inframundo, lo que no era algo sencillo, porque ellos darían batalla (y ciertamente lo habían hecho a principios de año), pero me sentía capaz de afrontarlo.

—Muy bien, a la cuenta de tres, sonrían. ¡Uno, dos, tres! —grité, en el tono más animado que pude, aunque hasta a mí me sonó falso.

Finalmente tomé la foto y la inspeccioné rápidamente. Era buena.

—¡Gracias! —dije, y regresé a mi lugar junto a Lance.

—¿Tienes ya algunas tomas buenas? —preguntó solícito.

—Sí, todo está listo —contesté.

Guardé la cámara en la bolsa y la coloqué en la silla vacía junto a mí. Reservaba el asiento para Sabine, quien me había enviado un mensaje de texto para decirme que estaba a punto de llegar. Ella había insistido en regresar a casa después de las asesorías para cambiarse antes de la cena. Al parecer, Emma le había hecho el mejor cumplido:

–¿Estás segura de que no eres sureña? —le preguntó la pelirroja arrastrando las palabras con un tonito exagerado cuando se apartó de nuestro grupo al regresar a casa.

Sabine, halagada, se ruborizó.

Dante se sentó frente a mí junto a Max, ambos parecían completamente absortos en su propio mundo, hablaban y reían como viejos amigos. Nadie pensaría que se habían conocido apenas una semana antes. Los otros chicos se habían reunido en la mitad de la mesa junto a Connor.

–Entonces —pregunté a Lance—, ¿qué hay de nuevo en la casa de al lado?

Él ya se había tomado la última gota de su Coca-Cola de dieta, masticaba trozos de hielo y pensaba.

–Nada. Todo es un completo embrollo —dijo inexpresivo y se ajustó los lentes.

–Con lo que pasó en el vestíbulo ya fue suficiente.

–El resto es mucho peor. Algunas partes se quemaron. Otras son sólo vigas podridas. Es como la radiografía de un edificio. Se puede ver a través de los diferentes pisos, hay huecos en todas partes.

–¿Crees que alguien pudiera llegar a... la parte de arriba? —susurré, mientras mis dedos jugaban con mi collar.

–La verdad, no sé. Como que no hay un arriba en estos momentos.

Lance no me veía de frente, era como los espías de una película que apenas se miran entre sí, y cuando hablan miran hacia el frente.

–Estructuralmente, el lugar es tan endeble que tendremos que trabajar mucho para restaurarlo. Pero ya llegaremos a eso, de una u otra manera.

Ataviados de esmoquin, aparecieron meseros que ofrecían cestas rebosantes de pan. Dante se disculpó para ir al sanitario. Lance y yo intercambiamos miradas furtivas, me levanté de mi asiento y me escabullí sin decir palabra. Encontré a Dante jugueteando con su teléfono afuera de los sanitarios al final de un pasillo oscuro. Levantó la mirada al escuchar mis pasos, que se acercaban, se guardó el teléfono en el bolsillo y sacó su cajita de hojalata.

–No puedo evitar sentir que las estamos desperdiciando —susurré al acercarme.

–Ya se me ocurrirá algo, lo juro. Pero por ahora, creo que es lo mejor que podemos hacer.

Sabía que tenía razón, pero vivía con el miedo de que esos preciosos antídotos se terminaran. Habíamos estado utilizándolos diariamente desde la primera noche en Nueva Orleans.

–Por ahora, toma —dijo.

Estiré el brazo para tomar una hoja, delgada como el ala de una polilla, y dejé que se disolviera en mi lengua.

Como era de esperarse, Lance apareció al final del pasillo y caminó hacia nosotros. Dante también le extendió la cajita, pero cuando estiró el brazo para recibir la hoja, se abrió una puerta y la luz nos dio de lleno. Sabine apareció detrás de él.

–¡Hola, chicos! —nos saludó—. ¡Entonces aquí está la verdadera fiesta! —Lance se metió la hoja a la boca inmediatamente—. ¿Me perdí de algo? Ah, ¿son pastillas de menta? ¿Me dan una?

Dante cerró la lata con un chasquido.

–Era la última, lo siento —dijo con una sonrisa fácil. Yo me sentía completamente agitada—. Nos vemos allá —dijo Dante señalando en dirección del salón de banquetes—. Muero de hambre —después de decirnos eso, se escabulló para reunirse con el grupo.

—Es el momento justo para la cena —dije, intentando lucir tranquila—. No te perdiste de nada.

—Ahora las alcanzo —dijo Lance, y se dirigió al sanitario.

—Bueno, sólo quería arreglarme un poco. Me siento tan desganada después del largo día en la ciudad de los muertos.

Sabine se alisaba su sedoso pelo y, por supuesto, para nada se veía desganada.

—Sí, qué buen ejercicio es pintar. Trabajas muchos más músculos de los que me hubiera imaginado —le dije mientras caminábamos hacia el salón.

—De acuerdo.

Sabine no parecía prestarme atención en lo absoluto. Sus ojos revoloteaban de un lado a otro y jugaba con el broche de su brazalete. Cuando llegamos a la puerta, caminó más despacio y me tomó del brazo para jalarme unos pasos atrás.

—Haven, tengo algo que decirte.

Se detuvo cuando ya nos encontrábamos fuera de la vista de los invitados que estaban en el salón. Los meseros pasaban apresurados junto a nosotras con bandejas llenas de exquisitas viandas.

—¿En serio? —dije sin querer sonar insegura. Ella me soltó del brazo y sus ojos nerviosos apenas podían mirar los míos—. ¿Todo bien?

—Vi lo que tenía Dante —susurró.

Casi se me detiene el corazón.

—¿A qué te refieres? —fingí demencia.

—Esas hojas, las vi, sé lo que hacen. Yo también tengo algunas, muy pocas.

Las preguntas invadieron mi cabeza y las alarmas comenzaron a repiquetear, pero la seriedad en su voz me confirmaba la verdad.

Detrás de la tensión, en su dicho había una buena intención, la necesidad de que alguien la entendiera porque quería compartir un secreto. Tuve que tomar en serio lo que me decía. Entonces le pregunté:

—¿Qué hacen?

—Te protegen. Mantienen las toxinas fuera de tu cuerpo.

—¿Cómo lo sabes?

—Tuve un amigo que aprendió de la peor manera lo que puede sucederte si no las tomas.

Pensaba hacerle más preguntas, pero en ese momento Lance se acercó por el pasillo y me lanzó una mirada de confusión mientras se acercaba. Yo le respondí con una mirada sin expresión. Él pasó junto a nosotras sin decir una palabra, y nos esquivó para dirigirse al salón. Sabine retomó la conversación antes de que yo pensara en una respuesta.

—No estaba segura de si debía decir algo —dijo negando con la cabeza y con una mirada suplicante—. No es que planeara no decírselo a alguien, de verdad, pero... es muy difícil —hizo una pausa para ordenar sus pensamientos—. Cuando vi esa hoja en la mano de Lance, yo... pensé que debía intentarlo.

—Lo entiendo —dije, y bien que la entendía. Más meseros se dirigían al salón.

—Sé que no es el mejor momento para hacer estallar una bomba —dijo poniendo cara de fastidio y casi se soltó a reír, recordándome a la chica desenfadada y de buen trato que había sido antes de todo esto.

—No... bueno. ¿Y cuándo es un buen momento? —sonreí.

—Claro —dijo negando con la cabeza.

Los meseros pasaban apresurados junto a nosotros con las bandejas vacías.

—Creo que debemos regresar —dije, aunque era lo último que me preocupaba.

Quería interrogarla, hacerle todas las preguntas apremiantes y decirle todo después a Lance y a Dante, para intentar entender lo que sucedía. ¿Esto quería decir que Sabine era una de nosotros? ¿Un ángel en entrenamiento? Tenía que serlo, ¿no?

—Tienes razón —dijo suspirando—. Pero ¿después...?

—Definitivamente —le prometí—. Tenemos que hablar.

Las dos asentimos como si nos comprometiéramos en silencio a regresar al salón y representar una versión de nosotras mismas durante toda la noche, hasta que pudiéramos hablar de nuevo sin peligro.

—Te guardé un asiento —dije señalando el lugar mientras regresábamos—. Estamos en la parte de en medio.

Mi bolso y mi servilleta estaban en las dos sillas entre Lance y Tom, quien casi siempre vestía como si fuera al gimnasio, pero esta noche se había puesto un pantalón caqui. Sabine se sentó junto a Lance.

No pude evitar sentirme un poco frustrada, no había manera de que ella supiera que yo estaba sentada ahí y ciertamente no quise darle demasiada importancia al hecho. Había platos de ensalada en cada lugar con pequeñas copas llenas de quingombó y en toda la mesa había varios platones con ostiones, mariscos cubiertos con almendras y pollo en salsa.

El ruido de un cuchillo que golpeaba contra un vaso terminó con las animadas conversaciones. Connor se puso de pie y levantó una delicada copa para brindis llena con refresco de cola.

—¡Hey, chicos! Sólo quiero decirles que espero que todos hayan tenido una buena semana a pesar del difícil inicio —mi mente se instaló en la imagen de aquel hombre muerto en Año Nuevo.

Toda la semana había intentado borrarla de mi memoria—. Pero estamos contentos de que estén aquí, así que brindo por los maravillosos meses que nos esperan. ¡Salud!

Se oyó un coro de copas que repicaban. Sabine se volvió hacia Lance para brindar con él y después le dijo algo que lo hizo reír.

–Y además —Connor continuó—, espero que todos disfruten que los traten como reyes esta noche porque este fin de semana nos vamos a un retiro...

Un coro de "¿Cómo?" y "¿Eh?" recorrió toda la mesa.

–El lugar es un poco rústico, ya tendrán más información, pero...

–¿No estamos ya en un retiro? ¿Aquí en Nueva Orleans? —dijo riendo Brody y nos miró a todos, como si buscara nuestra aprobación. Se recargó en su silla para balancearse en las patas traseras.

–¡Ah! ¿Piensas que éste es un retiro? —Connor le sonrió con toda tranquilidad.

–Pues algo así, ¿no? —dijo Brody con otra risa desarticulada.

Sin dejar de sonreír, Connor le dio una patada a uno de los soportes de la silla de Brody con un movimiento ágil y rápido. La silla se derrumbó con Brody en ella, quien por un momento miró hacia arriba como si no supiera qué lo había hecho caer. Sabine soltó un grito apagado. Toda la mesa se quedó en silencio.

–¿Estás loco? —le dijo Brody de manera brusca a Connor, intentando torpemente ponerse de pie.

–No, amigo —dijo Connor con toda amabilidad—. Así soy yo. ¿Por qué no sales a dar una vuelta y después regresas?

–¿Es en serio?

–Definitivamente —dijo—. Anda. Mira cómo has puesto nerviosos a todos tus compañeros. Ve y regresa con una mejor actitud.

Miré a Lance que parecía asustado. Había algo muy perturbador, aterrador incluso, al ver que alguien hiciera cosas tan bruscas mientras sonreía. Esa desconexión me inquietaba. Sin decir más, Brody salió furioso y azotó la mano contra el marco de la puerta.

Connor se sentó de nuevo, con una amplia sonrisa.

—Eso implica que habrá más comida para nosotros, ¿no? —dijo y después se dirigió a Tom—: ¿Me pasas los ostiones? Muchachos, tienen que probar los ostiones de este lugar, son famosos.

—Se ven deliciosos —dijo Dante como para romper el silencio—. Robaré uno antes de que desaparezcan.

Tomó uno con una cuchara antes de que Tom le arrebatara el platón.

Connor comenzó a hablar de deportes con Jimmy y poco a poco las conversaciones se animaron de nuevo. Todos hicimos un esfuerzo para actuar como si nada hubiera pasado.

Sabine y Lance ya estaban enfrascados en una conversación, Dante y Max también charlaban, y eso me dejaba con Tom.

—Me alegro de no haber sido yo —dijo y se engulló un bocado de ensalada.

—Sí, yo también —dije en voz baja—. Nunca pensé que Connor fuera tan rudo, no sé por qué, tal vez por su acento.

—Sí, sé lo que quieres decir, en general es bastante tranquilo, pero en la cancha es fuerte, aunque es algo que no habría adivinado. Por lo general, puedo saberlo con sólo ver a alguien.

—¿En la cancha?

—¿Basquetbol? —respondió con cara de impaciencia, como si yo fuera una idiota—. He jugado con él una partida o dos, y el tipo es rápido y da mucha batalla.

—¿Cuándo tuvieron tiempo para jugar basquetbol? —dije, interrumpiendo mi comida para mirarlo—. Nos han mantenido bastante ocupados, ¿no?
—En el lugar donde vivo, no aquí.
—¿Conociste a Connor en el lugar donde vives? —ya tenía toda mi atención.
—Sí, lo conocí este verano, trabajamos en el mismo lugar.
—Tú eres de... —intenté recordar—. ¿Los Ángeles?
—Seattle.
—Ah, como traías una playera de los Lakers el otro día, pensaba que eras de allí.

Tom volvió a impacientarse, frustrado.

—En primer lugar, es un *jersey* no una playera. En segundo, Seattle perdió a su equipo de basquetbol hace unos años, lo que estuvo muy feo, así que cambié de equipo. Fueron momentos realmente difíciles.

Si Tom consideraba eso como momentos difíciles en la vida, entonces era claro que teníamos muy poco en común.

—Bien, pero en cuanto a Connor... —comencé de nuevo, preguntándome cómo habría viajado tanto en un solo verano. Tal vez era uno de esos tipos que cuando están en la universidad viajan por todo el país para encontrarse a sí mismos. De hecho, yo tenía la esperanza de aprender a conducir un automóvil algún día.

Pero ya había perdido la atención de Tom, quien ya se había enfrascado en una plática propia de un chico con alguien más. El resto de la noche la pasé intentando encajar aquí y allá en las conversaciones pueriles de las chicas al otro extremo de la mesa.

—No me gusta lo rústico —dijo Emma. Ella era de Nashville, como Jimmy.

Drew se animó:

–Cerca de donde vivo hay un centro turístico increíble, donde puedes hospedarte en casas construidas en los árboles.

–Exacto, eso suena como una pesadilla para mí —rio Emma.

En general, me encontré demasiado distraída como para prestar atención. Necesitaba hablar con Sabine. La busqué con la mirada, pero seguía enfrascada en gran conversación con Lance. Ansiosa, golpeteaba con el pie dispuesta a que terminara la fiesta y tuviera la oportunidad de hacer todas mis preguntas.

8

Es sólo la Cofradía

Casi eran las diez cuando se llevaron los últimos platos. Salimos del Antoine's en multitud, sin prisa, y yo caminé hasta donde Lance.

–Entonces, ¿lo harás? —dijo.

Antes de que pudiera preguntarle a qué se refería, Sabine apareció.

–Dice Brody que Jimmy conoce a alguien que puede colarnos a ese bar de la calle Saint Peter, el del patio increíble.

Sus ojos se iluminaron con esa posibilidad.

Después de que Sabine se acercara a Connor con una voz alegre e infantil para decirle: "¿Podemos ir por un helado?", consiguió la luz verde que necesitábamos para separarnos del grupo.

Connor nos miró a los siete y a regañadientes nos advirtió:

–Tienen hasta la medianoche.

Por su parte, Emma, disgustada, nos lanzaba miradas como puñales, o por lo menos se las lanzaba a Jimmy; finalmente nos dio la espalda y caminó en dirección a la casa. Así que seguimos a Jimmy por las calles casi tan atestadas de gente como en Año

Nuevo. Comenzaba a entender que así era Nueva Orleans, donde cada noche era una fiesta aunque no hubiera nada en particular que celebrar. Toda la gente que pasaba junto a nosotros sonreía y muchos tenían una bebida en la mano. Aquí, en el Barrio Francés, una sensación de liberación te invadía, como si puliera tus asperezas para dar paso al júbilo.

Se escucharon la música y los sonidos de la gente incluso antes de que diéramos la vuelta a la esquina de la calle Saint Peter. Jimmy le susurró algunas palabras al tipo fornido de la puerta y mágicamente se nos concedió la entrada, así que nos dirigimos por un pasaje que nos condujo al amplio patio.

Lance me había convencido de que tenía sentido estar ahí porque lo consideraba una misión para reunir información precisa, para orientarnos en la ciudad y echar un vistazo a la vida nocturna. Como fuera, sin duda, el lugar tenía su encanto.

Las luces de las linternas brillaban, las mesas de hierro forjado estaban rodeadas de consumidores alegres que parecían divertirse como nunca en sus vidas. Creo que hasta reconocí a algunos rostros de la fiesta de Año Nuevo en el Garden District. ¿Eran profesores? ¿Estudiantes? Como fuera, al igual que nosotros se veían demasiado jóvenes como para que les hubieran permitido la entrada.

Tal vez todos conocían al contacto de Jimmy, a quien busqué en nuestro grupo, pero ya se había perdido en algún lugar. Parecía que debíamos navegar solos entre la multitud.

Lance me dijo algo al oído, pero no logré escucharlo. Me costaba incluso escuchar mis propios pensamientos. Señaló algo frente a nosotros. Al centro del patio caía una cascada de una fuente iluminada que casi tenía la forma de una copa de Martini con figuras angelicales esculpidas en la parte superior. Era una extraña unión de elementos: un fuego tenue llameaba desde el centro de la pila de la fuente.

–¿Traes la cámara, cierto? —dijo sacándome de mi ensoñación.

–Ah, sí —la tomé de mi bolsa.

Tenía planeado tomar fotos de todo y de todos. No le haría mal a nadie. Pero me habría gustado que hubiera menos barullo para contarle a Lance lo de Sabine. Estaba a varios metros de nosotros cuando ella nos llamó.

–¡Oye, Haven! ¿Una foto?

Abrazó a Brody y a Max que la flanqueaban. Nunca me hubiera imaginado que ésta era la misma chica que me había confiado un secreto profundo unas horas antes. Parecía como si se hubiera dicho a sí misma que dejaría de pensar en todo eso y que volvería a ser la misma divertida Sabine de siempre. Yo, en cambio, intentaba guardar bajo llave las cosas que no podía permitir que me deprimieran y ponía mis estados de ánimo en compartimientos, pero nunca había funcionado.

Apunté mi cámara hacia ellos y los enfoqué. Dante se recargó en Max de una manera que casi me hizo reír. Tomé la foto y el flash casi dejó ciegos a los que se encontraban alrededor.

–Tienes que mandármela a mi correo —me susurró Dante.

Tomé fotos de todo, capturé tantos rostros como pude. Nuestro grupo se apropió de un área acogedora del patio con iluminación tenue y árboles de grandes hojas como fondo. Despachamos a Dante, Max y Brody para que trajeran una ronda de bebidas. Sabine se había colocado de nuevo detrás de Lance. La música subió de volumen, era un estilo alegre y desenfadado que nunca había escuchado antes.

–Hey —Sabine y Lance voltearon a verme—, ¿cómo se llama esa canción?

Me incliné hacia adelante, por encima de Sabine, para intentar acorralar a Lance, en uno de nuestros juegos favoritos.

—Es clásica música cajún, en su máxima expresión.

–Ahh... —Lance levantó las manos, sin entrar en el juego.

–Zydeco —dije sacudiendo la cabeza. Me sentí rechazada.

–¡Ah! Entonces, eso es zydeco —dijo Sabine—. Tú sí sabes, Haven.

–Gracias —dije, tratando de esconder mi desilusión.

Ella y Lance siguieron conversando y yo le di un sorbo a mi coctel huracán de frutas, que estaba peligrosamente bueno; el alcohol estaba muy bien disfrazado por el sabor dulce. Sabía que demasiados sorbos me meterían en problemas.

Un hombre con sombrero de paja salió del bar con una especie de lavadero colgando de su pecho y una cuchara en cada mano. Rasgueó contra la superficie acanalada y se ganó el júbilo de los parroquianos con su percusión rasposa, dispuesto a levantar los ánimos con su despliegue.

Un grupo se paseaba entre los que acababan de llegar, pero entre las camisetas y las barrigas cerveceras destacaban las blusas sin tirantes escotadas y los jeans ajustados. La chica que iba al frente llevaba puesto un minivestido muy pegado, con estampado de flores que le llegaba a la mitad de los muslos, sus piernas bronceadas y firmes llevaban unas botas vaqueras desgastadas. Llevaba el botón de una flor rosada atrás de la oreja que suavizaba la dureza de su corto cabello rubio y que acentuaba sus facciones perfectas. La reconocí al instante, era la chica de las luces de Bengala de la fiesta de Año Nuevo. Sin ninguna advertencia tomó la mano del hombre del lavadero y lo sacó a bailar. Dio una vuelta debajo del brazo de él, y comenzaron a brincar y a danzar al ritmo de la música.

Su baile llamó la atención de toda la gente, como si se tratara de algo programado para el entretenimiento de la fiesta.

El grupo de la chica de las luces de Bengala estaba conformado por tipos con jeans y chicas que parecían no haber hecho esfuerzo alguno para lucir tan bien, y sin embargo todos las miraban —sus rostros sin maquillaje resplandecían, y sus atuendos lucían espectaculares. Aplaudían y gritaban mientras su líder daba vueltas. Al poco tiempo los juerguistas en el patio también aplaudían y otros clientes, que habían salido apresuradamente del bar para ver por qué había tanto barullo, ya se habían unido a ellos. Dos músicos de la banda que estaban adentro, un trompetista y un violinista, salieron tocando y bailando al ritmo de la música.

Era tal mi embeleso que no me percaté de que estaba pensando en voz alta: "¿Quién será ella?".

Un hombre con el rostro colorado y una camiseta manchada que de pronto se encontró a mi lado, me dijo:

—Es sólo la Cofradía —dijo con los ojos fijos en el espectáculo que teníamos ante nosotros justo antes de dar un trago a su cerveza.

—¿La Cofradía?

Repasé mis archivos mentales:

—Creí que las cofradías sólo salían en Mardi Gras, hay bastantes cofradías que arreglan las carrozas y marchan en desfiles, ¿no es así? —recordé haber leído que había un presentador en los distintos grupos, que la gente pagaba una cuota para ser parte de ellos y que tenían un montón de nombres raros.

—Sí, sí, ésas son las verdaderas cofradías: Rex, Baco, lo que sea. Pero *esta* cofradía —dijo gesticulando con su cerveza hacia el grupo—, la verdad no es una cofradía. Sólo es el nombre no oficial que le han dado porque tienen una forma especial de animar a la gente. Sólo míralos.

El hombre aulló, silbó y se colocó la cerveza debajo del brazo para aplaudir.

Por estar mirando el barullo estaba tan ensimismada que casi me olvidaba de tomar fotos. Volví a sacar mi cámara y disparé un montón de veces a la escena. Mientras la rubia daba vueltas sonriendo tan animadamente, noté una marca en su muñeca. Enfoqué la cámara y capturé la imagen de una flor de lis, ese símbolo que tanto habíamos visto desde nuestra llegada, ostentado con orgullo en su piel. Éste parecía haber sido dibujado como si estuviera hecho de llamas. Casi sentí una aguja de tatuaje quemándome en la espalda sobre mi corazón. Mis cicatrices comenzaron a arder de una forma que no podía ignorar.

Cuando terminó la canción, con un gran estruendo del violinista y un revuelo de notas del trompetista, la chica abrazó al hombre del lavadero e hizo una reverencia a la muchedumbre que aplaudía con alegría. Ella había transformado completamente la atmósfera de la fiesta, como una especie de infección benigna. Ya todos estaban bailando.

—Ella es increíble —dijo Sabine agitada y se inclinó hacia mí mientras la miramos acercarse a su grupo y regresar adentro—. Y muy guapa. ¿Dónde crees que haya conseguido ese vestido?

—Ni idea.

—Se ve un poco retro, ¿no? Y sus botas... Te apuesto a que es una de esas chicas que compra su ropa en tiendas de segunda mano y que de alguna manera logra verse mejor que la gente que viste de pies a cabeza ropa de diseñador... Odio a esas chicas.

—Lo siento, así somos algunas —dije bromeando.

Sabine me dio un golpecito con el hombro, dejándome claro que era una idea divertida pensar en mí como especialista de modas.

—Perfecto, vamos entonces a buscar una tienda de segunda mano cercana y la vaciamos juntas —dijo.

Y luego se volvió hacia Lance una vez más. Parecían tener muchos temas de conversación por delante esa noche. No pude evitar sentirme un poco celosa. No me gustaba. Tenía la sensación, desde principios de año, de que él me pertenecía, de que nos pertenecíamos el uno al otro de una manera extraña, de la que nunca habíamos hablado, que trascendía a cualquier relación típica y efímera de la preparatoria. Juntos habíamos pasado por cosas que nadie más entendería. Pero no me gustaba la idea de que yo pudiera ser el tipo de chica que se vuelve demasiado posesiva. La voz de Sabine interrumpió mis pensamientos.

—Voy corriendo al sanitario, ahora regreso.

Lance se arrellanó en su asiento y bebió un sorbo de su coctel huracán.

—Parece buena onda —dijo.

—Tengo que decirte algo un poco extraño —se lo solté sin poder controlarme, pues Sabine no estaba cerca para escucharnos.

El rostro de Lance se le alargó, no de miedo, sino de desencanto, como si la realidad se entrometiera con su diversión.

—¿Es algo de vida o muerte? —preguntó.

Me quedé pensando un momento.

—No, creo que no.

—Entonces déjalo para después. Actuemos con toda normalidad unos minutos —dijo, mirando alrededor—. Todas estas personas no tienen nada de qué preocuparse —sacudió la cabeza como si se tratara de una revelación—. Ella —señaló en la dirección que había tomado Sabine— no tiene ninguna preocupación.

Por supuesto que aquello no podía estar más lejos de la verdad. Pero aun así, cambié el tema.

–¿Qué sabes de Barthelemy Lafon? —pregunté.

–¿Qué sé de Lafon? ¿Qué sabes tú de Lafon?

–Sé que era un arquitecto y un urbanista en Nueva Orleans, y que descansa cómodamente esta noche en una tumba inmaculada, gracias a tu servidora.

–¿En serio?

–Sí, arreglamos su sepulcro el otro día.

–No te esfuerces demasiado; lo que hizo con el Garden District y el plano de la ciudad es increíble, pero terminó siendo un pirata y un contrabandista —dijo mientras removía los hielos que quedaban en su vaso.

–Bueno, en ese caso, lo ensuciaré un poco mañana.

–Ahora, que si llegas a la de Benjamin Latrobe, entonces me dices.

–Fue el quien levantó el Capitolio. Lo tengo en mi lista.

–Es una leyenda de la arquitectura.

–Me ocuparé bien de él.

La silla que había entre nosotros se deslizó y Sabine se dejó caer en ella, engulléndose un coctel huracán.

–¿De qué me perdí? —nos preguntó, pero sin esperar respuesta señaló su bebida que estaba a medias—. Éstos están buenísimos, ¡sobre todo sin alcohol!

–Mmm, creo que sí… —comencé a decir.

–¡Policía aguafiestas! —gritó Dante, que de pronto ya también estaba escuchando—. ¡Policía aguafiestas por aquí!

Lo fulminé con la mirada, pero volví a mirar a Sabine.

–Lo que quiero decir… es que creo que estas bebidas son bastante fuertes —agité mi bebida casi llena con el popote.

–¡Pues de eso se trata! —dijo ella alegremente.

–¿Quién te la compró? —le preguntó Max inclinándose.

—Uno de los tipos que estaba con la rubia guapa —dijo ladeando la cabeza hacia el interior del bar—. Se llama Wylie.

Le bailaron los ojos cuando lo dijo.

—Seguro que así se llama —dije.

—Es *muy* guapo, ¿lo viste?

—Lo es, no creo que haya Wylies feos —contesté, aunque estaba en un dilema, quería darle ánimos a Sabine pero no quería arrojarla a los lobos. Mis cicatrices me advertían que había algo raro con ese grupo—. Aunque no conozco a ninguno de sus amigos.

Pero Sabine apenas prestaba atención.

—Y, ¿cuál es el problema con estas bebidas? —levantó su vaso—. No saben tan fuertes. ¡Están deliciosas! ¿Qué tienen?

—Ron —respondió Lance—. Ten cuidado.

Ése era el Lance que yo conocía.

—Mucho ron —añadí.

—¿Sí? —estudió la bebida, se encogió de hombros y volvió a beber. El nivel del líquido bajó rápido. Se levantó de nuevo—. Creo que voy por otra.

Después de que Sabine terminara su tercer huracán, nuestro grupo acordó que era hora de irnos. Ella se había recostado en su silla como una muñeca de trapo, a punto de dormir. Brody y Lance la sostuvieron mientras salía tropezándose del bar. Sólo eran unas calles de regreso a la casa, pero nos tomó algún tiempo llegar porque ella intentaba vomitar, sin lograrlo, y nos tenía preocupados. Nos pasamos de la hora límite de llegada. La casa estaba silenciosa, y si Connor nos escuchó, no se molestó en confrontarnos.

Brody dejó a Sabine en su cama, donde cayó rendida de espaldas con las piernas sueltas. Le dejé una botella de agua en su cómoda y todos nos dimos las buenas noches. En cuanto me quedé sola con Sabine en la habitación, ella se movió un poco hacia un lado, gimiendo como si fuera a vomitar.

—¿Estás bien? —le pregunté mientras sacaba mi bata del armario.

Lamentaba que la noche hubiera terminado de esta manera. Claramente, no tendríamos ninguna conversación seria en este estado.

—Sí —gruñó—. Sólo necesito dormir.

Entonces se me ocurrió algo:

—Oye, ¿crees que le hayan puesto algo a tu bebida? Tomaste una de esas hojas hoy, ¿verdad?

—Sí, sí, sí, esta mañana. Todavía me quedan algunas. No te preocupes. Esto es por el alcohol —arrastraba las palabras—. Conozco la diferencia.

Lo decía con total certeza. Yo estaba impresionada. Todavía no estaba muy segura de poder distinguir entre las toxinas que alguna vez nos dieron y el alcohol común y corriente o una intoxicación alimentaria.

—Qué bueno, sólo quería estar segura.

—No soy mala persona —me tomó desprevenida.

—Lo sé —reí—. Claro que no. Sólo lamento que te sientas mal.

—A veces tengo que desahogarme, ¿entiendes?

—Claro —no sabía de dónde sacaba todo eso. Aunque, de todas maneras, probablemente no recordaría nada por la mañana.

—¿Tú no tienes noches como ésta? —preguntó entre quejidos.

La respuesta, por supuesto, fue *no,* para bien o para mal. Aunque hice como si pensara en ello más de lo necesario mientras terminaba de cambiarme.

—Bueno, podría decir que no tener muchas noches como ésta es un defecto de carácter. Tal vez eso me vuelve... rara.

Estaba siendo honesta. Encajar nunca había sido mi fuerte, pero a estas alturas ya casi me había acostumbrado.

—Lance piensa que eres enfermizamente perfecta.

Lo dijo de una manera que no parecía un cumplido. Me detuve y me di la vuelta.

—¿Qué quieres decir?

—Piensa que eres perfecta. Eso es lo que dijo —continuó adormilada—. Cree que a veces eres demasiado dura contigo misma.

Por más que hubiera querido que me dijera más cosas, no quería que Sabine supiera lo mucho que me importaba la opinión de Lance.

—Estás loca —dije tratando de sonreír—. Intenta dormir, ¿de acuerdo?

Reuní mis cosas para cepillarme los dientes y ya casi estaba afuera cuando Sabine soltó un suspiro profundo y desganado.

—¿No te gustaría a veces descansar de todo esto? —dijo en un tono más suave—. ¿Olvidarte de todo? —supe que estaba hablando de nosotras en general, de lo que éramos y del secreto que compartíamos—. ¿No te parece que cargamos un lastre demasiado pesado? No sé por qué estamos atrapadas en esto.

Sonaba derrotada. Cerré la puerta y me senté en el piso junto a su cama.

—Tampoco lo sé, pero creo que si bajo la guardia un segundo entonces todo terminará para mí —traté de explicarme—. Siento que ya no confío en el mundo, ¿me entiendes? Me siento observada. No puedo permitirme nublar mi juicio un solo instante.

La diversión parecía un lujo que realmente no quería tener o por lo menos no en abundancia.

—La verdad, todo esto es endemoniadamente cansado —dijo, mientras su brazo colgaba de la orilla de la cama—. ¿Tú no estás cansada de todo esto?

—Sí, lo estoy. ¡Créeme! —dije sacudiendo la cabeza.

Hablar de estas cosas con alguien además de Dante y de Lance, era reconfortante. Sus párpados pesados se entrecerraban.

—Tengo mucho sueño...

—Muy bien, duerme ya.

Acomodé su brazo sobre la cama y apagué la luz.

Cuando finalmente me acurruqué en la cama esperando que me invadiera el sueño, de repente recordé que debía revisar mi teléfono. Estiré el brazo debajo de la cama para alcanzar mi bolso, lo busqué con la mano y lo saqué. Apareció un nuevo mensaje, recibido justo después de las diez en punto de esa noche:

Mañana comenzarás tu entrenamiento de nuevo.

Prepárate para lo inesperado y confía en la utilidad de las prácticas, incluso de las menos ortodoxas.

Estas palabras encontraron su hogar en el fondo de mi estómago. Estaba tan distraída en mis preocupaciones que casi no percibí el rápido encender y apagar de la luz en la casa de al lado.

9

Siento haber hecho esto

El incesante golpeteo de la puerta no paraba. Sacudió toda la pared, luego la habitación entera. Incluso mi cabeza retumbaba. Pensé que si abría los ojos despertaría en el Hotel Lexington, donde los malos sueños y las terribles realidades habían empezado de la misma manera. Pero esta vez el ruido sonaba fuera de nuestra puerta.

–¡Levántate! —gritó una voz seguida por un *bang bang bang*.

Me levanté de la cama, Sabine sólo gimió y se dio la vuelta. La habitación seguía totalmente oscura, quizá faltaban unas horas antes del amanecer. Mi reloj lo confirmó: las 4:04 de la madrugada. El golpeteo se repitió. Me apresuré hacia la escalera para ver quién llamaba, pero antes de que pudiera atender a la puerta ésta se abrió gracias a una patada precisa. Jadeé cuando Connor proyectó la luz de su linterna sobre la cama de Sabine —quien sólo volteó la cabeza— y luego a mí, que estaba allí de pie, congelándome.

–¡Levántense, señoritas! —ladró el Connor que habíamos visto en la cena y no el estudiante universitario relajado que practicaba basquetbol—. ¡Nunca vi a nadie moverse tan lento como ustedes! Tienen cinco minutos para reunir sus cosas, nos vemos en la sala comunitaria. ¡Vamos, vamos, vamos!

Yo estaba demasiado aturdida como para pronunciar dos palabras juntas, pero con todo y su cruda Sabine se las arregló para graznar:

–¿Adónde vamos? —preguntó.

–¡Cuatro minutos! —dijo él mientras salía de la habitación.

–¡Pero no sabemos qué llevar! —le contestó Sabine.

–¡Tres minutos! —dijo recorriendo el pasillo y golpeando otras puertas.

–¿Qué le pasa a este tipo? —dije por fin—. Cuando lo conocí era tan agradable...

–Está loco —Sabine sacudió su cabeza y luego puso su mano en ella—. Aaayyy.

Minutos después, Connor nos condujo a todos afuera, con nuestras bolsas de lona y maletas a cuestas. Rápido, rápido, rápido, nos llevó a una camioneta que estaba estacionada frente a nuestra casa.

Las calles estaban desiertas, el cielo oscuro. Ninguno de nosotros hablaba y sólo se escuchaba el suave y constante zumbido de las llantas sobre el pavimento mientras abandonábamos la ciudad y nos internábamos en carreteras vacías típicas del campo. Dante y otros pocos dormitaban. Brody jugaba con su teléfono. Lance y yo contemplábamos el paisaje a través de la ventana y observábamos a Connor, que conducía la camioneta con un rostro de piedra, y si acaso nuestras miradas se cruzaban por el espejo retrovisor, su expresión no mostraba emoción alguna. Mi mente comenzó a imaginar miles de escenarios, todos horribles, la mayoría colocaba a Connor en el centro. Cuando la primera luz apareció en el horizonte, la camioneta entró a un camino sucio y avanzó en un terreno lleno de árboles frondosos y exuberantes, mientras las ruedas se deslizaban por un suelo denso.

—¡Genial, excursión! —susurró Brody.

Connor se dirigió a un pequeño muelle donde había sólo un pequeño bote, a la espera de sus pasajeros. Estacionó la camioneta y gritó:

—¡Todos a bordo!

La cubierta del bote se movió debajo de mí cuando di el primer paso dentro, así que intenté caminar con cuidado. Había una banca de madera a la mitad de la embarcación con asientos en ambos lados. Me senté entre Lance y Dante, quien susurró:

—Qué increíble. Moría por dar un paseo en el pantano.

En las dos orillas había hileras de cipreses con sus ramas gruesas caídas, que rozaban el suelo húmedo. Desde la salvaje y excesiva vegetación que estaba alrededor hasta las aguas densas del pantano, el mundo era una especie de pintura color verde, a veces vibrante, a veces viscosa. A la salida del sol, los pájaros comenzaron a cantar y un coro de insectos chirrió al unísono. Sabine fue la última en abordar, avanzando insegura por un madero torcido que unía al muelle con la embarcación. Al principio pensé que iba a vomitar, padecía una resaca terrible, pero su rostro pálido sólo revelaba miedo.

—Vamos, es tiempo de partir —la apuró Connor.

Ella sacudió su cabeza y se fijó en algún punto. Finalmente Connor cargó su cuerpo, en lo que en otras circunstancias pudo haber sido un abrazo de oso, y la colocó dentro del bote. Los demás observábamos con la boca abierta. Me recargué un poco en el cuerpo de Lance y le hice una seña a Sabine para que se sentara entre Dante y yo. Me miró sólo un segundo y luego cerró los ojos. Sus manos, juntas y entre sus piernas, comenzaron a temblar. Connor tomó el timón y encendió el motor, y el bote arrancó abriéndose paso en el agua llena de algas. Un aire frío nos golpeaba y un suave rocío nos invadía.

Parecía que Sabine sentía algún tipo de dolor. Sus ojos permanecían cerrados, se había acurrucado, tenía los brazos cruzados. Coloqué mi mano en su espalda y le pregunté:

—¿Estás mareada? Si te agachas y dejas que la sangre suba a tu cabeza te sentirás mejor.

—No es eso —dijo sin añadir nada realmente.

Connor condujo el bote hacia un recodo angosto donde un árbol parecía emerger del agua, y apagó el motor. Dante se acercó al barandal, extendió la mano y dejó que sus dedos rozaran el musgo español que colgaba como mangas con flecos en las ramas de los cipreses. Max se unió a él. De pronto, nuestro grupo se relajó.

—¡Quiero que todos respiren este aire pantanoso y fresco! —dijo Connor e hizo una respiración profunda. Luego tomó una vara larga, la apoyó contra el motor, tomó una bolsa blanca del suelo y la abrió con los dientes—. Piensa rápido —le dijo a Dante y le lanzó algo. Dante lo atrapó y lo sostuvo en lo alto, era un malvavisco para asarse.

—Mmm, ¿vamos a hacer *s'mores*? —preguntó Dante.

—No —dijo Connor divertido. Clavó el malvavisco en la vara, se inclinó y lo metió al agua.

—Observen esto —dijo moviendo la mano. Todo el mundo estiró el cuello. River se levantó para estar cerca de Connor.

—Parece un maldito hijo de... —dijo River con una sonrisa.

—River —Connor la detuvo, mientras se reía—, eso te costará 25 centavos en el frasco de las groserías.

Fue entonces cuando vi un cuerpo en forma de piedra moviéndose sigilosamente en el agua hasta alcanzar el malvavisco, su mandíbula chasqueó en la vara y atrapó el regalo antes de hundirse de nuevo en el pantano.

Drew gritó. Max brincó hacia atrás, mirando con timidez y abanicándose con el sombrero. Luego hubo aplausos y alguien exclamó: "¡Wow!".

–Hey, Lafitte, sólo quería que conocieras a algunos amigos —le dijo Connor al caimán.

Lance se rio entre dientes.

–¿Se llama así por el pirata? ¿Jean Lafitte? Qué divertido.

–Gracias, hombre versado —dijo Connor—. Sí, siempre se ha hablado de que su tesoro fue oculto en algún lugar cerca de aquí, así que me pareció que ese nombre le vendría bien a este amigo. De todos modos, hay muchos más en el lugar de donde proviene Lafitte, además de toda clase de animales salvajes que hacen lucir a este pequeño como un gatito. Vamos a organizar viajes aquí con niños de primaria del Noveno Distrito. Vamos a traerlos el próximo fin de semana para darles un recorrido y luego iremos a la ciudad a un lugar famoso por su bagre frito.

Mientras nos ofrecía más detalles, moviendo la vara con el malvavisco, sentí que la tensión de mi cuerpo cedía con facilidad: parecía que el viejo Connor estaba de vuelta. Di un suspiro de alivio. Sabine había abierto sus ojos, pero su mirada estaba fija a sus pies, aún se veía afectada.

–Sólo quiero dirigir su atención hacia ese lugar —dijo Connor señalando una choza lejana sostenida por unas columnas, como a una o dos canchas de futbol de distancia—. Ahí es donde nos dirigimos —hizo una pausa—. Pero me temo que hasta aquí voy a acercarlos.

Todos nos miramos, pensando que habíamos escuchado mal. Pero Connor sonrió con una risa diabólica.

–¿Qué, acaso soy su chofer? Aquí van a tener que trabajar duro para obtener cosas.

–¿No quieres que yo conduzca el bote? —dijo Max—. Mi tío tiene uno parecido en Florida, yo podría...

Connor comenzó a reírse.

–Eres una linda persona, Max, pero creo que no están entendiendo —dijo caminando a lo largo del bote—. Ustedes-van-a-tener-que-nadar —golpeaba el barandal con el palo cada vez que pronunciaba una palabra, lo que nos hacía saltar a todos. Luego se detuvo y sonrió una vez más.

–Nos van a comer vivos —dijo Brody, incrédulo, con el ceño fruncido.

–Tú podrías ser el primero —dijo Connor tranquilo.

–Estás chiflado.

–Vamos, ahora —Connor golpeó la vara contra el pasamanos y la partió en dos—. ¡Al agua! —le gritó a Brody.

–¿Por qué demonios tendría que hacerlo? —Brody se levantó y miró a Connor a los ojos.

Lance también se puso de pie, como si estuviera listo para defenderse. Por mi parte intenté analizar las cosas mientras pensaba: *¿Cómo podré salir de aquí? ¿Cuál es mi ruta de escape?*

–Tal vez porque tu vida depende de ello, la vida de todos. Sus vidas dependen de que se metan en este instante al agua. ¡Vamos, ahora! —gritó.

Brody permaneció de pie pero Connor lo sujetó de la camiseta, lo arrastró hacia el pasamanos y, con un movimiento preciso, lo arrojó al pantano. Brody gritó cuando entró en el agua. Luego Connor embistió a Tom, pero éste decidió saltar por voluntad propia, para unirse a Brody, quien ya había comenzado a nadar febrilmente hacia la orilla. En ese momento todos nos habíamos puestos de pie, a excepción de Sabine, que estaba recargada sobre sus rodillas, respirando de manera irregular.

–¡Vamos, vamos, vamos! —nos gritó Connor. Con una vara en cada mano golpeaba aquí y allá de forma salvaje, intentando golpearnos como si estuviera matando moscas.

Todo mundo huyó, recibiendo lacerantes golpes en el proceso, algunos saltaron por encima del pasamanos para enfrentar los horrores del pantano antes que seguir a merced de Connor.

Sobre la cubierta, Dante y Max intercambiaron una mirada rápida y al unísono saltaron al pantano. Sabine comenzó a llorar.

–¡No puedo hacerlo! ¡No puedo! —se lamentaba entre las salpicaduras y el ruido que se escuchaba en el pantano.

Las fauces de los caimanes chasqueaban en el agua persiguiendo posibles nuevas presas. Connor acababa de empujar a Drew al pantano cuando fijó su mirada en mí, en Lance y en Sabine. El cuerpo de Sabine se sacudía de miedo y sudaba copiosamente. Ser empujado parecía la peor forma de llegar al pantano y nadie había logrado vencer a Connor. Lance saltó y Connor puso su atención en mí. Me arrastró de la cabeza y luego de los pies. Jalé a Sabine hacia el barandal de metal hasta que cayó al pantano a mi lado, gritando.

El agua caliente nos cubrió, nuestras piernas comenzaron a patear numerosos obstáculos: el roce de las plantas enmarañadas, seres vivos que se movían a nuestro alrededor. ¿Los caimanes o algo peor? Los podía sentir cuando los pateaba para impulsarme. Parecía que estábamos rodeados. Había tanto movimiento en el agua que era imposible saber quién lo provocaba, el hombre o las bestias. Connor arrancó el motor del bote de nuevo y pasó rápido junto a nosotros, salpicándonos. Sus ojos estaban fijos en la lejanía como si nos hubiera dejado ahí para que muriéramos, sin dedicarnos ni siquiera una mirada.

Nunca había sido una buena nadadora, pero logré impulsarme a través del agua sin detenerme, mis brazos y piernas parecían quemarse, hasta que alcancé la parte delantera de mi mochila. El cuerpo de Sabine estaba atrás de mí, su cabeza entraba y salía del agua, respiraba con dificultad y agitaba los brazos. Nadé hacia atrás, la tomé por la cintura con la intención de ayudar, cuando Lance apareció del otro lado.

—Está bien, sigue avanzando. Yo me encargo —puso su brazo alrededor de ella como un salvavidas—. Nos vemos en la orilla.

Nadé hacia adelante, mis extremidades me punzaban. Podía sentir los caimanes rozándome los pies. Escuché el tronido de sus mandíbulas alrededor de nosotros, lo que provocó que nadara más rápido y superara a Brody en tocar tierra, donde esquivé a un trío de jabalíes que buscaban comida en la orilla.

Vi algo inusual a la mitad del camino para llegar a la cabaña, que estaba en una parte elevada y que parecía como si estuviera hecha de madera podrida; corrí hacia ella, a través de un suelo húmedo y pesado, tropezando con plantas parecidas a viñas que se me enredaban a cada paso. Pronto sentí que mi pie izquierdo tenía el doble de tamaño de lo normal, y me punzaba cada vez que lo apoyaba, pero no dejé de correr. Por fin, llegué e intenté recuperar el aliento en lo que el resto se acercaba. Una rama estaba encajada en la tierra, como si fuera una jabalina, con una hoja de papel colgando en uno de sus extremos. La arranqué y leí:

> BIENVENIDOS, CANDIDATOS ALADOS.
> SOY SU ENTRENADOR Y SU GUÍA.
> SIENTO HABER HECHO ESTO.
> SUBAN, LES EXPLICARÉ TODO.
> LO PROMETO.
> CONNOR

Brody fue el primero que me alcanzó, y segundos después fue llegando el resto del grupo y se fueron acomodando alrededor. Mi mente intentaba entender lo que acababa de leer. Lance se colocó adelante junto a Sabine, que se sentó en el suelo. Él tomó el papel de mis manos, lo leyó y frunció el entrecejo. Observé los ojos de todos, como si fuera la primera vez. ¿Cómo era posible? De repente, mis compañeros aparecieron totalmente diferentes a como los había visto, los sentí como parte de mí misma. Esto era reconfortante, pero también... peligroso.

La cabaña era más grande y estaba mejor equipada de lo que podría imaginarme desde el exterior. Había una larga mesa de madera con una gran variedad de bocadillos. El refrigerador estaba lleno. Todo nuestro equipaje fue acomodado en una hilera ordenada en el interior de una espaciosa alcoba, donde al menos una docena de hamacas habían sido colgadas en postes de madera. Recorrimos el lugar en completo silencio. Nos pasamos la nota de uno a otro, como si sintiéramos que algo así de importante debía experimentarse en forma individual. Saber que Sabine era como Dante, Lance, y yo ya era complicado, ahora *esto* era más de lo que podía entender.

—Así que tenemos algunas cosas de que hablar, ¿no, chicos? —la voz de Connor nos saludó al entrar en la cabaña. Estábamos empapados y olíamos a agua del pantano, una peculiar mezcla de vida vegetal, a un tiempo fresca y rancia. Ninguno dijo nada sobre tener hambre o querer cambiarnos la ropa húmeda. En cambio, nos reunimos en silencio alrededor de la chimenea donde Connor se puso en pie.

–Quiero que todos se miren unos a otros —comenzó—. Hoy nadaron con caimanes. Los he observado y todos fueron atacados. Todos y cada uno de ustedes. Haven —me nombró—. ¿Cómo está tu pie?

–¿Perdón? —le pregunté. Estaba sentada en el suelo con las piernas dobladas debajo de mí. Mis jeans mojados se estaban endureciendo conforme se secaban. Me estiré y descubrí un agujero en uno de mis tenis. Puse mis dedos en el agujero.

–Sí, una tortuga mordedora te hizo eso. Esas cosas son tan desagradables que comen caimanes. ¿Pero qué pasó ahí? Perdiste parte de tu tenis y veo un par de rasguños.

Me subí el pantalón y no vi sangre, sólo algunas cortadas rojizas. Asentí.

–Todos revisen sus extremidades, ninguno perdió nada, ¿cierto? ¿Los dedos están intactos? ¿Alguien tiene algo más que un rasguño?

Todos nos miramos con el rabillo del ojo.

–Hay una razón para eso. Ustedes no son humanos, ya no —hizo una pausa para que sopesáramos sus palabras—. Todo el mundo aquí ha pasado por una prueba. Sé perfectamente que enfrentaron tiempos difíciles el año pasado —dijo mientras examinaba nuestros rostros serios, y sólo después de algún intercambio de miradas y de pasar por una resistencia colectiva, todos asentimos—. Tuvieron que luchar para salvar sus almas, ¿no es así? Siento decirlo: la batalla ahora será más difícil. Pero no teman, están en vías de obtener sus alas, y yo estoy aquí para ayudarlos. ¿Alguna pregunta?

Una a una, todas las manos se levantaron.

—Está bien, no me sorprende —dijo Connor exhalando, preparándose para el ataque—. Disparen.

Y lo que siguió fue una especie de conferencia de prensa de consulta rápida, como sucede en los noticiarios después de algún tipo de crisis o desastre natural, cuando las televisoras tienen que adelantar su horario regular de transmisión.

—¿Quién diablos eres? ¿Cuál es tu historia? —soltó Brody.

—Buena pregunta. Todo lo que necesitas saber es que soy tu mejor amigo y de vez en cuando, como hoy, tu peor pesadilla. Pertenezco al órgano ejecutivo —dijo Connor con firmeza, como si eso significara algo importante para nosotros. Como no hubo reacción alguna, continuó—: el gobierno.

—¿De los ángeles? —Dante preguntó en un tono que sugería que no podía creer que estaba realmente haciendo una pregunta como ésta en voz alta. Finalmente recibió una respuesta afirmativa—. ¿Hay elecciones? ¿Cómo funcionan?

—¿A quién le importa eso? —interrumpió River—. ¿Te crees más fuerte que nosotros?

Luego siguieron una avalancha de preguntas del resto del grupo.

—¿Por qué debemos creerte? —preguntó Tom.

—¿Cómo vamos a conseguir las alas? —inquirió Drew.

—Vaya, ¿así que todo el mundo se volvió loco antes de estar aquí? —intervino Jimmy.

—Ésa fue la primera prueba —dijo Emma, alzando los ojos, luego se volvió hacia Connor y le dijo—: Son tres, ¿no? ¿Cuál es la segunda?

—¿Sabes por qué estamos en este punto? —preguntó Max.

—¿Qué hay con el entrenamiento? ¿Y por qué ninguno de nosotros murió hoy? Tomando en cuenta la velocidad de los caimanes, su gran número y el hecho de que nosotros estábamos invadiendo su espacio, no logro entender por qué seguimos respirando —añadió Lance.

—¿Por qué nos *hiciste* esto? —Sabine escupió las palabras, la amargura de su voz marcó un repentino alto a la andanada de preguntas. Pensé en Lance sujetando a Sabine, jalándola a través del agua para salvarla y sentí un malestar en la boca del estómago que no me hizo sentir orgullosa.

—Sabine —dijo Connor mirando hacia fuera por un momento, con la culpa reflejada en sus ojos—, yo no quisiera tener que hacer eso. Pero habrá más cosas que tendré que hacer, aunque no me gusten. Por ahora sólo diré que una gran parte del trabajo en conjunto consiste en cultivar un sentido total de valor. No vas a creer todo lo que serás capaz de hacer cuando venzas tus miedos. Pero es algo mucho más difícil de lo que se imaginan.

Finalmente sus palabras me motivaron y pregunté:

—¿Entonces resulta que ahora en verdad somos inmortales?

Sentí que los ojos de todos se dirigían hacia mí y que un profundo silencio invadía la habitación.

—Sí —dijo Connor, dándole un enorme peso a la palabra—. Así es, ustedes son inmortales.

Lance se inclinó hacia adelante, empujó sus gafas sobre la nariz y luego dijo:

—¿Pero qué *significa* eso? ¿Que nadie puede matarnos?

—Eso significa que el tipo de cosas que pueden acabar con un mortal, cosas como nadar entre caimanes, recibir un disparo o saltar de un avión sin paracaídas, a ustedes no va a matarlos, aunque sí pueden padecer algunas heridas, como los rasguños de hoy. Lo que sea que ocurrirá no se comparará con lo que en realidad debería haber ocurrido.

—Así que somos invencibles. ¡Qué maravilla! —dijo Brody dando un aplauso.

—Un momento, las cosas no son así —dijo Connor con voz severa—. No, ustedes aún pueden ser diezmados por los representantes del inframundo. Ellos pueden apoderarse de sus almas y entonces ustedes vivirían en una eternidad de... —parecía estar buscando las palabras exactas—. Lo que es peor que estar muerto —dijo y se sentó, con las manos sobre las rodillas en el mismo nivel que nosotros—. Escuchen, ellos los *están* buscando, los están cazando y van a encontrarlos. Miren a su alrededor —hizo una pausa, eché un vistazo a Sabine y luego a Lance, cuya mirada estaba muy concentrada, podía sentir su mente trabajar, ordenarlo todo—. En los próximos meses alguno de ustedes podría ya no estar entre nosotros —dijo Connor en un tono que me produjo escalofríos—. Tenemos que trabajar y mantenernos juntos, para mantenernos a salvo, ¿entienden?

Todo el mundo asintió.

—Perdona la pregunta, amigo, pero ¿*cómo*? —preguntó Dante.

Connor pensó algún momento antes de responder.

—Eso es algo en qué ocuparse cada minuto de cada día.

10

Persecución

Después de darnos la oportunidad de quitarnos el hedor del pantano que se había impregnado en nuestros cuerpos, de cambiarnos de ropa y comer algo, Connor nos llevó fuera de la cabaña a un lugar cubierto de hierba y musgo, donde había cinco objetos en el tronco de un árbol caído.

–¡Hey, ésa es mi maleta! —dijo Dante cuando estuvimos lo suficientemente cerca para percibir las siluetas de animales que tenían su maleta—. Por favor, no la maltraten.

–Lo siento, amigo —dijo Connor frente al tronco—. Como ya se dio cuenta Dante, sacrifiqué algunas de sus cosas para este ejercicio.

Además de la maleta, había un spray para el cabello, el sombrero de Max (uno de varios, según Dante, porque a Max le gustaba ocultar con ellos la cicatriz que tenía en la cabeza), un balón de basquetbol y, como Lance me hizo ver, una de mis desgastadas camisetas color gris. No me gustó la idea de que Connor hubiera revisado nuestras maletas y mochilas. Además, estaba sorprendida de cómo todos habían empacado cosas tan frívolas y divertidas a las cuatro de la mañana. A esa hora yo no pude ni siquiera elegir una de mis mejores blusas. De todos modos, estaba agradecida de que no hubiera tomado mi teléfono. Nadie había preguntado nada sobre los misteriosos mensajes. Parecía que las preguntas más importantes se habían pronunciado, a pesar de que Connor no las había contestado todas. Me pregunté si esas omisiones tenían un significado.

—Una parte de nuestro entrenamiento será trabajar una serie de habilidades que cada ángel debe dominar en cierta medida.

—¿Ya vamos a aprender a volar? Me muero por volar —dijo Dante alzando la mano.

Max y yo intercambiamos una mirada y sonreímos.

—Dante, antes de caminar tienes que aprender a gatear —dijo Connor riendo.

Dante se sintió decepcionado y Max le dio una palmada en la espalda.

—Ya llegará el momento de volar, chicos. Vamos con calma, ¿de acuerdo? Hoy vamos a tratar de levitar algunas cosas. Confíen en mí, será algo útil. Vamos a hacer una pequeña prueba. ¿Quién quiere ser el primero? Emma, ¿quieres probar con tu spray para el cabello?

Emma se puso de pie frente al tubo metálico, mirando hacia abajo, pero sólo pudo hacer que el objeto temblara.

—¿Cómo se hace? ¿Se supone que debemos hacer algún movimiento o pensar en algo en particular para que suceda? —pregunté. Deseaba saber si alguien de los demás había hecho estas cosas antes.

—No, simplemente hay que pensar lo menos posible, Haven. Como bien sabes, todo el mundo tiene distintas maneras de hacer las cosas —dijo Connor, pero yo me sentía incapaz—. Como siempre, algunos de ustedes harán mejor las cosas que otros. Pero no hay que flaquear, con la práctica tarde o temprano podrán hacerlo.

Uno a uno teníamos que levantar el tubo metálico de Emma. Casi todo el mundo lo había levantado por lo menos dos centímetros antes de que fuera mi turno. Me concentré y fijé la mirada en él desconectándome de todo lo que me rodeaba. Imaginé que el tubo se elevaba, pero el objeto no se movió. Lo intenté unas cuantas veces más, pero después de unos largos y dolorosos minutos lo único que logré fue que el calor se apoderara de mi piel.

—Brody, vamos a mantener el objeto en movimiento, ¿de acuerdo? —Connor me interrumpió.

—Pero no he terminado —le dije, frustrada.

—Haven, ya habrá tiempo. No te preocupes.

Brody, que había estado ocupado platicando con Tom, se colocó delante del tubo y en un abrir y cerrar de ojos lo puso a flotar. Connor le aplaudió.

—Así es como se hace —se regocijó Brody, haciendo una reverencia.

—Buen trabajo —le dijo Connor.

La siguiente fue Sabine que con todo y su estado alterado pudo levantar el objeto, aunque no tanto como Brody. Connor les dijo a ambos que intentaran levantar otros objetos. Lo hicieron bien, a excepción del balón de basquetbol y la maleta. Yo traté de entender cómo lo hacían, pero no había nada que aprender. Era un trabajo interno y paciente. Brody parecía realmente relajado cuando lo hacía, si bien con los objetos más grandes extendía su brazo y se esforzaba más de lo normal. Y a pesar de que Sabine se concentraba, al parecer no hacía nada diferente a mí.

Trabajamos en ello hasta la noche, algunos de nosotros, como Lance, mejoraron y otros, como yo, además de no mejorar, entre más fallábamos, más nos enfurecíamos.

—Tú puedes hacerlo, nena —dijo Dante, masajeando mis hombros y dándome palmaditas en la espalda. Pero aparte de esto, algo más me estaba carcomiendo.

Cuando finalmente nos metimos en nuestras hamacas para dormir, mi mente y mis músculos se sentían igual de cansados. Connor se había retirado a una habitación en la parte trasera de la cabaña, dejando de supervisarnos. Algunos ya se habían quedado dormidos —pude distinguir los ronquidos característicos de Dante cortar el aire puro. Apenas me había acurrucado en mi capullo-hamaca y el tejido de nylon multicolor se había moldeado a mi cuerpo, cuando escuché una risita y unos pasos, seguidos por el crujido de un poste de madera.

Sólo pude imaginar que era Emma deslizándose sigilosamente para reunirse con Jimmy. Sus movimientos hacia arriba y hacia abajo comenzaron a marearme. Pero la habitación estaba totalmente oscura y eso me impactó. ¿Y si no eran Emma y Jimmy los que hacían ese ruido? Los acontecimientos del día me habían alterado y ahora me era difícil dormir sin saber qué pasaba en ese momento. Tan ligera como pude salté de la hamaca hacia la oscuridad hasta alcanzar a alguien que estaba frente a mí.

—¿Estás despierto? —susurré.

—No, estoy dormido —Lance me respondió susurrando con una suave y aturdida risa. Su presencia me alivió. Estaba paranoica, quizá por el agotamiento que sentía.

—¿Quieres un poco de compañía?

—Sí, por favor.

Subí y él me envolvió al instante. Los brazos fuertes que rescataron a Sabine ahora eran míos. Sus labios encontraron los míos y por un instante todo lo demás y todos los demás desaparecieron. Besó mi cuello, me acercó a su cuerpo y me sumí en el sueño.

Me desperté con el ruido de los platos en la cocina, de una estufa que chisporroteaba y de varias voces animadas. Sabine estaba sentada en el mostrador y observaba a Connor preparar panqueques. Sólo la mitad del grupo se había levantado.

—Estamos intercambiando historias —dijo Brody—. ¿Cuál es la tuya? ¿Quién intentó reclutarte en el inframundo? A mí un bibliotecario atractivo.

—¿En serio? —le pregunté, tomando una manzana del refrigerador—. Seguro no era tu tipo.

—Claro que no, imagínate. El de Max era un atractivo profesor de historia que conoció en un viaje a una cumbre de las Naciones Unidas.

—El mío, un atractivo consejero de campamentos —dijo Drew, encogiendo los hombros—. Creo que el de Tom era algo parecido.

—No, el suyo era un entrenador de tenis —dijo Jimmy—. Creo que fue en un club.

—El mío era el atractivo líder de un grupo musical —dijo River, aún enojada.

—Maravilloso, el nuestro, el de Emma y el mío, eran los propietarios del café donde nos presentábamos —dijo Jimmy.

—¿Dónde se presentaban? —le pregunté.

—Sí, tenemos una especie de acto musical country, yo toco la guitarra y ella canta —dijo, como si no fuera la gran cosa—. ¿Y el tuyo quién fue?

No estaba acostumbrada a hablar de esto, pero todo el mundo había sido tan abierto que tenía que hablar.

—El mío era mi jefe de prácticas —sentí como si con esto hubiera completado el apretón de manos secreto y ya perteneciera al grupo. Pero luego sentí que un impulso diferente me golpeaba: la nota de Lucian. De hecho, conservaba en mi cartera el trozo de papel con mi nombre escrito.

—El mío también —dijo Sabine, comiendo de un tazón de arándanos.

—Vaya, ¿de qué se trataba la práctica?

Ella ignoró la pregunta.

—Pero Dante y Lance estaban contigo, ¿no?

—Sí —contesté y todos los que estaban en la cocina me miraron como si hubiera dicho algo realmente impactante.

Connor levantó la vista de los panqueques.

—¡Qué loco! —dijo River con una pizca de veneno. En cuanto a Sabine, no estaba segura de qué parte de todo esto le molestaba.

—¿Ves? Te lo dije, qué increíble, ¿no? —dijo Sabine.

River sacudió la cabeza.

—Quiero decir, ya que les pasara a ustedes dos es impactante —le dijo Sabine a Jimmy—, pero a ellos tres, a los tres —dijo, como si estuviera ofendida.

Incapaz de entender lo que pasaba, intenté cambiar de tema.

—¿Y de qué eran sus prácticas? No sé ustedes, pero las mías hubieran sido realmente interesantes de no haber sido por el negocio de compra-venta de almas.

Fue en realidad reconfortante sentirme capaz de hablar de esto. Tal vez podría acostumbrarme a eso de compartir cosas, me dije a mí misma.

—Nosotros trabajamos en un hotel.

–Qué bien —dijo Sabine sin mostrar emoción alguna, sin hablar acerca de su experiencia. Luego, se animó de nuevo muy rápidamente—. Por cierto, ahí tienes a un gran tipo —señaló a Lance, que en ese momento entraba en la habitación. Saltó del mostrador y tomó un plato de panqueques que le dio Connor.

–Sí, ya lo creo —bromeé, sonrojándome.

–Gracias por la ayuda de ayer —dijo ella y mientras se dirigía a la mesa del comedor le dio a Lance un beso rápido en la mejilla.

–Cuando quieras —respondió él tímidamente.

Yo me limité a sonreír, intentando suprimir los sentimientos que experimentaba en mis entrañas. Sabine tomó asiento junto a Brody y se sentó a charlar y reír con él. Era difícil creer que esta chica fuera la misma que un día antes lucía devastada.

Mientras los últimos madrugadores se servían el desayuno, convencimos a Emma y a Jimmy de que nos mostraran su acto musical.

Había una guitarra en la esquina de la sala de la cabaña y Jimmy comenzó a tocar y a cantar. Parecía transformarse en otra persona mientras rasgaba el instrumento, su voz era melancólica. Luego Emma se unió a él, sus notas eran delicadas y lindas. Cantaron una vieja canción familiar de los años ochenta, cuya letra hablaba de alguien que amaba y fue abandonado. De pronto, mientras escuchaba la pieza, sentí que me perdía recordando el pasado, por lo que me tomó unos segundos darme cuenta de que la canción ya había terminado y demoré un poco en aplaudir.

Cuando todos se habían vestido y desayunado, Connor anunció que durante la tarde practicaríamos más levitación y luego subiríamos a los cipreses, saltando desde las ramas más altas, ya que, según explicó cuando nos reunimos afuera para seguirlo:

—A pesar de que no van a lastimarse, tienen que aprender a caer con sus propios pies, así que sin usar las escaleras quiero que todo el mundo salte de la terraza. Tienen que aprovechar todas las oportunidades para utilizar su fuerza.

Miré a Lance, quien ya había leído mi mente y calculado la distancia que había entre la terraza y la tierra.

—Seis metros —dijo encogiéndose de hombros, como si no fuera la gran cosa.

Luego se escuchó un grito. Emma acababa de abrir la puerta. Pensé que tal vez se había caído en la terraza, pero ella seguía ahí, frente a nuestras mochilas. Todos corrimos en su dirección y Connor llegó rápido a su lado. Me abrí paso entre todos y vi en la madera gastada y astillada de la terraza un par de alas de ángel llenas de sangre.

Había muchas caras serias en la camioneta durante el camino de regreso, pensé que todos teníamos los mismos pensamientos en el interior de nuestras cabezas. De vez en cuando alguien le lanzaba una pregunta a Connor. Eran preguntas de las que ya habíamos oído la respuesta por lo menos diez veces, pero necesitaban ser confirmadas.

—Si sabían en dónde estábamos, ¿por qué no nos habían atacado? —preguntó Dante, en un momento dado, elevando la voz.

—Ésa no es la forma en que funcionan. Disfrutan la persecución —explicó Connor.

Yo observaba por el espejo retrovisor cómo sus cejas se juntaban.

—No vamos a vendernos barato. En realidad, ustedes forman un grupo excepcional. Mi instinto me dice que ellos no se sienten seguros de atacar a todos al mismo tiempo, que quieren dividir y conquistar.

–¿Y qué tan certeros suelen ser tus cálculos? —dije en voz alta, esperanzada.

–Te sorprenderías —dijo.

En el momento en que regresamos a la calle Royal, la noche había caído y Connor nos había informado de una nueva tarea que se añadiría a nuestro programa diario: cada noche un par de nosotros montaría guardia en la casa, caminaría los pasillos, revisaría el patio, mantendría un ojo en las afueras para que nadie —ni nada— dejara mensajes furtivos, como los que habían dejado en la cabaña. Para que no hicieran acto de presencia de manera clara y abierta.

⚜

Segunda parte

11

Caerás en su poder

A pesar de que ahora todos sabíamos el verdadero propósito que nos trajo a Nueva Orleans, teníamos que continuar nuestro trabajo como voluntarios. En el transcurso de la siguiente semana, todos hicimos un par de viajes al pantano en pequeños grupos. Llegábamos temprano y efectuábamos nuestro arrojado acto de nadar hacia la orilla desde el bote, de trepar los cipreses, de balancearnos en el musgo español y de saltar al suelo una y otra vez. Al mediodía los autobuses llegaban con un grupo de niños a quienes les mostrábamos las distintas especies con las que secretamente habíamos estado nadando horas antes. Para el almuerzo, los llevábamos afuera a comer los mejores *po'boy* rebozados y luego los mandábamos a sus casas, alimentados y divertidos.

La semana también trajo consigo algunos nuevos trabajos. Lance y los chicos de la casa de al lado dejarían de realizar el proyecto de renovación para trabajar en el llamado Hábitat para la Humanidad, que eran casas en las afueras de la ciudad; Max, Drew y Sabine se unieron a ellos, y Dante y yo comenzamos a cultivar un jardín comunitario.

Sólo que ese día yo tenía que quedarme en la "ciudad de los muertos". Lance me dio un beso de despedida, se inclinó hacia mí y me susurró en el oído:

—Con cuidado, ¿de acuerdo? No quisiera que estuvieras todo el día en ese cementerio.

—Ya sabes que no estoy sola, me acompañan todas esas personas muertas —dije tratando de reírme, pero a él mi comentario no le hizo la menor gracia.

A pocos metros de distancia, Dante le dio una palmada a Max en la espalda. Luego, ambos nos detuvimos en la acera, y le dijimos adiós al grupo que se metió en la camioneta de Connor y se alejó.

Dante y yo podíamos ahora estar juntos. De hecho, era nuestra primera oportunidad de hablar a solas, desde que nuestro mundo había cambiado por completo.

—Entonces, ¿qué hay de nuevo? —le dije, tranquila.

—Bueno, ya sabes, no mucho —respondió en tono de broma.

—Yo igual, aquí, viviendo con un montón de ángeles, mientras los diablos dejan alas ensangrentadas en las puertas, ya sabes, lo de siempre.

—Son buenos tiempos —dijo medio cantando.

Era reconfortante que sin importar lo que pasara, Dante y yo siempre podíamos bromear y sonreír.

—¿Por dónde comenzamos, Dan? —suspiré y sacudí la cabeza. Finalmente nos pusimos a recapitular todo lo que había sucedido en las últimas 48 horas.

—Y pensar que la noche del viernes estábamos comiendo en el Antoine's sin que nos importara el mundo —dijo—, o por lo menos teníamos menos preocupaciones que ahora.

Entonces recordé algo que me llamó la atención.

—¿Recuerdas ese grupo de personas que vimos ahí el viernes en la noche? ¿La Cofradía o como se llame? —le pregunté—. Ya sabes, el de la chica que tenía una flor de lis aquí —señalé la muñeca.

—Hav, no podemos decir que cualquier persona que tenga un tatuaje sea un demonio. ¿Has visto bien esta ciudad? Prácticamente toda la gente es así, además de que la mitad de las personas regresan a sus casas de la escuela —Dante habló mientras nos dirigíamos a la calle Rampart y el sol matutino caía sobre nosotros—. Mariette tiene un tatuaje, una especie de serpiente enroscada en la parte superior de su brazo y no por eso es uno de *ellos*. Ven más tarde, tómale una foto y compruébalo tú misma.

Otra cosa que había olvidado: las fotografías de la otra noche. No las había impreso todavía.

—Está bien, lo haré si crees que no va a molestarse.

—Me refiero también a la chica atractiva y tatuada de la Cofradía, creo que estás exagerando el asunto con ella, te lo digo con mucho amor y respeto. ¿Por qué actuarían de manera tan abierta? Acuérdate que el Equipo vivía encerrado en su pequeño hotel, a la espera de que las almas fueran a ellos.

Pero yo no estaba dispuesta a olvidar el asunto.

—Dan, sólo estoy diciendo que tengo un presentimiento, una corazonada, aquí —le dije tocando la parte superior de mi pecho, donde estaban mis cicatrices: tres cortadas puntiagudas—. Creo que ese grupo es lo que estamos buscando. Al lado del cadáver del tipo que murió en Año Nuevo dejaron plumas y eran blancas, como el traje de la chica líder de la Cofradía.

Guardó silencio durante varios segundos y luego dijo:

—Sólo quisiera que no tuvieras razón, nada más.

—Yo tampoco quisiera tenerla, pero creo que así están las cosas —dije, asintiendo con la cabeza.

Llegamos a la esquina donde debíamos separarnos.

–Oye, ¿puedo hacerte una pregunta totalmente frívola? —le dije un poco avergonzada.

Dante se animó de inmediato.

–¡Claro, son mis favoritas!

–Crees que... quiero decir, bueno, probablemente no significa nada, pero... me parece que Sabine se está enamorando de Lance y me pregunto si...

–Por favor, no es lo que crees, ahí no pasa nada. Simplemente él la salvó de ser el almuerzo de los caimanes y ella está agradecida. Nada más.

Respiré.

–Gracias, D.

El cementerio bullía cuando llegué, algo que no es tan común en un lugar así. Había no uno sino dos grupos de turistas caminando a través de los estrechos pasillos próximos al sepulcro de Marie Laveau, tan cerca uno del otro que pensé que de pronto empezarían a empujarse entre ellos. Coloqué la pintura, el recipiente, la brocha y el rodillo en la tumba que me asignaron, extendí hojas de periódico en el suelo y me puse a trabajar. Llevaba cerca de una hora pasando el rodillo cuando, al terminar de pintar la parte superior de la tumba, sentí que mis músculos se tensaban. Comencé a sentirme cubierta por una capa de sudor, que no era la mejor forma de comenzar el día, y de pronto sentí un escozor. Le di unas palmaditas a la cicatriz de mi pecho y miré alrededor pero no noté nada raro. Sólo veía grupos de turistas deambular, el negocio de siempre. Sentí en algún lado mi collar de ala y lo encontré debajo de mi blusa. Tal vez eso había irritado la cicatriz. Jalé el collar, lo puse frente a mi blusa y volví al trabajo.

Sin más, escuché de pronto una voz a mis espaldas.

—Buenos días, querida Haven.

Aunque no podía haber sonado más relajante, la voz me sobresaltó de tal modo que solté el rodillo en el recipiente, y me salpiqué de pintura blanca.

—Lo siento mucho, buenos días, hermana Catherine —dije incorporándome sobre mis pies, mientras limpiaba mis pegajosas manos en mis pantalones—. Espero que no la haya manchado.

—No, querida, estoy bien. Además, tengo un montón de éstos —dijo acariciando su hábito, tuve que sonreír—. Parece que has estado haciendo maravillosos progresos.

—Gracias, ya casi termino con esto y en poco tiempo haré la siguiente. Podría comenzar a trabajar en la sección protestante —señalé la parte de atrás del cementerio, donde una gran extensión de hierba parecía esperar recibir nuevas tumbas al lado de una serie de criptas antiguas de baja altura, hechas con ladrillo—. A menos, por supuesto, de que haya otra cosa que usted quiera que yo haga antes.

—No, lo que dices suena excelente, me gusta tu iniciativa. Nuestra ciudad de los muertos tiene mucha suerte de que estés aquí. Espero que te sientas como en casa.

—Claro —dije, aunque en realidad no me gustaba la idea de que la ciudad de los muertos fuera mi casa.

Con un ademán, la hermana Catherine se despidió, se dio la vuelta y de manera lenta y firme se marchó.

Extrañaba a Sabine y a Drew, y para el mediodía ya me había cansado de estar sola en el cementerio, así que guardé las cosas temprano y me dirigí a la tienda de vudú, para aceptar la invitación de Dante. Como traía mi cámara en la mochila, pensé que podría tomarle una foto. Dante estaba de espaldas a la ventana frontal de la tienda, arreglando una exhibición de muñecas vudú. Cuando las campanas de la puerta sonaron anunciando mi llegada, se dio la vuelta.

—¡No puedo esperar a que conozcas a Mariette! Hemos estado todo el día arreglando donde tiene un altar. Todavía no está terminado, pero te darás una idea de cómo será —Dante me condujo a través de la tienda y pasamos al lado de una bodega angosta, cuya puerta estaba lo suficientemente abierta como para ver hileras e hileras de frascos llenos de todo tipo de misteriosos ingredientes, acomodados en unos estantes que cubrían desde el suelo hasta el techo.

Finalmente llegamos a una puerta de madera con muescas que estaba cerrada y tenía una serpiente pintada en la parte delantera. No me gustó la forma en que parecía mirarme fijamente. Dante golpeó la puerta, y una voz profunda y generosa dijo con suavidad:

—Pasa, mi niño.

Dante movió varias veces sus cejas hacia arriba y hacia abajo, en esa mirada que en silencio me decía que había llegado el momento de presenciar un espectáculo. Abrió despacio la puerta que crujió para revelar a una mujer hermosa sentada sobre un tapiz de seda en el suelo, que parecía estar en sus veintitantos años, cerca ya de los treinta, y que tenía una larga y deliciosa melena color negro ónix, rasgos definidos y una inmaculada y perfecta piel de cacao. Llevaba puesto un vestido ajustado y corto, lo suficientemente atractivo como para proyectarse con fuerza, y estaba sentada atrás de una mesa circular de madera con velas titilando en la parte superior. Todo el recinto, que carecía de ventanas, olía a especias y hierbas difíciles de identificar. La habitación era un revuelo de colores y chucherías, y cada centímetro cuadrado estaba ocupado por muñecos vudú, velas de todos los tamaños y formas, un esqueleto, algunos cráneos, muñecas de juguete, piedras, máscaras, cuentas, billetes y una pequeña fuente que arrojaba agua. La estancia tenía demasiadas cosas como para poder apreciarlo todo de inmediato.

–Pasen —dijo Mariette, y nos saludó con su largo y musculoso brazo, mientras sus brazaletes de oro tintineaban—. Por favor, tomen asiento.

Nos sentamos en el suelo, al otro lado de la mesa cubierta con una tela de fieltro.

–Tú debes ser Haven. He oído hablar mucho de ti —dijo en un tono tranquilo y pausado, que quizá podría adormecer o hipnotizar.

Me tendió la mano, pero no para darme el clásico saludo, sino para mostrarme su mano izquierda. Cuando tomó la mía, la envolvió con sus manos alrededor de ella y la apretó.

–Soy la sacerdotisa Mariette.

–Me da gusto conocerte —dije en voz baja, tratando de imitar su serenidad.

Ella cerró los ojos un momento, volteé a ver a Dante, quien no dejaba de mirarla. Los segundos transcurrían con increíble lentitud. Mientras esperaba a que algo sucediera, me puse a pensar en el momento adecuado para tomarle una foto. Quizá no habría en realidad un momento adecuado, pensé. Cuando por fin abrió los ojos, le dije:

–Soy una especie de fotógrafa aficionada y me preguntaba si sería posible tomarle una foto a usted aquí. Es tan… hermosa.

–Claro, lo entiendo perfectamente —dijo. Era una respuesta que yo no esperaba, pero todo aquí sucedía de manera extraña.

Entonces saqué mi cámara lo más rápido posible y le tomé algunas fotos.

Mariette no se molestó en sonreír o en posar, no tenía necesidad de hacerlo; era el tipo de persona que podía lucir deslumbrante en un escenario como éste, incluso con el terrorífico tatuaje de serpiente que rodeaba su brazo.

–Tal vez ahora, tú puedas hacer algo por mí a cambio. ¿Te puedo realizar una lectura, Haven? —me dijo en un tono tan sutil que no parecía estar formulando una pregunta.

–¿Perdón?

–¿Te gustaría que te haga una lectura? A mí me gustaría mucho hacértela —dijo. Su sonrisa era tan luminosa que casi me cegaba—. Tu aura me lo está pidiendo. Creo que voy a tener que... hacértela.

–Oh, bueno, claro —le dije, al parecer no había manera de evitarlo.

Con mucho cuidado desdobló una mascada de satén rojo y la extendió sobre la mesa. Encendió un par de velas negras del tamaño de una botella de refresco de dos litros, sacó un bloc blanco de dibujo y una cajita de hojalata de un cajón de la mesa y se los entregó a Dante, que abrió el bloc de notas en una página en blanco y tomó un lápiz afilado de la cajita de hojalata. Cuando estuvo listo, Mariette levantó una bolsa de terciopelo negro que tenía oculta a un costado, la llevó a su boca y susurró en su interior unas palabras en un idioma que no entendí. Luego, tomó la bolsa con las dos manos, la sacudió y comenzó a cantar algo en un tono bajo y gutural. Mis ojos eran incapaces de apartar la vista de su tatuaje. Sus movimientos provocaron que la serpiente se deslizara por su firme y tenso brazo. La serpiente era negra con una lengua viperina color rojo sangre. Sus pulseras tintinearon hasta que de pronto se detuvo y besó la bolsa, aflojando el cordón trenzado que la mantenía cerrada, y vació lo que había adentro sobre una tela de seda que cubría la mesa.

Ante nosotros había ahora un montón desordenado de huesos: unos gruesos, como dedos largos y gordos, otros delgados, como ramitas, uno más casi roto en dos partes. Entre ellos se encontraban dos piedras, una color café y la otra rojo tenue. Dante comenzó a dibujar de manera acelerada, su lápiz raspaba con rapidez el papel. Mariette levantó las palmas de sus manos en el aire por encima de los objetos, como si pudiera levitarlas hacia sus manos, luego cerró los ojos un momento. Cuando los abrió, se inclinó para analizar la manera en que estaban diseminados. Unos huesos estaban superpuestos uno arriba de otro, mientras que otros no se tocaban entre sí. La piedra roja rozaba el hueso roto y la piedra café estaba lejos del resto de los objetos. Entonces ella me miró.

—Estás destinada a volar —me dijo—. Pero eso ya lo sabes.

No dije nada, no quería malinterpretar las cosas en caso de que estuviera hablándome de manera metafórica.

—Sin embargo, hay ciertas maldiciones que debes romper primero. Tu línea de vida está interrumpida —señaló el hueso roto—. Tú no estás maldita, pero tienes que salvar a aquéllos que sí lo están, tienes que derrotarlos. Es la forma en que obtendrás tu máximo poder —no dije una palabra—. Tienes razón en tener miedo —continuó señalando la piedra roja—. Debes tener cuidado, Haven —me miró a los ojos—. Caerás en su poder, es algo inevitable, pero si mantienes tu espíritu fuerte, derrotarás a las fuerzas que trabajan en tu contra. Esta fuerza es parte del orden natural de lo que eres.

No sabía por dónde empezar, así que comencé con la pregunta más elemental.

—¿Qué quiere decir con "de lo que eres"? —mi cabeza volteó en dirección a Dante que estaba a mi lado, pero en lugar de verme, él miró hacia otro lado.

—No culpes a Dante. Yo supe quién era desde el mismo momento en que puso un pie aquí, y lo mismo pasó contigo. Los dos son especiales y aquí los protegemos. Estoy agradecida de trabajar con Dante, que es vital para tu supervivencia y tu éxito, algo que estoy segura que ya saben. Yo lo guiaré en su viaje y él te suministrará todos los materiales que necesitarás para enfrentar tus retos —de repente todo el mundo parecía saber sobre mí.

—Un momento, ¿bajo el poder de quién caeré? No entiendo lo que quieres decir.

—Quienes están en tu contra.

—¿Y qué se supone que haré? —le pregunté, mientras la desesperanza me invadía, se internaba en mi sistema y me convertía en un ser letárgico.

Mariette no respondió, volteó en dirección a Dante y le dijo:

—Por favor, tráeme los tres ingredientes que pusiste esta mañana en el segundo anaquel y el aceite que está en una de las bolsas.

Dante asintió y se retiró. Entonces ella me pidió con un gesto mi mano. Se la di, la tomó y empezó a hablar con la urgencia de quien implora con desesperación.

—Promete que regresarás pronto para que te haga otra lectura. Promete que lo harás, estoy preocupada y necesito que estés cerca de mí para ayudarte.

Me limité a asentir. Dante regresó con tres frascos y una pequeña botella con gotero, alineados como soldados en un pequeño recipiente de plata junto con tres cucharitas, una bolsa gruesa de plástico y una cinta. Le acercó el recipiente a Mariette y ella lo colocó en el suelo.

–¿Terminaste? —le preguntó, señalando los huesos.

–Sí, sacerdotisa.

–Muy bien —dijo y de manera delicada reunió los objetos de la mesa y los metió en la bolsita de terciopelo, luego levantó el recipiente, lo puso sobre la mesa y llenó a la mitad los frascos con lo que parecía ser arena; cada frasco era de un color diferente: verde, rojo y azul. Puso dos cucharadas del contenido de cada frasco en la bolsa, la sacudió y después añadió tres gotas de un aceite de color ámbar.

–Este bolso amuleto grisgrís —dijo pronunciando *grigrí*, palabra que yo jamás había escuchado— no te protegerá de ellos —explicó atando la cinta firmemente alrededor de la bolsa—. Pero va a protegerte en general de la crueldad y la malevolencia —dijo y me lo entregó—. Esto es lo que vas a hacer por ahora —dijo disculpándose—. Dante me ha compartido el mensaje que te dio uno de los demonios, ¿me permites ver la parte que falta?

Me quedé pasmada un momento y luego caí en cuenta de que estaba en mi bolso, así que saqué mi cartera, encontré el papel arrugado y lo tomé.

–Te refieres a esto —le dije y ella no hizo movimiento alguno por sujetarlo sino que sacó de debajo de una vela el resto de la nota que Dante le había entregado.

–¿Sería mucho pedirte que me dieras esa parte? —preguntó Mariette con respeto, abriendo el papel sobre la mesa—. Haré mi mejor esfuerzo para ayudarte a repelerlos. Es algo realmente difícil. Pero si tengo un objeto que alguno de ellos ha tocado, podré hacer algo.

–Claro —le dije, intentando ocultar mi tristeza por deshacerme de aquel trozo de papel para siempre, pero lo puse sobre la mesa sabiendo que era lo correcto—. Es tuyo, ojalá ayude.

—Gracias, quiero que sepas que en este lugar siempre estarás a salvo y que siempre serás bienvenida.

—Gracias —le dije, mientras me levantaba ansiosa por irme.

—Si eso es todo por hoy, nos vemos mañana —le dijo Dante a Mariette.

Yo ya había recorrido el sinuoso camino para salir de la tienda cuando Dante me alcanzó.

—¡Hey, Hav! —me llamó porque yo no me detenía, finalmente me di la vuelta—. ¿Estás bien?

—Define "bien" —le dije, sin ocultar mi mal humor.

—Lo siento en verdad —me suplicó—. No sabía que ella iba a hacer todo lo que hizo, en serio.

—No necesito a nadie más que me diga que estoy en problemas.

El fin de semana pasado había sido suficiente. Sentía que estaba perdiendo el control.

—Ya sé, ya sé —intentó calmarme—. Tal vez Mariette realmente pueda ayudarnos. Quizá sea capaz de hacer algo, en serio.

Caminamos hasta abordar el tranvía que nos llevó a la biblioteca donde presidiríamos las tutorías.

12

Un cumpleaños zydeco

Estaba contenta de pasar el resto de la tarde resolviendo problemas algebraicos. Lance y el grupo del Hábitat para la Humanidad habían sido liberados de sus responsabilidades el resto de la semana, así que tuve que hacer malabarismos con un trío de chicas expertas en matemáticas, quienes parecían estar un poco decepcionadas de estar conmigo y no con Lance.

Cuando llegamos a casa, la gente dedicada a la construcción de viviendas ya había llegado. El televisor estaba encendido en la sala pero nadie lo estaba mirando. En cambio, en la cocina se escuchaban ruidos de todo tipo. Dante se apresuró a buscar a Max y yo me retiré a mi habitación. Cuando di vuelta en el pasillo me topé con Jimmy, que parecía enojado. Al verme golpeó mi hombro y casi me derriba.

–¡Dios mío, hombre! —Tom se rio cuando pasó a nuestro lado, pero Jimmy se marchó sin pedir disculpas. Segundos después, apareció Emma con lágrimas en los ojos. Parecía estar corriendo detrás de él.

–¿Estás bien? —le pregunté, cuando la vi tan agitada. Pero ella sólo se enjugó el rostro y siguió su camino.

Fui a la habitación de Lance y llamé a la puerta.

–Entra —respondió con su voz profunda.

Abrí y lo vi sobre la cama, con la espalda contra la pared y un libro boca abajo a su lado. En el extremo de la cama estaba Sabine jugando uno de sus videojuegos portátiles.

–Hola —dijo Lance, sonriendo.

–Hola, Haven —reaccionó Sabine enseguida.

El juego produjo un electrónico *beep beep beep*, en escala descendente como indicando que alguien había muerto.

–Hola —dije, intentando no parecer sorprendida por encontrarla allí.

Un resplandor anaranjado, provocado por la luz del sol al final del día, entraba por la ventana, y los enmarcaba a la perfección. Me sentí como una intrusa.

–¿Qué hay de nuevo? —preguntó Lance.

–Oh, bueno, nada, quiero decir... —me costó trabajo decir algo, cualquier cosa que sonara a que todo estaba bien y que la escena que tenía ante mí no me afectaba en absoluto—. Acabo de ver a Emma llorando.

–Sí, ella y Jimmy rompieron —dijo Sabine, como si fuera algo muy sabido y yo fuera la última persona en enterarse—. Son tan volubles y locos —sacudió la cabeza—. Ven a divertirte un rato. Lance me está contando todo lo que les pasó en su escuela en Evanston.

–Sí, es un lugar muy emocionante —le dije, sin que hubiera vida en mi voz—. Voy a dejar mi bolsa y regreso —pero yo sabía que no lo haría, por alguna razón mi instinto me decía que me retirara.

–Muy bien —dijo de lo más amable, e inició otra partida.

Lance echó una mirada a la pantalla y dijo:

—¡Vaya, estás a punto de morir!

Dejé que la puerta se cerrara a mis espaldas. ¿Qué hacía ella ahí? ¿Por qué me sentía así? *Recuerda lo que dijo Dante* —me dije—. *Siempre exageras todo. No estás pensando con claridad. Has vivido días muy intensos.* Renuncié a pasármela bien sin mucho esfuerzo, pero al parecer me estaban haciendo a un lado.

De vuelta en mi habitación tomé mi cámara y sus cables periféricos. Fruncí el ceño mientras pasaba por la habitación de Lance y continué caminando hasta la sala de estudio, donde estaban las computadoras. Todo era para mí. No tenía necesidad alguna de perder el tiempo jugando videojuegos o lo que fuera que estuvieran haciendo Lance y Sabine. Lo primero que hice fue revisar mi correo electrónico; entre los mensajes importantes había tres de Joan (me había escrito a diario). Luego comencé a imprimir las fotografías que había tomado la otra noche y las que le había sacado ese mismo día a Mariette.

Tuve que inventariar las almas que estaban alrededor y examinarlas. Era la única manera que conocía para detectar quién representaba una amenaza para nosotros. Poco a poco descubriría en quién podía confiar, a quién debía temer y quién tendría que ser despachado al inframundo.

Abrí el archivo de las fotos que le había tomado al grupo de voluntarios y ordené en archivos separados cada uno de los pequeños rostros que estaban sentados en la mesa donde cenamos el viernes, de forma que pudiera imprimir cada una de manera individual. Si encontraba a alguien de quién preocuparme tenía la necesidad de saberlo lo más pronto posible.

Cuando terminé, una vez que acumulé una cantidad sorprendente de imágenes, ya había oscurecido. Sabine no había regresado a la habitación. Coloqué las fotos en el fondo de un cajón de mi cómoda y me propuse revisarlas cada día para ver si sufrían mutaciones o desfiguraciones, que eran los signos de las almas perdidas que revelaban las fotografías. Ser un ángel sin alas no me permitía ir demasiado lejos, pero ser un alma iluminadora, como habían establecido que era, al parecer me procuraba una porción pequeña de potestad. Me hubiera gustado saber si alguien más de mis compañeros tenía esa habilidad. Esperaba que no. Ya me había acostumbrado a la idea de ser alguien diferente y especial, pero descubrir que había una casa llena de gente como yo me exigía reconsiderarlo.

Ya era cerca de la medianoche cuando Lance llamó a mi puerta. Como la había dejado abierta, entró y subió las escaleras.

–Hey, ¿qué te pasa hoy? —me preguntó, sentándose al pie de la cama.

–Nada, lo que sucede es que se me fue todo el tiempo imprimiendo fotografías —dije. Puse mi máximo esfuerzo en parecer normal y despreocupada, pero lo hice con demasiada intensidad.

Abrí el cajón, saqué el conjunto de fotos y las repasé. Lance las tomó y les echó un ojo.

–¿Encontraste algo? —preguntó.

–Hay que esperar un tiempo para saberlo —le dije moviendo mi cabeza.

Luego se recostó sobre su espalda, mirando el techo y dijo:

–¿Has notado cómo la gente nos observa porque llegamos juntos los tres?

Recordé lo que dijo River en la cabaña y contesté:

—Ahora que lo mencionas, sí.

—Sabine dice que es porque todos perdieron a alguien en su primera batalla —me dijo mientras su mirada profunda se clavaba en la mía. Su cicatriz se entreveía detrás del pesado armazón de sus anteojos.

—Vaya —dije, tratando de imaginarme cómo se sentiría eso.

No concebía la vida sin Lance o Dante. Como fuera, mi ritmo cardiaco aumentó y mi respiración se tornó dificultosa. Entonces recordé algo.

—¿Qué hay con Emma y Jimmy? Ellos también enfrentaron su primer reto juntos.

Lance asintió.

—Sí, pero ellos comenzaron su primer reto con otros dos amigos. ¿Recuerdas la canción que interpretaron en la cabaña? Era acerca de ellos.

—Oh —suspiré—. ¿Sabine también perdió a alguien?

—No sé, no habla del asunto, pero intuyo que sí.

Al oír aquello me sentí mal conmigo misma por ser tan mezquina. Y es que para mí era algo completamente normal enojarse porque ella pasaba tanto tiempo con Lance.

—Parece ser realmente buena gente.

—Qué bueno que la salvaste de ese montón de caimanes hambrientos —le dije sonriendo.

—Tú fuiste la que la sacaste del bote. Fue una labor de equipo.

Ya no quería en absoluto hablar de Sabine pero de pronto, pregunté:

—¿Dónde está ahora?

—Viendo un programa en la televisión —dijo Lance encogiendo los hombros, como si el tema le aburriera—. Oh, espera —dijo de pronto—. Hay un concierto al que quiere que vayamos, de zydeco o algo parecido —me echó una mirada como diciendo que había puesto atención a la trivia de la otra noche.

—¿En serio? —le dije sonriendo—. ¿Y qué sabes tú sobre el zydeco?

—Mucho: que es de origen criollo y que Clifton Chenier fue el gran creador del género —dijo mirándome de frente.

—Estoy impresionada. ¿Y qué más? —le dije, provocándolo.

—Clifton creó esa especie de lavadero que vimos la otra noche.

—¿De veras?

—Bueno, no estoy seguro, en realidad escuché que alguien lo dijo —luego tomó su teléfono y puso una pieza titulada "Feliz cumpleaños", tocada por una banda de zydeco que usaba aquel lavadero y todo lo demás.

La melodía me atrapó desde sus primeras notas:

—Feliz cumpleaños, Haven —dijo, luego observó la hora—: Dentro de dos minutos y veinticinco segundos tendré algo para ti.

Entonces se acercó y me dio un beso lento y suave, casi interminable, que pensé que era lo que el transcurso del tiempo tenía para mí. Pero de repente sacó de la bolsa de su sudadera con capucha una pequeña caja con un listón rojo.

—¿En serio? —le dije, no estaba acostumbrada a recibir regalos de los chicos y quise saborear el momento.

—Es tu cumpleaños. ¿Qué clase de novio sería si no te diera un regalo?

Deshice el nudo del listón, levanté la tapa y en el interior de la caja encontré un dije dorado en forma de flor de lis.

—Gracias, está precioso —le dije, abrazándolo con suavidad.

Lance se ajustó las gafas, ruborizado por un momento.

—Me alegro de que te haya gustado —dijo.

—De hecho, son como para la realeza francesa —le dije.

—Claro, para Carlomagno y su gente —terminó mi pensamiento y me ayudó a sacar el dije de la caja.

—O sea que definitivamente es lo suficientemente bueno para mí —le sonreí.

—Aquí —dijo, haciendo un gesto para que me diera la vuelta.

Yo alcé mi pelo por encima de mi cuello mientras él desabrochaba mi collar, ensartaba el dije en la cadena y la cerraba de nuevo.

—De hecho lo compré en Chicago, lo que lo hace todavía más especial, ya que no es tan fácil de encontrar allí.

Sus palabras me emocionaron porque pensé en el tiempo que había empleado en buscarme un regalo. Coloqué el dije delante del ala del ángel y miré los dos juntos.

—Es tan perfecto.

—Como tú —dijo y me dio un beso.

Cuando vi escrito: "Visita al Superdomo" en el programa para celebrar mi cumpleaños, pensé que sería una buena manera de pasar el día, aunque no fuera aficionada a los deportes. ¿Quién no querría ver ese lugar? Teníamos que llevar a un grupo de niños a visitar a algunos de los jugadores de futbol americano de los Santos de Nueva Orleans y hacer un recorrido por el estadio, desde los vestidores hasta los palcos. No esperaba que nuestra visita, por lo menos para la docena que íbamos, comenzara a las cuatro de la mañana. Un guardia de seguridad uniformado, con gorra calada que cubría su pelo oscuro, nos dejó entrar sin hacer contacto visual con nosotros; tampoco dijo una sola palabra mientras nos escoltó dentro del estadio donde nos dejó, no sin antes mover la cabeza y hacerle un guiño a Connor.

Y ciertamente no esperaba lo que venía.

—Setenta y siete metros —Lance me informó, refunfuñando. Sus brazos musculosos parecían estar a punto de rendirse.

—Bueno, por lo menos no estamos en la parte superior —luché para hablar sin dejar de dar pasos inciertos—. ¿Estaremos como a dos tercios del camino?

A mi lado, sobre la pista larga de metal bajo el tablero central del marcador, el resto del grupo se esforzaba por avanzar.

—¿Cuánto son dos tercios de 77 metros? —preguntó Dante.

—Son 51.4 metros, redondeando la cifra hacia arriba —respondió Lance al instante.

Cada tendón y cada hueso de mis manos se agarraban con tal ferocidad que ignoraba lo que eran capaces de hacer, pero aun así sentí las palmas de mis manos sudorosas deslizarse por el metal. Traté de no mirar hacia abajo. El recorrido oficial, el cuidado de los niños, los buenos tiempos, todo eso vendría más tarde, nos había dicho Connor. Antes debíamos dominar algunos miedos.

—¿Qué pasa? Todos tienen cara de miedo. La única manera de bajar es saltando —dijo Connor, con una voz que explotó en el megáfono, sus órdenes reverberaban en el estadio vacío—. Así que van a tener que saltar, ése es el punto de todo esto ¿entienden?

Era difícil acostumbrarse a la idea de que no íbamos a lastimarnos. Brody fue el primero en saltar, mientras caía gritó todo el tiempo. El *bom* de su cuerpo al golpear el suelo hizo eco de una manera no particularmente alentadora.

—Es mi turno. ¿Quién lo hace conmigo? ¿La chica del cumpleaños? —preguntó Dante con voz agrietada.

—Uf, tu propuesta resulta tentadora —le dije, mientras el sudor goteaba de mi rostro.

—Voy contigo también —dijo Lance.

—Me apunto —dijo Max.

Sabine gritó y saltó sin previo aviso. Me impactó el hecho de que ella podía mostrarse indefensa en el barco del pantano pero ahora parecía muy arrojada. Así que yo también me lancé, jadeando mientras caía. Disfruté la velocidad, el viento y el ajetreo. El aire me latigueaba, mis nervios y mi piel hormigueaban. Pensé aterrizar con los pies, pero impacté tan fuerte en el suelo que la inercia me tumbó algunos metros. Finalmente me di la vuelta sobre la espalda, jadeando, orgullosa de mí misma. Me dolía el cuerpo, pero estaba viva. Seguro había sido una buena lección.

13

No pude apartarme

Dante y yo pasamos gran parte del día siguiente aplicados a trabajar la tierra en el jardín comunitario del barrio de Mid-City. Fue un alivio tener por lo menos un día libre de trabajo extenuante. La mitad de los niños que llegaron de una escuela primaria cercana habían visto sus casas inundarse por el huracán Katrina, aunque nunca me lo hubiera imaginado a juzgar por sus sonrisas y la alegría con que cavaban la tierra. No se podía hacer nada al respecto, pero de haber vivido un desastre como ése creo que habría tenido problemas para expulsar los recuerdos de mi cabeza. Yo ya había experimentado mi cuota de trauma y sentía que todos los días pensaba en ella de alguna manera. Horrores acechaban en mi mente, listos para saltar. Pero al mismo tiempo, suponía, me empujaban hacia adelante. Con sus manos pequeñas y curiosas, los niños construyeron jaulas cilíndricas para sembrar tomate, que fijábamos en la tierra, intentando que las plantas crecieran en la estructura de alambre. En otro espacio plantamos albahaca, tomillo, salvia, romero y un montón de otras hierbas; al final del día enviamos a los niños de regreso a casa con paquetes de semillas, donación del Jardín Botánico de Nueva Orleans.

Cuando el último de los alumnos se marchó y acabamos de limpiar después de horas de excavación y riego, la tierra se había metido hasta nuestras uñas. Dante sacó de su bolsillo algunas semillas en forma de estrella, del tamaño de una moneda de 25 centavos, color rojo oscuro, un puñado de turquesas circulares y tres de juncos en tono violeta del tamaño de un cigarro. Las escondió todas en una sección del jardín camuflajeada por un muro que protegía a las begoñas.

—¿Son de donde creo que provienen? —le pregunté.

Él asintió, introdujo cada especie en la tierra y luego las cubrió.

—Son las últimas de su género; por lo menos en un futuro no tendré que cosechar en el inframundo para conseguirlas.

—¿Van a crecer aquí?

—Más les vale, porque cada *receta*, cada hechizo que conozco, requiere de alguna combinación de ellas.

—Bueno, entonces, "Abracadabra" —dije, moviendo mis dedos sobre el suelo—. Puf.

—Gracias, estoy seguro de que hiciste un acto mágico —dijo riéndose.

Como más tarde Dante y yo íbamos a realizar una guardia nocturna, optamos por no dar asesorías ese día. Connor nos recogió y nos llevó a casa. Nos bañamos y luego encaminé a Dante al lugar de Mariette, pues le había prometido trabajar una o dos horas en la tarde; lo dejé y regresé vagabundeando a la casa. Me había dado tan poco tiempo a mí misma desde que llegué aquí que vi la ciudad de forma diferente, aunque quizá simplemente caminaba a través de ella respirando con libertad. Al pasar por la mansión LaLaurie la luz que parpadeaba en la ventana de enfrente llamó mi atención, sobre todo por la veladora. Si no hubiera estado sola, ¿la habría visto? ¿Podría sólo ignorarla? ¿Me atrevería a entrar? Me detuve en la acera y la observé largo tiempo, pensé que quizá mi mirada podría apagarla. Finalmente, como me sabía incapaz de ignorarlo, me dirigí hacia la puerta, coloqué mis dedos en la manija y con un mínimo empujón la puerta se abrió. Respiré hondo y con lentitud caminé hacia adentro.

Reinaba un silencio total, todo lo contrario al día anterior, cuando algunas máquinas retumbaban y rugían. El recibidor se volvió más sombrío en el momento en que se puso el sol. La veladora parpadeante parecía hacerme señas y una vez más vislumbré una punta de papel de alabastro que se asomaba debajo del soporte. Lo saqué, lo abrí y leí:

Hola, Haven.

Era su letra, estaba segura. La sangre invadió mi cabeza y mi corazón.

Luego sentí un ligero golpe en mi espalda, como una hoja que cae de un árbol. Temblando, toqué mi hombro y encontré una mano ahí.

Unos dedos fuertes me tocaron con cautela. Me di la vuelta y di un grito ahogado.

Lucian.

Él apretó mi hombro y yo sentí que mis ojos destellaban en medio de un miedo espantoso. De hecho, ignoraba si era él en verdad o una nueva ilusión del Príncipe.

—Por favor, no grites, Haven, te lo pido —dijo con ojos preocupados. El caso es que de cualquier forma no era capaz de articular palabra, el impacto de verlo me había paralizado por completo.

Con una mano en mi hombro y la otra en mi brazo me empujó hacia atrás, lejos de la ventana. ¿Estaba alucinando? ¿Me encontraba en medio de un sueño? Tuve la sensación de que flotaba; de hecho, estaba viéndome a mí misma como si no participara activamente en la escena. Si hubiera tenido control de la situación hubiera corrido, luchado contra él o gritado. *Despierta, Haven*, me dije. Finalmente encontré fuerza suficiente para luchar, y agité mis brazos y lancé patadas mientras él me colocaba contra la pared.

—Por favor, prometo que no te haré daño —me dijo.

Ésta no era la primera vez que había recibido de él aquella promesa. Tenía que saber que estaba aterrorizada. Seguro me sentía temblar. Estaba muy cerca de mí, me susurraba sus palabras, pero no se parecía en nada a la persona que había visto la noche de la fiesta, que en realidad era el Príncipe. Éste no tenía ni la luz ni el brillo del otro. Ahora lucía gastado, degradado, acabado. Sus ojos grises opacos habían perdido esa misteriosa chispa que era lo suficientemente potente para detectarla en la oscuridad. Esa mirada que siempre había sabido inmovilizar a la mía y hacerme vacilar, mostraba ahora dolor. Vestía el mismo esmoquin de cuando lo había visto por última vez, esa noche terrible de primavera, cuando me obligó a enviarlo al inframundo, a empujarlo por esa puerta a donde sufriría penitencia por no haberme matado. Esa vez su conducta fue demasiado humana. No podía controlar mi respiración, lo que repercutía y hacía eco en mi cabeza, de modo que apenas podía oír sus suaves susurros.

—Por favor, escucha, Haven. Ten cuidado, levanta la guardia. Ellos te tienen en la mira, también ten cuidado con lo que digas sobre mí.

Él miró hacia otro lado por un instante, y yo cerré los ojos, tratando de concentrarme en la reacción de mis cicatrices que había ignorado aquella noche en el jardín. No pensé que fuera a sentir que me lastimaban.

—No debería estar aquí ahora —continuó—. Pero éste es el único lugar donde puedo verte, además... no podía evitarlo. Te voy a ayudar, pero necesitas ayudarme tú también. Por favor, y rápido.

Se separó de mí y caminó hacia atrás, sus pasos no hicieron el menor ruido, ni siquiera un golpeteo en el piso de madera. Puso su dedo en los labios, diciéndome que callara, luego dio la vuelta y se marchó. Yo permanecí en mi lugar. En un momento dado volteó hacia atrás por encima del hombro, me miró de nuevo y al hacerlo yo sentí un flujo de calor recorrer toda mi piel, como cuando lo vi por primera vez y no sabía nada de él.

Entonces oí una voz lejana. Inmersa en ese estado de ánimo tenebroso en que estaba, todo sonaba como si proviniera del fondo de una piscina. Me obligué a retomar la conciencia.

—¿Hay alguien ahí? Creo que escuché ciertos ruidos —me dijo el jefe de Lance—. Tienes suerte, por poco y cierro la puerta, tus amigos no están aquí hoy, vendrán hasta la próxima semana, ya estaba por cerrar.

Yo estaba demasiado alterada como para hablar.

—Sí, claro, yo... Se me olvidó, gracias —tartamudeé y me deslicé por la puerta tan rápido como pude.

Estar afuera fue lo único que me impidió echarme a correr. Cuando llegué a la puerta de la casa me dejé caer torpemente en el suelo, no tenía fuerzas para levantarme. Sudaba a borbotones. Arrojé hacia atrás mi cabello mojado, coloqué las manos alrededor de mi cabeza y cerré los ojos por un momento, para evitar que el mundo diera vueltas a mi alrededor.

Por fin, reuní la fuerza necesaria para entrar, con mis piernas temblando. Connor me interceptó.

–¡Haven! Ven a echar un vistazo a esto —dijo animado, haciéndome señas para que lo siguiera por el pasillo. Tenía la esperanza de que no percibiera lo alterada que estaba. Una parte de mí se preguntaba si debía decirle lo que acababa de suceder, en caso de que pusiera en peligro al grupo por guardar silencio. Pero era demasiado pronto, no estaba preparada. Era necesario guardar silencio por ahora y conservar el secreto hasta que las cosas tuvieran sentido. Quería creer que Lucian no era un peligro y yo no deseaba que alguien me convenciera de lo contrario todavía. *Lucian*. Mi corazón se confundía al pensar que me había encantado con el verdadero Lucian. Sentía que la vieja herida se abría, que mis viejos sentimientos hacia él me escocían como sal en una herida.

–¿No te parece que es una gran idea? —me dijo Connor, sin que yo le prestara atención.

Así que simplemente asentí con la cabeza. Luego se detuvo frente a una habitación a la que nunca había entrado.

–Acabo de terminarlo y creo que éste es un magnífico lugar para practicar —dijo. Abrió la puerta y dirigió las luces hacia una estancia sin ventanas, acolchonada de piso a techo, con una capa de cojines blancos.

–¿Tan locos crees que estamos? —le pregunté, rozando con mis dedos la pared suave que estaba a un lado. Frente a la puerta había un balón de basquetbol, unas pesas, una pera de boxeo y un par de libros.

—Muy divertido —dijo, echando hacia arriba los globos oculares—. Vamos a practicar ahora, sólo un rato. ¿Qué te parece? Todos ustedes necesitan un lugar para practicar levitación.

—Ohhhh —le dije—. Es... agradable. Pero no entiendo por qué las paredes están acojinadas.

—Confía en mí, cuando estás aprendiendo, todo tipo de cosas locas pueden suceder. Por eso me gusta estar preparado. ¿Quieres probar?

—Bueno... —dije. Observé los pocos objetos que estaban apilados en un rincón, pensando que en realidad no quería probar nada. No me sentía con la fuerza suficiente para hacerlo. Connor pareció entender lo que pensaba.

—No te preocupes, si no quieres hacerlo no hay problema —dijo relajado—. Sólo quería mostrarte este lugar para que vengas cuando lo desees.

—Gracias —le dije, siguiéndolo a la salida.

—Haven —dijo, y luego hizo una pausa, no parecía seguro de decirme lo que pensaba—. Tienes que perseverar, ¿de acuerdo? Vas a lograrlo —afirmó golpeándome el hombro de manera fraternal—. Y cuando lo hagas, será mejor que tengan cuidado. Confía en mí.

—Oh, sí, bien, gracias —intenté lucir despreocupada.

Sabía que Connor quería sonar reconfortante, pero por alguna razón me sentí peor. No me gustaba ser de las que no podían seguir el ritmo del grupo, alguien que necesitaba atención extra. Mientras lo observaba dirigirse hacia su habitación se me ocurrió escurrirme al extraño sitio acojinado yo sola. Salté sobre el piso acolchonado y me sentí como si saltara sobre un colchón endurecido. Luego me puse de pie y dirigí una intensa mirada a la pera de boxeo. La pera se movió un segundo o dos como si fuera a desprenderse, pero luego se calmó rápidamente. Mi corazón se desplomó. Intenté practicar unas veces más pero no tuve suerte. Entonces me retiré a mi habitación.

Debí haber observado la casa de al lado durante una hora hasta que Dante regresó. Sólo me detuve una vez, para echarle un ojo al montón de fotos impresas (sin que encontrara nada nuevo) y para descubrir un nuevo mensaje de texto en mi teléfono:

> Sin duda tienes muchas preguntas a la luz de los recientes acontecimientos. Has hecho bien las cosas en muchos frentes, aunque no te hayas dado cuenta. Sé paciente contigo misma y con tus avances, al mismo tiempo no dejes de empujar hacia adelante con toda tu fuerza y te darás cuenta de que, físicamente, los resultados llegarán rápido. Entrégate sin miedo a tu entrenamiento para cosechar recompensas rápidas. El poder que buscas se manifestará en muy poco tiempo, cuando lo tengas, será algo casi abrumador.

Aquí hice una pausa. ¿Abrumador? No podía imaginar eso. Pero el mensaje no terminaba ahí, así que continué leyendo:

> Sobre el tema de la confianza, no hay duda de que tienes dificultades de saber quién de los que te rodean es confiable. Tienes derecho a preocuparte. Como siempre, debes encontrar la respuesta por ti misma, pero te voy a adelantar algo por necesidad: puedes confiar en Connor, a pesar de sus métodos,

y en Mariette, que está de tu lado. Tal vez no te guste lo que ella va a decirte, pero no dudes que dentro de su corazón estará lo que más te conviene. Déjala entrar.

Era todo. Hubiera querido que me dijera más cosas. Connor y Mariette no eran las personas que más me preocupaban en ese momento. ¿Por qué no me daban pistas que fueran realmente útiles? De todos modos no había por qué molestarse por haber recibido estos mensajes. Al parecer eran como acertijos que arrojaban más preguntas que respuestas.

En poco tiempo, el grupo entero ya había regresado a la casa. Lance me dio un beso en la mejilla y se ofreció a sustituir a Dante en la vigilancia nocturna, pero Dante, quizá sintiendo mi necesidad de hablar, se negó. En unos segundos consideré si decirle a Lance lo que había sucedido con Lucian. Sentía como si a cada minuto que pasaba sin contárselo, el asunto se convertía en un secreto cada vez más pesado y venenoso. Entre más esperaba, más trabajo me costaba hablar de ello. Llegamos a su puerta y decidí que por ahora no compartiría mi secreto con él. Me pregunté si se percató de lo distraída que estaba cuando nos dijimos las buenas noches.

De este modo, con todo el revuelo que existía en mi mente, Dante y yo comenzamos nuestras rondas, caminando juntos por los pasillos, subiendo y bajando escaleras, hasta zambullirnos en el balcón para vigilar el patio.

Una o dos veces, para ponernos a prueba, colocamos nuestros inquietos pies sobre el barandal de madera del balcón y saltamos hacia el suelo, tal y como Connor nos había recomendado. El aire frío latigueaba mi pelo, lo que me daba la ilusión de volar, pero siempre aterrizaba sin la menor gracia y mis tobillos producían un crujido sordo al caer. El impulso me arrojaba hacia adelante y terminaba lastimándome las palmas de mis manos. Dante no tuvo mejor suerte, pero no parecía importarle, estaba demasiado absorto en asuntos relacionados con Mariette.

–Está enseñándome cosas sencillas, como hechizos de amor —dijo después de que subimos las escaleras para regresar al interior.

–¿Ésas son las sencillas? ¿En serio? —no pude evitar preguntarle.

–Lo sé, ¿quién lo hubiera imaginado?

–Esos hechizos pudieron haber cambiado drásticamente nuestra vida en la preparatoria.

–Y me lo dices a mí. El caso es que estoy trabajando en una mezcla de ingredientes naturales. ¡Tú viste su bodega! Voy a hacer uno de esos amuletos grisgrís. Al parecer tengo el poder de crear algo que realmente impacte en el mundo de una persona.

–Ya lo tenías...

–¿Qué te puedo decir? —dijo riéndose; luego se quedó pensando un momento—. Es algo así como la otra cara de lo que estaba aprendiendo de Etan...

Pronunció el nombre con mucho énfasis, luego guardó silencio largos segundos y sus ojos se dirigieron a un lugar lejano. Imaginé que estaba pensando en el demonio del Hotel Lexington que lo había seducido, y que estuvo muy cerca de matarlo. En cierto sentido, Dante había sufrido más que Lance y que yo. Nosotros habíamos sobrevivido a una batalla, pero Dante se había sumergido en su mundo y había luchado contra él desde dentro. Finalmente, Dante continuó en su típico tono optimista:

–Como sea, lo único que tengo que hacer es ocultar el amuleto en la habitación del pretendido, ése es el truco.

Yo sonreí irónica y le dije:

–Es decir, que ya elegiste un blanco.

–Bueno —vaciló—. Supongo... que tal vez estaba pensando en... Max —dijo, como si no fuera gran cosa.

–Personalmente no creo que necesites hacerle un hechizo a Max, al parecer ustedes ya están tomando camino.

–¡¿En serio lo crees?! —dijo entusiasmado, mirándome con ojos salvajes.

–Hay algo más que no me has dicho, ¿cierto? —le dije negando con la cabeza.

–Mariette dijo que ve cosas buenas entre Max y yo. Me dijo que... —continuó mientras revisábamos el lugar, pero de nuevo mi mente divagaba— ella se está ocupando de este asunto en el que básicamente dejas que un persona desaparezca... ¡Hav! —me gritó tan fuerte en el pasillo, mientras pasábamos por la habitación de Connor, que pensé que podría haberse despertado y creería que teníamos algún problema.

–¿Qué? —dije saltando—. Dan, lo siento —le dije moviendo mi cabeza—. ¿Qué estabas diciendo?

–No escuchaste una sola palabra de lo que te dije. ¿Tienes algo que decirme?

Dante siempre sabía cuándo no le prestaba atención, ése era el riesgo de tener a un verdadero mejor amigo. Ahora él me observaba en busca de una respuesta. Me volví lentamente hacia él, mirándolo fijamente a los ojos y respiré profundamente.

–Vi a Lucian hoy —le dije con la entonación requerida.

Su mandíbula se aflojó.

En el momento en que terminé de contarle lo que había sucedido, estábamos de nuevo afuera en el balcón, inclinados en el barandal, observando hacia abajo.

–No me gusta esto en absoluto, Hav —dijo Dante, negando con la cabeza—. ¿Quiere tu ayuda? Este asunto no me gusta para nada.

Respiré el aire fresco de la noche. No sabía qué decir. Sentí que tenía que defenderme. Pero antes de que pudiera, el murmullo de otras voces apareció flotando abajo, por lo que ambos nos calmamos un momento. Parecían las voces de Tom y tal vez de River. Supusimos que estaban acurrucados en el sillón de abajo. No dejaba de sorprenderme la manera en que las personas hacían pareja, simplemente no lo concebía. Me asomé a la ventana que estaba en la esquina de la casa de al lado y la vi totalmente oscura.

Mi mente recordaba cada momento de mi encuentro con Lucian. Llegaban destellos acompañados de sentimientos, de impulsos. Todo giraba fuera de secuencia: sus palabras susurradas en mi oído, su mirada de despedida mientras se alejaba, el dolor en sus ojos, su mano firme sobre mi hombro, el que estuviera tan cerca de mí de nuevo. Ese sentimiento era lo que más quería revivir una y otra vez y lo que más trabajo me costaba creer. Esa figura que había vivido durante meses sólo en mi mente había vuelto a aparecer, ahora de carne y hueso. A pesar de la escasa luz con que lo vi pude sentir la calidad marchita de su presencia, un espíritu raído. Pensé que sería similar al encuentro de un soldado que vuelve de la guerra. No podía imaginar lo que él había soportado todo ese tiempo en el inframundo, además me atormentaba el hecho de que él estaba allí por mi culpa, de que yo había tenido que enviarlo ahí para salvarme. Ahora, la luz que una vez irradió de sus ojos —tan poderosa que me poseía y no me soltaba— ya no era la misma. Intenté buscar aquella mirada en esos minutos fugaces en que habíamos estado juntos y pensé que la había encontrado, o por lo menos que había capturado su recuerdo lo suficiente para que mi pulso se acelerara y mi estómago se estrujara otra vez.

Pero ahora me obligué a olvidar todo eso y a concentrarme en lo que *había dicho*. Y cuando diseccioné sus escasas palabras, parecía que él estaba de mi lado, ¿o me equivocaba? Tal vez, a pesar de todo lo que había enfrentado en el inframundo, no se había dejado atrapar por ese redil. Intentaba advertirme algo. ¿Por qué pensar otra cosa? Si hubiera querido hacerme daño, habría podido hacerlo. Sus poderes eran bastante superiores a los míos. De todos modos tenía que velar por mí misma. Por mucho que quisiera creer lo mejor de él, tenía que mantener una sana distancia hasta saber con certeza lo que quería.

De repente una carcajada me sacó de mi introspección. Me incliné entrecerrando los ojos y vi dos figuras que salían de la oscuridad del pasillo al centellante patio, riendo y haciendo un ruido tan fuerte que probablemente lo hubiera oído desde el interior de mi habitación. Dante golpeó mi brazo, haciendo un gesto hacia el par que llegaba a casa horas después del toque de queda. Las dos se abrazaban mutuamente, con los brazos entrelazados, las cabezas echadas hacia atrás, medio histéricas, hasta que tropezaron y sus tacones repiquetearon contra el patio de cemento. Eran Sabine y Emma.

Dante y yo continuamos nuestro recorrido hasta casi las cinco de la mañana, el momento en que Connor nos remplazó, como lo hacía todos los días. Cuando por fin nos dijimos buenas noches, Dante había abierto la puerta a su habitación, listo para dormir unas pocas horas antes de presentarse al banco de alimentos, y ahí estaba Sabine, tirada en el piso. Mi compañera de habitación estaba profundamente dormida en la habitación de Lance, aún con el vestido que había usado la noche anterior. Mi corazón se tornó negro. Me sentí enferma, aunque ver a Lance metido en su cama, durmiendo pacíficamente, me calmó un poco. Una mirada de preocupación, incluso de frustración, brilló en los ojos de Dante cuando capturó la mía.

–Oye, Sabine, tienes una habitación muy grande más adelante. Vamos, querida —le dijo Dante, mientras golpeaba su zapato contra el pie desnudo de Sabine. Sus ojos se abrieron y se fijaron en mí, luego sonrió como si no estuviera pasando nada malo.

–Hola, *roomie* —dijo atontada, bostezó y luchó por levantarse, después tomó sus tacones del suelo, se tropezó con la puerta y colocó mi mano entre las suyas—. Así que estoy medio dormida —dijo, con voz pastosa.

–Buenas noches, Hav —dijo Dante en un tono tenso que rara vez utilizaba.

Podía sentir cómo mi boca hacía una mueca de desaprobación, cómo fruncía el ceño y cómo mi paciencia menguaba, aunque Sabine no parecía darse cuenta.

–¡Fue una noche fabulosa! —dijo ella, trastabillando contra nuestra puerta—. ¿Cómo te fue a ti?

No le contesté. Mi mente se movía en demasiadas direcciones. Ella no dejaba de hablar mientras entramos a la habitación. Encendí la luz.

–¡Dios mío, tengo tantas cosas que contarte! Jimmy es un bribón de lo mejor. Pero mejor vamos a dormir —se arrojó a su cama sin quitarse la ropa.

Mientras yo me deslizaba entre las sábanas de mi cama sentí que la sangre me hervía. Me dieron ganas de bajar, de ir sigilosamente hasta el dormitorio de Lance, de acurrucarme a su lado y de escucharlo decir que nada había pasado, que todo estaba bien. Él era mío, ¿no? ¿Y eso no me —nos— daba derecho a mudarnos a otro lugar, sin la amenaza de esa especie de fuerza externa que se interponía entre nosotros? No obstante, en mi corazón sabía que algo no marchaba bien desde que habíamos llegado a Nueva Orleans. Ahora éramos sólo la sombra de lo que habíamos sido.

Pensé en el mensaje de texto que apareció en mi teléfono. Tenía razón, mi confianza en los demás era escasa.

Me di la vuelta hacia un lado intentando expulsar estos pensamientos, esperando que pudiera vencerlos el cansancio, corregirlos. Dejé que mis párpados se cerraran. Pero a medida que me quedaba dormida sentí un efecto estroboscópico que provenía de cierta distancia y registré unos destellos más allá de mis ojos cerrados que se proyectaban hacia adentro. Sabía que era esa luz en la casa contigua y no ignoraba quién estaba detrás de ella. Por primera vez desde que comenzó a enviarme señales, me sentí agradecida. Esto fue lo último que pensé antes de caer en un sueño profundo.

14

Su nombre es Clío

Tal vez no era una actitud muy madura, pero realmente no tenía ganas de mirar o de hablar con Sabine al día siguiente. Así que me levanté más temprano de lo habitual, me vestí y fui a la sala de levitación. Lo único que quería era hacer algo. Este tipo de evasión productiva era parte de mi manera de ser y siempre me funcionaba. Toda la casa dormía cuando entré en la fría habitación, totalmente blanca e intimidante, con las paredes acojinadas.

Primero miré los guantes de boxeo, luego el balón de basquetbol y después —para sentir desesperanza— las pesas. Con mi cabeza hice un movimiento de negación, salté hacia arriba y hacia abajo, y ejercité mis miembros. Empecé con algo ligero: coloqué mis llaves en el suelo y me les quedé viendo, imaginando que flotaban en el aire. Una vez ahí comenzaron a tintinear hasta dejar de hacerlo. Lo intenté de nuevo, concentrándome al máximo. De nuevo tintinearon, pero esta vez se levantaron, con lentitud. Las observé fijamente hasta que se elevaron unos treinta centímetros por encima de mi cabeza antes de caer en el suelo. Una fiebre se apoderó de mí, seguida de una ola de paz debido al agotamiento.

Me permití un descanso de unos minutos, luego lo intenté de nuevo. Fijé la mirada y toda mi fuerza en esas llaves y una vez más me olvidé de toda clase de pensamientos hasta que escuché un ruido en la puerta. Sobresaltada, me quedé sin aliento. En el momento en que volteé, las llaves, los guantes, los balones y las pesas comenzaron a elevarse en el aire golpeando con potencia las paredes acojinadas.

—¡Vaya! —gritó Connor, protegiéndose el rostro con los brazos—. ¿Ahora entiendes por qué esta habitación está acojinada? —movió la cabeza y sonrió.

Yo aún jadeaba.

—Lo siento —le dije con timidez—. ¿O sea que yo hice eso?

—Claro que tú lo hiciste, y disculpa aceptada. Sigue así —dijo—. Tu *roomie* y Lance estaban preocupados, no sabían adónde te habías ido, les diré que suspendan la búsqueda.

—Gracias —le dije, con una voz que irradiaba vida.

—O si quieres dejo que te sigan buscando un poco más —dijo, y me guiñó un ojo mientras salía de la habitación.

Me quedé ahí hasta la hora en que debía ir al banco de alimentos con Dante. Mientras me dirigía a su dormitorio me encontré a Sabine, que traía una bata de baño rosa y se dirigía a las duchas.

—¡Haven! —gritó, alegre como era, sondeando la manera de ponerse al día conmigo; me tomó de la manga y me dijo—: Siento que estás enojada conmigo —su mueca exagerada me incomodó.

—No, ¿por qué lo dices? —le pregunté, sonando falsa, incluso para mis oídos.

—Necesitamos divertirnos como chicas. Salgamos esta noche, por favor.

Suspiré internamente y le dije:

—No puedo, espero una llamada telefónica.

—Entonces mañana —insistió—. ¿Va?

—Seguro —le dije, sin ocultar mi falta de interés en sus planes.

—Perfecto, vamos a divertirnos mucho —dijo mientras se alejaba por el pasillo.

Esperé hasta que se metiera en las duchas para llamar a la puerta de Dante.

—¿Lista para irnos? —dijo Dante. Atrás de él Lance se ponía una de sus camisetas favoritas con el logo de los Cachorros de Chicago, alistándose para otra jornada de construcción.

—¡Buenos días! —dijo, subiéndose las mangas de la camiseta y dejando ver sus bíceps.

De alguna manera se sentía muy lejos de mí. Me quedé pensando en él la noche anterior, cuando Sabine dormía en el suelo.

—¿Ya te vas?

Asentí. Intenté sonreír como si todo estuviera bien.

—¿Nos vemos esta noche para las tutorías? —preguntó.

Se suponía que atenderíamos las líneas telefónicas de la biblioteca, aunque sentí que era yo quien necesitaba el asesoramiento. Asentí con la cabeza de nuevo. Sus ojos se oscurecieron. En silencio, Dante fue testigo de este diálogo tan peculiar.

—Claro —me esforcé por sonar optimista—. Nos vemos más tarde.

—Esas comidas no se van a servir solas —dijo Dante. Salimos y jaló la puerta hasta cerrarla.

Después de caminar unos cuantos pasos, se volvió para mirarme.

—No me gusta cuando mamá y papá pelean.

Yo puse mis ojos en blanco.

—Tengo el derecho a estar, digamos, confundida, ¿no?

—De hecho, en verdad lo estás, pero sigo pensando que no tienes nada de qué preocuparte —colocó su brazo en el mío y me llevó a respirar el aire fresco de la mañana.

Había tenido miedo de ir a nuestra sesión de tutorías todo el día, lo que no era una buena señal. Lance llegó muy campante después de las cinco; al verme besó la parte superior de mi cabeza mientras tomaba asiento a mi lado.

—Hemos construido cinco casas en la última semana. Es algo increíble —dijo, mientras sus ojos parecían bailar de contentos.

Los teléfonos estuvieron muy tranquilos, a excepción de una mujer anónima que buscaba cierto tipo de confirmación.

—¿Se supone que la escuela secundaria es el infierno en la tierra? —me preguntó, a punto de sonar desesperada.

Suspiré y le dije:

—Sí, me temo que sí.

—¿Así que no soy sólo yo? —dijo, sintiendo consuelo.

—Definitivamente no.

—¿Es mejor la preparatoria?

—Mmmm... depende, pero nadie se salva de vivir días pésimos, créame.

Lance esperó a que Drew, que estaba en el teléfono del otro lado, fuera a atender el robo de unas máquinas expendedoras en la planta baja para lanzarme esa mirada que yo ya esperaba desde la mañana.

—¿Qué? —le pregunté.

Él negó con la cabeza, mirando como si quisiera decir algo:

—Nada... ¿Estamos... bien?

—Sí, por supuesto.

Tamborileé mi bolígrafo contra mi bloc de papel, pensando, pensando y forcejeando, pero no pude evitar desmoronarme. Simplemente no podía entender las cosas desde una posición como ésa, una en la que estuviera en riesgo de verme como una tonta, y me obligara a hacer preguntas horribles y luciera como el estereotipo de la chica celosa.

—Bueno, quiero decir, que fue un poco, ya sabes, *raro*, haber visto a Sabine en tu habitación anoche.

Encorvado en su silla me miró y dijo:

—¿Qué? Yo estaba dormido, sólo oí un golpe, pensé que eras tú, si es lo que quieres saber.

—Ah.

—Así fue. Se acostó en el suelo, nada más. No sé por qué entró —dijo, haciendo una breve pausa, como pensando qué argumentos esgrimiría, pero entonces Drew regresó con unas botanas en la mano y ambos resolvimos olvidar el asunto, al menos por el momento.

De hecho, no hicimos referencia al tema hasta que nos dimos las buenas noches en mi puerta. En el pasillo vacío estábamos los dos completamente solos —algo raro esos días—, Lance me rodeó fuertemente con sus brazos y entre mis cabellos me susurró unas suaves palabras.

—Espero que no estés *en verdad* molesta —dijo—. Tú me conoces mejor que nadie y sabes que eres quien más me importa, ¿verdad?

—Sólo estoy... —empecé, sin estar segura de qué decir; finalmente decidí ser honesta—. Creo que estar aquí, con todo el mundo como nosotros, todo esto, me está volviendo, no sé.

—¿Loca?

—Gracias, me halagas.

—Es que a *mí* también todo esto me está volviendo un poco loco —aclaró.

—¿En serio? —le pregunté. Me hacía sentir mejor.

Él asintió y yo también.

—Bueno, entonces vamos a desenloquecer —le dije, como si estuviera decidido que esto era lo único que teníamos que hacer—. Ése será nuestro nuevo grito de batalla.

—No es precisamente una llamada apasionada para la acción —dijo apenas sonriendo, empujando hacia arriba sus gafas—. Pero lo voy a hacer.

Sabine me había propuesto ir al día siguiente, después del trabajo, a un salón de tatuajes que estaba cerca de la calle Bourbon. Esperaba que fuéramos sólo de paso y no como parte de nuestros planes nocturnos.

—¡Hey, *roomie*! —me saludó mientras descendía la escalera de una tienda con ventanas mugrientas y barrotes.

—Hola, Sabine, ¿qué hiciste? —le pregunté riendo.

—¿Conoces a Kip? —dijo gesticulando hacia la parte superior de las escaleras, donde un hombre corpulento, con barba, largo mentón y pelo oscuro estaba inclinado en el marco de la puerta. Sus dedos rozaron su mentón desaliñado. Yo lo saludé con la mano—. Es un verdadero artista. Como sea, él hizo esto.

Ella jaló la manga de su camiseta dejando al descubierto un pequeño par de alas, no más grandes que una moneda, en el hombro izquierdo.

—Dios mío —dije inclinándome para revisar el diseño del símbolo oscuro—. Joan me mataría si me hiciera uno, pero tengo que admitir que es muy lindo.

–Kip, creo que acabamos de pescar un pez vivo —dijo ella mientras me empujaba hacia las escaleras.

–No, no, no, tal vez en otro momento —le dije, empujándola en broma ahora yo.

–Está bien —sonrió Kip y se despidió de nosotras. Salimos del lugar y nos pusimos en marcha.

Sabine me dijo que haríamos algunas compras. De inmediato me di cuenta por su paso largo y rápido —que se movía al ritmo de la música callejera del jazz— de que realizaba una misión. Caminamos por un atajo a través de la calle Bourbon, esquivando a la gente, que ese día no era mucha. Pronto los grupos nocturnos ruidosos de esa franja de la ciudad aparecerían y se ubicarían en las partes altas de los bares y en las pistas de baile.

–Entonces, ¿adónde vamos?

–Me lo vas a agradecer. Me enteré de ese increíble lugar donde va Clío.

–¿Clío?

–¡La rubia que vimos en el bar la otra noche, la que bailaba! Su nombre es Clío. Por aquí es.

Dimos vuelta en una calle más tranquila y angosta. Mi piel sintió escalofrío, pero no precisamente por al aire del crepúsculo.

–¿Quieres decir que *hablaste* con ella?

–¡Sí! —dijo con orgullo—. Es maravillosa. El caso es que ella me dijo a qué lugar solía ir. Es por aquí. Se supone que está medio escondido, detrás de un patio o algo así. Nunca lo hubiera encontrado por mí misma. Aguarda, ¿dónde estamos? —dijo, mirando los letreros de las calles.

–En la calle Dauphine.

–Exacto, es una calle adelante, creo que es por allá —señaló el final de la manzana.

—¿Oye, y tú dónde...?

—Es ahí, donde venden cosas usadas, de descuento y también cosas nuevas, pero no cosas nuevas de las que hay en todos lados, cosas nuevas, *unique*. Te van a encantar.

—Claro que me van a encantar, pero ¿dónde conociste a Clío? —dije, pensando que no me gustaba que ella tuviera un nombre, tenerlo la acercaba demasiado a nosotros y yo no confiaba en ella.

—Con Emma —dijo Sabine—. La otra noche.

—¿Y cómo entraste?

—Confía en mí, no es tan difícil.

—Es bueno saberlo. ¿Así que de pronto empezaste a platicar con ella?

—Supongo que sí —dijo encogiendo los hombros—. ¡Dios mío, aquí es!

Nos detuvimos en la parte más estrecha del callejón, entre dos edificios de ladrillo. Ambos lados de ese pasaje estaban llenos de recuerdos a la venta, de todo tipo de camisetas, imanes, vasos pequeños, fotos enmarcadas y muchas cosas con flores de lis.

—¿Es aquí?

—¡Entremos! —me tomó de la mano mientras me conducía por un pasillo largo. Apenas había espacio suficiente para que pasáramos entre otros compradores sin invadir demasiado su espacio personal. Finalmente este espacio claustrofóbico desembocó en un patio que se bifurcaba en dos *boutiques* que estaban al fondo. Después de una pausa de una fracción de segundo, Sabine me jaló hacia la tienda de la izquierda. A un lado de la puerta abierta había un maniquí sin cabeza que llevaba un vestido corto sin costuras, color rosa chillante, de los años sesenta.

—¡Paz y amor! —le dijo Sabine al maniquí.

Adentro había muchos más exhibidores de ropa de los que me hubiera imaginado que cabrían en ese pequeño espacio. Sabine me soltó y empezó a recorrer los pasillos con las manos en ambos lados, rozando la ropa que veía al pasar. Yo la seguía de cerca, deteniéndome de vez en cuando para admirar las blusas y faldas rizadas, así como los jeans de diseño, perfecta y profesionalmente fabricados. Ella se fue a la parte de atrás de la tienda hasta detenerse frente a un mundo de vestidos sin mangas de muchísimos colores y diseños.

–Me encantan —les dijo a los vestidos, luego los azotó, sacudió los ganchos y sacó algunos. A mí me dio tres.

–Muy bien, gracias, están lindos.

Entonces estiró el brazo y señaló la pared del fondo.

–Y necesitamos ésos —dijo abalanzándose, como movida por una fuerza desconocida, hacia la sección de zapatos. Se puso unas botas vaqueras—. Aquí —dijo, y me dio un par de botas iguales, de consistencia grasosa, color beige: luego tomó otro par negro para ella misma.

Todo esto sucedió sin el menor contacto visual entre las dos. Tuve que admitir que estaba impresionada de su concentración. Si pudiera concentrarme de esa manera más a menudo tal vez conquistaría cualquier cosa. Nos metimos a unos probadores adyacentes y sólo entonces examiné lo que Sabine había elegido para mí: tres vestidos sin tirantes, todos a la altura del muslo, con una suerte de estilo corsé. Uno era negro, otro azul con estampados como los que se suelen encontrar en pañoletas, y otro rojo a cuadros, que sólo de verlo me dieron ganas de ir a un día de campo.

–¡Quiero ver ésos de allá! —la voz de Sabine ordenó a través de nuestro muro compartido, seguido de un golpecito, que era una especie de código secreto entre nosotras.

–Vamos a verlos —le dije, sin ocultar mi incertidumbre.
–¡Sí, vamos! —gritó de nuevo.

Respire hondo, los vestidos sin tirantes nunca habían sido mis favoritos; había aprendido a aceptar las cicatrices que tenía en mi pecho —tanto como el resto de las marcas en mi cuerpo—, pero aún no me gustaba llamar la atención mostrándolas. Aunque a final de cuentas no importaba, porque en realidad no iba a comprar nada, sólo pasaba el rato. Me probé primero el vestido negro. A pesar de que el material parecía de algodón —sin lentejuelas, brillo, campanas o silbatos—, no me gustaba cómo se me veía. Me miré como si fuera otra persona. Me contoneé para quitármelo. El rojo se veía demasiado femenino y exquisito para mí, así que sin muchas esperanzas tomé el azul, pero alguien llamó a la puerta del probador.

–Déjame verte, por favor —dijo Sabine haciendo gestos, mientras yo veía sus botas debajo de la puerta.

Me puse el vestido, las botas color beige y me eché un vistazo en el espejo: no estaba mal, pero no podía imaginar en qué ocasión podría usarlo. Abrí la puerta. Sabine estaba a mis espaldas, viéndose en el espejo triple, se movía y se observaba en todas las direcciones. Su cabello caía y se columpiaba en su hombro y en las cicatrices de su espalda, que como en mi caso, se asomaban en la parte superior del vestido.

–Te ves increíble —le dije.

Sabine llevaba puesto el vestido negro que yo me había quitado con rapidez, pero que en ella lucía muy natural. El vestido la abrazaba como si se lo hubieran pintado encima.

–¿Qué te parece? No estoy segura.

–No sé por qué, en serio que te queda perfecto.

Ella se dio la vuelta para mirarme.

—Eres la mejor compañera de compras —me dijo con aprecio.

—Gracias.

—Y perdóname, pero creo que *esto* está pidiendo a gritos que lo compres —dijo ordenándome, mientras señalaba el vestido azul que yo traía puesto—. ¿No te encanta?

—Supongo que no está mal.

—¿No está mal? Te lo llevas y éste también —me dijo, quitándose de un tirón su vestido.

—Bueno...

—¿En serio crees que éste se me ve bien a mí? —me interrumpió.

—Sí, claro.

—Es que tengo que hacerte una confesión —dijo mientras sus ojos danzaban; luego se acercó a mí como para decirme algo importante—. ¡Tengo una cita hoy en la noche!

Sentí que se me dibujaba una sonrisa del tamaño del rostro.

—¡Wow! ¡Detalles por favor!

Mi voz no podría haber sonado más entusiasmada. Como su cita no podía ser con Lance, estábamos a punto de comenzar un nuevo capítulo de nuestra hermosa amistad.

—¡Con Wylie!

—¿Wylie? —dije, y de seguro ella se percató de mi sorpresa total.

—Ya sabes, el chico atractivo de la otra noche, el de los huracanes.

—Claro, por supuesto, los huracanes. Huracán Wylie.

—¡Huracán Wylie! Me encantó, así lo llamaré de ahora en adelante.

Luché conmigo misma para hablar, pronto vencí el impulso, pero éste regresó casi de inmediato. Si ella había dejado de interesarse en Lance, odiaba la idea de desalentarla, pero me era imposible sacudirme la impresión que tenía de este tipo.

—Oye, pero parece como si se juntara… con gente muy *acelerada*, ¿no? —mis palabras sonaron como si Joan las hubiera dicho, porque las que yo hubiera querido usar eran: "potencialmente diabólica", sólo que parecían demasiado absurdas e infundadas incluso a mis oídos—. ¿Y no crees que es un poco mayor que tú, y…?

Si en realidad quería disuadir a Sabine iba por mal camino.

Ella asintió con la cabeza y sonrió ampliamente, dándome a entender que no le importaba en absoluto lo que le había dicho y que incluso se sentía orgullosa de involucrarse con alguien así.

—Claro, es totalmente mi tipo —dijo entusiasmada.

—Sí, me lo imagino —le dije. Tenía que usar otra estrategia—. Pero a lo mejor resulta ser demasiado —me devané el cerebro para decir lo correcto, pero me quedé corta— divertido.

Ella se echó a reír.

—Muy divertido, realmente me provocas mucha risa, Haven —dijo y yo fingí que esa había sido mi intención—. Lance debe adorar esa actitud tuya; a los chicos les gusta mucho el sentido del humor, por lo menos a algunos, según lo que he oído.

Sus palabras no me parecieron un cumplido, así que simplemente las ignoré.

—En este punto tal vez seamos diferentes tú y yo.

—¿Perdón?

—Por ejemplo, a mí me gustan los huracanes, como dices. Wylie es un huracán y yo estoy involucrándome por completo con él, de hecho me declaro impotente de luchar contra su fuerza. Pero apostaría que con Lance —me pareció interesante que reconociera que *había* algo entre Lance y yo—, tal vez prefieras algo más tranquilo, estable y llevadero, no sé cómo llamarlo —dijo, fijando sus ojos en lo alto, como si la respuesta estuviera en el techo.

–¿Así que Lance es como una depresión tropical? Creo que así le llaman a lo que puede convertirse en un huracán, meteorológicamente hablando.

–Ja, ja, claro, de acuerdo; Lance es una depresión tropical —dijo y luego me examinó inclinando la cabeza hacia un lado y diciéndome—: Me estás mirando raro.

–¿Quién, yo? No, para nada —le dije, viendo quizás en mí una señal involuntaria de alivio proyectándose en mi expresión.

–¿Crees que soy una mala persona o algo así?

–De ninguna manera. Vamos a buscar más ropa. Cuéntame sobre los huracanes.

–Sólo me estoy divirtiendo un poco. Tenemos diecisiete años, Haven, creo que es necesario que nos divirtamos un poco.

–Tal vez tengas razón.

–Tenemos suficientes preocupaciones como para tomarnos en serio el hecho de divertirnos.

Fue la primera vez que Sabine aludía a nuestra condición compartida desde aquel fin de semana en el pantano. Me dieron ganas de aprovechar el contexto, pero la tienda no parecía ser el lugar adecuado. De todos modos, en un instante perdí mi oportunidad.

–Está decidido, entonces. Compremos esto y salgamos de aquí —dijo—. Espera, se me ocurre algo.

⚜

15

Quítate de mi espalda

—Aquí es donde deberíamos trabajar —dijo Sabine mientras miraba a través de la ventana.

Tras el cristal, algunos hombres con sombreros afines y camisetas, arrojaban la masa en una olla profunda llena de aceite chisporroteante, e introducían luego cada pieza crujiente en un montón de azúcar.

–No, sería demasiado peligroso —repliqué, fascinada con lo que veía—. Esto es algo *demasiado* bueno. ¿Existe algo que sea *demasiado* bueno?

–Creo que en algunos casos sí, y en materia de estos panecillos, claro que sí.

–Bueno, ahora necesito un poco de esto. No hay nada más que hacer aquí —dijo ella, y se dirigió a la caja para pagar su orden, mientras su gran bolsa de compras chasqueaba contra sus muslos.

–Me convenciste —me uní a ella, con mi propia bolsa colgándome del brazo.

Ella se había comportado igual de persuasiva en la tienda, tratando de convencerme de comprar no sólo el vestido azul sino también el negro, que tan bien le quedaba a ella, y las botas vaqueras.

—¿No ves cómo el color beige es exactamente igual al tono de tu piel? Tus piernas parecen zancos con las otras botas —me dijo, en un murmullo.

Sus palabras eran un poco exageradas, pero funcionaron. Sabine se compró las botas negras y tres vestidos: uno negro, uno rojo, en tono camión de bomberos, y otro brillante sin mangas. Ropa nueva, botas, panecillos... todo esto convertía mi día en algo inusual y demasiado complaciente. Sentí mejorar mi estado de ánimo, algo que tal vez el entusiasmo de Sabine me estaba provocando.

Tomamos nuestras bolsas de papel llenas de panecillos con mucho azúcar y nuestros cafés con leche helados, luego encontramos un camino que se extendía por la orilla del río. El cielo luminoso comenzaba a apagarse, aunque a lo lejos el sol todavía brillaba intensamente. Algunos veleros se acercaban a la costa y un barco de vapor resoplaba en el fondo.

Caminamos en silencio durante varios minutos, dándoles sorbos a nuestras bebidas, hasta que Sabine me llevó a una banca con vista al agua. Una vez que nos sentamos y acomodamos lo que habíamos comprado, ella abrió una de las bolsas y me ofreció lo que estaba adentro. Saqué un pastelillo aún caliente y un aroma ligero de azúcar me llegó como una brisa que impactaba mi piel. Tomó uno para ella y dobló la parte inferior de sus piernas para juntarlas con sus muslos.

—Es algo increíble —dijo finalmente.

—Lo sé, fue una buena decisión —decidí intentar de nuevo—. Lo dices por Wylie, ¿no? ¿Van a estar solos esta noche? ¿Qué piensan hacer?

–No sé, él está planeando algo, creo que será algo fabuloso —dijo entre bocado y bocado.

–Estoy segura de que después me contarás *todo* —dije con el mayor entusiasmo posible.

–¡Claro, pero no me esperes despierta! —dijo primero sonriendo, luego carcajeándose.

–No hay problema —asentí dándole por su lado. Pero una alarma resonó en mi mente, así que continué presionando—. ¿Así que ya eres como parte de ese grupo?

–Yo no diría que soy *parte* —aclaró—. Pero trabajo en ello.

–¿Y cómo vas con Clío?

–Ella me cae bien. Estuvimos en el mismo lugar toda la noche, pero la verdad sólo platiqué un poco con ella. Conozco su nombre, sé adónde va de compras, no necesito más —dijo chupando el azúcar de sus dedos—. Ella estaba bastante ocupada, la abordaban cada cinco segundos.

–No es fácil ser así, ¿me equivoco? —metí el último pastelillo en mi boca.

Sabine ya estaba muy ocupada buscando en la bolsa a su próxima víctima. Agarró un pastelillo y sacudió la bolsa frente a mí. Dudé por unos instantes, pero luego metí mi mano.

–De todos modos, todos ellos son muy divertidos. Emma y yo estábamos totalmente sorprendidas de que nos dejaran pasar el rato a su lado.

–¿Y Emma qué hizo?

–Dios mío, Emma y Jimmy, escucha esto —dijo mirándome de frente—. Ellos han estado juntos un año o algo así en una relación muy loca; al parecer llegaron aquí unos días antes que nosotros y tuvieron ese tiempo para estar juntos —dijo alzando los ojos—. Pero entonces él le dijo de la nada, esta semana, que está completamente enamorado de alguien más y creo que se ha estado quedando a dormir en su casa.

—¿Cómo fue que pasó?

Sabine se encogió de hombros.

—No sé, te lo diré cuando lo sepa —dijo con un brillo malicioso en los ojos.

Recordé la primera mañana que pasamos en Nueva Orleans, cuando Jimmy regresó a la casa muy temprano y encontramos el cadáver.

—¿Emma no tiene idea de quién es la chica?

—No. Jimmy se lo dijo apenas ayer y luego desapareció. Es una locura. Así que evidentemente Emma necesitaba una noche de fiesta. ¡Pero ahora tú tienes que pasar esta noche con nosotras!

—Gracias, me encantaría —le dije, y aunque la idea no me gustaba, necesitaba acercarme al grupo de Clío para ver qué podía descubrir.

Una brisa fresca sopló, comenzaba a anochecer. Necesitábamos regresar pronto.

—¿Y qué pasó en Boston? —le pregunté, sorbí mi café y bajé el volumen de mi voz para poder llegar a donde quería—. Es decir, ¿cómo fue que llegaste aquí?

Ella se movió de lugar, volteó de nuevo hacia el agua, entrecerró los ojos, vio a la distancia y le dio un largo sorbo a su bebida. Finalmente dijo con voz rígida:

—En verdad que no tengo ganas de hablar de ello.

—Entiendo, por lo general yo tampoco, pero es tan increíble encontrar de pronto a alguien, a todo un grupo, que vive lo mismo. Nosotros tres pensábamos que éramos los únicos.

Ella hizo una pausa y suspiró con mucha suavidad.

–Creo que a nosotros nos pasó algo similar —dijo. Me miraba de reojo. El *nosotros* no pasó desapercibido. Me di cuenta de que yo estaba obligada a ofrecer mi historia para conseguir algo a cambio, así que le dije:

–Vivíamos en un hotel y convivíamos con personas realmente glamorosas que nos prometieron cierto tipo de vida y muchos sueños —dije, mientras ella me miraba inexpresiva, pero me di cuenta de que prestaba atención a mis palabras—. Ya sabes, luego intentaron controlarnos con venenos y otras cosas, tal vez tuviste que enfrentar algo parecido —ella asintió y después de unos largos segundos de silencio, continué—: Por suerte, Lance y yo nos dimos cuenta de lo que pasaba a tiempo y por ello pudimos afrontarlo con éxito. Pero Dante estaba en verdad atrapado, por lo que para él la lucha fue más difícil.

Traté de que mis palabras fueran lo más vagas posibles, aún no sabía bien si compartir todo esto con ella. Pero una parte de mí sentía que necesitaba hacerlo, en beneficio de ambas.

–De hecho, Dante estuvo en gran peligro.

–Para nosotros fue algo más que un gran peligro —dijo Sabine finalmente.

Yo no dije una palabra, dejé que ella se apropiara del espacio. Se tomó su tiempo y por fin habló:

–Comenzamos a trabajar en los muelles, en uno de esos cruceros turísticos que van y vienen a Cabo Cod, en Massachusetts. Crecí haciendo todo tipo de actividades relacionadas con la navegación: vela, canotaje, yates, con mi familia, todo era perfecto. A veces organizábamos eventos en un barco. Había comida y entretenimiento. Casi siempre vivíamos en la embarcación, en ocasiones en el Cabo o en Provincetown o Newport.

–Debió haber sido divertido, al menos al principio, antes de…

—Sí, antes de conocer que iban tras las almas de todos los pasajeros del barco, a quienes hacían todo tipo de promesas. A nosotros también nos las hicieron. Primero nos envenenaron, creyendo que con eso aceptaríamos cualquier cosa, pero en lugar de eso, nos enfermamos. Pensamos que íbamos a morir y quizá debimos haber muerto, pero pues no somos como otras personas —se interrumpió un momento—. Luego poco a poco comenzamos a sanar y cuando lo hicimos, el líder de ellos nos dijo que nuestros sueños se harían realidad y que podríamos ser realmente poderosos a cambio de un precio pequeño.

—¿Cómo te enteraste de lo que eras?

—El líder nos dijo que éramos mucho más valiosos que el resto. Nos hizo sentir importantes. Al principio no lo creí, pero luego sucedieron cosas.

Ella cruzó los brazos sobre su pecho como protegiéndose de los recuerdos que se estaban desatando en su interior.

—¿Cómo cuáles?

—Había una chica que nos advirtió del peligro. Nos explicó la razón de nuestras cicatrices. Ella era uno de ellos, pero había comenzado a rebelarse. Además, nos dijo que debíamos mantenernos fuertes y resistir. Al día siguiente, desapareció. Después, algunas de sus cosas fueron encontradas en la costa, pero a ella nunca la encontraron.

Sabine hablaba lentamente, como si estuviera en trance, contemplaba el río.

—Ellos nos habían dado unos contratos para que los firmáramos, pero nosotros los dejamos en nuestras habitaciones y escapamos. Apenas salté del barco me alejé nadando. Nunca fui una nadadora muy fuerte, pero por alguna razón nadé kilómetros y kilómetros en la oscuridad sin sentir cansancio. Me sentí muy orgullosa de poder hacerlo, como si fuera invencible. Pero él no pudo escapar. Ni siquiera supe cuándo o cómo lo atraparon, sólo fui consciente de que en algún punto dejé de oír su rumor en el agua. Él se había ido.

Tenía muchas ganas de interrumpirla y preguntarle sobre *él*, pero dejé que continuara.

–Finalmente fui a casa. No sabía lo que iba a decir, pero resultó que no tuve necesidad de inventar una historia. Al día siguiente, cuando había regresado, las noticias informaron del hundimiento del barco. Fueron ellos.

Sabine se estremeció. Me pregunté lo que debía sentir al enfrentar una escena náutica como ésa después de soportar lo que me contó. Ahora entendía su actitud en el bote del pantano, la razón por la que se había bloqueado de esa manera.

–¿Así sucedieron las cosas? —le pregunté finalmente—. ¿Simplemente se marcharon?

–Así es —dijo, hizo una pausa y luego me miró—. ¿Te importa si nos vamos? —preguntó con ojos suplicantes.

El camino a la orilla del río se había despejado y el cielo era de un azul iridiscente oscuro, de cara a la noche.

–¿Podemos hablar de otra cosa, aunque sea un rato? —dijo.

–Estoy preocupada por lo que te pueda pasar esta noche —le solté—. Me preocupa ese tipo y que algo suceda.

–Por favor —gritó, levantando la mano y haciéndome saltar. Después más tranquila, pero igual de firme, dijo—: Luego seguimos con esto, ¿de acuerdo?

–Claro —le dije en voz baja y con respeto.

Ella no quería hablar del asunto, tendría que intentarlo en otra ocasión. Recogimos nuestras cosas y caminamos en silencio hacia la cómoda familiaridad de las calles llenas de gente.

Estábamos a mitad del camino para llegar a casa y ninguna de las dos había pronunciado una palabra. Finalmente, Sabine aminoró el paso y de pronto dejó de caminar por completo. Yo también lo hice.

—¿Hav? —me miró y luego miró hacia abajo y comenzó a juguetear con el mango de su bolsa de compras, como si estuviera avergonzada.

—¿Qué?

—Discúlpame, pero me siento rara al pensar en todo esto, ¿entiendes?

—Claro, entiendo, fue algo muy intenso, confía en mí.

La miré a los ojos por un segundo, pero rápidamente desvió la mirada.

—Después de lo que me pasó estuve muy confundida —dijo.

—Yo también, nosotros también, yo todavía lo estoy, y no quiero hablar en nombre de Lance y Dante pero... ellos también lo están —dije y ella pareció tranquilizarse, su expresión corporal se relajó—. Y si te sirve de consuelo, parece que lidias muy bien con tus problemas.

—Para nada.

—Entonces finges muy bien. Yo no puedo fingir.

Era verdad. Incluso durante la visita al pantano ella no parecía tan nerviosa como yo lo había estado cualquier día, todos los días.

—No, me siento igual que tú. Creo que somos iguales. Quiero decir, nuestra esencia es la misma.

Realmente no sabía qué quería decir con eso. No conocía a Sabine lo suficiente como para saber exactamente qué parte de ella era su *verdadera* esencia. Pero no creía que fuéramos tan parecidas. Me hubiera gustado que lo fuéramos. Había ciertos aspectos de su personalidad que me habría gustado ver reflejados en mí. Por ejemplo, cierta naturalidad que yo no tenía y, por supuesto, más confianza. Yo había recorrido un largo camino, pero eso no era decir mucho. Aún me faltaba mucho por recorrer.

De pronto su voz se animó.

—Pero ahora olvidémonos de todo —respiró hondo—. Tenemos que sonreír. Estoy a punto de tener una cita, que son las ocasiones más felices. Tengo que decidir qué vestido ponerme.

Y con eso, la primavera retornó a sus cauces normales y todos los seres se transformaron en algo ligero, y el aura y la actitud de Sabine, armonizados con la alegría, comenzaron en ese momento a irradiar cada bar y cada restaurante por los que pasamos en nuestro camino. Era oficial: la niebla que se había cernido sobre nosotros durante la última hora, ya se había esfumado por completo.

Parecía que habían saqueado nuestra habitación: dos de los vestidos nuevos, un suéter y dos envolturas estaban desparramados sobre la cama de Sabine; diversos zapatos de tacón alto de todos tamaños y colores se hallaban esparcidos en el suelo; un par de lápices labiales, un trío de sombras para los ojos y todo un buffet de cepillos llenaban el escritorio. Un rizador, aún enchufado, despedía un olor a quemado. Una variedad de música pop y rap, que Sabine llamaba "Mezcla para salir de fiesta", nos bombardeaba desde sus bocinas.

—No estoy segura de usar este lápiz labial —se dijo, reflexionando—. Creo que es demasiado rojo, así que sacudió la cabeza y con un movimiento se limpió.

Yo me acurruqué en mi cama y saqué un pastellillo, que ya estaba medio rancio, pero no me importó. Le di una mordida y abrí la revista donde había escondido mis fotos. Uno por uno, examiné cada rostro para detectar cualquier transformación. Mientras observaba las páginas no noté cambios, todos ellos eran los mismos que cuando los fotografié en los pasillos. Revisé la foto que le tomé a Dante la otra noche fuera del bar y noté una ligera luz alrededor de él y una aureola tenue arriba de su cabeza. Me adelanté y busqué la foto de Lance. En él aparecían la misma luz y la aureola. Luego busqué la foto de Sabine, que tenía una luz similar alrededor pero, por lo que pude ver, carecía de aureola.

Continué revisando lo que me faltaba y de pronto me detuve en la foto de Jimmy. Cuando se la tomé había sonreído de manera especial, de hecho así lucía en el momento en que la imprimí. Pero ahora parte de su boca estaba caída. Su mirada era opaca y las esquinas de sus ojos parecían haberse estirado hacia abajo. Una pequeña mancha gris aparecía en su mejilla. Se me congeló el corazón. El mal ya estaba acechándonos afuera, moviéndose a nuestro alrededor. Revisé las fotos de la Cofradía. La última vez que las había visto estaban normales. Ahora, comparé las fotos de cada uno de sus miembros con la de Jimmy, y Clío parecía ser parte de la misma familia grotesca. También Wylie y los demás mostraron signos de desfiguración: un poco de flacidez en la piel aquí, alguna herida allá; un día más y probablemente aparecerían sus rostros completamente deformados.

—¡Haven! —me llamó Sabine.

—¿Perdón? —dije, me di cuenta de que me había desconectado por completo.

—¿Qué te parece, me queda bien?

Ella lucía perfecta con el vestido y las botas color negro, además se había rizado y esponjado el pelo como una profesional, tras lavárselo con un buen champú. Luego roció perfume en sus muñecas e impregnó la esencia en su cuello.

—Te ves muy bien —le dije, mientras mi mente giraba por todas partes. Me apreté el labio, lo mordisqueé para contenerme y no decir nada, pero no podía evitarlo.

—¡Gracias! Eres muy linda —me dijo. Echó su espejo y su lápiz labial en una pequeña bolsa del tamaño de un sobre.

—Oye, mejor no vayas esta noche.

Pero ella se apresuró hacia fuera, haciendo que yo sonara como una loca. Me tropecé en la escalera con las fotos en la mano.

—¡Ja! —se rio Sabine—. Eres muy chistosa. Oye, me tengo que ir, luego te cuento todo lo demás —me miró otra vez con sus ojos salvajes.

—Espera, en serio, ya sé que no quieres oír esto, especialmente ahora, pero se trata de Wylie, de todos ellos, son tan peligrosos como el grupo que huyó de Boston. Son los mismos, incluso peores. Escúchame, por favor —insistí, la tomé de la muñeca. Ella frunció el ceño en señal de desaprobación, pero yo no cedí—. No te conté todo. Había un hombre en Chicago, que era… increíble, el tipo que todo el mundo hubiera querido. Me enamoré de él, pero resultó que era alguien que reclutaba a gente como nosotros, quería nuestras almas, iba tras ellas. Por enamorarme de él estuve a punto de ser atrapada.

—Haven —me interrumpió, pero yo continué.

—A nosotros —le dije— no nos pasó lo que a ti en Boston, no tuvimos que huir sino luchar contra ellos, contra muchos de ellos, y casi nos matan. Querían convertirnos o matarnos, no había otra opción. Si atendemos a la lógica no debimos haber ganado, yo no debería estar aquí ahora. Ignoro por qué estoy aquí.

Busqué cierta comprensión o compasión en sus ojos, pero los encontré vacíos.

—Tienes que dejar de ser una carga, Haven —me dijo con frialdad.

—Es que no tengo un buen presentimiento de ellos.

—Mira, sé que a ti te traumó esa experiencia, en serio, lo entiendo. Pero siento que yo sola puedo manejar la situación —aseguró—, y no me quedaré sentada en casa sólo porque un tipo desconocido y quizá demasiado atractivo me invitó a salir.

—Yo simplemente creo que subestimas de lo que son capaces. Él es uno de ellos, lo sé.

Su mirada me dijo que mi argumento no había sido persuasivo en absoluto.

—Mira esta foto, tienes que verla —le dije colocándola a la altura de su rostro, pero ella le dio un manotazo y la tiró.

—Déjame en paz —me dijo, con absoluto control, pero sus palabras parecían supurar veneno—. Me tengo que ir, buenas noches.

Ella se marchó y yo me quedé donde estaba, esperando a escuchar el portazo de su partida. Pero en lugar de ello la escuché hablar en la más dulce de las voces.

—¡Hola, Lance! ¿Cómo *estás*? —dijo Sabine y luego oí el ruido de un beso húmedo, en la mejilla o en los labios, no podía saberlo porque no la veía desde donde estaba—. ¿Todavía está en pie lo del concierto el sábado en la noche...?

No pude escuchar la respuesta, pero creo que fue un muy débil "mmm". Podía imaginarme a Lance aturdido por la audacia, el atuendo y toda la personalidad de Sabine.

Cuando él entró en la habitación, su cuerpo estaba frente a mí pero su cabeza estaba aún en la puerta, como fascinado por el aire que Sabine había ocupado. Finalmente me miró.

—Está de buenas.

En ese momento ella no era mi persona favorita, pero no podía dejar que mis sentimientos nublaran mi juicio. Así que suspiré y le dije a Lance:

—Tenemos que hablar con Connor.

Oculto en la intimidad de su habitación, Connor revisó todas las fotos con mirada dura. Yo tenía la intención de conservarlas, de no revelar mi capacidad ni mi secreto, pero no podía quedarme con los brazos cruzados. Según el mensaje de texto, Connor realmente era de confianza, y podía ver las fotos.

—¿Sabes a dónde fue? —preguntó con gravedad.

Negué con la cabeza.

—Pero ellos siempre están en ese bar que está en San Pedro.

—Voy para allá. También veré quién más está en casa para que vaya a vigilar, ustedes adelántense, pero tengan mucho cuidado.

Antes de que cruzáramos la puerta le llamé por teléfono a Dante, que estaba en la tienda de Mariette.

—Pregunta hipotética: nombra cinco lugares a donde llevarías a Max esta noche.

—¡Me encantan tus preguntas hipotéticas, Hav! Muy fácil: Arnaud's, Galatoire's, Brennan's...

Anoté los lugares y le prometí que más tarde le explicaría todo.

Lance y yo saltamos el balcón y aterrizamos en el suelo. Auch. Sentí que mis tobillos estaban débiles otra vez. Pero cada vez me era más fácil hacerlo. Entonces salimos a toda prisa hacia la noche oscura, revisando cada ventana, puerta y rostro que se cruzaba con nosotros. Yo puse al día a Lance mientras examinábamos el entorno.

—Qué tal la foto de Jimmy —me dijo Lance moviendo la cabeza—. Realmente es una mala señal. Hoy se comportó normal en el trabajo, pero ahora que lo pienso, casi nunca está en casa por las noches.

Caminamos silenciosos por algunas calles, escuchando la música y sintiendo el buen ambiente de gente despreocupada. Nos detuvimos en un cruce esperando que pasaran los coches que sonaban sus bocinas con insistencia. En una esquina vi un restaurante. Era uno de los que mencionó Dante. Adentro, había mesas con flores y cristales brillantes en las que comensales bien vestidos mordisqueaban versiones caprichosas de alta comida Cajún. A través de las grandes ventanas color miel pude ver una especie de patio rectangular. Algunos clientes recargados en la barra del bar esperaban sus mesas bebiendo alegremente. Me llamó la atención una pareja que estaba muy cerca una del otro, riéndose de algo, la mujer con su mano sobre el brazo del hombre. Eran Sabine y Wylie. Tomé a Lance por el brazo y señalé a la pareja.

–Hablando del rey de Roma —susurró.

Nos deslizamos a un costado de la ventana para observarlos desde la penumbra y no ser descubiertos. Por suerte, Sabine parecía demasiado absorta como para darse cuenta de algo. Su actitud me era conocida: estaba embelesada. Yo había mirado de ese modo a alguien en varias ocasiones.

Los observamos en silencio durante toda su cita. Era una escena de lo menos sospechosa: una hermosa pareja ingería bebidas, compartía los alimentos, se miraban a los ojos... Pensé que Lance y yo nunca habíamos hecho algo así. Como nuestra unión nació a raíz del tipo de eventos que alteran la vida, no habíamos tenido aún una etapa como ésa. Para nosotros, el romance provino de la adrenalina, del desafío a la muerte. Supuse que toda relación era diferente.

Por fin, se levantaron para salir y mientras él arrimaba su silla, Wylie miró hacia nosotros una fracción de segundo. Mi respiración se detuvo. Lance y yo nos apartamos rápido de su campo de visión.

—¿Crees que...? —Lance estuvo a punto de preguntar.

—Espero que no —le dije mientras nos escurríamos afuera, preparados para seguirlos a su próximo destino.

Esperamos y esperamos, con la fuerza combinada de nuestras miradas, suficiente como para quemar agujeros en la acera. Sentimos que se demoraban demasiado en salir. Vimos unas cuantas parejas que salían del restaurante y se entonaban con la energía de la calle. La acera fuera del restaurante no estaba tan llena de gente como para que hubieran pasado desapercibidos. Pensamos que tal vez se habían mezclado entre un grupo de universitarios u otro que festejaba una despedida de soltero. O quizá los habíamos perdido en medio del bullicio del trompetista que después de un día de tocar su instrumento empacaba sus cosas para irse. ¿O nos distrajo la novedad de ver a este artista de apariencia sucia caminar del brazo con una mujer escultural a la que exhibía como un trofeo? Entonces Lance me dejó haciendo guardia mientras él observaba el restaurante desde adentro, pero no encontró nada. Habían desaparecido.

No podía soportar el hecho de tener que volver a casa sin nueva información, así que nos pusimos a recorrer un montón de calles oscuras sin poner mucha atención a dónde nos dirigíamos. En poco tiempo encontramos un camino que nos llevó a la calle Rampart. Recorrimos aceras vacías y escaparates oscuros. De pronto escuché a cierta distancia la risa de una mujer, una risa estridente, como de pájaro, desenfadada; luego la voz silenciosa de un hombre que susurraba y pisadas cada vez más suaves que se alejaban de nosotros. Lance me miró, también él había escuchado.

Esas voces nos llevaron al cementerio.

16

Ya había visto a ese tipo

Lance dirigió su cabeza hacia las puertas. Yo nunca había visto el cementerio cerrado con las barras de metal negro que pretendían mantener a raya a los intrusos. Pero él tenía razón, parecía que las voces provenían de dentro. Escuchamos un golpe que podría haber sido alguien buscando su camino a través de la pared. Hubo un crujido y luego oí risas de mujer. Pensé en la advertencia de la hermana Catherine, que había dicho que un cementerio en la noche no era el lugar de reunión más acogedor incluso en las mejores circunstancias. Luego le dije que sí a Lance con un encogimiento de hombros, alzando mis ojos en un gesto que quería decir: "Claro, vamos a irrumpir en el cementerio. Es una gran idea". Él se limitó a sonreír.

Tomé dos barrotes y los jalé, cuidando que no retumbaran. La puerta era sólida. Unos trozos de pintura se pegaron a mis dedos. Del otro lado del enrejado, unas luces de seguridad bañaban toda la ciudad de los muertos en un resplandor misterioso.

Miramos hacia arriba. En realidad la puerta no estaba tan alta, medía unos tres metros. Empezamos a subir. Tomé dos barrotes y coloqué mi pie derecho en otro, luego empujé mi cuerpo hacia arriba, apoyándome en mis brazos y poniendo mi pie izquierdo firme sobre un barrote horizontal situado a la mitad de la puerta. Desde ahí salté hacia la parte superior de la puerta donde había otro barrote horizontal. Me senté allí por un momento, en lo que Lance subía. Era tan alto, que parecía fácil para él, con sus largas extremidades musculosas se balanceaba hacia arriba, e incluso lo hacía con gracia.

Por un lado, el cementerio se extendía ante nosotros con sus hileras de tumbas. Por otro, a pocas calles de distancia brillaban las luces de la calle Bourbon.

—Linda vista —murmuré.

Él sonrió y yo me balanceé por encima de la puerta, impulsándome del otro lado hasta que aterricé con mis pies, casi sin hacer ruido. Sentí que la vida regresaba a mis piernas cuando Lance hizo lo mismo que yo. Como el lugar estaba en completa calma, escuchamos bien las voces.

Señalé la parte posterior del cementerio y caminamos hacia allá, pasando por un camino lleno de criptas perfectas para esconderse. Las voces se oían más cerca y finalmente vimos a una pareja moviéndose torpemente en el suelo lleno de hierba seca de la tumba de Latrobe. Buscamos ocultarnos atrás de una tumba que tenía una torre, y asomamos nuestras cabezas para observar, aunque sólo distinguimos sus siluetas.

—¿Por qué te gusta venir aquí? —masculló el hombre.

—Qué pregunta... es taaaaan romántico este lugar —dijo la chica efusivamente—. ¿No te encanta? —y se escuchó el eco de un beso desde aquellos rincones oscuros, luego la risa de ella, que sonaba como de pájaro, y un taconeo juguetón que pretendía quedarse donde estaba, más que huir.

De pronto ella se colocó en un lugar iluminado por la luz de la luna. Era Clío. Su pareja se le acercó, tomó su mano y ella gritó jugando mientras él la jalaba para darle otro beso.

—¿Así que te gusta traerme aquí? —dijo él casi protestando.

—Es mi lugar favorito, no tarda en empezar una fiesta, te va a encantar —le dijo ella y añadió algo de lo que estaba segura—: Y tú vas a venir.

—Suena como si no tuviera otra opción —dijo él, a quien no reconocía, pero que tenía apariencia de universitario, como si fuera amigo de Connor, el tipo de juerguista del Barrio Francés.

La pareja cayó al suelo entrelazada. Me tomó un segundo entender lo que veríamos a continuación. Lance y yo no reuniríamos información si nos quedábamos, pero sí nos convertiríamos en voyeristas. Un calor fluyó por mi piel y me distrajo tanto que casi no me di cuenta de que mis cicatrices se habían abierto. Hice un gesto en dirección a la salida, Lance asintió y ambos nos escabullimos tan silenciosa y rápidamente como nos fue posible.

Saltamos por el portón y nos dirigimos a casa. Renunciamos a seguir esta noche. Había poca gente en la calle Royal y al pasar por la mansión LaLaurie el ambiente era lo suficientemente tranquilo como para que notara que una ventana estaba abierta y que el viento silbaba a través de ella. La luz estaba afuera pero mi corazón se detuvo cuando percibí el contorno de una mano que tomó lo que parecía ser una botella, luego se alejó de mi vista.

Pensé en la tumba de Marie Laveau, en todas esas ofrendas, algunas con botellas. De alguna manera yo sabía que esto era una ofrenda para mí. Me dieron ganas de correr a la ventana en ese momento. A mi lado, Lance estaba sumido en sus pensamientos; sus ojos observaban algo a la distancia. De pronto se detuvo. Yo también me detuve esperando a que él dijera algo, pero no lo hizo.

—¿Estás bien?

—Creo que necesito un poco de aire —dijo finalmente.

—¿En serio? Toda la noche hemos estado recibiendo aire, tú sabes —dije en tono amable.

—Sí. Adelántate, ahora regreso.

—Te espero, no hay problema.

—No, necesito caminar un poco para aclarar mi mente —dijo, y se regresó en la misma dirección por la que veníamos—. Te veo luego.

Se dio la vuelta con las manos en los bolsillos y se dirigió hacia la noche.

No me gustó el asunto pero me di cuenta de que quería estar solo, así que no insistí.

—Bueno, no demores mucho, ¿de acuerdo?

De vuelta a casa, encontré mi habitación oscura y vacía. Connor y los otros no habían tenido suerte buscando en los bares y clubes. Cuando le dije que habíamos encontrado a Sabine y que luego la perdimos, me dijo:

—Ve a descansar —leyó la derrota en mis ojos—. Hiciste todo lo que pudiste.

Me puse mi bata de dormir y saqué mis fotos. Jimmy se había deteriorado aún más desde la última vez que lo vi. Sus rasgos faciales estaban deshechos, múltiples heridas cubrían su piel. Guardé de nuevo las fotos en la cómoda, y cerré el cajón. Hurgué las cosas que tenía en mi mochila y encontré mis dos navajas del ejército suizo. Siempre me ha gustado tener una de repuesto. Metí el repuesto en el cajón a un lado de las fotos y un temblor se apoderó de mi cuerpo. Cuando apagué las luces, descubrí un nuevo mensaje en mi teléfono:

Tus ojos no te engañaron esta noche. Busca mañana. Encontrarás algo.

Me quedé dormida con la imagen de Lucian en mi mente.

Los llamados a la puerta no se detenían. Gruñí. ¿Por qué Connor tiene que hacer esto? ¿No podría entrenarnos en horarios normales? Todavía estaba completamente oscuro afuera. Como los llamados no dejaban de sonar, me arrastré por la escalera. Menos dormida ahora, me di cuenta de que los golpes se espaciaban más entre uno y otro, como si alguien golpeara su cuerpo contra la puerta de manera repetida. Giré la manija, bostezando.

Lance prácticamente cayó sobre mí, tropezándose en la entrada.

—¡Hey! —exclamé.

—Lo siento mucho, soy yo... —dijo, arrastrando las palabras. Parecía que había estado bebiendo. O yo así lo veía. En realidad, él nunca había mostrado mucho interés por el alcohol. Luego se tropezó, cayó contra la cómoda de Sabine y aterrizó en el suelo con todo y mueble.

—¿Me puedo quedar aquí abajo, sólo unos minutos? ¿Te importa?

—¿Estás bien? ¿Dónde has estado? ¿Encontraste a Sabine y a Wylie?

—Estoy biiiien, creo, noooo sé —dijo medio atontado—. Sólo necesito dormir.

—Tal vez necesitas agua o algo. Te ves como si fueras a enfermar.

Lo miré: una pila de huesos desplomados en el piso, en medio de la oscuridad.

—No, sólo necesito dormir, dormir —dijo sin moverse, con los ojos cerrados y la luz de la luna reflejada en sus anteojos.

Me agaché, él estaba acostado bocarriba, una posición inconveniente si se sentía mal, así que lo puse de lado y noté que en su bíceps derecho, debajo de su camisa, tenía una herida, una tira de sangre endurecida y seca.

—¿Qué pasó? —insistí hasta despertarlo.

—¿Qué? —balbuceó, pero le era imposible combatir el sueño.

Salí corriendo al armario en busca de mi botiquín de primeros auxilios. Tiré de la manga de su camiseta, la herida era realmente fea, irregular y mostraba la carne viva. Mientras extendía una venda en la parte superior de la herida, el antiséptico burbujeó y sonó una especie de chasquido debajo. Si la habitación no hubiera estado tan silenciosa no lo habría escuchado ni creído, pero luego se oyó un silbido que chisporroteaba como el sonido de un huevo en una sartén caliente. Dormido, Lance sacudió su brazo como si quisiera ahuyentar a un bicho. Lo tomé de la mano y poco a poco se calmó. Arrastré el cesto de basura, lo coloqué a su lado y fui a la cocina para conseguir una botella de agua.

Antes de regresar a mi cama, me apoyé en su pecho para escuchar su respiración. Sonaba bien, quizás un poco irregular, pero estaba vivo. No obstante, empezó a preocuparme. A ninguna otra persona de la casa me hubiera afectado tanto verla en ese estado. Y es que Lance simplemente no hacía ese tipo de cosas. A él le gustaba tener el control, se enorgullecía de ello. Se burlaba de los chicos de la escuela que se embriagaban los fines de semana. Me subí a mi cama y eché un vistazo a mi reloj. Faltaba poco para la hora de levantarse.

No escuché entrar a Sabine, pero cuando me desperté en la mañana ella estaba metida en su cama y Lance se había ido. Salí a buscarlo y lo encontré en su habitación preparándose para ir a trabajar, su estado era aparentemente normal. No tuve tiempo de preguntarle qué había pasado la noche anterior porque todos nos apresuramos a realizar nuestras labores. Mientras nos dirigíamos a nuestros lugares de trabajo, Sabine nos contó a Dante y a mí distintas anécdotas de su cita.

—Y luego, después de la cena y la música y todo, me dijo que quería caminar un rato para estar solos. ¿No es algo increíble?

—Sí, increíble —le dije con sarcasmo—. Sabine, ¿qué es lo que no quieres entender?

Dante suspiró molesto.

—Fuimos a la plaza Jackson. Es *tan* hermosa en la noche, y encontramos una banca aislada y... —dijo, lanzándonos una mirada maliciosa. Sacudí la cabeza—. No sé por qué tengo que creer en tu proyecto de fotografía —me dijo enfática; realmente se sentía frustrada con nosotros—. Cualquiera con Photoshop puede hacer eso, *yo* misma puedo hacerlo. ¡Dante, apóyame!

Miré a Dante con firmeza.

—Lo siento, Sabine, estoy de acuerdo con Haven en esto.

—*Gracias* —le dije a él, murmurando.

—¿Incluso si te dijera que Max estuvo hablando conmigo de ti? —dijo Sabine en su tono más persuasivo.

El rostro de Dante se iluminó.

—¿Ah, sí? ¿Y qué dijo? —dijo él haciendo todo lo posible para parecer sereno, aunque en su interior estuviera saltando de emoción.

—Sólo que a ustedes les agarró la cena mientras trabajaban hasta tarde —dijo ella, indiferente.

Dante estudió sus palabras como si secretamente las diseccionara buscando un subtexto.

–Es cierto —sonó un poco desilusionado.

–Además... —dijo ella como si fuera a darle un gran regalo—, él no lo *dijo*, pero estoy totalmente segura de que está interesado en ti, sólo por si te da curiosidad saberlo.

–Bueno, tal vez —dijo con brillo en sus ojos.

Me desconecté de ambos, y dejé que mi mente vagara. De hecho, no podía dejar de pensar en lo que Lucian podría haber dejado. Pero algo en la distancia interrumpió mis pensamientos. Al final de la cuadra, la cinta protectora de la policía rodeaba el salón de tatuajes. Unos cuantos curiosos miraban, y dos policías encendieron las luces de su patrulla para solicitar refuerzos.

—Oigan —interrumpí a Sabine y a Dante, que estaban muy metidos en su plática como para darse cuenta—. Miren, ¿qué pasa ahí? —señalé el salón y caminé más despacio.

Sabine arrugó las cejas y se adelantó hacia donde estaba Kip, de espaldas a nosotros. Le dio unos golpecitos en el hombro y él puso su mano en la espalda de ella, de manera protectora, y le dijo algo. Luego, de puntillas, miró más allá de las personas que tenía enfrente, sacudió con brusquedad su cabeza y cubrió sus ojos.

Tan pronto como nos acercamos, entendimos lo que pasaba: un hombre yacía en el suelo y su espalda estaba empapada en sangre. Parecía como si lo hubieran desgarrado. Por acto reflejo tomé la mano de Dante y la apreté con fuerza. Las sirenas de las patrullas invadieron el aire fresco de la mañana y una ambulancia arribó al lugar. Dos hombres uniformados salieron corriendo y colocaron una sábana sobre el cuerpo. Pero ya había visto lo suficiente para darme cuenta de que el cuerpo era el del chico que había estado con Clío ayer en la noche en el cementerio.

–Ya había visto a ese tipo —le dije a Dante, pero Sabine estaba camino hacia nosotros. En su rostro se veía conmovida.

–¿Qué pasó? —le pregunté.

–Kip dijo que cuando entró, el cadáver ya estaba ahí —sacudió la cabeza—. Nadie sabe quién es —se dirigió hacia el suelo y dobló los brazos—. Me voy a quedar un rato aquí y luego regresaré a casa, no creo poder trabajar hoy.

Su rostro estaba pálido, su espíritu desmoralizado, no muy diferente a como lucía el día del pantano.

–¿Estás segura? —le pregunté.

Ella asintió, miró a Kip y rápidamente se dio la vuelta de nuevo.

–¿Cómo era él? Ya sabes, el tipo de Chicago —me preguntó en un tono pesado. Tomé una respiración profunda, exhalé.

–Perfecto en todos los sentidos, de una manera irreal —le dije finalmente—. Y también un error —en mi cabeza agregué: Y ahora él está aquí de nuevo, así como hacen los chicos cuando intentas olvidarlos.

Esperé a que Dante y yo estuviéramos solos y mis palabras fluyeron de manera espontánea.

–Vi a ese chico en el cementerio anoche —dije—. Estaba con Clío. Son ellos, definitivamente son ellos. La Cofradía, lo sé.

–¿En serio? ¿Qué estaban haciendo? ¿Crees que ella lo mató? —susurró.

No lo sabía, ni siquiera quería pensar en ello. Tenía miedo de adivinar la respuesta.

17

Búscame a medianoche

Dante y yo pasamos la primera parte de nuestro día de trabajo en la cocina del banco de alimentos, yo como su asistente, su *sous chef*: estaba encargada de cortar verduras, calentar comidas y empaquetarlas para los conductores que más tarde las recogerían. River nos alcanzó ahí, o sea que no había visto la escena del crimen y nos exigió contarle todos los detalles escabrosos. Cuando salió para llevar algo a la camioneta, Dante y yo reanudamos el debate que habíamos comenzado antes sobre ir o no a la policía por lo de Clío. Como yo realmente no quería sentirme obligada a tener que decirles a todos que Lance y yo habíamos estado en el cementerio, pensamos que lo mejor sería hacer una denuncia anónima a pesar de que no tenía mucha información: sabía su nombre propio y dónde le gustaba beber. Ésa era toda la información que podía proporcionarles sobre la misteriosa Clío. El policía, que me llamó "cariño", tomó nota de estos detalles y se comprometió a investigar.

Como Dante quería contarle los últimos sucesos a Mariette, me fui sola a tomar el tranvía que me llevó a la biblioteca, pero antes tenía un pequeño negocio que atender. El sol de la tarde hizo lo suyo para aclarar mi mente oscurecida, pero tenía algunas visiones de las que no podía desprenderme. Me dirigí de regreso a casa y me detuve frente a la puerta de la casa de al lado durante tanto tiempo que quizá más de un transeúnte se preguntó qué hacía yo ahí.

Incapaz de esperar más, entré. Me saludaron el alboroto de las sierras y el zumbido de las máquinas que no dejaban de trabajar. El grupo Hábitat para la Humanidad estaba completo, los chicos habían regresado a trabajar, así que me preparé, con la esperanza de encontrar lo que buscaba antes que cualquiera de ellos, especialmente Lance.

Incluso con la luz del día, el vestíbulo estaba oscuro, lo que hacía mi trabajo más difícil. La noche anterior me había parecido ver algo como una botella de cuello largo entre unos dedos delgados. Miré alrededor de la ventana donde había visto la luz. Avancé a través de montones de vigas de madera desechas, luego pateé un montón de bolsas negras de basura y la encontré. No reconocí la etiqueta, pero algo me llamó la atención en la parte de atrás: en la lista de ingredientes había cinco letras rodeadas con un círculo en la primera línea: H, A, V, E, N. Y en la segunda línea, siete letras más formaban: L, E, E, E, S, T, O.

No había nadie alrededor, así que decidí actuar. Ya iba a abrir la botella con mi navaja suiza cuando me percaté de que no tenía corcho. La botella había sido sellada derritiendo el vidrio opaco. La sacudí intentando ver lo que había adentro, para pensar cómo sacarlo: era un papel doblado al fondo. Como había mucho ruido de la maquinaria de construcción, levanté mi mano, coloqué la botella en el suelo y la rompí. Mis cicatrices comenzaron a hormiguear tal vez por estar tan cerca de un recipiente que provenía del inframundo. Me agaché y evité con cuidado los vidrios rotos en lo que buscaba el pedazo de papel.

Entonces una voz me hizo saltar hacia atrás.

—¿Todo bien? —dijo el supervisor John mientras se acercaba para saludarme.

Me quedé helada.

—¡Hola! —lo saludé moviendo la mano—. Perdón, por torpe se me cayó algo en el piso, prometo recogerlo ahora mismo.

Con mis zapatos intenté amontonar los trozos de la botella para hacerle ver que todo estaba bajo control y que no tenía para qué acercarse.

—No te preocupes, nosotros lo recogemos, no vayas a lastimarte.

—Gracias —sonreí, esperando a que se fuera, pero no lo hacía.

—¿También estás aquí por Lance?

—Sí, gracias, ¿podría verlo un minuto?

—Realmente es muy popular ese Lance —dijo, sacudiendo su cabeza.

—¿Qué quiere decir? —no pude evitar preguntarle.

Él se dio la vuelta y dijo:

—Me refiero a la otra.

—¿Perdón?

—Sí, la chica de pelo oscuro, de carácter dulce, aunque llegó realmente alterada por la escena del Toulouse.

Abrí la boca para hablar, pero mis pensamientos eran demasiado confusos. Por fin, logré articular ya casi cuando estaba fuera del alcance de mi voz:

—¿Puedo verlo por un minuto?

—No está aquí. Se fue con la chica —dijo y volteándome a ver agregó—: El mensajero no tiene la culpa —y puso sus manos en alto, regresando a la zona de construcción en la parte trasera.

¿O sea que Sabine había estado aquí? Comencé a luchar para que mi mente echara esta idea a su bodega trasera. Me arrodillé buscando cuidadosamente en el montón de vidrios el pedazo de papel, pero estaba tan poco concentrada que me corté el dedo índice con un trozo de vidrio. La sangre comenzó a gotear, pero no tenía tiempo para ocuparme de la herida. Seguí buscando cautelosamente hasta que encontré el grueso papel doblado, de algodón, suave y familiar. Lo abrí rápidamente e imprimí una leve huella color rojo en él. Leí:

H
Tienes razón sobre Clío. Sabine será la próxima. Búscame a medianoche. Por favor.
L

Lo leí de nuevo y me concentré en lo que decía. "Sabine será la próxima." Me impactó esa línea. Sentí que la sangre subía a mi rostro. Mis manos me quemaban como si estuvieran siendo talladas por carbón ardiendo. Sin más, mis dedos arrojaron la nota. En el instante en que tocó el suelo, el papel se prendió en llamas.

Una bola de fuego crepitante del tamaño de una toronja comenzó a crecer, bailoteando entre los fragmentos de vidrio y disparando rayos de luz. Al principio no podía creer que esto fuera cierto, pero luego mi pie, por instinto, pisoteó la llama. Con tres pisotones se apagó. No quedó nada en absoluto, ni siquiera trozos carbonizados de papel. Respiré hondo. Me preparé para recoger los vidrios rotos, pero ya no había ni uno. Lo único que quedaba eran charcos del tamaño de una moneda de 25 centavos dispersos bajo mis pies. Los examiné, parecían estar evaporándose y de pronto se encogieron hasta no dejar rastro. No había señal alguna de que la botella se hubiera roto o, incluso, de que hubiera existido.

En piloto automático, mientras la imagen de esa llama seguía ardiendo en mis ojos, fui a buscar a Lance. Llamé a su puerta, pero no me contestó. Entré en mi habitación y no había nadie. ¿Dónde estaban? Como ya me encontraba aquí, decidí echarles un vistazo a las fotos. Había dado sólo unos pasos en la escalera de mi ático cuando un golpe detuvo mis pensamientos. Mi corazón dio un vuelco. Provenía de algún lugar afuera. Fui al pie de la ventana para asomarme y me quedé inmóvil.

Algo —no, *alguien*— llegó volando a través del cristal. Ni siquiera tocó el piso, siguió corriendo justo hacia mí y me noqueó. Me sentía gritar, pero no conseguía escucharme hacerlo. Sólo oía el sonido de ese cristal demoledor una y otra vez. El tipo era demasiado rápido y furioso como para siquiera poder verlo. Sólo percibía un destello largo, delgado, rubio y bronceado.

Literalmente saltó sobre mí y su tenis pateó mi estómago, luego se lanzó a la cama de Sabine. Con una mano se levantó y le dio la vuelta, luego corrió hacia la pared y se impulsó al otro lado, hasta aterrizar en nuestro escritorio, que se partió en dos. Entonces me miró y todas sus formas se fueron comprimiendo. Los rasgos de su rostro cambiaron, su pelo se oscureció, incluso su ropa se transformó —su camiseta pasó de ser negra a blanca, y sus pantalones deportivos, jeans—, pero su rabia loca se mantuvo. Reconocí a Jimmy. Pero no al Jimmy de siempre, sino a uno con ojos dementes, como un gato salvaje en medio de un ataque. Tenía el pelo revuelto como si no se lo hubiera lavado en mucho tiempo. Su ropa estaba sucia, llena de sangre, desgarrada. La cortada en la parte superior del brazo se había convertido en una herida color grasa-alquitrán, pero no había duda de su forma: era una flor de lis hecha de costras llameantes.

Arrojó la silla del escritorio contra mí y yo le arrojé el reloj que estaba en la cómoda de Sabine. Le dio un puñetazo en el aire y lo hizo pedazos. Yo necesitaba que él entrara al ático para poder destruir sus fotos. Tomé la lámpara de pie y la lancé a sus espinillas, tratando de neutralizar sus pies. Luego di unas cuantas zancadas hacia la escalera. Sujetó mi pie mientras yo me escabullía. Traté de sacudirlo pero él me agarró más fuerte aún. Subí un peldaño con un pie y con el otro lo golpeé en la cabeza. Por una fracción de segundo fue el hombre rubio que vi antes, pero luego volvió a ser Jimmy. Mis ojos no entendían lo que observaban.

Abrí el cajón de mi cómoda, estaba en mis manos acabar de una vez por todas con esto. Mientras tomaba la navaja y el montón de fotos, el resto de las cosas que estaban en el cajón se cayeron. La fotografía de Jimmy era la primera. En ese momento, él tomó mis dos piernas y las jaló. Me caí y me pegué en la barbilla. Luego, intentó jalarme hacia abajo de la escalera, pero yo abrí la navaja, puse su fotografía en el suelo del ático y la corté una y otra vez en rodajas.

Sin embargo, no dejó de sujetarme con fuerza. Miré la foto de nuevo. Jimmy aparecía grotesco y desfigurado, clara evidencia de su alma corrompida, pero mi violencia contra ella no causaba ningún efecto. Nunca había ocurrido esto. Él empezó a reír mientras me empujaba para bajarme de la escalera. Con una mano me así al peldaño más alto y con la otra intenté apuñalarlo. Lo corté, pero él no se inmutó, ni siquiera pareció sentirlo. En cambio, soltó un aullido, un rugido salvaje, se burló de mí. Entonces pataleé intentando hacerlo a un lado. Examiné rápido la habitación en busca de algo que pudiera ayudarme. Si él conseguía bajarme de la escalera, yo podría tomar una de las patas del escritorio roto para tratar de luchar contra él. Continué balanceándome y pateándolo, sin perder de vista la sólida y afilada pata de metal. Cuanto más la miraba, más cerca de mí parecía estar. Entonces, en un instante, la pata voló hacia mí. Solté la navaja y tomé la pata con mi mano libre.

Golpeé a Jimmy con la pata una y otra vez lo más que pude, tratando de cansarlo, aunque pareciera imposible. Se cayó en el suelo, pero se levantó de nuevo. Brinqué furiosa al piso y usando la pata como lanza lo golpeé en el pecho y lo lancé contra la pared del fondo con la fuerza suficiente como para provocar que gruñera.

La puerta de mi habitación se abrió de golpe. Connor y Brody irrumpieron. Brody se dirigió adonde estaba Jimmy y Connor corrió a mi lado. Pero Jimmy saltó, pasó rápido al lado de Brody, cruzó la ventana que había destruido y brincó fuera de la habitación hacia el balcón. Corrimos para observarlo y llegamos a tiempo para verlo saltar abajo del barandal al patio. Asustó a Emma, que en ese momento pasaba casualmente delante de la puerta de entrada. Cuando ella se dio cuenta de quién era el que saltaba, él la sujetó y la arrojó tan fuerte que cayó en el piso de la fuente. Brody y Connor saltaron también por el barandal para seguirlo. Yo corrí tras ellos unos pasos pero de pronto sentí el peso de los últimos larguísimos minutos y mis piernas colapsaron. Jimmy se abalanzó hacia la puerta y se perdió en la oscuridad de la noche. Un momento después, Brody y Connor cruzaron la puerta, jadeando y con las cabezas bajas por haberlo perdido. Había huido.

18

Debí haber estado ahí

Estábamos todos reunidos en la sala comunitaria, casi en los mismos lugares que ocupamos la primera vez aquí, salvo que no estaba Jimmy y que Sabine estaba hoy sentada junto a Lance, con quien aún no había podido hablar. Connor se había comunicado a la biblioteca para ordenar que todo el mundo regresara a casa de inmediato después de la sesión de tutorías. Resultó que Lance me había mandado un mensaje diciéndome que él y Sabine se encontrarían conmigo en la biblioteca después del trabajo, que ella estaba muy alterada y que por eso él la estaba acompañando. Por supuesto, yo no había podido leerlo. Había estado demasiado ocupada peleando con Jimmy, o con esta versión de Jimmy, que había invadido mi habitación y había tratado de matarme. Cada músculo me dolía y cada nervio me palpitaba.

Brody y Emma, que se suponía iban a realizar la guardia nocturna esa noche, habían tenido la tarde libre, por lo que fueron testigos de parte del asalto de Jimmy.

—Estaba viendo Sports Center cuando escuché un estruendo —Brody le explicó al grupo—. Jimmy estaba como loco, nunca había visto algo así en mi vida. Estaba como poseído —dijo, sacudía la cabeza y se pasaba los dedos por su mecha azul. Se veía muy tenso.

Emma cruzó la sala y se sentó en el sofá al lado de River, que la abrazó con espíritu protector. Emma traía un pañuelo desechable en la mano, su cara pecosa se había enrojecido y estaba hinchada de tanto llorar. Incluso ahora, parecía que sus ojos vidriosos volverían a llorar en cualquier momento.

Connor se colocó al frente con una expresión y un tono serios. Su camiseta y sus jeans estaban arrugados y rotos en algunas partes.

—No tengo respuesta a todas las preguntas que estoy seguro están pensando —dijo, caminando—. Lo que puedo decir es que el alma de Jimmy ha sido capturada.

Un suave murmullo colectivo invadió la habitación. Connor miró a Emma, que mantenía fija su mirada en el piso.

—¿Esto quiere decir que él no va a volver? —preguntó Dante.

Connor dio un gran suspiro y con expresión perpleja puso sus manos atrás de la cabeza.

—No hay manera de saber si aún puede hacerlo. Pero si vuelve con nosotros y logramos mantenerlo aquí, podremos intentar recuperarlo.

Observé la habitación. Todo el mundo parecía estar atento a las palabras de Connor, como si nos estuviera conduciendo a través de una tormenta, a nuestra única esperanza para sobrevivir.

—Esto es lo que he estado advirtiéndoles. Ellos van a encontrarlos, por ello tenemos que estar cerca uno del otro y saber dónde está todo el mundo en todo momento, sólo así los derrotaremos. A todos ustedes van a buscarlos, es un hecho, ¿entienden? —dijo mirando cada uno de nuestros rostros para que su idea nos quedara clara—. Esto es parte de la prueba: dejar a un lado la parte derrotada de sus almas.

—¿Y cómo hacemos para lograrlo? —River vociferó enojada, abrazando aún a Emma.

—Nos elevaremos, por eso quiero ver a todos practicar levitación —señaló el pasillo en dirección a la sala acojinada—. Hay una persona que va ahí cada noche y por lo visto ella es la única que tendrá oportunidad de vencerlos, a menos que todos ustedes también lleven sus tristes traseros ahí y comiencen a ejercitarse.

Sentí que me ruborizaba. Yo había estado levitando en silencio como parte de mi rutina, que para mí era algo tan necesario como cepillarme los dientes. Hoy había cosechado los frutos.

—Emma dice que últimamente Jimmy ha estado pasando algún tiempo con alguien que no es parte de nosotros.

Cuando Connor dijo eso, pude sentir cómo la frase había penetrado en el interior de Emma. Era como si ella lo hubiera perdido dos veces: primero su cuerpo, con la otra persona, y ahora su alma.

—Tengan cuidado con todo el mundo. Repórtenme cualquier cosa sospechosa. Vamos a compartir nuestra información. Atrapar a sus atacantes rápido y tener voluntad de lucha son las cosas que los protegerán. Hay un grupo que conocemos que se hace llamar la Cofradía, ahora sabemos que es necesario que los vigilen. He impreso algunas descripciones aquí —dijo Connor golpeando unas hojas mecanografiadas de papel quebradizo que estaban pegadas en la pared detrás de él.

Le había dado a Connor mis fotos especiales, pero en el último momento decidió no compartirlas con el grupo.

—¿Podemos mantener esto entre nosotros, Haven? —me pidió, lo que me hizo sentir, por primera vez desde que había llegado, que había contribuido en verdad.

—Éstas —me dijo, señalando el montón de fotos—. Me ayudarías mucho si les pones etiquetas a todas.

Imprimí una serie de fotos para que las guardara bajo llave en su habitación.

—Tengan cuidado —dijo en la reunión—. Muévanse en parejas, vigílense mutuamente. Si alguien les pregunta sobre Jimmy, digan que decidió que el programa no era para él y que se marchó. Como él tiene 18 años, yo no podía detenerlo. La discreción es el nombre de este juego, ¿de acuerdo? —dijo dando una palmada y luego varias más rápidamente—. Eso es todo por hoy —se despidió de nosotros con serios ojos regañones—: Sabine, ¿puedo hablar contigo? —una mirada de preocupación nubló el rostro de ella mientras lo seguía.

Lance me miró, pero al parecer estaba demasiado nervioso como para verme a los ojos. Cuando todos nos levantamos para salir, me tomó del codo mientras yo intentaba caminar delante de él.

—Debí haber estado ahí —el tono pesado de su voz evidenciaba que se censuraba a sí mismo—. Debí imaginarme que por alguna razón no contestabas mis mensajes de texto.

Negué con la cabeza. En realidad no necesitaba que me salvara, ése no era el asunto.

—Estoy bien, no necesité tu ayuda, no te preocupes —le dije. Estaba magullada y raspada, me había sacado un pedazo de vidrio del tamaño de mi dedo índice de la parte superior del brazo, que ya me había vendado, y con la ropa desgarrada que traía puesta parecía un objeto que había sido arrastrado por la calle, aunque en realidad no estaba herida—. No es así como me gusta pasar mis tardes, pero sigo con vida, así que todo está bien.

No disfracé la frialdad de mis palabras. Llegamos a su habitación y no hice ningún movimiento para detenerme, así que él me acompañó hasta la puerta de la mía.

—Espero que tu brazo esté mejor —le dije.

–¿Cómo supiste? —susurró.

Me le quedé viendo y le dije:

–¿Estás bromeando? ¿Quién crees que te limpió ayer por la noche?

–¿Qué quieres decir?

–No, tienes razón. Supuse que estabas ebrio o algo parecido. ¿Qué te pasó? —sentía que últimamente se estaba convirtiendo en alguien distinto.

Se quedó pensando un momento y luego susurró:

–La verdad es que no recuerdo qué pasó anoche. Y estoy muy preocupado por esta herida —se levantó la manga larga de la camiseta que traía puesta, y me mostró su brazo.

Luego se quitó la venda y la herida parecía haber tomado la forma de una flor de lis, pero se había encostrado de tal modo que era imposible ver bien la forma original, sólo estaba la extraña imagen de la herida.

–No se ve igual que anoche, ayer sólo era una cortada —me incliné hacia la herida para examinarla. Era como la de Jimmy—. Tienes que hablar con Connor acerca de esto, cuanto antes.

–Tal vez tengas razón —dijo tranquilo, y se cubrió el brazo.

Se apoyó en el marco de la puerta, con el rostro cerca del mío, y observó cómo sacaba mi llave. Parecía que quería decirme algo. Sentí un hueco en el estómago, incluso antes de que hablara; por sus respiraciones profundas y por la forma en que jalaba el dobladillo inferior de su gastada camiseta supe que no iba a gustarme lo que tenía que decirme.

–Sabine se apareció de repente, estaba muy alterada por lo que sucedió esta mañana y no quería estar sola, así que pasamos el rato juntos hasta que nos fuimos a la biblioteca y luego regresamos acá. Eso es todo.

—Está bien, Lance —dije, cansada, por fin abrí la puerta y la empujé para entrar.

—Yo sólo quiero explicarte... todo, ya sabes. No es que haya algo que explicar, pero...

—No tienes que hacerlo. Está bien.

Él me siguió adentro y pudo ver la zona de desastre, el mobiliario destrozado y astillado, las colchas hechas jirones, la ropa rasgada y un mosaico de cristales rotos por el suelo, cerca de un agujero puntiagudo que alguna vez fuera ventana.

—No estoy peleando contigo. Ni siquiera te he dicho que... ella —en realidad, una parte de mí sí quería pelear para demostrarle que me importaba y que podía pelear por él. ¿Pero por qué no lo sabía? ¿Había olvidado todo lo que vivimos juntos? ¿Habían cambiado sus sentimientos hacia mí? No entendía toda esta maraña.

—Tuve un día muy largo, eso es todo.

—Lo sé, lo siento —me dijo con suavidad—, puedo verlo.

Luego movió la cabeza como intentando borrar la confusión que se cernía a su alrededor.

—Obviamente te quedarás en mi habitación —me dijo.

—Gracias —exhalé. Comenzó a examinar meticulosamente mi dormitorio, detectando cada detalle de la destrucción.

—¿Cómo es que estás bien después de todo esto? —me pregunto sombrío, mientras se arrodillaba para recoger grandes trozos de vidrio.

—Sí, fue algo así como una tarde salvaje —dije con naturalidad mientras buscaba en la cómoda ropa limpia. Tomé mis jeans favoritos, una camiseta sin mangas y un suéter abierto azul, y subí por la deteriorada escalera con mis piernas heridas—. Primero, al parecer ya no funciona destruir sus fotografías, lo descubrí a la mala —arrojé la ropa sobre el edredón desgarrado de mi cama y busqué en el suelo los pedazos de papel hasta que encontré la foto de Jimmy y se la di a Lance.

–¿Qué? —fijó su mirada en mí y luego examinó la foto de cerca. Sus dedos rozaron los cortes que había hecho mi navaja—. ¿Así que todo esto no sirvió para nada? —dijo, sacudiendo la foto destruida.

–No fue por falta de intentos, ¿de acuerdo? —suspiré—. Casi me acabo la navaja en esa cosa —recogí el resto de las fotos, que estaban esparcidas en el suelo del ático y en la parte baja de la habitación.

–Deberías tomarte una foto, por si acaso —dijo. Tenía razón. En realidad, nunca me había retratado.

Con lentitud, Lance hurgó en el montón de fotos. Estaba tan concentrado que me las arreglé para cambiarme la ropa sin que se diera cuenta, aunque no era algo que él no hubiera visto a menudo.

–¿Estás perdiendo tus poderes, Haven? —dijo, mientras veía las fotografías y se levantaba los anteojos.

Por un momento pensé que de algún modo había leído mis pensamientos —últimamente me había estado haciendo esa pregunta—, yo había estado pensando en que estábamos a punto de tener una charla sobre nosotros, por más inoportuna que fuera la hora, debido a toda la agitación que vivimos en el día y a que habían estado en juego cuestiones de vida o muerte. Pero entonces me di cuenta de que se refería exclusivamente a mis efectos sobre las fotos, no a él. El caso fue que no le contesté durante un largo tiempo.

–¿Haven? —me sacó de mi monólogo interior. Esperaba una respuesta.

–¿Mis poderes? —sacudí la cabeza para que mi sangre y mis ideas fluyeran de nuevo—. No, quiero decir, no creo, pero no sé.

Creo que tan sólo estos demonios son diferentes o algo así —inclinó la cabeza asintiendo como si lo que acabara de decir fuera una evidente posibilidad—. Mis poderes están muy bien —le dije algo ofendida y sintiendo un fuego en mi interior—. Por cierto, ahora soy mucho mejor en este negocio de levitar de lo que pensaba.

Una vez vestida, bajé rápidamente la escalera, con resolución. Lance me siguió por la puerta y el pasillo. Casi habíamos llegado a su habitación cuando me tomó del brazo —el herido— y me detuvo.

—Espera un segundo —dijo en voz baja, sus ojos buscaron los míos pensando en lo que pudiera haber yo omitido.

Hice todo lo posible para proyectar paz y neutralidad con cada uno de mis movimientos y relajé mi semblante para evitar mostrarle cualquier indicio de la tormenta que en realidad estaba viviendo. En ese momento, sólo quería estar sola. Él se sentía muy lejos a pesar de que ahora me tocaba.

—¿Adónde vas? —me preguntó como suplicando que no me alejara.

—A la sala de levitación. Quiero practicar lo que me funcionó esta tarde.

Me soltó.

—¿Te veo luego? —me dijo.

Asentí con la cabeza y seguí caminando.

—Más tarde. No sé cuánto tiempo me tome esto.

Casi había llegado a la sala de levitación cuando vi a Sabine salir de la habitación de Connor. Sus ojos parecían de acero, su mirada una estaca hundida en el corazón. Su voz me llegó feroz y afilada, como nunca la había escuchado.

—Mil gracias por arrojarme a las fauces de Connor por lo de Wylie. Eres una gran amiga.

—No... era mi intención...

—Mejor no digas nada —escupió sus palabras y pasó furiosa a mi lado por el pasillo—. ¿Todo esto es por el beso? ¿Qué te dijo Lance? Fue un besito inofensivo, por favor, yo estaba borracha, entiéndeme, fue hace un par de noches, olvídalo.

Mi boca se abrió, pero las palabras no salieron. Finalmente le dije:

—Es bueno saberlo, gracias.

—Ah, él no te lo dijo, lo siento —expresó con crudeza, sin la menor culpa y luego se marchó.

Cuando me recuperé, muchos y largos segundos después, ya era demasiado tarde como para decirle: "Se lo dije a Connor porque por alguna razón me importaba". No tenía la intención de que Sabine o cualquier otro compañero dejaran de preocuparme, pero en ese momento ya no estaba segura de lo que sentía por ella. Sólo sabía que el día me había herido en cuerpo y espíritu.

Entré en la sala de levitación ansiosa por distraerme. Una vez allí no pude repetir lo que había hecho más temprano. Podía levantar todos los objetos, pero era incapaz de acercarlos a mí. Dante asomó la cabeza en algún momento, pero le dije que siguiera su camino porque necesitaba concentrarme y le prometí verlo más tarde. A pesar de todo, mi progreso de esta noche no importaba. El ejercicio me mantendría ocupada y cuando el reloj marcara cinco minutos para la medianoche, me resultaría más fácil escabullirme de allí que de mi propia habitación, porque aquí estaba más cerca de la puerta principal. Las luces estaban aún encendidas en las habitaciones de alrededor del patio, pero nadie se dio cuenta de que estaba saliendo. Bajé de puntillas por la escalera.

Me escurrí por las sombras de la calle Royal hacia la imponente casa de al lado, pero sabía que este encuentro no era necesariamente la mejor idea. Mi juicio estaba muy nublado después de mis encuentros con Jimmy y Sabine, y de la charla con Lance, que dejó tanto sin decir. Lucian me había dado a entender que estaba dispuesto a aceptar la oferta que le había hecho hacía unos meses de ayudarlo a escapar del inframundo. Pero siendo honesta conmigo misma, no me sentía preparada para ese tipo de desafíos. Una parte de mí deseaba no tener que lidiar con eso tan pronto, e incluso nunca. Sentía que estaba siendo arrastrada hacia muchas direcciones y orillada a mi punto de ruptura. No estaba segura de poder hacer lo que Lucian me pedía, ni de, en ese momento, soportar el peso de su hechizo. Además, había preocupaciones legítimas que no podía eludir: ¿me atraparía? ¿Sabía que Jimmy me había buscado hacía apenas unas horas? Y, peor aún, ¿lo había enviado él? Ni siquiera sabía qué necesitaba para poder confiar.

Me acerqué a esa puerta envuelta por la noche negra y me detuve antes de entrar, coloqué mi mano en la perilla con cautela, como si fuera a morderme, y respiré hondo. Así como había una parte de mí que no quería ser arrojada a su mundo, con todos sus terrores, había otra que sentía que mi corazón palpitaba aceleradamente, como sucedió en el momento en que desdoblé la primera nota que me dejó. Con Lucian siempre había sido así, siempre había existido ese estira y afloja, esa chispa que me provocaba ganas de verlo y esa voz de la razón que sabía del peligro que significaba él.

Abrí la puerta y me deslicé dentro. La asfixiante oscuridad de la casa embrujada me engulló. Un olor a humedad mezclado con aromas de madera carbonizada y aserrín tornaba espeso el aire que se impregnaba en mi garganta. El espacio se veía y se sentía muy diferente a cuando había estado ahí, ese mismo día. Ahora, suponía, todo se filtraba a través de un prisma diferente, una variedad nueva de miedo y la adrenalina. El silencio inquietaba mis nervios.

Entonces lo escuché, muy suave, en algún lugar arriba de mí.

—Haven...

Densas nubes se desplazaban en el cielo nocturno y la luz de la luna penetraba las ventanas de la fachada, dibujando manchas en el piso y en las paredes del vestíbulo, en tono miel. Ante mi vista apareció radiante una nueva y magnífica escalera de madera clara en cuya parte superior estaba Lucian.

⚜

19

Esperé meses para esto

Todavía llevaba aquel esmoquin gastado, la corbata desanudada y suelta alrededor del cuello, los botones superiores de su camisa desabrochados.

—Haven —dijo en voz baja, con un tono de alivio y tranquilidad.

Cada uno de sus pasos era lento, cuidadoso, y su mirada, inquebrantable, se mantenía enfocada en mí. Su presencia me inmovilizó. Se desplazaba tan suavemente que sentí que faltaba una eternidad para que llegara a mi lado.

—Viniste —dijo, sorprendido. La luz de la luna palideció de nuevo. Había olvidado lo alto que era—. Gracias —me dijo con sinceridad, frunciendo las cejas. Se detuvo, demasiado rígido, a cierta distancia de mí, tal vez para sugerir que no lucharíamos como la última vez que nos encontramos aquí.

—Claro, quiero decir, no te hubiera dejado ahí parado —traté de controlar el temblor de mi voz y sonreí de manera cautelosa, aún en guardia. Busqué en sus ojos esa mirada gastada, algo que me probara que era realmente él.

—Bueno, bienvenida —dijo mirando la obra de construcción que estaba a nuestro alrededor—. Creo que puede llamarse a este lugar mi segundo hogar.

Miré alrededor de nuevo y asentí.

—Nos dijeron que este lugar estaba encantado, pero nunca me imaginé que fueras tú el encantador.

Se rio con frialdad.

—No siempre soy yo. Tengo como un mes aquí, desde que tú llegaste. Es una especie de centro de rehabilitación para almas desorientadas como la mía. He probado otros portales, pero éste es el único abierto para mí.

Tenía muchas preguntas, pero no estaba segura de que mi voz pudiera mantenerse estable, así que lo dejé hablar.

—Hice que los otros se fueran. Aún tengo cierta autoridad en ese mundo —su voz se tornó un poco más grave y de inmediato entendí a qué mundo se refería—. Para bien o para mal.

—Creo que tenemos mucho que contarnos para ponernos al corriente.

—Sí —sonrió con tristeza y sacudió la cabeza, mirando por un momento hacia otro lado—. Supongo que sí —me miró, miró hacia dentro de mí, sus ojos danzaban como si quisiera decirme todo de una vez y no supiera por dónde empezar—. Ven aquí —dijo y me hizo señas para que lo siguiera escaleras arriba.

—¿Cómo hacías… lo de las luces? —le pregunté señalando en dirección a la ventana.

—Ah… —dijo, avergonzado. Levantó la mano y fijó su atención en ella, hasta que unas flamas se encendieron arriba de sus dedos como si fueran pabilos de velas. De inmediato las apagó, cerrando su palma en un puño.

—Ya entendí.

Caminó hasta la mitad de la escalera y se sentó allí. Me llamó para que me sentara junto a él. Un haz de luz del exterior descendía hasta el escalón y hacía que fuera uno de los pocos rincones en donde se veía bien.

–¿Está bien aquí? —preguntó.

Asentí con la cabeza.

–Hay tantas cosas que tengo que decirte, Haven —dijo exhalando, como si ese pensamiento le afectara demasiado. Comenzó a hablar en el espacio que estaba frente a nosotros—. De hecho no debería decirte nada de esto, lo que hace más importante que lo sepas.

Mi mente se dejó llevar hacia todos y cada uno de los recuerdos que tenía de Lucian.

Era verdad que había algo apagado en él, pero si sólo hubiera conocido la versión frente a mí, igual seguiría pensando que era completamente perfecto. Entonces, una nueva preocupación encontró camino en mi corazón: ¿cómo me veía él a mí? ¿Cómo lo compararía con lo que recordaba de mí? Sentía que yo había cambiado mucho desde la primavera pasada en Chicago... Yo era una persona diferente. Esa noche del incendio, la última noche en que pasé un tiempo con él, comenzó a nacer este nuevo ser en que me había convertido desde entonces.

Hizo una pausa, sus ojos volvieron a mirarme, y luego dijo en un tono relajado:

–Me da gusto verte.

–A mí también —le contesté, pero quería decirle más, así que busqué añadir algo, cualquier cosa—. Aunque siento que no me vestí con la ropa adecuada, no sabía que debía venir de gala.

–Ah, esto —dijo, mirando su ropa y se avergonzó por un instante—. Parece como si se hubiera congelado el tiempo ahora que estás aquí —sentí una punzada al ver lo que le había hecho—. Estoy condenado a vestir este esmoquin hasta cumplir mi penitencia —se quitó el saco y lo arrojó al barandal.

–¿Y cuándo será eso?

–De eso quiero hablarte —dejó caer su cabeza por un momento. Las palabras salieron lentamente, como si al hacerlo guardara su aguijón—. No sé por qué las cosas tienen que ser así con nosotros, Haven. Por alguna razón nuestras vidas están entrelazadas —una mezcla de agotamiento y frustración ensombreció su rostro—. Mi vida siempre trae consigo la amenaza de tu muerte.

Debió haber visto mi rostro cambiar su gesto.

–¡No, no me refiero a ahora! —sonrió ampliamente y levantó las manos en señal de inocencia.

Di un suspiro de alivio.

–No voy a hacerte daño, lo prometo. Y para ser sincero, creo que tú eres la que finalmente está haciendo daño.

Él me había perdido. Pero por lo menos sentí que esta vez no me había traído aquí para matarme, lo cual era ganancia.

–De todos modos, tu... —dije buscando el eufemismo correcto— misión no ha cambiado. Tienes que capturar mi alma o matarme, siempre y cuando tus superiores lo crean necesario.

Él cerró los ojos un momento y empezó a hablar de nuevo.

–La última vez, como bien lo sabes, dudé y elegí la opción equivocada. Pero al final pude corregirla —dijo.

Era cierto, él me había ayudado. En lugar de actuar en mi contra se sacrificó para permitir que yo ganara la batalla contra sus cómplices demonios.

–Recuerdas... —vi el dolor en sus ojos y pensé en la promesa que le hice.

—Te ayudaré, por supuesto, te ayudaré —le dije sin que me lo preguntara.

Su rostro se tornó agradecido.

—¿Vas a luchar contra ellos conmigo?

—Contigo, por ti, sí, lo haré —le dije con el tono seguro y claro de una transacción de negocios.

Y en ese momento, fortalecida por la esperanza que vi reflejada en sus ojos, me sentí capaz de lograrlo.

—Haré todo lo que pueda.

—Para ser honesto, en este momento no tengo una misión formal que cumplir. Supongo que aún es verdad que si... capturara tu alma, tu vida —susurró asqueado— mi poder y autoridad, mi estatus, serían restituidos —hizo una pausa—. Pero obviamente no haré eso.

—Bueno, gracias —dije, tan tranquila como pude.

—Si supieran que estoy aquí, me infligirían un castigo mayor... —dijo con cada vez menos energía, sacudiendo la cabeza, deseando que no pasara—. No les gustaría enterarse.

—Así que ahora eres un doble agente.

—Sí, supongo que sí. Pero te prometo que estoy de tu lado, Haven, aunque sea difícil de creer, diré todo lo que sepa. La ironía es que ellos no confían mucho en mí, así que hay cosas que no comparten conmigo. Tienen mucho cuidado de no contarme sus intenciones, ni los detalles de lo que hacen. Pero creo que juntos lo descubriremos.

—¿Y qué sigue?

Quería creer todo lo que me decía. Quería también que él se liberara de ellos. Quería esto desde el principio, pero él no estaba listo entonces. Ahora que lo estaba no podía abandonarlo, tenía que creer que ninguno de los dos deberíamos sufrir si yo fracasaba.

–Habrá un ritual de transformación el viernes en la noche.
–¿Qué quieres decir? ¿Cómo los que hacía el Equipo?
Mi mente evocó las ceremonias formales que había presenciado en Chicago.
–Esto era diferente. No éramos precisamente civilizados en Chicago, pero los miembros de la Cofradía son unos salvajes, por las cosas que hacen. Además, ellos cambian de forma —esta idea me hizo estremecer, por no poder saber contra quién peleaba—. Todavía estoy intentando reconocer sus otras identidades. Y...
–¿En dónde hacen sus rituales? ¿En esta casa?
–No, no, no, ellos no vienen aquí. Yo no estaría aquí contigo si lo hicieran, ellos tienen sus lugares especiales para eso. Estos rituales los realizan en el cementerio...
–¿El cementerio? Tengo que ir —le dije, había demasiadas cosas que investigar, tenía que hacerlo.
–*No* —dijo con voz firme, como si me regañara incluso—. ¿Por qué quieres...? *No*.
–Si quieres que te ayude, tendrás que dejar que haga las cosas a mi manera —le dije, sorprendida de mi propia determinación.
–No debería habértelo dicho —se lamentó, molesto.
–Viernes por la noche —dije, como apuntándolo en mi agenda—. Te veré allá.
–No quisiera que fueras porque yo no estaré para cuidarte.
–¿Qué quieres decir?
–Éste es el único lugar donde puedo verte. Cualquier otro al que quisiera o intentara ir sería como visitar edificaciones inexistentes. Me tienen confinado, es parte del castigo —dijo lo último avergonzado.
–Bueno, entonces iré y luego te contaré qué pasó.
Permaneció en silencio un buen tiempo, luego dijo:

–No puedo creer que esté arrastrándote a todo eso —suspiró. Se quedó en silencio un momento, miró el techo y luego a mí—. Te debo, Haven, te debo muchas cosas —podía escuchar en su voz sufrimiento.

–No sé a qué te refieres, tal vez podamos decir que estamos a mano —le dije, sonriendo suavemente.

–Si no fuera por ti, no hubiera sabido que debo salir de todo esto, estaba muy lejos de entenderlo.

–¿Cómo sobrevives ahí? Quiero decir, ¿qué se siente vivir así?

–En realidad no hay necesidad de hablar de ello —evitó responder mi pregunta—. Es la clase de cosas que te imaginas, lo que se lee sobre ellas: los círculos, la deslumbrante variedad de formas desagradables de hacer que el tiempo pase —intentó sonreír, pero debió haber visto el horror en mi rostro—. Pero descuida, estoy bien; ya he encontrado la manera de echar a andar el sistema.

Se inclinó hacia mí y levantó mi barbilla para que lo mirara. Deseé no tener lágrimas en mis ojos, pero podía sentirlas.

–Tú no hiciste nada malo. Tú eres la que me va a sacar de esto. No digas una palabra más, ¿de acuerdo? ¿De acuerdo?

Asentí con la cabeza y aparté mi mirada de esos ojos grises que había extrañado más de lo que creía.

–Honestamente, tienes bastante de qué preocuparte —dijo, tratando de disipar mi tristeza—. No estoy seguro de si me has puesto atención, pero las cosas se van a poner mucho peor por aquí —intentó reír—. Confía en mí, vas a estar demasiado ocupada como para pensar siquiera en preocuparte por mí —sonreí—. De hecho, si estás planeando preocuparte por alguien, comienza por Sabine. Ellos están ansiosos por capturarla y ella está cediendo a su seducción. El Príncipe tiene muchas esperanzas puestas en su captura. Ella es muy poderosa. Obtenerla sería un gran logro para ellos.

—¿Qué se supone que debo hacer? ¿Cómo puedo evitarlo?

—Mantenla en tu radar lo más que puedas. Por lo general hay un escaso margen de tiempo en que puedes ayudar, es sólo una pequeña ventana —asintió con firmeza—. Esto es todo lo que tengo que decirte por ahora —tomó mi mano para mirar mi reloj—. Creo que ya debes regresar, es tarde, pero tengo que verte de nuevo pronto, si estás de acuerdo.

Se puso de pie y descendió un par de peldaños. Lo seguí.

—Claro.

—¿Qué tal el sábado, misma hora, mismo lugar?

—Es una cita —dije solemnemente.

—Es una cita —repitió—. ¿Sabes? —descendió otro par de escalones, se detuvo y la luz que se filtraba de afuera lo enmarcó—. Estoy muy contento de que hayas dejado a tu novio en casa —dijo, mezclando la dosis exacta de coqueteo y provocación para que no me ofendiera—. Él está aquí todo el tiempo.

—Él trabaja aquí —imité su tono—, está dejando lindo este lugar para tus rondas —la mención de Lance me hizo recordar todas las cosas malas que pasaron en la noche—. Por lo demás, actualmente mi relación con él se ha vuelto... complicada —esto salió de mi boca antes de que pudiera evitarlo.

Lucian pareció sorprendido y un poco apenado por el giro que tomó el tema.

—Bueno, entonces, no hace falta decir que él debe estar perdiendo el juicio —dijo con sinceridad, como si me pidiera disculpas en nombre de Lance. Luego dio un paso hacia mí—. Es la única explicación posible.

Pero ya estaba perdida en mis pensamientos, evocando todo lo que me había consumido en estas últimas dos semanas. ¿Era yo? ¿Qué estaba mal conmigo? De pronto me sentí a la defensiva.

—Bueno, quiero decir, yo... no sé —tartamudeé y mis dedos comenzaron a juguetear—. A veces pasan estas cosas, ya sabes, es uno de ésos...

Pero no terminé la frase. Mis palabras fueron ahogadas por los labios de Lucian que encontraron su lugar sobre los míos. Yo estaba un escalón arriba, pero él seguía siendo más alto. Rodeó con su brazo mi cintura, me atrajo fuertemente hacia él y colocó su otra mano en mi cabello. Me tomó tan desprevenida que sentí que perdía el equilibrio. Entonces me asaltó un vértigo que llenó mi cabeza de nubes, mariposas, mareos, y la sensación de flotar en el aire. En efecto, mis pies ya no tocaban la escalera. Mis brazos rodearon su cuello para evitar caerme, todas mis células querían acercarlo más a mí. Retrocedí y me pegué en la pared, pero no me importó. Todo pasó tan rápido que no podía controlar mi respiración, lo único que hice fue entregarme a él.

Ya lo había besado antes, en el Hotel Lexington, después de una cita, pero no había sido nada como esto. Esto era de otro mundo, un mundo infinito. Lo único que sabía con certeza era que mi cuerpo reconocía a donde pertenecía y que en el futuro no quería estar en ninguna otra parte. Cada vez que temía que se pudiera estar alejando, sus labios simplemente llegaban a mi cuello o mi clavícula, para volver a mi boca una vez más.

Finalmente, cuando pareció que habían pasado horas, aunque seguramente sólo habían transcurrido unos cuantos dulces y suaves minutos, él se movió con lentitud. Aún estaba muy cerca de mí y su brazo rodeaba mi cintura. Dejé de abrazar su cuello y permití que mis brazos encontraran un lugar a mis espaldas, contra la pared. Habíamos caído en un espacio de total oscuridad entre las delgadas franjas de luz.

—¿Qué estaba diciendo? —susurré.

Se inclinó hacia mi oído y me dijo:

—No tengo idea, pero estoy seguro de que era algo muy importante.

—Ya lo recordaré después —le dije, y me dio otro largo beso.

—Esperé meses para esto —dijo, mientras sus dedos seguían entrelazados en mi cabello.

Fue algo indescriptible. Quise prolongar su beso o al menos hacer que se repitiera, pero ya sabía cómo era. Intenté actuar como si lo que vivía no fuera tan importante como lo había sido. Busqué en mi mente algún tipo de respuesta, pero ésta nunca llegó. Estaba muy ocupada intentando frenar el tren desbocado en que se había convertido mi corazón. En algún lugar de mi interior la voz silenciosa de la razón despertó y me dijo que me marchara, que el mejor momento para irse es justo cuando una se siente así.

—¿El sábado entonces? —le pregunté con una sonrisa y luego intenté alejarme.

Todavía pasaron algunos segundos antes de que él me soltara.

—El sábado —dijo, y me dio un beso en la oreja.

Lentamente me escurrí hacia fuera. Se quedó recargado en el barandal. Tuve la secreta esperanza de que él estaría observándome mientras salía, como un signo de que no dejaba de pensar en mí aunque nuestra velada había terminado. Cuando estaba por cerrar la puerta, comprobé que no se había movido ni un centímetro de su lugar.

Me sentí flotar por la calle, pero cada paso me acercaba a casa así que solté lo que acababa de suceder. No podía encontrarle un sentido preciso. Por suerte, el patio estaba vacío. Me sentía sacudida y para buscar un poco de calma alcé la mirada hacia el cielo nocturno, salpicado de estrellas. A escondidas, miré por la ventana cerca de la entrada y vi a Emma y a Brody realizando sus rondas de vigilancia. Decidí que lo mejor sería entrar por mi ventana. Antes de hacerlo eché un vistazo a la mansión LaLaurie, donde alguien se anticipó a mis pensamientos: una luz se encendió e hizo que mi corazón se detuviera. Como una contorsionista me arrastré por la mandíbula de cristal, evitando los picos de vidrio que formaban ángulos extraños.

Había olvidado el estado de mi habitación. La planta baja estaba llena de trozos rotos de muebles, papeles, ropa y vidrio, pero el ático era otra historia. Mi cómoda yacía en perfecto estado, mis pertenencias, antes desperdigadas, ahora estaban ordenadas en mis cajones, mi cama estaba perfectamente tendida... y Dante dormía en ella. Sus ojos se abrieron de inmediato al sentir mi presencia.

—Ya sé que no estuviste todo este tiempo en la sala de levitación, así que no vayas a venderme esa coartada —dijo sin sutileza—. Mejor dime la verdad.

Por la forma en que me miró supe que ya sabía lo que había pasado. No tenía caso mentir, así que me recosté sobre la cama, avergonzada.

—Lucian.

—¿En la casa de al lado?

Asentí.

—¡No puedes hacer esas cosas, Hav! —dijo levantándose, estaba realmente molesto conmigo—. Ya no te cubriré las espaldas, vas a ir con Connor y con Lance y se los dirás. No puedes confiar en ese tipo, ni salir a mitad de la noche a edificios abandonados para encontrarte con él.

—¿Ni siquiera aunque tenga información que pueda ayudarnos?

—Y a cambio él pondrá en peligro tu vida como diez veces más. ¿Qué sucedió? —me observó con cuidado. Tuve que desviar la mirada—. Ya sé, argh, lo besaste, ¿cierto?

—Bueno, sí, él me besó, luego yo correspondí el beso, creo que fue en ese orden como sucedió, pero ya no recuerdo.

De pronto me enojé conmigo, me sentí a la deriva, porque no solía hacer cosas así.

—No me gusta esto para nada, que conste que intento cuidarte —me dijo en un tono firme que nunca antes le había escuchado conmigo.

Agaché la cabeza. Sabía que él tenía razón. Froté mi mano en una parte desgarrada de mi edredón.

—Sólo fue, no sé, una respuesta pavloviana de acto reflejo.

—¿Qué? —replicó.

—Ya sabes, tocan la campana y le dan de comer al perro y luego de un rato vuelven a tocar la campana y el perro está hambriento porque...

—¡Sí! —gritó enojado—. Conozco el acto reflejo pavloviano de los perros, pero ¿cómo pudiste hacer eso con Lucian?

—No sé, no lo pensé. Lo vi, platicamos y luego fue como si tuviera que arrojarme a sus brazos o él a los míos porque ése es el estado de mi mente cuando estoy con él —suspiré—. Oye, ha sido una noche terrible —luego me quedé pensando—. Espera un momento...

—¿Qué?

—¿A qué viniste?

Dante cambió de actitud.

—A decirte que Sabine está en nuestra habitación otra vez —suspiró—. Lo siento, Hav. Llegó hace rato en la noche y se quedó dormida ahí. Le dijo a Lance que se sentía a salvo con él.

–Ésa es buena —dije, mirando hacia arriba, sentí que el dolor regresaba de nuevo.

–Te entiendo, es todo un melodrama... Ella interpretando el papel de desvalida. ¡Por favor! Pero Lance estaba dormido y ella se recostó en la orilla de la cama como una mascota o algo así, incluso él preguntó por ti.

–Qué considerado...

–Ella le dijo que tú estabas en la sala de levitación. Fue cuando salí a buscarte, pero él le dijo que no podía quedarse, así que posiblemente ya no esté ahí.

Me miró, pero ninguno de los dos creyó que eso fuera posible. Dante me dijo entonces que descansara, que no sería bueno discutir en ese momento, y como tenía razón, le dije que si quería podía quedarse conmigo. No tuve que insistir mucho, se acostó en la cama de Sabine y durmió. Mis párpados y mi corazón estaban muertos de cansancio, así que seguí su consejo. Pero antes tomé mi teléfono que estaba sobre la cómoda y vi un nuevo mensaje en la pantalla:

> Como verás, por los hechos ocurridos hoy, más de tus poderes han sido puestos en práctica.
> Esto requerirá que dejes atrás algunos que tenías dominados, como la habilidad de destruir demonios rompiendo sus fotografías, pero es porque estás ganando una fuerza mucho mayor. Continúa trabajando en estas nuevas habilidades, y con el tiempo aprenderás a dominarlas.
> Hasta entonces confía en que te servirán cuando sea necesario. Te esperan grandes retos. Cada día será más difícil que el anterior.

20

Necesitamos concentrarnos

A la mañana siguiente, Lance y yo salimos de nuestras habitaciones exactamente en el mismo momento, ambos con la misma expresión de culpa tormentosa propia de los nuevos criminales. Él habló primero.

−Oye, ¿qué te pasó anoche? ¿Practicaste hasta tarde?

−Algo así —dije, sin mentir todavía, aunque no me gustó mucho casi hacerlo—. ¿Y tú, qué tal? ¿Qué hiciste?

Le dio vueltas al asunto y luego dijo:

−Espera, ¿recibiste un mensaje hoy?

−Ayer por la noche, pero no era tan importante.

−Porque el mío decía que tú y yo tenemos que ir al cementerio el viernes. ¿Tiene esto sentido para ti? ¿No le dijo Clío la otra noche a ese tipo que habría una fiesta ese día?

Atrapada. Demasiado rápido.

−Sí, sé de qué se trata.

Empezamos a caminar juntos. Fijé mi atención hacia adelante.

−Es por la Cofradía. Hará un tipo de ritual y tenemos que ir a verlo —le expliqué.

—Vaya, quien sea que me envíe los mensajes es un inepto, no dijo nada de eso —sacó su teléfono y revisó si había algo que no hubiera leído.

—En realidad, me enteré de eso en otro lugar.

Abrió la puerta principal para que yo entrara primero a la terraza.

—Me lo dijo Lucian —le dije. Hice todo mi esfuerzo por no sonar como si hubiera hecho algo malo.

Sin embargo, se quedó paralizado, sintiéndose traicionado. Me sentí atrapada. En ese momento Brody atravesó corriendo la puerta, justo entre nosotros, comiendo unas galletas.

—¡Nos vemos allá, Lancelot! —dijo, mientras saltaba por el balcón.

—¿Qué? —los ojos de Lance estaban fijos en mí y ni siquiera se dio cuenta de la existencia de Brody.

—Lucian quiere ayudarnos a pelear contra la Cofradía, así que nos va a contar cosas, como lo de este ritual —le dije de manera irregular—. A cambio quiere que lo ayudemos a liberarse.

—¿Y tú eres la persona adecuada para eso? —preguntó Lance, aparentemente tranquilo, aunque en sus palabras podía percibir una carga de frustración.

—Sí, supongo que sí —le dije, preparándome para la inminente explosión.

—Haven —respiró hondo y pronunció mi nombre con tal resolución que me hizo temblar—. Vivimos en una casa llena de ángeles —el volumen de su voz se amplificó y comenzó a perder el control—. ¿Estás diciendo que *nadie* más puede ayudarlo? Debes decirle a Connor.

—No puedo divulgar este asunto —dije enojada—. Tengo que hacerlo yo. Por mí está en el inframundo, ¿recuerdas?

–Como quieras, Haven —sacudió su cabeza—. Ya hablaremos más tarde.

–Me parece bien, entonces ya puedo preguntarte cómo pasaste la noche con Sabine —intenté controlar mi voz.

Ahora él se veía atrapado, como si la lámpara para interrogar al acusado que me estaba enfocando se hubiera volteado hacia él.

–Maravilloso, esperaré esa conversación —dijo con el rostro inexpresivo mientras saltaba el barandal.

–Y yo esperaré el viernes —dije, más a mí misma que a él, que ya se había ido.

–¿Qué sucederá el viernes? —me preguntó Connor que caminaba sin prisa frente a la puerta con un plato lleno de cereal y una cuchara en la mano.

Le dije a Connor lo que sabía sobre los planes de esa noche y cómo me había enterado, pero no le dije que me había encontrado con Lucian. De todos modos me advirtió:

–Ten cuidado con él. Una fuente como ésa es útil, pero no si lo que quiere es eliminarnos, ¿entiendes?

Yo debía pasar la mañana en el jardín de la comunidad, y Connor me dio la tarde libre.

–Inspecciona hoy el cementerio, encuentra los mejores lugares para ocultarse. El viernes irán en pares —ordenó.

Tenía un par de minutos antes de reunirme con Dante, así que salté, salí por la puerta y lo esperé en la acera. No pude resistir acercarme a la puerta de al lado. Lance estaba ahí en ese momento, preocupado sin duda, pero mientras miraba el lugar de nuevo, los recuerdos de la noche anterior me llegaron de golpe.

Sentí que me ruborizaba. Mis ojos recorrieron la terraza, en un último vistazo antes de irme noté que la ventana estaba abierta y que debajo de ella, escondido entre trozos de madera, había un ramo de flores. Perfectamente exótico y de una variedad que nunca había visto, una serie de flores tropicales exuberantes yacían abundantes, cada una del tamaño de mi puño, en un tono rojo sangre tan vívido que parecía negro. Un delicado listón negro estaba amarrado en un arco alrededor de las flores y en él había un bonito trozo de papel blanco entrelazado en los tallos, que tenía escrita la letra H. Después de asegurarme de que nadie me veía, metí el ramo rápidamente en mi mochila.

Mostrando gran dominio de mí misma, esperé para leer la nota hasta después de nuestra visita al jardín comunitario. Cuando Dante y yo nos separamos —él se fue a dar tutorías—, me dirigí al cementerio, como Connor me había ordenado. Ahí saqué todo mi material de pintura, para que se pensara que iba a trabajar, y lo ordené. Me senté detrás de una de las más grandes y antiguas criptas, lejos de los lugares de interés turístico, antes de finalmente sacar las flores de mi mochila. Abrí la nota, mi pulso se aceleró. Con la letra precisa de Lucian, leí lo siguiente:

> H
> Una muestra de mi gratitud. Eres un ángel.
> En verdad.
> Ten cuidado esta semana. Siento no poder
> estar contigo el viernes. Me enteré que
> todo comenzará a la medianoche. Llega antes,
> toma una posición alta y retirada

en el jardín trasero, espera
y observa. Te veo el sábado.
Tuyo,
L

Me apoyé en la tumba para sostenerme, mi corazón palpitaba en mi pecho mientras leía la nota nuevamente. Mis cicatrices se estremecieron y mis dedos se crisparon. Tiré la nota al suelo y en cuestión de segundos el papel fue consumido por el fuego. Una llama crujió al lado de mis pies, pero antes de que pudiera pisarla se elevó convertida en humo, sin dejar rastro alguno. Aunque sabía que las flores probablemente habían crecido en los infiernos, acerqué mi rostro a ellas para oler su dulce fragancia y luego las guardé de nuevo en mi mochila.

Un segundo después, escuché una voz familiar detrás de una cripta cercana, justo al final del callejón.

—Hola, Haven —apareció la hermana Catherine con las manos juntas hacia adelante y una delicada sonrisa en sus labios—. Pasaba por aquí y te vi, has hecho maravillosos progresos.

—Hola, gracias.

No se detuvo, siguió caminando. Me puse a pintar hasta que estuve segura de que se había ido, entonces tomé mi cámara y, como no me podía resistir a preservarlas, saqué también las flores. Encontré una tumba lo suficientemente ancha que tenía la altura perfecta, coloqué las flores y luego la cámara en la parte superior de una cripta que estaba enfrente. Programé el temporizador. Subí a la tumba de tal modo que mis piernas colgaban en la parte delantera de la piedra. *Clic*.

Revisé mi trabajo, me gustó, y con la apariencia de ser un fotógrafo aficionado con una cámara a cuestas, comencé a pasearme buscando los escondites más convenientes. Mi favorito era una cripta colosal en forma de círculo que se elevaba a un punto, como si llevara puesto un sombrero. Pensé que atrás de ella podríamos agacharnos para tener una buena vista hacia el césped.

Caminé más allá de la iglesia, a mitad del camino por la calle Rampart, con un sol de invierno en tono cobre inflamado descendiendo en el horizonte, cuando me di cuenta de que había dejado las flores al lado de la tumba. Me di la vuelta antes de que mi cabeza tuviera tiempo de reprimir a mi corazón.

Mientras me dirigía hacia el portón principal, percibí un olor a quemado. Corrí, pero ya era demasiado tarde: al llegar a la tumba sólo encontré una masa carbonizada justo donde había dejado las flores, las últimas brasas flameaban aún. Me quedé observando los restos de las ennegrecidas flores, hasta que no quedó rastro alguno. Pensé que sería muy decepcionante que mi corazón ardiera en ese momento, a pesar de que en verdad esto no debía causarme ninguna molestia.

Entonces entendí lo que me pasaba: el escozor de mis cicatrices me provocaba tanto ardor que mis piernas comenzaron a correr hacia la salida del cementerio vacío. Di vuelta en la esquina, mis pasos hacían eco en la noche tranquila y de pronto mi corazón se detuvo. La salida estaba cerrada y bloqueada. Con las cicatrices ardiéndome, me lancé hacia arriba para saltar afuera.

Pero de repente sentí un duro golpe.

Dos manos me arrojaron contra el portón con gran fuerza. Un brazo delgado se enganchó a mi cuello e intentó asfixiarme mientras yo pateaba y me retorcía intentando respirar. Mi captor no era grande, de hecho, era de mi tamaño, sólo que resultó increíblemente fuerte. Mi respiración se interrumpió con tal violencia que sentí que mi cabeza iba a explotar. Tenía muy poco tiempo antes de perder el conocimiento. Mis ojos se fijaron en una pequeña roca que estaba a unos tres metros de distancia. Me concentré en ella y logré elevarla del suelo hasta golpear a quien fuera que me estaba sujetando. El agarre perdió la suficiente fuerza para que yo pudiera jalar un poco de aire y acercarme dos pasos hacia la puerta. Emití un jadeo y sentí que el brazo de nuevo me apretaba, así que decidí utilizar mi última dosis de energía. Mis piernas se elevaron hacia los barrotes angostos del portón, como si fuera una pared, subí rápido y luego pateé con la suficiente rapidez y fuerza como para liberarme. Iba a voltear para embestir a mi atacante, pero cuando me lancé ya no había nadie, así que aterricé de manera atropellada y casi caí de rodillas. Pero me había liberado y seguía de una pieza. Adopté una postura de ataque y miré alrededor, hacia todos lados. Nada. Ni un sonido. Ni ruido de pasos. Mi corazón acelerado y mi cuello adolorido eran los únicos signos de que no me había imaginado todo el asunto. Mi mochila había caído lejos durante el enfrentamiento, así que la tomé y la lancé por arriba de la puerta.

Entonces escapé sobre la barrera de metal. Me lancé con tanta fuerza que pensé que aterrizaría a media calle, pero caí en la acera y de ahí crucé la calle apresurada, por lo que tuve que esquivar los coches mientras pasaban.

Me tardé casi una cuadra para darme cuenta de que el timbre venía de mi mochila. Bajé el ritmo lo suficiente para sacar el teléfono, era Dante.

—Dan, no lo vas a creer —contesté, todavía jadeando.

Pero él me interrumpió:

–¿Leíste el mensaje que te envió Lance? —me dijo alterado, con una voz lo suficientemente escalofriante como para pararme en seco.

–No, yo... nosotros...

–Encontraron un cuerpo afuera de la biblioteca —dijo en un tono plano—. Era un estudiante voluntario de una de las otras casas.

Entré como bólido a mi habitación, que ya estaba arreglada por completo. Teníamos un flamante escritorio y algunas lámparas nuevas. La ventana había sido reemplazada. Todo parecía en orden otra vez, a excepción de mí. Cerré los ojos, traté de calmar mis nervios destrozados. Saqué la cámara de mi bolsa y tomé el cable que necesitaba. Fui al centro de cómputo y encendí mi cámara para copiar las imágenes que había tomado en el cementerio. Las examiné una por una en busca de rastros de alguien que hubiera hecho acto de presencia o que estuviera merodeando en el fondo a la espera de atacarme. Pero no encontré nada, ni siquiera una sombra.

De regreso en mi habitación, subí a la cama y revisé los mensajes de texto de Lance: "Estoy en casa, búscame cuando regreses". Luego saqué el montón de fotos. El brillo de Sabine definitivamente había disminuido. Los demás de la casa parecían estar rodeados de una luz bastante intensa.

Minutos después la puerta se abrió y Lance apareció, se veía terrible, como si regresara de la guerra. Se sentó en el escritorio, sin decir una palabra, yo bajé por la escalera.

–¿Estás bien? —me apoyé en la escalera, inclinada sobre él—. Tal vez necesitas electrolitos —le dije para llenar el silencio.

Volví a subir, me agaché debajo de mi cama y tomé un Gatorade sabor cereza de mi escondite secreto.

—Estaba oculto entre los arbustos... el cuerpo, ¿sabes?, como camuflado. Un niño vio una de las manos que se asomaban —dijo, no me veía a mí, sino a través de mí—. Y no estaba simplemente muerto, estaba... —sacudió la cabeza, buscaba las palabras precisas— mutilado. Algunas partes se perdieron. Lo rebanaron. Nunca había visto algo así y ya he... ya hemos visto bastantes cosas —sí, era cierto—. Con éste van tres muertos desde que llegamos aquí, ¿verdad? —asentí, aunque Lance ya no me estaba viendo—. Así que obviamente estas muertes están relacionadas, ¿cierto? —se inclinó hacia adelante y descansó sus codos sobre las rodillas.

—Cierto, tienen que estarlo —le dije, suspirando— Tuve una especie de loca... —le dije a punto de contarle lo que me había pasado en la tarde, pero él me interrumpió.

—Brody conocía a ese hombre —dijo—. Su nombre era Jeff. ¿Lo vimos las primeras noches que llegamos? —lo dijo como si preguntara.

Me quedé pensando un instante y luego volví a subir por la escalera una vez más, tomé el montón de fotografías y levanté algunas. Saqué unas cuantas que había capturado en el bar la misma noche en que retraté a los miembros de la Cofradía. Lance las tomó, comenzó a revisarlas y pronto encontró lo que buscaba.

—Éste es Jeff —dijo.

Observé una foto de Brody —se le veía un aura alrededor— en la que se le veía platicar con un grupo de personas en el patio y detrás vi de manera borrosa a Jeff. Su pelo era rubio sucio y su complexión la de un luchador. En la mano tenía un coctel huracán y reía.

La puerta se abrió otra vez. Era Sabine, con quien no hablaba desde la noche anterior. Ni siquiera me miró.

—Lance ¿puedo hablar contigo? —dijo con una voz débil e indefensa.

Lance me vio un segundo y se levantó.

—Claro —le dijo. Al salir, tampoco me miró.

Los días siguientes pasaron volando, como sucede cuando se tiene miedo de que transcurra el tiempo. Lance y yo apenas habíamos hablado por lo que no fue nada sorprendente que, cuando llegó la noche del viernes, nuestro camino al cementerio estuviera marcado por un penoso silencio. Nos habíamos dado a nosotros mismos tiempo suficiente para organizarnos, dejar la casa justo antes de las diez y luego irnos con River y Tom, a quienes Connor encomendó la vigilancia junto a nosotros. Ellos estarían sobre los árboles, observando al otro lado del espacio lleno de hierba en donde Lucian me dijo que se celebraría la ceremonia.

Finalmente, me las había arreglado para contarle a Lance sobre mi pelea a principios de semana, y aunque la preocupación se había encendido en sus ojos, después de preguntar si me habían herido, su conversación pasó a temas más incendiarios.

—¿Así que él no aparecerá esta noche? —preguntó Lance cuando llegamos a la calle Rampart, cerca del cementerio.

—No —le dije y la frustración ahogó mi voz.

—Es la mejor noticia que he escuchado en todo el día.

Me mordí el labio y guardé silencio. No podía gastar energía discutiendo con Lance en ese momento. Ya estaba demasiado nerviosa y agitada, pensando en que tenía que volver al cementerio días después de que alguien o algo había intentado convertirme en un nuevo residente del lugar.

Unos coches pasaron raudos delante de nosotros, proyectando centellas de luz y música vibrante. Podía sentir cómo cada uno de mis nervios se iba tensando conforme nos acercábamos. Las tiendas que estaban cerca del local de Mariette habían cerrado y apagado sus luces; la iglesia estaba oscura, vacía, y tenía un aspecto siniestro. El resultado de mi corta conversación con Lance fue tanta rabia que estaba pensando en escalar la tumba gigante para dejarla salir. Entramos con mucha facilidad por el portón con el que ya me había familiarizado.

–La última vez que vine no observé bien el lugar —susurró Lance como deseando distensarse, mientras con sus dedos rozaba la fachada descascarada de una de las tumbas. Se detuvo frente a una cripta en forma de pirámide, blanca y lisa—. No hay dos que se parezcan aquí —la acarició como si fuera un animal enorme.

Debía medir por lo menos tres metros de altura y parecía brillar. Reflejaba y amplificaba la poca luz que había.

–Sí, son como copos de nieve. Es una buena cripta. Creo que en esa enorme cosa sólo hay dos personas —le dije. Quitó su mano como si hubiera tocado un cuerpo—. No hay problema, no los estamos molestando —sonreí, aunque me sentía vacía y triste.

–¿Así que todas éstas son bastante superficiales?, ¿nada de que a 1.80 de profundidad y esas cosas? Está demasiado pantanoso aquí, ¿verdad? —se inclinó para tocar la grava suelta, pensando que estaría húmeda.

–Sí, supongo que a la gente la enterraban aquí y después de un año, la sacaban, quemaban lo que quedaba y luego regresaban aquí los restos.

–Es un buen uso del espacio —observó.

–Sí, es bastante económico. Ellos pueden meter familias enteras en algunas de ellas.

Dirigí la luz de mi linterna al frente y aparecieron una serie de criptas de mi altura hasta que el callejón se abrió y llegamos al monolito de mármol de por lo menos cinco metros de altura, un gigante dormido en la oscuridad. Un arco tallado en el centro alojaba la estatua de una mujer con una túnica que parecía vigilar todo el cementerio. Lance caminó por la orilla y revisó por todas partes.

Un gabinete para personas muertas que tal vez albergaba a docenas y docenas de cuerpos. Alrededor del círculo, hileras y columnas rectangulares estaban simétricamente acomodadas. Cada una era lo suficientemente grande como para que cupiera un ataúd adentro y estaban decoradas con una manija.

–Tengo una idea —dijo Lance con los brazos cruzados en su pecho, examinando a la bestia.

–¿Utilizamos las manijas para apoyar los pies y subir en ellas? —propuse.

Me miró como si su idea sólo fuera una broma y yo hubiera dado en el clavo.

–Exacto.

Quisimos probar: ascenderíamos por las columnas en los lados donde estaba sentada la escultura de la mujer.

En mi primer intento me caí y golpeé en el suelo con la fuerza suficiente como para levantar una nube de polvo. Aterricé de lado. Todo, desde el hombro derecho hasta mi pie derecho, parecía estar aplanado.

Ya me dolerían más tarde mis músculos. Pusimos empeño y a las 11:45 ambos habíamos alcanzado la cima. Nos arrastramos con todas nuestras fuerzas y llegamos casi al mismo tiempo. Así éramos Lance y yo: cada vez que uno de nosotros descubría la manera de conquistar algo, el otro, en lugar de ayudar, aplicaba la máxima velocidad para también lograrlo. Teníamos habilidades similares y la misma fuerza y ambición. Sentí una punzada de remordimiento al pensar en eso ahora, cuando, por el contrario, parecíamos estar terriblemente fuera de sincronía. Nos tumbamos en el estuco de la parte alta del sepulcro para recuperar nuestra respiración. Me quedé viendo el cielo opaco, ninguna estrella penetraba la noche, y de la Luna sólo se veía una tajada. Desde ahí podíamos ver por encima de las filas cercanas de las tumbas, directamente hacia la zona del césped que estaba cubierta por el suave resplandor de las luces de seguridad. Lance sacudió su muñeca, asegurando su reloj para poder verlo bien.

–Quince minutos de sobra. No está mal.

Nos colocamos inclinados detrás de un pequeño domo en el que había un santo desconocido. Se sentía como nosotros, estábamos en nuestro elemento. No estaba segura si era debido a la adrenalina, al tiempo a solas con Lance, escuchando su respiración en la oscuridad, o que simplemente me sentía yo misma otra vez, pero me dieron ganas de aclarar las cosas con él.

–Escucha —comencé—, acerca de lo que pasó a principios de esta semana y... todo eso... —mi voz susurrante llevaba consigo la bandera blanca de la paz—. Lo siento, las cosas se han salido un poco de control, ¿no crees?

–Sí —dijo finalmente con voz suave—. Lo sé. Ha sido demasiado. Creo que necesitamos concentrarnos un par de semanas, meses o el tiempo que sea, mientras todo esto suceda.

–Concentrarnos... —repetí, sin saber a dónde iba.

–Sí, ya sabes, evitar que nos maten.

–Claro, sí.

—Y tal vez olvidarnos de los asuntos... extracurriculares.

Esta vez lo entendí y sentí que el sentimiento se instalaba en mi estómago y me hacía daño. Pero yo no iba a dejar que eso me paralizara.

—El drama, ¿cierto?

—Así es.

—Así que lo que debemos es... —comencé a buscar la palabra indicada, no quería decirla, pero tampoco que él la dijera, no tenía otras opciones, así que continué como si pactáramos algún tipo de acuerdo desagradable—... hacer una pausa, ¿no?

—Exacto, una pausa —dijo suspirando, como si hubiera puesto un separador de libros en uno de nuestros capítulos—. Y luego vemos cómo solucionamos las cosas.

—¿Después de superar todo este asunto de sobrevivir?

—Así es —dijo mirándome por primera vez desde que comenzamos a hablar, brevemente, como una cortesía.

Por lo menos, no vio la niebla en mis ojos, lo que le agradecí a la oscuridad. ¿Qué opciones tenía? Así que asentí y dije con voz firme:

—Claro, lo mejor por ahora es no saturarnos con tantas cosas.

—Oye —dijo, en voz más baja—. ¿Escuchas eso?

Yo no había escuchado nada. Tuve que luchar para subir el volumen del resto del mundo, de las cosas a las que tenía que prestar atención para seguir viviendo y respirando. Pero en ese momento no sentía que hiciera ninguna de las dos cosas.

Me habían herido la noche que besé a Lucian. Parte de ello era una emoción secreta, supongo, pero otra parte más grande tenía que ver con la represalia. Yo *no quería* que esto sucediera. Había sentido a Lance muy alejado de mí, como si ya no fuera mío. Y ahora afloraba todo lo bueno que habíamos vivido: cuando escapamos juntos de las llamas en el Hotel Lexington, el beso que nos dimos en el callejón después de sobrevivir. O incluso aquí, antes de estar inmersos en esta suerte de locura de Nueva Orleans. No entendía cómo o cuándo habíamos caído. Me hubiera gustado preguntarle, pero ¿cómo preguntas algo así? ¿Valía la pena hacerlo aunque la respuesta no cambiara nada?

Lo que sí tenía muy en claro era que yo no lo quería si él no me correspondía. Deseaba ser amada. No iba a convencer ni obligar a nadie para que se enamorara de mí. Por más que me doliera, tenía mucho orgullo para eso. Y no hubiera soportado sentirme demasiado débil en una relación en un momento en que necesitaba ser fuerte para sobrevivir. Para proteger mi alma tenía antes que proteger mi corazón y mi mente.

Debía ser fuerte. Tenía que guardar a Lance y todo esto en alguna parte profunda dentro de mí. Necesitaba estar completamente alerta para entender y registrar todo lo que pasara frente a nosotros en esta cruel noche.

21

La primera de muchas capturas de almas

En punto de la medianoche, escuchamos los primeros sonidos de revuelo: pisadas suaves como lluvia ligera. Habíamos estado recargados contra la base de la estatua, pero en ese momento nos enderezamos, atentos a cualquier ruido y movimiento, aunque era casi imposible ver en la oscuridad.

En cuestión de minutos, comenzaron a llegar de todas las direcciones. Algunos aparecieron en la parte de arriba de los muros del cementerio y aterrizaron con gracia en el suelo. Pero muchos otros emergieron de las criptas. De pronto escuché el roce de una piedra contra otra y sentí una leve vibración debajo de donde estábamos sentados. Miré a Lance, que tenía la misma expresión de confusión que yo. Segundos después localicé a uno de ellos exactamente debajo de nosotros: había salido de la tumba donde estábamos. Un escalofrío recorrió mi cuerpo.

Eran por lo menos dos docenas de participantes que se dirigían hacia la zona del césped en silencio, como si cada uno de ellos supiera de antemano su rol y lo desempeñara diligentemente, engranes de una máquina perfecta.

Se quitaron sus zapatos y los ordenaron en filas, como autos estacionados. Se despojaron de sus ropas de calle y finalmente las mujeres se pusieron vestidos blancos —unos largos y ondeantes, otros cortos y lisos— o blusas con faldas. Los hombres vestían camisetas y pantalones blancos de lino. Todos compartían un aspecto libre y relajado, como si estuvieran en la playa. Como un todo, el grupo era incandescente, sus ropas enfatizaban lo ligeras que eran y a la vez proyectaban una energía de alto voltaje. Dos hombres desplegaron un tapiz tejido de colores arremolinados que brillaban incluso en la neblina que se extendía por casi todo el espacio donde había césped, que era más o menos del tamaño de una cancha de tenis. Un par de chicas descalzas ataviadas con faldas ondulantes y camisetas sin mangas anudadas arriba de sus ombligos colocaron velas en los cuatro lados, como si las llamas danzantes formaran una cerca.

De la oscuridad emanó un sonido de tambores y luego un largo y lento zumbido, tan suave al principio que pensé que era producto de mi imaginación, hasta que se tornó cada vez más alto, más fuerte, más gutural y provocó un eco de enorme intensidad. Abajo, todo el mundo permanecía inmóvil alrededor del tapiz, luego, lentamente, comenzaron a balancearse, levantaron las manos, al tiempo que el zumbido se convertía en un canto cuyas palabras pertenecían a algún idioma que yo no había escuchado jamás. Otro tambor sonó a la distancia, efectuando un juego de llamadas y respuestas. Poco a poco todos los cuerpos giraron en dirección a ese tambor. Lance y yo estiramos nuestros cuellos intentando encontrar la misteriosa fuente de ese sonido.

El hombre que tocaba el tambor permanecía de pie junto a una cripta alta y cuadrada al final del cementerio, de la que salía un camino recto hacia la reunión. Era una de las criptas que yo había pintado recientemente. Con lentitud, el pasaje del centro se abrió y apareció una figura cubierta. Sólo se le veían las manos y pies de fino marfil debajo de una tela de gasa negra que la cubría hasta el piso, lo suficientemente transparente como para revelar debajo un vestido negro, hasta las rodillas y con angostos tirantes. Una capucha ocultaba su cabeza y su rostro. La figura comenzó a deslizarse, acompañada del tambor, hacia el lugar donde todos la esperaban de pie cantando para darle la bienvenida. Entre más se acercaba, más rápido era el ritmo del canto. Conforme se aproximaba al grupo, quienes estaban más cerca de ella rompían sus cadenas a la mitad y se movían con tal precisión que parecían las dos caras de una puerta abriéndose, sin dejar de balancearse, aplaudir y ondear sus manos en el aire, dejando fluir la música.

Con aplomo etéreo, pasó a través de la gente hasta el tapiz iluminado con velas. La puerta humana se cerró, volviéndose a formar la cadena de juerguistas, mientras la mujer encapuchada tomaba su lugar justo en el centro. Mientras se acomodaba, las formas abstractas que habían aparecido en el césped brillaron en tono rojizo y se transformaron en un gigantesco pentagrama a su alrededor. Parecía como si unas brasas se levantaran del suelo y quemaran el símbolo.

Su tamborilero se unió a las masas que cantaban y la mujer levantó los brazos lentamente hacia el cielo como si condujera todas estas voces unificadas. Luego se quedó inmóvil durante unos segundos y de manera pausada se dio la vuelta acelerando cada vez más el ritmo, girando una y otra vez hasta transformar sus giros en una danza. Las diferentes partes de su atuendo negro revelaban sus movimientos como una sombra, mientras daba saltos y vueltas en todo el espacio, llenándolo con sus movimientos. Sus brazos se contoneaban en grandes ondas elegantes, sus piernas pateaban y descendían en el aire, se agachaba y balanceaba llevada por la música. Yo no podía ver hacia otra parte. No podía ver a nadie más que a ella hasta que sentí un fuerte escozor en mis cicatrices. Sólo por breves instantes se disipaba la sensación. Me di unos golpecitos en esa parte en mi pecho por encima de mi corazón y luego sentí mi collar-amuleto, como si al tocar esas piezas de metal consiguiera cierta calma.

Los cantos alcanzaron un nivel de frenesí cuando la gente comenzó a aplaudir y a zapatear. La mujer encapuchada comenzó a girar de nuevo, pero esta vez se detuvo de manera abrupta cuando la música calló. Luego regresó al centro del tapiz. Se impuso un silencio y mi corazón respiró. Sentí que yo era quien había estado bailando y que necesitaba recuperar el aliento. Me imaginé que eso era lo que sentían quienes estaban en el césped, como si ella los hubiera tocado a todos y los hubiera poseído con sus movimientos.

De algún modo, su capa seguía en su lugar y su capucha no había mostrado su rostro. Pero ahora se estaba desabrochando con cuidado los lazos de enfrente y sostuvo los brazos rectos a ambos lados. Mientras permanecía así, sin decir una palabra, dos mujeres dieron un paso adelante. Flanqueándola, le quitaron delicadamente la capucha y deslizaron el atuendo transparente.

Era Clío, descalza con su vestido ligero, que miraba a sus súbditos leales. La luz iluminaba su piel. Con los brazos extendidos hacia adelante dijo algo que no pude entender. Me di cuenta de que el tatuaje de flor de lis que tenía en la muñeca ardía brillante, produciendo una sombra roja, como impostada por una barra de fierro ardiente, en armonía con el pentagrama que estaba en el suelo. Todo el grupo le respondió con otra palabra misteriosa. Entonces, como si ésa fuera la señal, algunos de ellos dieron un paso adelante, colocaron recipientes de cerámica y urnas de todos los tamaños y formas alrededor de ella en un círculo, y luego se sentaron sobre sus talones.

No supe cuándo habían conseguido todas estas cosas pero debió haber sido mientras yo estaba concentrada en el baile. Me preocupaba el hecho de que lo que estaba viendo me absorbiera tanto que me impidiera poner atención a todo lo que sucedía. Había algo hipnótico en esos rituales. Miré a Lance con el rabillo del ojo y me pregunté si él estaría pensando lo mismo.

Finalmente habló Clío, con palabras que podíamos entender.

—Bienvenidos, *mes chéries* —dijo en tono arrullador, con voz dulce y pausada—. Como ustedes saben hemos estado cosechando durante semanas en toda nuestra linda ciudad y sus alrededores los ingredientes necesarios provenientes, los recién partidos, de la más rica fuente.

Esa frase se incrustó en mi mente. ¿Sus palabras significaban lo que parecía? Ella continuó con mayor vehemencia y tuve que escucharla.

—Es en estas gloriosas construcciones donde estamos sintetizando algunas toxinas particularmente potentes, como ya lo hablamos.

Extendió los brazos hacia las urnas que estaban a sus pies y de una por una, comenzando con la mujer que estaba sentada frente a ella, sacó lo que había dentro de los recipientes. Primero fue un hueso, que parecía más *humano* que los que usaba Mariette. De otra extrajo jirones de ropa. Unos cuantos frascos pequeños estaban llenos de un líquido oscuro; incluso desde mi lugar podía saber que se trataba de sangre. Algunos tenían joyas; uno incluso tenía un anillo todavía metido en un pedazo de dedo, y era tan horrible que tuve desviar mi mirada para no verlo. Otro contenía una oreja. Y el último, una gorra de beisbol ensangrentada. Al verla, Lance me miró y se acercó a mí.

—Jeff. Esa gorra es de Jeff —susurró con voz temblorosa—, la traía puesta en la foto —sacudió la cabeza.

Cuando todos estos objetos fueron presentados y expuestos, quienes cargaban las urnas regresaron a su sitio en la fila.

Clío continuó:

—En las próximas semanas podremos capturar muchas almas si todos cumplimos con nuestra parte. Ya nos pavonearemos a nuestras anchas cuando visitemos a nuestros hermanos y hermanas de Père-Lachaise...

¿Père-Lachaise? Puse a trabajar a mi mente. Recordé por la AP francesa que era un cementerio en París lleno de artistas, escritores y hasta una o dos estrellas de rock. Volví a agazaparme y seguí escuchando.

—... y por eso esta noche celebramos la primera de muchas capturas de almas —arrastró la frase para enfatizar su importancia, luego hizo un gesto y se dirigió a quienes estaban a su derecha, sosteniendo el tapiz, levantó con elegancia su brazo e hizo un llamado con un mínimo movimiento de muñeca—. Ven, querido —dijo ella.

La fila se abrió y un chico caminó hacia adelante, sereno y optimista, como si flotara hacia ella. No estaba vestido de blanco. En su lugar, llevaba ropa de calle que reconocí. Incluso desde donde estábamos, sabía que era Jimmy. Se veía exactamente igual a cuando irrumpió en mi habitación. El pelo revuelto, la camisa rasgada y los jeans gastados. Parecía estar completamente en trance. Su mirada no se apartaba del rostro de Clío. Se detuvo a su lado.

—Hoy tenemos el privilegio de darle la bienvenida a nuestro redil a un nuevo miembro. Esperamos grandes cosas de él.

Jimmy parecía absorto. Un hombre se acercó desde la última fila, se arrodilló y le dio a Clío una bolsa de satén negro. Era Wylie. Ella la tomó con ambas manos, como si fuera algo sagrado.

Comenzando con el hueso que tenía enfrente, ella usó sólo su dedo índice para cortar una astilla delgada y colocarla en la bolsa. Luego siguió con todo lo demás, tomando trozos de cada ingrediente y vertiendo pequeñas dosis de los frascos que tenían sangre, hasta que cada elemento estuvo representado en la bolsa. Luego la sacudió y puso las dos manos alrededor de ella, hasta que la bolsa brilló con un tono rojizo. Después metió la mano en su interior y sacó una esfera escarlata e incandescente del tamaño de una pelota de beisbol. La bolsa cayó al suelo y ella sacó una mano, sus dedos se avivaron y fijó sus ojos en el pentagrama que ardía y brillaba cada vez más; entonces la llama chisporroteó. Sostuvo la esfera con las dos manos otra vez, el fuego la lamió y la convirtió junto con sus manos en una naranja incandescente. Finalmente se alejó sosteniendo un montón de cenizas. Con dedos expertos y cuidadosos convirtió la bola de fuego en una punta afilada, como un picahielos.

Le hizo señas a Jimmy y él, obediente, se quitó la camisa y dio la vuelta, dirigiendo su espalda hacia donde estábamos nosotros. Desde el lugar en donde yo me encontraba, pude ver sus cicatrices, ésas que todos los ángeles en proceso de adiestramiento como nosotros tenemos en los omóplatos, esas partes irregulares de la carne que esperan algo superior, divino y hermoso: alas. Clío levantó la estaca afilada en el aire, su punta parpadeaba como un diamante. Entonces su brazo descendió y con dos golpes fuertes cortó las cicatrices. *Whoosh. Whoosh.* Sonó como la retroalimentación de un micrófono. La espalda de Jimmy se arqueó por el dolor. Podía verse, incluso desde donde estábamos, cómo sus músculos se tensaron. Ahora, dos marcas negras y gruesas rezumaban en sus omóplatos. Debajo de ellas, las cicatrices burbujeaban y crepitaban, y luego, en cuestión de segundos, se evaporaron. Todo esto sucedió tan rápido que pensé que me había perdido de algo. Su espalda se convirtió en un lienzo completamente liso, sus músculos bien formados eran la única textura. Pero cuando se dio la vuelta, ya no era Jimmy, era otra persona: el hombre rubio que vi entre destellos cuando peleé con él en mi habitación. Lance se inclinó hacia adelante y se agachó para ver mejor lo que pasaba. Toqué su brazo.

–¿Viste lo mismo que yo? —le susurré.

Él asintió, con los labios fruncidos.

Clío hizo una leve reverencia. Me preocupaba que esto terminara antes de tener oportunidad de grabarlo todo en mi mente. Observé a quienes la rodeaban ¿Quiénes eran esas personas? ¿De dónde habían venido? Mientras mis ojos las examinaban, reconocí algunos rostros que estaban cerca de Wylie: eran los tipos de la Cofradía que había visto en mis fotos.

Clío besó a Jimmy en la frente y le entregó el arma con la que había hecho el trabajo sucio, transformándolo.

–Ahora hay que agradecer al gran Príncipe por los poderes que nos ha otorgado —dijo.

Jimmy levantó la estaca hacia el cielo mientras ella aplaudió tres veces y las mujeres que habían presentado los ingredientes regresaron por ellos.

El grupo se puso de pie en un círculo alrededor de Clío y Jimmy. Clío aplaudió dos veces más y todo el mundo corrió tras ella hacia el tapiz. Los tambores sonaron otra vez, emitiendo otro ritmo potente. Las mujeres con las urnas las colocaron encima de sus cabezas, las agitaron en el aire moviéndose con el ritmo mientras todo el grupo comenzó a bailar. Brincaron, saltaron y se lanzaron alrededor de manera muy libre. Algunos bailaban juntos, mientras que otros estaban inmersos en sus propios mundos. Algunos hombres se quitaron las camisas y las arrojaron a un lado. Las mujeres con los vestidos largos se los alzaron hasta las rodillas y los muslos mientras se movían. Clío permanecía en el centro del tapiz con su nuevo recluta y bailaba con él, mientras los demás formaban un círculo alrededor de ellos, de manera reverencial.

Debía parecer un caos, pero había algo embriagador en la franqueza que se manifestaba. Una onda primaria y tribal invadió el espacio y viajó como una corriente en el aire.

Sentí que mis tensos músculos se aflojaban, que mi postura se relajaba, que mi mente se calmaba y dejaba de temer conforme observaba la escena ante mis ojos. La piel de los danzantes brillaba de sudor y su ropa se pegaba a sus cuerpos, pero a nadie parecía molestarle. Lo único que parecía interesarles era su necesidad de moverse al ritmo de la música. Podía sentirlos ponerle ritmo a mi corazón. Miré a Lance recargado contra la base de la estatua, observando con atención.

No sabría decir cuánto tiempo pasó. La noche parecía infinita. No obstante, cuando los tambores aminoraron el ritmo y los demás comenzaron a seguirlos, pareció que era demasiado pronto. Los tambores tocaron mientras todo el mundo recogía objetos que habían dejado en la periferia. Un puñado de ellos ayudaron a doblar el tapiz de manera tan coordinada, que casi parecía una coreografía de danza.

Una vez que la tarea se cumplió, quienes tocaban el tambor comenzaron a interpretar una canción de despedida y guiaron al grupo por todo el cementerio. A lo largo del camino, varios abrieron una tumba y se deslizaron dentro, luego volvían a cerrarla. Cuando el grupo se acercó hasta donde estábamos, Lance y yo nos agachamos atrás de la base y nos quedamos tan quietos que ninguno de los dos respirábamos. El hombre que había salido de aquí antes se apartó del grupo y abrió uno de los ataúdes para regresar. No me moví ni respiré hasta que escuché que el pesado mármol se deslizaba de regreso adonde había estado y lo que quedaba del grupo se alejaba. Pero los miembros del núcleo del grupo que conocíamos como la Cofradía regresaron a donde estábamos, con Jimmy entre ellos y Clío al final de la fila. Llegaron al muro más cercano a nosotros y algunos de ellos lo escalaron.

Wylie levantó a la mujer que estaba a su lado con un brazo y se escurrió hasta la parte superior del muro, mientras la sujetaba con fuerza. Cuando llegó, Clío se detuvo en seco y miró hacia arriba.

—Wylie —lo llamó con voz suave.

Él hizo una pausa y se sentó en lo alto del muro. La chica estaba en su regazo y le rodeaba el cuello con sus brazos. Llevaba puesto un vestido blanco ceñido y ciertamente no era de las que habían estado paradas al borde del tapiz, la hubiera recordado. Tal vez había permanecido en las sombras observando todo en silencio. Se podría decir por su pasividad, y por cómo se cernía él, que estaba en una especie de trance.

—Dime, amor —Wylie le dijo a Clío con coquetería.

—Creo que hay alguien a quien le encantaría conocerte —exclamó Clío, ronroneando.

—¿Tan pronto?

—Confía en mí.

—Por suerte —dijo él con sinceridad, luego miró los ojos de la chica y le quitó un mechón de su cabello castaño-dorado del rostro. Ella apenas se movió, y sonrió entre sueños.

—Estamos en plena excursión, querida —le dijo, plantándole un beso en los labios. Ella asintió y se aferró aún más a él.

Wylie se abalanzó de nuevo contra la pared, aterrizó suavemente sobre sus pies, y la bajó sin dejar de rodearla con un brazo, acercándola a su cuerpo mientras caminaban.

—Tal vez deberíamos hacerlo rápido —le dijo a Clío—. Creo que las toxinas saldrán pronto de su cuerpo.

La cabeza de la chica se cayó hacia adelante, como si estuviera completamente embriagada.

—Lo haremos rápido —prometió Clío—. Pero esto definitivamente va a complacerlos. Además, ambos sabemos que te encantará tomar el crédito por esto —le dijo burlándose, mientras apretaba su brazo. Luego se dirigió a la cripta de donde había aparecido antes.

—Ya sabes qué decir, ¿no? —dijo él mientras ayudaba a entrar a la chica y luego subió con ella. En cuestión de segundos, la entrada quedó sellada a sus espaldas como si nunca se hubiera abierto.

Sentí un escalofrío. Sabía adónde la llevaban.

Lance y yo no nos movimos ni hablamos durante varios minutos. Parecía como si ambos quisiéramos asegurarnos de que todos fueran tragados por completo por sus respectivos portales al inframundo, antes de atrevernos a hacer algo que nos pusiera en riesgo. Pero cuando finalmente sentí que era seguro hablar, no sabía por dónde empezar. Era demasiado, muchas cosas revoloteaban en mi cabeza y a mucho no le encontraba sentido.

—Supongo que Wylie capturó a alguien nuevo. Me pregunto si Sabine sabe algo —dije.

—¿Por qué debería? —dijo Lance, en un tono de voz claramente agresivo—. Ella ya tuvo suficiente de él. Sabe qué es.

Me incomodó ver a Lance tan molesto por ella.

—No sé, yo le dije que se alejara de él y Connor también, pero ella no parecía muy convencida. Es lo único que digo —él no me miró. Se sentó con los codos recargados en sus rodillas, jugando con una hoja a romperla en pedacitos. Yo seguí hablando—: ¿Olvidas lo difícil que es romper el hechizo de estas... criaturas?

—Claro que no —dijo amargamente, afilando sus palabras—. Cuéntame otra vez sobre la nota que te dio Lucian.

Me puse furiosa, pero sabía que debía controlarme o explotaría y las cosas se pondrían aún peor. Estaba lista para que la noche terminara.

—Estaba hablando sobre Dante, pero como sea...

Cuando finalmente habló de nuevo, se había calmado lo suficiente.

—Pues tenemos que hacer algo —dijo—. Todo esto va a empeorar. No sé qué hicieron con Jimmy, pero al parecer van a seguir haciéndolo.

Al llegar a casa fuimos directamente a la habitación de Connor, en donde ya estaba con River y Tom escuchando lo sucedido.

—Fue una locura —decía River mientras entrábamos.

Nosotros completamos los pocos espacios en blanco que habían dejado ellos, nos ganamos un "Buen trabajo, equipo" por parte de Connor, y luego nos marchamos. Yo tenía demasiada energía como para dormir, así que seguí a River y a Tom al patio donde los tres recapitulamos los acontecimientos de la noche. Nos sentíamos reconfortados al poder compartir los horrores que habíamos visto. Lance optó por quedarse adentro. Ni siquiera nos dimos las buenas noches.

Cuando finalmente me fui a la cama, mi habitación estaba oscura y Sabine estaba acurrucada sobre su colchón, durmiendo.

A la mañana siguiente me desperté de un sueño tan profundo que no estaba segura de dónde estaba cuando mis ojos se abrieron. Mis sueños habían sido salvajes, desatados, poblados por los personajes que había visto en el cementerio. Pero en lugar de Clío en el centro de ese tapiz, era yo quien bailaba, guiaba a su grupo y dominaba todos esos ojos. Lo que me parecía más aterrador del sueño era que no se tratara de una pesadilla. Debió haberlo sido. Después de lo que había presenciado la noche anterior, me había programado a mí misma para despertar llena de sudor frío, sintiendo miedo por el solo hecho de cerrar los ojos. En cambio, mi subconsciente había utilizado parte de esa experiencia y la había convertido en un sueño agradable, lo que me pareció aterrador.

Dejé caer mi brazo en el borde de la cama, como la rama muerta de un árbol, y a ciegas hurgué en el interior de mi bolsa, hasta que encontré el frío y duro caparazón de mi teléfono. Lo traje a la vida y, como pensé, encontré un nuevo mensaje esperándome. La última instrucción llenaba la pantalla:

> Esta noche fue sin duda reveladora. Tal vez no te hayas dado cuenta de lo mucho que aprendiste. Lo que puede ser más importante es el sentimiento que provoca. En eso reside la fuerza de ese grupo, que puede obsesionar y atraer como ningún otro. Así es como operan: de manera visceral pueden tomar a una persona con la guardia baja y apoderarse de ella antes de que piense siquiera en defenderse.

Este terreno es menos intelectual que el que conociste en Chicago, y mucho más físico.
Quizás aún no eres capaz de pensar y entender tu camino, pero tienes que sentirlo. Lo que implica enfrentar una batalla más cruenta que la anterior.
Por eso ésta es la segunda prueba.
Es peor.

Le di vueltas a mi mente: no estaba del todo segura de lo que el mensaje quería decir, pero no me gustaba la idea de que afirmara que debía esperar una batalla más cruenta, cuando apenas había sobrevivido la última vez.

Tercera parte

22

Todos lo hicieron muy bien

Dante y yo pasamos buena parte del sábado caminando juntos por la ciudad y sentados en el patio de una cafetería.

–Dan, estoy impresionada de que tengas una cita formal esta noche —le dije, retirando una nuez de un praliné del tamaño de un disco de hockey.

Siempre atento, ahora Dante se mostraba tremendamente moderado con la noticia, pues sabía que mi romance con Lance se había deteriorado bastante la noche anterior.

–¡Ya sé! Cena y película. Y no vas a creerme, pero dejé que Max hiciera las reservaciones —dijo, orgulloso de sí mismo.

–¡Vaya! Debe gustarte mucho como para que le cedas la decisión de a dónde ir a cenar.

–¿Sabes qué? —agitó su café helado y miró hacia arriba—. Tienes razón, realmente me gusta —se detuvo para suspirar—. Y, por su parte, sé que probablemente su interés se deba al amuleto grisgrís que fabriqué para él, pero me estoy divirtiendo tanto que casi no me importa.

—Perdón —traté de confortarlo—, pero en realidad no creo que haya algún tipo de magia influyendo en este asunto...

Se quedó pensativo un momento.

—Gracias por eso, Hav —dijo con sinceridad y luego con tono amable comentó—: Así que tú y Lance realmente...

Exhalé.

—No sé lo que está pasando. Nos dimos un "tiempo".

—¿Vas a ir con Sabine y su grupo esta noche a ese concierto, espectáculo o lo que sea? —dijo mirando hacia arriba, como si desestimara el hecho, lo que agradecí.

Ella había organizado una especie de salida a la que me invitó, como si las cosas entre nosotros fueran normales, y yo le había dado evasivas toda la semana. Ahora contesté negando con la cabeza. No quería contarle a Dante acerca de Lucian. Sabía lo que me iba a decir; sabía también que quizá no debería verlo más, pero era algo que no podía evitar. Algo me atraía hacia él. En el fondo de mi corazón, aún no estaba segura de qué pensar sobre esto ni tenía claro qué había sucedido cuando lo vi. No debió haberme dado ese beso, fue algo tan rápido que no pude procesarlo adecuadamente en ese momento. No podía dejar de preguntarme si lo mismo sucedería esta noche. Tal vez sólo había sido una reacción de alivio de su parte como respuesta a mi promesa de ayudarlo. Para ser honesta, me hubiera gustado que fuera esto último.

Le sonreí a Dante y le dije:

—¿Me prometes darme un informe completo sobre tu cita, para que pueda vivirla indirectamente?

—¡Por supuesto!

No volvió a mencionar a Lance en todo el día.

Esa noche me quedé en mi habitación alternando entre la lectura de mi libro de cuentos de Robert Louis Stevenson y la práctica de levitación (hice volar al volumen del escritorio a la cama y las cubiertas se movían como alas, hasta caer en las palmas de mis manos con tal fuerza que tuve que sobarme por el dolor), mientras Sabine se arreglaba para salir con su grupo. Pensé en acompañarlos, pero no podía soportar verla con Lance ahora que él ya no estaba ligado a mí. En lugar de ello, después de haber practicado suficiente levitación para un día, convencí a Drew a que hiciéramos una buena cantidad de palomitas de maíz y nos fuéramos a la sala comunitaria para ver un minimaratón de películas para chicas. En un momento dado Connor pasó frente a la sala mientras se dirigía a la cocina y al vernos se detuvo, nos observó un momento y luego se dejó caer en el sofá, en medio de las dos, por el resto de la película, con lo que se convirtió en una víctima más de los finales felices.

Terminamos mucho antes de la medianoche, y a las 11:57, ya estaba frente a la puerta de la mansión LaLaurie. Los faroles de la calle proyectaban una luz tenue en la entrada. Tomé la perilla de la puerta, respiré profundamente, me acomodé el suéter y le di vuelta para entrar.

Estaba cerrado.

Intenté varias veces, sacudiendo la puerta con todo y su marco, pero nunca se abrió. Me asomé por las ventanas y no vi nada más que una oscuridad total y el reflejo del farol de la calle en el cristal de la ventana. Llamé. Y llamé y llamé, pero no obtuve respuesta. Finalmente, intenté abrir alguna ventana y encontré una que no estaba cerrada con llave. Con un poco de forcejeo me las arreglé para empujarla lo suficiente para poder deslizarme a través de ella. Quedé sucia y llena de polvo.

La oscuridad del vestíbulo me envolvió. Avancé unos pasos, sintiendo mi camino.

—¿Hola? —llamé sin obtener respuesta.

Con la ayuda de la luz del farol de la calle que se filtraba hasta ahí, mis ojos se acostumbraron a la penumbra y pronto me di cuenta de que el lugar estaba casi habitable. Algunas lámparas fijas con cables enmarañados estaban apiladas junto a las paredes. El segundo piso estaba terminado y parecía que ya contaba con habitaciones, y una escalera conducía al último piso, cuyo barandal recién barnizado brillaba a pesar de la poca luz.

Subí por la escalera rechinante al segundo piso y en lugar de explorarlo subí directamente al tercero.

—¿Hola? —intenté un par de veces, pero tampoco obtuve respuesta. La luz de la Luna entraba a través de las ventanas, dejando pasar un resplandor que no alcanzaba a iluminar muchos rincones oscuros. El espacio era sólo una habitación grande y abierta, el lugar perfecto para entretenerse, con sus pisos de madera brillante y su techo alto. Lo intenté una vez más:

—¿Estás aquí?

—¿Es a mí a quién buscas? —escuché desde las sombras.

No era la voz de Lucian. Di un paso atrás hacia la oscuridad de la escalera mientras alguien se me acercaba: era Wylie. La sangre se enfrió en mis venas. Y entonces corrí por la escalera hacia abajo, pero me tropecé en la oscuridad y casi salí volando hasta el vestíbulo. Podía oír sus pasos atrás de mí. Busqué la cerradura en la puerta principal y finalmente la abrí antes de que él apareciera, luego corrí despavorida por la calle, tanto que las piernas me temblaban. Miré hacia atrás por encima del hombro, pero no había nadie. Wylie no me había seguido.

No paré de correr hasta que estuve a salvo entre los muros de mi habitación. Sabine no había regresado aún y estar sola no me resultaba reconfortante. En mi camino hacia la sala comunitaria, con la intención de ver televisión hasta que mi corazón se calmara, me detuve y llamé a la puerta de Dante, por si acaso. Se abrió. Nunca había sentido tanta alegría de verlo.

—Vaya, realmente quieres la primicia. ¡Acabo de llegar a casa, hace como dos minutos! —dijo Dante al verme.

Me invité a mí misma a pasar y me acurruqué en la cama de Lance; mis nervios aún estaban agitados.

—Cuéntamelo todo —le dije. Saltó a mi lado, acostado bocarriba, mirando al techo.

—Bueno, no te dejaré en suspenso. Hubo ese momento incómodo en que alguien tenía que tomar la iniciativa, ya sabes, pero nadie lo hizo. Así que nada de besos. *Pero* el encuentro fue ma-ra-vi-llo-so —dijo—. Al principio, cuando nos dirigíamos a cenar...

La voz de Dante era tan reconfortante y el tema de su cita algo tan distinto a lo que pasaba entonces en mi cabeza, que sentí que mis nervios comenzaron a relajarse, así que decidí sumergirme en los detalles del relato de mi amigo.

De manera inesperada, la mañana siguiente nos despertamos a las tres. Finalmente me había podido dormir a pesar del ruido que produjo el grupo de Sabine, que hablaba animadamente en el patio de abajo. Yo me había asomado por la ventana sólo una vez y encontré a Lance y a Sabine sentados, conversando en un sillón. Así de simple, así de inocente. Pero me hizo sentir enferma.

Connor nos metió a la camioneta en la que permanecimos un buen rato, pensando que regresaríamos al pantano. En lugar de ello, minutos después de salir nos detuvimos en un muelle que estaba en el río Mississippi, cerca del río, donde Sabine y yo nos sentamos un día para observar los barcos pasar. Un barco de vapor, cuyo nombre —Natchez— estaba escrito en letras muy grandes en uno de sus costados, se aproximó en plena oscuridad, su forma gigantesca parecía una silueta dormida. El agua del río, semejante a la tinta en esa hora, lamía suavemente al monstruo.

Estábamos en el muelle sintiendo el aire fresco de la mañana. Un hombre pasó por donde estábamos, evitó mirarnos pero mientras abordaba el barco le hizo un gesto a Connor y luego se dirigió a la cabina del capitán. Recordé haberlo visto en el Superdomo.

–¿Quién es ese tipo? —le pregunté a Dante.

–Un facilitador —dijo Connor, que había escuchado mi pregunta, en un tono seco, como de negocios—. Controla la logística para que yo me encargue de ustedes. Como un chofer en vacaciones, pasa desapercibido.

En efecto, nunca volvimos a mencionarlo.

Connor comenzó a caminar de un lado a otro frente a nosotros.

–Las carreras de barcos de vapor son muy importantes en este lugar —dijo aumentando el volumen—. Así que esta mañana organizaremos nuestra propia carrera, pero con un truco: ustedes van a ser quienes harán girar las ruedas de este barco.

La mano de Lance se levantó de inmediato.

–Creo que la mecánica de la máquina de vapor hará imposible…

—Lance, me encanta lo que sea que vayas a decir, sé que tienes razón. Pero el objetivo de este ejercicio es mostrar lo fuertes que pueden ser si superan sus miedos. En teoría ¿ustedes podrían ser aplastados por la rueda? Por supuesto. Pero ustedes no van a morir con eso, así que lo que tienen que hacer es entrar a ese barco y encontrar la manera de lidiar con una situación en la que van a enfrentar una gran cantidad de fuerza e incomodidad. Formarán dos equipos. Cada equipo llevará el barco a ese puente, el Crescent City Connection, y regresará aquí tras conseguirlo. Empezaré a mover el barco a una velocidad baja, para que se den una idea de lo que necesitan hacer para mantenerlo en marcha, después apagaré el motor y tendrán que echar a andar la rueda y mantener cierta velocidad ustedes mismos. El equipo que tarde menos tiempo obtendrá derechos para burlarse de los perdedores y mi máximo respeto.

Quedé en el equipo de Dante, Brody, Drew y River. Connor nos llevó a la cubierta, y dejó al otro equipo en la parte más alta de la embarcación para que desde ahí observara la rueda, luego nos llevó a nosotros a la parte más baja, a un lugar donde seguramente los pasajeros no solían ingresar. Lo seguimos a la popa donde el camino se bifurcaba y empequeñecía, y donde estaba instalada la imponente rueda, que debía tener unos 3.50 metros de alto y unos buenos 7.50 de ancho.

Connor nos explicó cómo trabajan las ruedas para impulsar el barco y qué era lo que nosotros necesitábamos hacer para lograr esta hazaña.

Cuando la rueda se movió hacia adelante, sus tiras horizontales gigantes cortaron el agua. Cuanto más lo estudiaba, las paletas, espaciadas una de otra por alrededor de un metro, comenzaban a adquirir el aspecto de una escalera motorizada.

—Así que si nos colocamos aquí y nos paramos sobre un escalón y sostenemos una paleta arriba —hice un gesto señalando la parte más cercana de la rueda— y luego nos movemos como si estuviéramos subiendo esos escalones con la suficiente fuerza, saltando y jalando hacia arriba, en teoría deberíamos ser capaces de mover la rueda.

Le propuse a nuestro grupo discutirlo abiertamente. Era exactamente la clase de conversación que me hubiera gustado tener con Lance. Me lo imaginaba subiendo la escalera reflexionando sobre las implicaciones de la física que existían detrás de este reto.

—De acuerdo —dijo Brody, observando la rueda—. Sólo tenemos que lanzar nuestro peso y hacer girar la rueda. Vamos a mover esto, ¿de acuerdo? —dijo y se encogió de hombros, como si esta estrategia tan simple tuviera sentido, con la aprobación de nuestros compañeros de equipo.

Connor escuchaba sin intervenir cuando Sabine lo llamó por su nombre. Ella había bajado de la parte alta de la cubierta y lo jaló a un lado, donde nadie escuchara lo que le decía. Incluso en la oscuridad, pude ver lo nerviosa que estaba y cómo saltaba de un pie a otro, se ponía la mano en la frente y hacía con la boca una mueca horrible. Con los brazos cruzados, él apartó la mirada, con aparente indiferencia. Ella le jaló la manga, suplicando. Me imaginé que Sabine haría casi cualquier cosa para evitar meterse al agua. Después de un momento, él suspiró y luego hizo un movimiento de cabeza en el que asentía no muy convencido. Ella comenzó a saltar en señal de agradecimiento, y lo siguió mientras caminaba de vuelta hacia nosotros. Yo sólo podía hacerme la desentendida cuando Connor se acercó y le dijo:

—Puedes permanecer arriba y sólo mirar, pero será sólo esta vez.

Ella le dio las gracias y dio media vuelta, brincando de alegría mientras subía la escalera.

—Muy bien, chicos, vamos a empezar. Es hora de que vayan a esa rueda. ¡Adelante los cinco, a darle vueltas! —dijo.

Cuatro de nosotros intercambiamos miradas. Brody fue el primero en subir a la valla metálica de seguridad y en llegar a las barras metálicas angostas que estaban a un lado de la rueda. Con agilidad cautelosa nos deslizamos hacia allá y nos colocamos en nuestros lugares, sobre los escalones de la enorme rueda, de espaldas al barco, mientras veíamos el acero funcionar en el interior de la rueda. Mis miembros temblaban. En cualquier momento el barco empezaría a moverse y nos veríamos obligados a lanzar nuestros cuerpos a la rueda para asirnos a ella. El éxito parecía incierto por su mecanismo resbaladizo. Tal vez perderíamos el equilibrio en cuanto el barco arrancara y entrara en el río, sacudiéndose mientras la rueda giraba arriba de nosotros. Quizá no fuéramos a morir pero no estaríamos lejos.

Los cinco colocamos nuestros brazos alrededor de la paleta de roble que estaba arriba de nuestras cabezas, mientras nuestros pies permanecían lo más fijos posible en la que estaba abajo. El silbato sonó y lanzó una ráfaga de vapor en el cielo. Podía sentir las vibraciones y me aferré con tanta fuerza que pensé que podría perder la circulación en mis brazos.

En cuanto el barco partió dando tumbos, la rueda nos sacudió más rápido de lo que esperaba. Sentí un hueco en el estómago. Oí unos gritos, pero estaba demasiado alterada como para reconocer si uno había sido mío. El movimiento, lento como era, nos sumergió hasta las rodillas en un instante. Nos desequilibramos, el agua se movía tanto que no podíamos ver dónde terminaba la superficie del río y dónde comenzaba el aire.

Me lancé hacia el escalón resbaladizo que parecía una tabla, para poner en práctica la táctica que habíamos propuesto. Mis brazos y piernas ardían, salté hacia el otro escalón tan rápido como pude antes de caer en el agua, y me aferré a las vigas que estaban en ambos lados. Apenas tenía el tiempo suficiente para recuperarme de un salto cuando ya tenía que dar otro para evitar ser arrojada al agua. Poco a poco avancé hasta llegar a la resbaladiza rueda de palas, atrás donde habíamos empezado y donde era más fácil respirar. Brody ya había llegado, era como un animal, al parecer era capaz de cumplir su cometido sin realizar mucho esfuerzo. Me alegré de traer puestos leggings en lugar de jeans. Mientras saltaba eché un vistazo rápido a mi lado. Dante aún se sostenía de las vigas, pero Drew se había caído y River batallaba en una danza salvaje de brazos y piernas.

No obstante, éramos fuertes y logramos que la velocidad aumentara. La idea de que estábamos logrando nuestro objetivo me motivó a empujar más fuerte. Sentí que mis extremidades se acoplaban y tomaban ritmo. Como la potencia del barco disminuyó, supe que la nuestra aumentaba, mis músculos sintieron la satisfacción de avanzar hacia adelante, como resultado del lento pero firme empuje que producíamos al abalanzarnos a los escalones, de agarrar impulso y balancear nuestras piernas para usarlas como palancas. En ningún momento el barco se desvió de su ruta, nos acercamos al puente. Yo estaba a un costado de Brody y mantenía su ritmo, como si nos ejercitáramos en la escaladora en el interior de un gimnasio. Sí, quería que ganáramos. Quería vencer a Lance, y ser más fuerte y tener más agallas que Sabine. ¿Había algo de malo en eso?

Respiré aire fresco y húmedo, alimenté mi adrenalina y la convertí en el poder que usaría para proyectar, ascender e impulsarme. El viento rugía a través de nosotros, nos aproximábamos al puerto, empujamos la rueda hasta que sonó el silbato. Sólo cuando nos detuvimos en la orilla me di cuenta de que estábamos empapados y de la hazaña que habíamos conseguido. Tanto Drew como River se habían caído al agua y aún estaban ahí, como dos manchas lejanas que nadaban hacia la orilla. Connor aguardó cortésmente su regreso antes de llevar al otro equipo a echar a andar la rueda.

Aún cargados con el exceso de adrenalina, nos secamos y nos fuimos a la cubierta alta del barco para observarlos. Apenas podíamos distinguir sus siluetas debido a que el sol comenzó a brillar en el horizonte. El barco arrancó con un estallido y el equipo de Lance parecía querer aniquilarnos rápido, pero no podría decir que fueran mejores que nosotros. Tom cayó al agua, pero desde donde nos sentamos, los tres restantes se veían capaces de mantener el ritmo.

Poco después, el silbato sonó de nuevo y todos nos reunimos en la cubierta principal para esperar el dictamen de Connor.

—Sé que he fomentado la fanfarronería —dijo mientras se reunía con nosotros para declarar al vencedor—, pero no hay mucho de que alardear, porque todos lo hicieron muy bien. La diferencia entre uno y otro equipo fue de sólo siete segundos.

—Ganamos, ganamos —bromeó Brody—. Ya dilo, Connor.

Connor sonrió.

—Pero el ganador es... el equipo dos —y señaló a Lance.

Todos los felicitamos y les dimos palmaditas en la espalda y apretones de mano. Los ganadores festejaron de manera delicada y respetuosa. Pero peor que haber perdido era ver la actitud de Sabine, totalmente seca, quien brincaba y abrazaba a Lance muy cariñosamente, celebrando su triunfo. Los últimos restos de adrenalina desaparecieron en mí. Mi relativo consuelo fue que Lance casi hizo una mueca, ese gesto público de entusiasmo lo había hecho sentir lo suficientemente incómodo como para darme una luz de esperanza.

23

Has estado juntándote con ellos

No fue sino hasta el día siguiente que me atreví a mirar la puerta de junto. Caminaba sola hacia la mansión después de haber estado toda la mañana en el banco de alimentos y me di cuenta de que la luz en la casa de al lado estaba encendida y la ventana abierta. Una botella había sido dejada en el alféizar, sabía que era para mí. Me sentí mareada al estar tan cerca de esa casa después de haber sido expulsada de ella. Cada vez que me sentía atraída por Lucian pasaba algo, un traspié en nuestros planes que me hacía cuestionarlo todo. No podía darme el lujo de ser imprudente, especialmente tratándose del amor. ¿Me había tendido una trampa y había dejado a Wylie en la mansión para atacarme? Me hubiera gustado poder seguir caminando, dejar la botella y no pensar en lo que había en su interior. Pero no era capaz de hacerlo. Llegué a la ventana abierta, tomé el recipiente y lo metí en mi bolsa. Sabía lo que iba a suceder cuando lo abriera y no tenía intención de hacerlo en este momento. Estaba por volver a la biblioteca, que acababa de reabrirse después del descubrimiento macabro de la semana pasada, pero llamé a Connor para pedirle permiso de faltar porque quería ayudar a Mariette con un proyecto. El pretexto no era enteramente cierto... todavía. Así que me dirigí hacia la calle Rampart.

—Sé que has estado juntándote con ellos —dijo Mariette amablemente en cuanto puse un pie en la tienda. Usó el tono de las amigas que se confrontan entre sí cuando una está preocupada. Sus ojos se fijaron en mí con tal intensidad que me hicieron sentir que acababa de leer mi alma entera en ese instante.

—Sólo con *él*, no con ellos —aclaré con cierta culpa.

Mientras ella se mantenía atenta, rompí la botella de vidrio directamente contra una vasija de piedra en la mesa de su altar. La cubrió con un paño de terciopelo negro que —dijo— ayudaría a absorber su energía antes de que el mensaje y su envase se desintegraran. Leyó en voz alta el mensaje que estaba en mis manos, mientras nos sentamos frente a frente sobre un tapete de seda. Sonó todavía más misteriosa con su hipnótica voz.

> H
> *Perdóname por lo de la última noche.*
> *Me retrasé por motivos inesperados.*
> *Si hubiera habido alguna forma*
> *de estar ahí, te juro que lo habría hecho.*
> *No he tenido la libertad que*
> *quisiera en estos días.*
> *Me enteré de que Wylie estuvo ahí,*
> *y de que se encontró con alguien,*
> *pero no supo quién era.*
> *Me imagino que fuiste tú*
> *al ir a mi encuentro, y me enferma pensar*
> *que te puse en peligro.*

*Espero que podamos intentar vernos
una vez más. Deberíamos
esperar unos días. Tengo que estar
seguro de que no habrá algún
huésped sin invitación. Miércoles, medianoche.
Creo que seré capaz de escapar
sin problema. La puerta estará abierta,
pero para que estés segura,
no entres hasta que me veas
hacerte la señal con la luz.
No quiero que entres a esa casa
a menos que yo esté ahí.
Tuyo,
L*

Dejé caer la nota en cuanto empezó a arder y Mariette rápidamente puso el terciopelo encima para sofocar las llamas.

Un plato con polvo rojo estaba colocado en medio de las dos en la mesa. Acercó sus largos dedos a los polvos, extrajo una pizca, la salpicó en el terciopelo y en la palma de su mano. Se frotó las manos y las sostuvo frente a mí. Sin decir una palabra, me pidió que le ofreciera también las mías. Lo hice y cerró los ojos. Con mis manos en las suyas se sentó inmóvil durante unos largos segundos, luego abrió sus ojos penetrantes y me lanzó esa fuerte mirada de nuevo.

—¿Crees que él puede ayudarte? —preguntó finalmente.

—Mi instinto me dice que está tratando de ayudarme más que de lastimarme, pero no lo sé —esperaba no sonar tan ingenua como me sentía en ese momento, frente a esa mujer sabia que me miraba fijamente—. Sé que esto no es muy convincente pero…

Apartó mis manos por un momento y las sostuvo para que guardara silencio.

–Tus marcas… ¿qué te dicen? Dímelo honestamente.

–¿Mis cicatrices? —pensé en ese momento en ellas e hice conciencia de cómo habían interactuado conmigo en las últimas semanas—. No sé, mensajes opuestos, supongo. Una vez, cuando leí su nota en el cementerio, sentí punzadas, pero no siempre pasa lo mismo —seguí pensando y me di cuenta de algo—: La noche que pasé más tiempo con él no sentí nada.

Lo que quería decir era que no había sentido nada en mis cicatrices, ¿pero qué sucedía en mi corazón? ¿En la boca de mi estómago? ¿En cada terminal nerviosa? Había sentido mucho, pero me pareció mejor no decirlo.

–Entonces deja que ellas sean tu guía —dijo Mariette con un aire sereno y seguro que me sorprendió.

–¿En serio? —parecía demasiado fácil.

–Conoces bien tu piel, que es tu propio radar. Eres una iluminadora, ¿me equivoco?

–Sí —estaba orgullosa de decirlo, aunque no siempre estaba segura de mis habilidades.

–Ésa es una fuerza que tienes que valorar. Confía en ti misma. Tus instintos cada vez son más agudos.

–Bueno… gracias.

Sus palabras eran tranquilizadoras. Levantó el paño negro y retiró el polvo rojo.

–Por ahora, las cosas están claras. La verdadera maldad no hubiera absorbido el polvo, hubiera mostrado sus verdaderos colores. Pero no seas complaciente —me advirtió, y su tono se tornó súbitamente oscuro—. Puede cambiar en un abrir y cerrar de ojos. Debemos tener cuidado y mantenernos alertas en el fondo de nuestras mentes, ellos son capaces de ganar nuestra confianza, y de perderla, muy rápidamente.

Habló como si lo supiera por experiencia.

—¿Has interactuado con alguien más de ellos? —me preguntó—. ¿Con la Cofradía?

—Estoy preocupada porque una amiga ha sido seducida por ellos y un compañero ya se unió a sus filas.

Ella movió la cabeza como si las noticias le apenaran.

—Vi una de sus reuniones en el cementerio hace unas noches. Parecía como una especie de ritual vudú.

—Me temo que algo sé sobre esos rituales —dijo muy seria—, pero lo que hacen no es vudú. El vudú puede curar. Mi tatarabuela Marie Laveau era una enfermera que salvó a mucha gente que habría muerto de fiebre amarilla y a otros que hubieran fallecido de muerte espiritual. Lo que esas criaturas practican no es nuestro vudú, es un trabajo del diablo. Debes tener mucho cuidado si vas a presenciar un ritual como ése otra vez.

—¿Así que lo que hicieron fue algo recurrente?

—Cuando ellos toman un alma tan valiosa, como la de uno de ustedes, un alma de ángel, se regocijan.

Sus palabras cayeron como un gran peso en mi corazón.

—Pero cuando se está inmerso en la maldad extrema, es posible luchar contra este tipo de cáncer desde dentro.

—¿Pero... cómo?

—Con la voluntad para hacer el bien. Con tu esencia. Así de simple. Cada ángel tiene la capacidad de luchar contra el ataque de estas criaturas, pero se requiere una tremenda fuerza de espíritu. Un compromiso total con la misión que se te ha encargado. No es algo que necesariamente se pueda enseñar.

—¿Entonces tú eres uno de nosotros?

—No, yo soy sólo un guía. Dante es la primera persona a quien intento ayudar. Pero si tú y él sobreviven, él será mi primer logro. Los destinos de ambos están entrelazados. Él está destinado a convertirse en una persona tan poderosa como nunca imaginé. Es un honor para mí enseñarle algo.

En ese momento alguien llamó a la puerta.

—Entra, Dante —dijo ella, mis ojos se abrieron sorprendidos, no se suponía que él estuviera aquí hoy.

Entró cargando una charola dorada con tres recipientes del tamaño de un dedal, cada uno con un polvo distinto, un pequeño frasco de azur líquido, una bolsa traslúcida que soportaría el peso de un trozo de mármol y un plato de plata.

—¿Haven?

—Vino por mi guía.

Uno por uno, Dante colocó sobre la mesa todos los objetos y dio dos pasos atrás, esperando instrucciones, como si fuera un mesero. Mariette vio los objetos y luego a Dante.

—Bueno, ¿qué esperas? —le preguntó ella con una brillante sonrisa.

—¿Quién, yo? —respondió Dante, sorprendido.

—¿Quién más? —ella se movió a un lado para hacerle espacio detrás de la mesa.

Él tomó su lugar, sentado en sus rodillas con mirada incierta, como si prefiriera regresar a su esquina.

—Pero ésta es grande —susurró, como si no quisiera que yo observara cómo arruinaba algo importante—. ¿Estás segura?

—Empecemos por probarte, Dante, de lo contrario nunca vamos a saber si estás preparado para los desafíos que tú y tus amigos van a enfrentar —dijo y le dio un codazo—. Así que adelante.

Él me lanzó una mirada furtiva, casi como si se estuviera disculpando, luego flexionó sus dedos. Con cuidado, tomó una pizca de cada uno de los polvos —blanco, amarillo y rojo ladrillo—, los colocó en el plato de plata y los batió con algo que parecía un palillo. Susurró algunas palabras ininteligibles y luego, con mano temblorosa, vertió una gota del frasco. La mezcla llameó en el plato un segundo. Yo brinqué por acto reflejo. La llama dejó la mezcla de polvos como estaba antes, sin quemarla. Entonces vació la mezcla en una bolsa, la amarró con un pedazo de hilo de seda, la puso en la mesa y miró a Mariette.

—Perfecto —lo elogió ella—. ¿Qué tiene que hacer ella con eso?

Dante me miró solemnemente.

—Esto —sostuvo en alto la pequeña bolsa— es para ti. O más bien, para Sabine.

Lo tomé, se sentía caliente en mis manos, tal vez por el fuego.

—¿Puedes tomar algún objeto de ella, como una camiseta o algo que podamos conservar y cortar?

—Claro, no hay problema.

—Bueno —dijo Mariette—. Lo pones en una bolsa, le echas esto y lo agitas circularmente, luego lo dejas reposar. Dante lo traerá mañana.

—¿Qué es exactamente lo que hace esto?

—Con un poco de suerte, se romperá el control que ejercen sobre ella e interrumpirá el hechizo con la suficiente fuerza para enviarla de regreso a la luz —dijo Mariette.

—Hay una posibilidad de que esto no funcione —dijo Dante, con tono pesimista.

Ella apoyó su mano en el brazo de él para consolarlo.

—Si ése es el caso, lo más probable es que su dominio sobre ella ya sea muy fuerte. Si falla, no será necesariamente porque tu habilidad haya sido insuficiente —le dijo—. Dudar de ti no te hará ningún bien —luego se dirigió a mí—: Esperaré a que me den ese objeto. Acabaremos con este mal juntos.

De regreso a casa, saqué las fotografías de nuevo. Todos los compañeros conservaban el aura intacta, a excepción de Jimmy, que obviamente permanecía en un estado grotesco... y de Sabine, cuya foto había comenzado a opacarse. Sus ojos estaban perdiendo expresión, mostraba heridas incipientes y su piel se había tornado cetrina.

Bajé la escalera para examinar el armario. No me importaba qué prenda tomar. Busqué en la cómoda entre las camisetas y las camisolas, pero me detuve cuando encontré algo más interesante: una imagen de ella, de quienes parecían ser sus padres y de un chico —nunca mencionó tener un hermano, así que me imaginé que el chico era su novio. Los cuatro vestían muy elegantes y estaban sentados en la mesa redonda de un restaurante. El chico parecía una estrella de cine perfecta, tal y como lo esperaría, y cuanto más miraba la foto más me daba cuenta de que parecía una versión mojigata y menos peligrosa de Wylie. Podría haber sido su hermano pequeño. En otra foto, aparecía el mismo chico en traje formal con los brazos alrededor de Sabine, que llevaba puesto un vestido de noche de satén; él le daba un beso cariñoso en la mejilla. Tenían que haber estado en una graduación o en una fiesta de bienvenida. Ambos llevaban coronas. Se parecía tanto a Wylie, que no era de extrañar que Sabine no fuera capaz de alejarse de él. Busqué más fotos en el cajón, pero era la única. Entonces tomé una camiseta negra y la metí en una bolsa de plástico que guardaba debajo de mi cama, luego vacié la mezcla de polvos que había hecho Dante. Después de amarrarla, la sacudí una y otra vez.

En eso llamaron a la puerta. Me sentí como si me hubieran atrapado. Metí la bolsa dentro de mi mochila, con la esperanza de que la magia misteriosa funcionara y abrí la puerta para encontrar a Emma en el pasillo.

—Sabine no está aquí, ¿verdad? —preguntó.

Negué con la cabeza.

—Ella me envió un mensaje para que me encontrara con ella esta noche —su voz revelaba miedo—. Esquina de San Pedro, cerca de ese bar, donde vimos por primera vez a los chicos de la Cofradía. Diez en punto.

—No debes ir —le dije.

—Lo sé. Ya le avisé a Connor. Haven, ¿qué le sucede a Sabine? ¿Qué está haciendo?

No lo sabía, pero estaba decidida a averiguarlo.

24

Como si volara

A las diez de la noche, la calle de San Pedro estaba inundada de emoción y de juerguistas. A media cuadra, una multitud crecía afuera del bar, a la espera de que les permitieran entrar. Connor le había encomendado a Lance que me acompañara, al parecer sin percatarse de que las cosas entre nosotros estaban un tanto ríspidas. Dimos un pequeño paseo, caminando lentamente frente al bar, como si estuviéramos decidiendo en dónde quedarnos a pasar una tarde libre de preocupaciones en el Barrio Francés. En un instante nuestros ojos revisaron la multitud. Todavía no estaban ahí.

Seguimos merodeando alrededor y llegamos nuevamente a aquella esquina. Técnicamente era su lugar de reunión y necesitábamos estar atentos para poder verlos. Nos parapetamos en un restaurante de lujo —a juzgar por el opulento mantel blanco con el que estaban cubiertas las mesas, los guantes blancos del personal de servicio y los bien vestidos comensales— y nos apretujamos cerca de la entrada, fingiendo leer el menú del exhibidor más cercano a la ventana, desde donde podía verse reflejada la esquina.

–¿Puedo ayudarlos? —preguntó una dependienta del restaurante, con una sonrisa lo suficientemente amable, pero que en realidad telegrafiaba sus dudas sobre si Lance y yo, ataviados con nuestros maltratados jeans, realmente pudiéramos acceder a sus delicias.

Nos miramos uno al otro.

–No tengo tanta hambre —dijo Lance. Y nos adentramos nuevamente en la noche.

El anuncio de la antigua joyería del otro lado de la calle de San Pedro parecía apagado, pero las luces del interior continuaban encendidas y el lugar tenía gran cantidad de ventanas, lo que nos daba una vista perfecta de nuestro objetivo. Cruzamos la calle y encontramos cerrada la puerta frontal pero vimos a un hombre de cabello blanco y bigote detrás de la caja, estaba puliendo un reloj de plata. Llamé a la puerta y nos abrió.

–¿Sería posible que echemos un vistazo rápido? —pregunté con la voz más dulce que pude. Se veía escéptico.

–Yo, eh... le prometí algo a ella, es nuestro aniversario —aventuró Lance.

Le dirigí una mirada rápida, impresionada con su coartada. El hombre suspiró y nos dirigió una brillante sonrisa.

–Bueno, quién soy yo para interponerme en el camino de un amor joven.

Abrió la puerta. Las vitrinas y estantes mostraban todo tipo de cadenas de oro y plata brillante, una gran variedad de piedras preciosas y perlas alineadas forraba las paredes.

–Éstos son hermosos —dije, señalando en la vitrina algunos brazaletes hechos con cuentas de turquesa.

No obstante, en realidad, miraba hacia fuera con los ojos fijos en el sitio. Lance, por su parte, observaba fijamente la parte superior del anaquel, donde una variedad de amuletos de níquel pulido colgaba en delgadas tiras de cuero, cada uno con una letra del alfabeto o un signo del zodiaco.

Mantuve mis ojos fijos en la ventana por varios minutos, sin que ninguno de los dos dijera palabra, hasta que por fin los vi. Tomé a Lance del antebrazo y él dejó de mirar a través del estante. Al otro lado de la calle apareció Wylie con las manos en los bolsillos, sonriendo y charlando con uno de sus secuaces. Una mujer se aproximaba a ellos, era la alta morena rubia de la noche del ritual, con sus kilométricas piernas enfundadas en unos apretados jeans; echó los brazos al cuello de Wylie y lo besó. Yo esperaba que apareciera Sabine en ese momento, tan sólo para presenciar el espectáculo.

Permanecimos atentos a aquella escena para estudiarlos, charlando de vez en cuando sobre las joyas. Sólo para que el dependiente de la joyería no sospechara de nosotros.

Los miembros del grupo se habían ido tranquilizando unos a otros, no hablaron durante un rato. Wylie, con los brazos cruzados sobre el pecho, estaba recargado en la fachada del restaurante mirando su reloj al parecer por enésima vez. Yo también miré el mío: casi las 10:30. La chica le tocó el brazo para tranquilizarlo y le dijo algo como si le suplicara, pero su rostro lucía firme. En ese momento apareció Clío, que venía de la dirección del bar, con un minivestido y una chamarra apretada de mezclilla. Tomó a la mujer por el bíceps para que se diera la vuelta. Con los brazos en el aire, Clío gritó tan fuerte que incluso nosotros pudimos oírla.

—¿Dónde demonios está? ¡Debería estar aquí!

La morena bajó la cabeza, con los dedos inquietos, murmurando algo. Clío pateó la pared con sus botas vaqueras. Wylie se limitó a sacar un cigarrillo, miró en todas direcciones y al comprobar que no había nadie cerca, llevó su dedo índice a la punta y lo encendió. Se me heló la sangre. Por el rabillo del ojo vi cómo la cabeza de Lance dio un tirón por el impacto. El cigarrillo ardía y Wylie lo puso entre sus labios y sopló un aro de humo, después se lo quitó de la boca y lo puso en la de Clío.

Ella tomó una bocanada y luego señaló a la morena, ladrando quién sabe qué más. La morena sacó un teléfono de su bolsa y comenzó a teclear, furiosa, algún mensaje de texto. Clío miró su reloj y comenzó a caminar enfurecida en la misma dirección de donde había llegado. Después de uno o dos segundos, el trío caminó lentamente detrás de ella. Los observamos dirigirse hacia el bar y mantuvimos nuestra atención en ellos hasta que desaparecieron de nuestra vista.

—¿Deberíamos intentar entrar? Tal vez Sabine ya esté ahí.

—Apuesto que está en casa, salgamos de aquí —dijo Lance, más optimista, adelantándose.

Por encima de mi hombro noté que el dependiente de la joyería nos observaba. Miré por encima los anaqueles, lista para tomar la primera cosa que viera, pero entonces algo atrajo mi atención. Estaba sepultado en la parte de atrás y tuve que hacer a un lado algunos brazaletes para liberarlo pero finalmente lo logré: cuatro tiras de cuero estaban unidas por un broche de plata del tamaño de una placa para perro, tenía la forma de una flor de lis. Tuve que comprarlo.

Corrí para alcanzar a Lance, golpeé su brazo con la bolsa.

—Hey —dije, sin emoción—, deberías tener esto.

Miró al interior de la bolsa.

—Gracias —dijo sinceramente.

Me despertó un rítmico y constante golpeteo que no me dejaba en paz, un tamborileo contra mi ventana, como si alguien llamara suavemente con la yema de los dedos. Abrí los ojos y vi que se trataba del vidrio azotado por la lluvia. De alguna manera había olvidado cómo sonaba la lluvia, pues desde nuestra llegada a Nueva Orleans habíamos encontrado cielo despejado la mayoría de los días, y este lienzo gris no encajaba ahora. También me di cuenta de que la cama de Sabine seguía intacta, quizás estaba otra vez en la habitación de Lance.

No había trabajado en el cementerio desde aquella pavorosa tarde del ataque y ese día no estaba especialmente interesada en hacerlo. Me detuve frente a la habitación de River para ver si quería acompañarme a caminar por ahí; Tom abrió la puerta, silencioso y aún con sueño. Desde algún lugar del dormitorio River hizo saber su opinión:

—Este clima está horrible, olvídalo, hoy no saldré.

¿Por qué a mí nunca se me ocurre faltar a mis obligaciones?, me pregunté. Sin embargo, salí a la fría y húmeda mañana.

El aguacero se soltó mientras cruzaba la calle Rampart y mi paraguas no significaba una defensa real contra la embestida, así que terminé empapada de la cabeza a los pies. Estaba tan ocupada luchando contra los elementos naturales que cuando llegué ni siquiera me había molestado en preguntarme qué se suponía que debía hacer en caso de que lloviera. Ciertamente no podría pintar con este clima.

—Está horrible allá afuera, ¿no? —me saludó Susan desde detrás de su escritorio—. Tengo algunos proyectos acá adentro con los que puedes ayudar. Te agradecería si colocaras un poco de lámina de oro en el santuario. Si quieres, puedes usar tus ropas de pintar en lo que pongo las tuyas en la secadora.

—Gracias, eso sería maravilloso.

Eso significaba un nuevo viaje al exterior a la cabaña del conserje, pero probablemente sería mejor que pasar el día mojada.

—Lamento enviarte afuera otra vez —sonrió.

—No hay problema, pero eso me recuerda que si van a cerrar temprano el cementerio, espero que echen una mirada y se aseguren de que no haya nadie. La última vez que olvidé algo, regresé y cerraron las puertas conmigo adentro.

—Eso es muy extraño, voy a informarlo —dijo e hizo una anotación.

Se me ocurrió algo más.

—Bueno, por favor, no le digas nada a la hermana Catherine. Ella me dijo que no estuviera ahí hasta tarde y no quiero que piense que la ignoré.

Susan sonrió amablemente, como si pensara que estaba tratando con alguna loca certificada.

—Es muy lindo de tu parte preocuparte por la hermana Catherine, pero me temo que no la hemos visto desde hace tiempo. Espero que en algún momento regrese a visitarnos, seguro se impresionará con todo lo que has hecho aquí.

Mi mente se sumergió en los fragmentos irregulares que había escuchado, necesitaba ordenar todo antes de poder continuar.

—¿Regresar de visita?

—Admito que esto no es lo mismo desde que ella fue llamada al Noveno Distrito. Haven, querida, ¿te sientes bien? —ahora mostraba preocupación.

—Claro, por supuesto. Sólo recuérdame algo, ¿cuándo se fue exactamente?

Sus ojos se fijaron en el techo mientras cavilaba.

—Déjame ver, su último día aquí fue el primero de ustedes, creo.

—Pero ella pasa por el cementerio casi todos los días... para visitarme... —Susan me miraba ahora como si tuviera una herida de muerte en la cabeza—. Quiero decir, ella ha estado ahí... en espíritu.

Asintió cuando dije esto —inclinando exagerada y lentamente la cabeza—, así que debe haber sido lo más correcto que pude haber dicho, masqullé una rápida despedida y salí de ahí.

Abrí mi sombrilla contra el cielo gris, con las rachas de lluvia cayendo en cascada sobre mí, caminé detrás de la iglesia a través de la calle Basin, que se encontraba vacía. Aquella conversación se repetía, mientras tanto, una y otra vez en mi cabeza. No lo había alucinado, había visto a la hermana Catherine regularmente, casi todas las veces que había estado ahí y el Noveno Distrito quedaba muy lejos. No tenía sentido que ella viniera desde allá con frecuencia si ya se había establecido en ese sitio todo este tiempo. Perdida en mis pensamientos, caminé hacia el cementerio. Hurgué en mi bolsillo para sacar la llave mientras cruzaba la salida. En cuanto llegué a la cabaña del cuidador, todos los demás pensamientos abandonaron mi mente.

Tirada a un lado del escalón de la puerta yacía Sabine, empapada.

Un grito salió de mis pulmones, un reflejo que no pude contener. Arrojé la sombrilla y me lancé sobre ella, pero caí al suelo, a su lado. Llevaba aquel vestido de lentejuelas que había comprado conmigo; estaba totalmente mojado y manchado de lodo. Su cabello colgaba en húmedas tiras y se apelmazaba contra su cabeza. Tomé su muñeca para revisarle el pulso y me incliné para tratar de escuchar su respiración. Aunque era casi imposible escuchar algo por el ruido que la lluvia producía contra el techo de la cabaña, pude sentir su aliento y su pulso regular. Estaba viva.

La tomé del brazo y la sacudí con una mano, después busqué el teléfono en mi bolso y marqué el 911.

–¡Sabine! ¡Hey, despierta, por favor! —grité.

La sacudí una y otra vez e incluso le di una bofetada en el rostro, por lo que me sentí muy mal, pero aun así no despertaba. Sus miembros se sentían laxos y pesados, como los de una muñeca. Entonces, justo cuando la operadora contestó la llamada, noté una marca: tenía en el hombro lo que parecía una flor de lis formada con flamas, parecía una costra gruesa. Corté la comunicación y llamé a Connor.

–Quédate ahí, voy para allá —me dijo—, y no hables con nadie.

No alegué. Quizá lo hubiera hecho si estuviéramos de vuelta en casa y supiera que era posible ir al hospital de Joan, con médicos con los que había trabajado y en quienes confiaba. Quería arrastrar a Sabine hacia el interior de la cabaña, quién sabe cuánto tiempo llevaba aquí afuera, pero me preocupaba lastimarla en caso de que tuviera alguna herida interna. Su piel, que yo esperaba fría y húmeda por la lluvia, se sentía sorprendentemente tibia. Sólo quería una señal, cualquiera, de que ella estaba realmente aquí y regresaría a la superficie de su conciencia.

De pronto, sus ojos parpadearon, sus largas y pintadas pestañas bailotearon como un robusto insecto, dejando huellas negras en sus mejillas. Finalmente se abrieron unas pequeñas rendijas que dejaban pasar las plateadas astillas del mundo. Después entrecerró los ojos para protegerse de la lluvia, y dejó escapar un gemido lastimero.

–¡Sabine! ¿Estás bien? Dime cómo puedo ayudarte.

—Estoy muy caliente —gruñó.
—¿Puedes moverte?
Asintió, aún con los ojos cerrados.
—Sí —dijo.
—¿Si te ayudo puedes ponerte en pie?
—¿Dónde estoy? —preguntó, atontada.
—En el cementerio.
—¿En serio? ¿Cómo llegué aquí?
—Esperaba que tú me lo dijeras.
—Uh.
—¿Quieres intentar levantarte?

Asintió, coloqué su brazo alrededor de mi cuello, la sostuve por la cintura y la incorporé a mi lado. Esperaba no resbalar en el blando piso mojado. Se sentía como un bulto, aceptó ser arrastrada, incapaz de contribuir para avanzar por sí misma. Busqué la llave en mi bolsillo y después de abrir la cerradura pateé la puerta para abrirla, luego nos precipitamos adentro. Senté a Sabine en la silla del escritorio, donde se derrumbó, parecía como si en cualquier momento pudiera deslizarse hasta el suelo.

—No sé qué pasó o cómo llegué aquí, todo lo que sé... es que fue increíble, cualquier cosa que haya sido —por un momento sonó maravillada.

—¿Increíble?

—Sí —fijó sus ojos a la distancia y se movió en su asiento para acomodarse de nuevo—, sentí como si volara, casi lo puedo sentir todavía pero... todo desapareció y lo único que quiero es regresar.

—Supongo —dije—. Pero... ¿de veras te sientes bien? Porque parece como si hubieras estado fuera mucho tiempo.

Todavía no sabía si mencionar el tatuaje.

–Oh sí —sacudió la mano—, de hecho me siento mejor que...

Se detuvo antes de terminar la frase y su gesto se tornó serio. Poco a poco alzó un brazo para señalar.

–¿Qué es eso? —preguntó asustada.

Se refería al espacio frente a mis pies. Miré hacia el piso y no pude ver más que mis tenis y dos pares de húmedas huellas.

–¡Eso, ahí! ¿Qué es eso? —dijo, esta vez más alterada.

–¿A qué te refieres, Sabine? —le pregunté. Miré a mi alrededor, pero no lograba imaginar qué la tenía así.

Dejó escapar un alarido ensordecedor que me sorprendió tanto que me hizo saltar.

–¡Llévatelo! —gritó. Giró la cabeza, mirando por encima de su hombro y apretó los ojos—. ¡A él, llévatelo de aquí!

–¿A quién, Sabine, a quién? —me sentía impotente.

Abrió sus ojos nuevamente y los fijó en el lado derecho del suelo. Se veía como si sus labios lucharan por formar las palabras, hasta que finalmente dijo:

–¿Qué... qué pasa aquí...? —tartamudeó. Me miraba como si la hubiera traicionado de alguna manera.

–¿Qué quieres decir?

Mientras me aproximaba, ella subió los pies a la silla y se abrazó las rodillas.

–¿Qué le pasó a ella? ¿Qué les has hecho? ¿Quiénes son?

Sacudió la cabeza, cerró los ojos y gritó una vez más. Corrí hacia ella y la abracé, tratando de tranquilizarla, no sabía qué hacer. Deseé haber llamado a una ambulancia.

–Shhh, shhh —intenté calmarla—, todo estará bien, ¿qué es lo que ves?

Ella lloró suavemente sobre mi cabello mojado. Finalmente se recompuso y logró hablar.

—Cadáveres, ¿cómo llegaron aquí?, ¿quiénes son?, ¿qué les pasó?
—¿Cadáveres?

Miré alrededor de la habitación: estaba tan vacía y aburrida como siempre. No había nada que asemejara cuerpos sin vida. No sabía qué decir, así que la dejé llorar.

Connor llegó algunos minutos después, aunque sentí que había demorado demasiado. Estaba empapado y no llevaba sombrilla, su expresión estaba tensa. Sabine estaba acurrucada en la silla del escritorio con las rodillas aún abrazadas y la cabeza acunada sobre sus brazos. Él puso una mano en su espalda.

—No puedo estar cerca de ellos, no quiero verlos —seguía repitiendo.

Connor puso los brazos de ella alrededor de su cuello y la levantó. Sabine pareció animarse y levantó la cabeza tensando su cuerpo y colgándose tan apretadamente a él que me pregunté si le permitiría respirar.

—¡Tienes que irte rápido! —ordenó ella, retorciéndose en los brazos de él y jalándolo como si fuera un árbol al que intentaba escalar.

—¡Pasa por encima de ellos! ¡Rápido! ¡No los pises!
—Está bien —dijo él—, todo estará bien, te llevaremos a casa.

Estaba echando el seguro de la cabaña, sacudiendo la puerta para asegurarme de que estaba bien cerrada, cuando sentí que el fuego de mis cicatrices me provocaba una furiosa quemadura.

Una garra caliente se cerró sobre mi hombro, sacudí la cabeza y salté hacia atrás, sobresaltada de verla ahí. Era la hermana Catherine, parada justo frente a mí.

—Lo siento. ¿Te asusté querida?

Su pregunta sonó pacífica, pero si no me equivocaba, la había acompañado con una pequeña sonrisa de superioridad. Se irguió cerca de mí, demasiado cerca, por lo que retrocedí algunos pasos. Ella debió notar esto, junto con la mirada de verdadero terror en mi rostro.

—Ah, sí, así que has escuchado sobre mi "llamado".

Hizo el gesto de las comillas con las manos de una manera que no encajaba con ella, después rompió en carcajadas. Poco a poco su risa cambió de tono hasta que desapareció de su voz el matiz cálido y pausado de una dulce viejecita y en su lugar apareció un tono áspero y burlón... más lozano. Pensé que estaba escuchando cosas. Se detuvo abruptamente y me miró con ojos duros.

—¿Conoces mi llamado real, Haven? —preguntó con cautela. Se inclinó, su mano caliente quemaba mi antebrazo—. Servir al Príncipe —de su viejo cuerpo surgió el azucarado acento sureño de una reina de belleza.

Lo había escuchado sólo unas cuantas veces, pero lo reconocí al instante. Me hizo sentir escalofríos, pero mis pies permanecieron anclados, sin saber que debían correr.

—Pronto le servirás tú también, si sabes lo que es bueno para ti.

Ante mis ojos, se transformó aún ataviada con aquel hábito: se hizo más alta, más delgada, y un cabello rubio se asomó por la cofia. Era Clío. Contuve la respiración. Me pregunté si estaba alucinando, pero en el fondo de mi corazón sabía que todo era terroríficamente real. Eché a correr justo cuando ella se dio vuelta y desapareció en una explosión de fuego. La flama se escurrió hasta la tumba más cercana y se filtró entre las grietas de la puerta cerrada. Se había ido.

Me disculpé en el trabajo y llamé a Lance camino a casa.

–Hola, no puedo hablar ahora —me dijo con voz cortante.

Aún me sentía frágil por lo que acababa de pasar y no pude evitar que se me notara.

–Bueno, sólo pensé que te gustaría saber que encontré a Sabine.

–¿Qué? —ahora sí parecía escuchar.

–Se desmayó en el cementerio. Connor vino para llevarla a casa.

–¿Por qué no me llamaste?

–Te estoy llamando ahora.

Me estaba frustrando. Lo había buscado para que me reconfortara, no necesitaba esto.

–Es verdad, lo siento, es sólo que... he estado preocupado —suspiró.

Después de una pausa, como si no estuviera seguro de compartirlo, me preguntó:

–¿Escuchaste algo sobre los cuerpos?

Me detuve sobre mis pasos.

–¿Qué?

–Sí. Escuché que hay un par más en la ciudad. Algunos de los chicos aquí dijeron que algunos fueron hallados en callejones, patios y contenedores de basura... —sonaba distraído, su voz se extinguía—. No podía dejar de pensar que tal vez ella sería una de... Bueno, sólo cuídate, ¿quieres?

25

No puedo con esto

—Así es como van a funcionar las cosas —nos dijo Connor en su tono más firme.

Nos había convocado a todos en la casa para reunirnos en la sala de levitación. Sabine, aún débil por todo lo que había sufrido, apenas consciente por su batalla contra la lluvia y sus demonios interiores, estaba en el centro.

–Por esta razón empecé a enseñarles levitación desde el principio. No tuvimos las suficientes señales cuando esto le sucedió a Jimmy, pero todavía hay tiempo para salvar a Sabine. Lo que ven aquí es un alma dividida: está la verdadera Sabine, y ahora está también otra parte, de aspecto vicioso, que fue echada a andar por la Cofradía. Esa parte está intentando apoderarse de ella. Sabine tiene que luchar desde su interior o esto no funcionará. Pero los necesito a todos para realizar una extracción desde el exterior, para poderla ayudar.

Nos sentó en un círculo alrededor de ella. Todos vimos cómo levitó sobre ella. Cada rostro del círculo tenía la misma expresión de terror y confusión. Luego, lentamente Connor se dirigió a la puerta.

—Todos van a concentrar su energía en ella, como si quisieran levantarla, igual que a los objetos con los que han estado practicando.

—¿Cómo sabremos si lo estamos haciendo bien? —dijo Lance preocupado.

Estaba sentado frente a mí y sentí su mirada punzante. Parecía que yo ya no existía para él y que había transferido todo su anterior interés por mí a la persona que se interponía, ahora literalmente, entre nosotros.

—Yo estaré observando, si se levanta un poco es que su alma enferma está siendo extraída. Vamos a agotar todas las posibilidades —dijo Connor como si fuera un entrenador—. Esto será algo agotador, chicos, pero Sabine los necesita y algún día cada uno de ustedes podría necesitarlo también.

Entonces apagó las luces y nos sumergimos en una sofocante oscuridad. Finalmente, hizo una señal con el tono ominoso de un supervisor de pruebas escolares.

—Buena suerte. Pueden comenzar.

Casi de inmediato estalló un relámpago y algo duro y pesado golpeó la pared acojinada frente a mí, donde Brody estaba sentado. Se escucharon unos pasos que corrían, y luego Connor susurró:

—¿Estás bien, amigo? Bien, por eso tienen que aprender a controlar esto. Es todo para ti por ahora. Retírate y descansa.

Alrededor del círculo vi una luz brumosa que comenzaba a conectarse desde cada uno de nosotros hasta Sabine, como si fueran los rayos de una rueda.

Cerré los ojos y mi parte mezquina pensó en salir de ahí. ¿Sabine se habría metido tan a fondo como yo si la situación fuera al revés? Pero no tenía opción. Me pesaría toda la vida si no ponía mi máximo esfuerzo en ayudarla. Canalicé todas mis fuerzas como lo había hecho tantas veces en la habitación. Sentí una presión que se acumulaba en mi cabeza, detrás de mis ojos, y luego una brisa detrás de mí, que soplaba mi cabello alrededor de mi rostro. Dejé mis ojos apenas abiertos: me estaba moviendo. Un resplandor nebuloso iluminó el espacio delante de mí donde Sabine, ahora reclinada bocarriba, se había levantado unos treinta centímetros del suelo. Esa luz parecía empujarme hacia atrás, atrás, atrás, hasta que llegué a la pared acojinada mediante un firme empujón, pero nada como lo que le había pasado a Brody. Con los ojos cerrados de nuevo, me mantuve hasta que sin previo aviso sentí que toda mi fuerza se me iba, que el pozo estaba seco. Me revolqué y acabé tendida en el suelo cuando escuché que Sabine cayó en el piso. Abrí los ojos y la sala estaba completamente oscura.

Las luces se encendieron, con tal brío que pareciera estaban gritando a mis ojos. Cuando pude ver algo, encontré a todos en el suelo, agotados.

—Buen trabajo —dijo Connor. Ayudó a Sabine a ponerse de pie. Ella se veía mucho más firme de lo que me hubiera imaginado, tal vez porque yo estaba completamente exhausta.

—¿Dónde estoy? —preguntó cuando Connor dejó de sostenerla.

Permanecimos todos ahí hasta que uno por uno fuimos recuperando la fuerza suficiente para poder regresar a nuestros dormitorios. Para mí, que fui la última en marcharse, fue como si hubieran pasado horas.

Oí las voces antes de abrir la puerta de mi habitación.

—Pero tú me dijiste que te viera ahí. ¿Cómo no recuerdas eso? —Emma la instó suavemente.

—Ya te lo dije, no recuerdo ni un maldito detalle —respondió Sabine, hostil y agresiva—. ¿Por qué no dejas de molestarme? Yo soy la que debería estar enojada contigo porque no llegaste. Si te dije que fueras a un lugar y no lo hiciste, quizá la que está mal eres *tú*.

Me demoré en el pasillo para escuchar más.

—No puedo creer que digas algo así —ahora Emma sonaba herida—. Como si yo hubiera querido que pasara todo esto, como si no hubiera sido suficiente con Jimmy.

—Como sea, olvidémonos del asunto.

No podía esperar más. Entré como si no hubiera escuchado nada.

—Hola —me dirigí a Sabine, indecisa, como si me acercara a la jaula de un tigre.

Su maleta de fin de semana estaba abierta, llena de ropa y artículos personales. Ella y Emma me miraron sin hablar.

—Así que... ¿cómo te sientes? —lo intenté.

—Estoy bien —respondió violentamente.

Estaba vestida con jeans y una camiseta que parecían recién lavados, como la última vez que la vi.

—Oye, eso es maravilloso —le dije.

Emma me miró cautelosa mientras Sabine se arrodillaba para asegurar el cierre de su maleta. Me di cuenta de que iba a preguntarme algo.

—¿Vas a alguna parte? —le dije.

—Necesito un descanso —Sabine suspiró.

—Yo también —Emma volteó a ver a Sabine, se levantó de su cama, salió de la habitación y dio un portazo. Tomé su lugar en la cama.

—¿Y adónde irás?

—Mira, Haven —dijo con muy poco tacto—. Necesito estar un par de días lejos de aquí, ¿entiendes? No estoy hecha para esto. No sé qué me pasó esta mañana. No sé lo que está ocurriendo y estoy harta de sentirme así. Simplemente no quiero estar aquí.

—Eso está bien —le dije relajadamente—. Pero tengo la impresión de que tú no puedes decidir estas cosas, ¿entiendes?

—Estoy harta de esas normas. Esto es como un club en el que estoy atrapada y ni siquiera quiero ser parte de él.

—Lo sé y lo entiendo —le dije, aunque, honestamente, yo trataba de no pensar eso. Me parecía una pérdida de tiempo sentirme frustrada. Siempre había intentado canalizar estos sentimientos en algo que me hiciera bien—. Creo que o aceptamos estas reglas o nos unimos al otro bando.

—Como sea, el caso es que necesito salir de aquí, así que ya me voy.

—¿Cuándo regresas?

—En un par de días —dijo exhalando, luego cerró los ojos e intentó bajarse a mi nivel—. Mira, yo no pedí ser parte de este extraño espectáculo, ni pelear contra nadie, ni obtener ningunas alas. Mi vida estaba bien sin todo esto.

Continuó metiendo cosas en su maleta.

—Mi vida también estaba muy bien —dije encogiéndome de hombros, un poco a la defensiva.

—Quiero decir, mi vida estaba *realmente* bien. Tenía todo lo que quería. Tenía amigos, un novio y mejores cosas que hacer que buscar la manera de salvar las almas de otras personas. Sé que esto suena horrible —terminó, se detuvo un momento y me miró sinceramente.

–No —le dije. La entendía—. Suena como algo completamente normal.

–Me voy a tomar un par de días para ir a casa y tener una vida normal. Necesito descansar de todo esto, de esta versión de mí misma. No soy como tú... —no terminó la frase y yo no entendí qué quería decir con eso. Finalmente siguió—: No puedo con esto.

Asentí, pero no pude evitar sentirme irritada.

–Ten cuidado a donde vayas —le dije.

Ella se echó su maleta sobre el hombro. El amplio cuello de su suéter estaba lo suficientemente caído como para que se asomara la flor de lis mientras buscaba decir algo más.

Cuando entendí que desde ese momento la habitación era para mí sola, el efecto fue contrario a lo que me esperaba. Lo sentí de repente pequeño. Un vacío cayó sobre mí. Abrí la ventana y escuché voces apagadas afuera. Subí a la terraza para sentir el aire fresco de la noche y despejar mi cabeza mientras me inclinaba sobre el barandal y miraba el cielo oscuro. Pero algo llamó mi atención abajo.

Allí estaban Lance y Sabine, parados en el patio, uno frente al otro. Él le sostenía la maleta y ella con su mano le tomaba la muñeca, sacudiéndole el brazo, diciéndole algo que no alcanzaba a escuchar. Él asintió y miró hacia otro lado. Devolvió la maleta al hombro de Sabine, luego se inclinó y la besó, rodeando su cintura con un brazo. Sólo me quedé el tiempo suficiente para ver que el beso le fue devuelto con entusiasmo. Las náuseas llenaron el gran vacío que había en mi interior. Sentí que acababa de perder algo muy querido. Ya no quise seguir viendo. Incluso después de los graves hechos de vida o muerte que habían caracterizado el día, no pude evitar que esto me afectara tanto.

A la mañana siguiente, después de que Drew y yo nos cambiamos de ropa para empezar a pintar en el cementerio Lance se detuvo frente a la puerta en una camioneta blanca, destartalada, con la parte de atrás llena de herramientas, enormes palas, cubos de basura, lonas y losas de mármol. Drew se adelantó para comenzar a pintar, y me vio de tal forma que me dio a entender que sabía que yo vivía una situación de profunda incomodidad.

–¿Esto quiere decir que vamos a ser compañeros de trabajo otra vez? —le pregunté a Lance, a modo de saludo, mientras me acercaba.

No habíamos hablado desde aquella escena en el patio y aún no había decidido qué tono de voz usar con él.

–Terminé mi trabajo en la mansión LaLaurie y vengo aquí a construir una cripta.

Sacó un par de hojas de papel de la bolsa que tenía en su espalda, y las alisó sobre el capó de la camioneta.

–Será una cripta cuadrada, nada demasiado loco, nada que ver con la de aquella noche del ritual —dijo las últimas palabras en voz baja, como si se disculpara por haberse referido a esa noche, mientras hacía un gesto con los planos—. Medirá unos dos metros —señaló las dimensiones del cuadrado, en medio de un mar de mediciones hechas con una perfecta caligrafía. Luego, como si leyera mi mente, dijo—: No tomará mucho tiempo.

Le ayudé a bajar sus instrumentos de trabajo y luego regresé a mis labores. Me escondí detrás de una de las criptas cercanas sólo un momento para ver cómo cavaba. Se había vuelto muy fuerte. Entonces cargó bajo el brazo una losa de mármol casi de su altura, como si se tratara de una patineta gigante, la colocó entre dos caballetes y con el dorso de la mano la cortó en dos partes de manera perfecta e impecable. Luego arrastró otra losa e hizo lo mismo con mucha facilidad, como si fuera hule espuma, sin haberse herido ni lastimado en lo más mínimo. Por supuesto, podía haberse roto la mano.

Ver a Lance usando tan cómoda y abiertamente sus nuevas capacidades incitó mi lado competitivo. Eché un vistazo alrededor y no vi a nadie, así que me propuse intentar algo. Me paré al lado de la tumba y me concentré en las brochas. Mi mirada era firme e inquebrantable. En cuestión de segundos, la brocha voló hacia mi mano, su mango de madera estaba caliente cuando lo toqué. Emocionada con mi éxito, tuve otra idea. Fijé mis ojos en los árboles caídos que estaban en la parte superior del cementerio a lo lejos y abandoné mi trabajo por un momento, con la brocha en las manos. Un árbol en particular tenía la altura perfecta, con el tronco visible en medio de varias ramas frondosas. Elegí un sitio a unos seis metros de distancia y me puse en posición, mirando hacia ese objetivo. Luego, como si fuera a lanzar una pelota, lancé la brocha. Voló por el aire y aterrizó dando un golpe seco, *crack*, contra la parte del tronco del árbol que estaba arriba del muro del cementerio. El mango puntiagudo se clavó y al parecer se había incrustado casi hasta la cabeza de la brocha. A menos que me subiera al árbol, tendría que usar otra para pintar las orillas de la cripta de la familia Degas en la que trabajaba ese día. No pude evitar sentirme secretamente complacida. Mi poder de levitación me daba esperanzas. Y aunque odiaba admitirlo, tener a Lance cerca de mí, poder escuchar el ruido sordo que producía al trabajar y verlo cuando encontraba un motivo para pasar delante de donde estaba, me daba una sensación de consuelo, incluso después de todo lo que había sucedido entre nosotros.

La tarde no podía haber pasado de un modo más mundano: tutorías a través de la línea telefónica, luego volver a la casa para examinar las fotografías (no había nuevas víctimas, pero la imagen de Sabine no mejoraba) y lavar ropa. Pero todo esto me servía para distraerme de lo que estaba por venir. A pesar de lo que había encontrado en mi última visita a la casa de al lado, todavía no podía compartir mis planes con Dante ni con cualquier otra persona. Sabía que debía hacerlo, me decía que era peligroso y hasta imprudente no contarlo. Pero no quería hacerlo. No quería que me impidieran visitarlo, y tampoco quería que me impusieran chaperones. Nadie deseaba confiar en Lucian, y lo entendía, pero no tenía que estar de acuerdo con eso.

De pie en la terraza y con la mano sobre la perilla de la puerta, me dispuse a dar un giro. Se abrió. Lentamente empujé mientras rechinaba. Entré y cerré la puerta lo más silenciosamente que pude. Me mantuve en estado de alerta por si tenía necesidad de golpear a alguien.

—Hey —escuché atrás de mí. Me volteé jadeando, no esperaba que estuviera tan cerca. Se sentó en la escalera, iluminado por los rayos suaves de luz que se filtraba desde los faroles externos.

—Perdón —dijo—. Lo prometo, sólo yo.

—Bien —exhalé, pero mi pulso no disminuyó.

—Estoy impresionado de la manera en que lograste escapar la otra noche, aunque me gustaría que no hubieras pasado por eso. ¿Estás bien?

–Sí, sólo me tomaron... desprevenida. No me di cuenta de que este lugar se había convertido en una especie de antro maligno. Pensé que habías dicho que los otros no venían aquí. ¿Hoy esperamos compañía?

No quería sonar temerosa, pero tampoco deseaba recibir más sorpresas.

–Lo siento —Lucian movió su cabeza, lamentándolo—. No sé qué estaba haciendo aquí. Por lo general, prefieren ir a lugares donde hay acción. Ahora nuestros encuentros serán breves y estaremos vigilando a ese tipo, ¿te parece? En realidad, él es un problema.

Me pregunté qué podría significar la palabra "problema" cuando proviene del inframundo, pero sólo asentí.

–Bueno, ven —dijo haciéndome una seña para que me acercara con él a las escaleras.

Me senté a su lado; sus ojos grises brillaban en la oscuridad, su familiar olor a cedro me atontó un poco.

–No tengo mucho tiempo —dijo, como disculpándose—. Hay una reunión esta noche. Comenzarán a reunirse para organizar el Día de Metamorfosi —hizo una pausa, que le dio más importancia a sus palabras.

–Suena como algo de gran envergadura.

–Así es. Están discutiendo cuándo se celebrará y cuando lo definan será el momento en que todos ustedes enfrentarán la batalla para determinar quiénes de ustedes se convertirán en ángeles y quiénes en demonios. Es también el día en que aquéllos de nosotros que hemos sido consignados a nuestro destino —se puso la mano en el pecho, incluyéndose en el grupo— podemos desviar su línea, por así decirlo —terminó en tono tímido como si estuviera avergonzado.

Lo dejé asimilarlo y luego le ayudé un poco.

—Así que ésta es tu oportunidad de liberarte.

—Sí, y aquí es cuando necesitaré un poco de ayuda, si es que deseas dármelas.

—Claro —dije con firmeza.

—Gracias —me miró brevemente y luego, viendo a lo lejos, lanzó un grave suspiro—. Gracias, no tienes idea... —no terminó la frase, pero no había necesidad de hacerlo.

—Dime qué tengo que hacer y lo haré.

—Sabré un poco más después de esta noche, pero lo primero será asegurar que ganes tu propia batalla, sólo después de eso nos preocuparemos por mí.

—Así que tendré que pelear contra Clío y la Cofradía —le pregunté.

—En realidad, no —de seguro se dio cuenta de mi sorpresa—: Ya sé —dijo como respuesta—. Lucharás contra alguien que es tu igual pero ha caído en sus garras. Un demonio en entrenamiento. La Cofradía, Clío, todos ellos, tienen la misión de efectuar las conversiones finales y capturar a todos los que puedan. Ellos van a ayudar a tu adversario, pero en general permanecerán sentados observando la lucha.

—Muy bien, ¿quién es?

—No sabemos todavía. No lo sabremos hasta que todos hayan elegido a su bando. Supongo que me enteraré a su debido tiempo y podré avisarte. Pero ellos no confían en mí y hay muchas acciones de las que me han excluido —sacudió su cabeza—. Lo siento. Ha sido duro vivir así, intentando averiguar lo más posible sin que nadie sepa que he encontrado una manera de estar contigo.

—Sé a qué te refieres —me sentí más cercana a él por compartir ese secreto, ambos nos protegíamos mutuamente al guardarlo.

Se puso reflexivo y en un tono más severo me dijo:

—Espero que no pienses que... quiero decir, respecto a Wylie. Espero que no creas que tuve algo que ver con el hecho de que él estuviera aquí, en lugar mío. Te prometo que sólo fue una terrible coincidencia y debí haber encontrado una manera de advertirte, pero nunca se me ocurrió que entrarías a pesar del cerrojo en la puerta.

—Sí, supongo que debo aprender a interpretar las señales. Tuve una actitud demasiado impulsiva.

—No lamento que seas impulsiva —sonrió—. Sólo lamento lo que ocurrió. En serio, no soy estúpido, sé que estás buscando razones para no confiar en mí y no puedo culparte por eso, pero te juro que no sabía que él estaría aquí —había un claro tono de súplica en su voz—. Espero que me creas.

—Te creo —le dije, y era verdad. Por lo menos, en ese momento.

—Pero lo que realmente quiero decirte es que seas fuerte, Haven. Te atacarán con más violencia que a los demás. No dejes que te doblegüen. Sabes que realmente eres capaz de enfrentarlos, tú puedes.

De pronto sonó el ruido de un gong en la parte de arriba de la escalera, proveniente de un reloj antiguo que llevaron después de la última vez que yo había estado ahí. Volteamos hacia arriba. Él suspiró.

—Tengo que irme —sacudió la cabeza, molesto—. Si se enteran que no estoy con ellos... —y en lugar de terminar la frase se acercó a mí y puso sus labios en los míos.

Me había preguntado si esto iba a suceder otra vez o si había sido algo fortuito la vez anterior, algo inevitable entre dos personas con un pasado en medio de un lugar vacío y oscuro después de medianoche.

—Tengo que irme —susurró de nuevo, tan cerca de mí que sentía sus labios moverse cuando hablaba—. No quiero, pero debo.

Asentí. Permanecí inmóvil después de eso, unos segundos. Entonces, para no prolongar más mi estancia, me puse en pie para irme. Tomó mi mano justo en el momento en que estaría fuera de su alcance.

—Te veré pronto, lo prometo —susurró—. Dependiendo de lo que suceda en los preparativos de hoy, tal vez tenga que estar fuera un tiempo. Te estaré dejando mensajes, ¿de acuerdo?

Salí y una bofetada de aire frío contra mi rostro me despertó camino a casa. Me asomé por la puerta principal y no vi a alguien que pudiera descubrirme, así que entré lo más silenciosamente que pude, apresurándome para llegar a mi habitación. Ahí lo encontré, llamando a mi puerta.

—Hey, ¿qué pasa? —intenté no sonar tan culpable como me sentía. Lance se dio la vuelta. Estaba sudando y tenía los ojos asustados como de ardilla.

—Yo estaba ahí —comenzó a decir, abrí la puerta y él me siguió.

—¿Qué? ¿Dónde?

Lance comenzó a pasearse sosteniendo su cabeza entre las manos.

—Yo estaba allí para festejar, por la emoción, la diversión y todo lo demás. No sé si lo hice... Oh, Dios, oh, Dios, oh, Dios... Dime que no lo hice, pero yo estaba ahí. Vi esos cuerpos. Vi a esa gente asesinada. Los vi tomar lo que querían de ellos. Yo estaba ahí y luego me escapé con ellos. Estuve con ellos toda la noche. Lo vi todo y me sentí *bien* después. ¿Cómo podía sentirme bien después de eso? ¿Qué me pasa? ¿Qué clase de monstruo soy?

Lo observaba en busca de una pista que me hiciera entender de qué estaba hablando, porque sus palabras no tenían ningún sentido. Empezó a jadear.

—¿Cómo fue que sucedió? ¿Por qué yo? ¿Qué fue lo que *hice*?

Se puso las dos manos sobre su cabello y comenzó a apretar su cabeza como intentando reprimir toda una cascada de pensamientos disparados que lo atormentaban. Dejó de caminar, agitó las manos a los lados y me miró como si yo tuviera respuesta a sus preguntas. Pero yo no tenía respuesta alguna. Tomé sus dos brazos y suavemente lo llevé a la cama de Sabine. Le pedí que se sentara y yo me senté a su lado.

—¿De qué estás hablando, Lance?

Respiró hondo, cerró los ojos y me miró de frente.

—¿Recuerdas la noche que llegué supuestamente ebrio a tu habitación, con una herida en el brazo? Había estado con ellos, con la Cofradía.

Sacudí la cabeza.

—¿Pero cómo lo sabes si no eres capaz de recordar nada de lo que pasó esa noche? ¿Por qué estás tan seguro?

—No sé, sólo lo estoy. No puedo explicarlo, pero hace rato me estaba quedando dormido mientras leía y tuve esas visiones que no eran sueños, me sentí igual que aquella noche, con esa energía y esa emoción, salvo que esta vez el sentimiento llegó junto con otras imágenes. ¿Recuerdas los cadáveres que aparecieron al día siguiente?

Asentí.

—Puedo evocarlos como si hubiera estado ahí. Sé que estuve ahí. Sé que también había más gente. Me parece que Sabine estuvo ahí, pero es algo extraño. La imagen empezó con Sabine y luego con una suerte de silueta brumosa indescriptible, como una mancha negra incluso en este sueño, pero sé que es ella —tomó mi brazo y me lo apretó—. Dime que yo no participé en eso, que estoy equivocado. ¿Qué me pasa? ¿Por qué pensé que esa noche había sido la más emocionante de mi vida? Quizá lo fue, y eso me aterra.

Dejé que sus palabras y descripciones se acumularan en mi mente y entonces las conexiones empezaron a tener sentido y pude ligar todo lo que había escuchado.

–¿Qué me pasó? —preguntó de nuevo.

–Fuiste marcado —le dije simplemente, mientras examinaba sus ojos.

La confusión invadió su rostro mientras desviaba la mirada hacia otro lado, como si intentara comprender las cosas.

–Están tratando de reclutarnos para robar nuestras almas. Nos seducen con la idea de que la vida es como ellos la conciben. Ésa es la obsesión que sientes ahora. Pero si luchamos y vencemos, entonces continuaremos... siendo nosotros mismos; seguiremos siendo ángeles. Tú lo conseguiste, Lance. Luchaste y sobreviviste.

–Pero no puedo dejar de ver estas imágenes. No puedo detenerlas, y no voy a poder vivir conmigo mismo si realmente hice esas cosas, ¿me entiendes?

–No sé, ignoro cómo funciona realmente esto —me sentía como un fraude intentando hablar con él, cuando yo no había sido marcada todavía.

Tomé su mano y le jalé la manga hasta su hombro, con un movimiento rápido.

–¿Ves? Ya no tienes la marca, y si ves mis fotos en este momento, te aseguro que estarás perfecto.

–Bueno, eso será de poco consuelo hasta que averigue qué pasó.

Yo podía entender eso. Lance regresó a su habitación y cerró de un golpe la puerta.

26

Sólo se vive una vez

Lance había estado particularmente distante conmigo desde la noche en que tuvo esos sueños. Connor nos pidió que lo levitáramos para estar seguros. Y luego a los otros también: River, Tom, Drew. Todos habían sido marcados y nos ocupamos de ellos. Cada incidente había sido único. Alguno podía haber resultado apenas afectado y encontrábamos que la marca desaparecía rápidamente, mientras que otro se hubiera consumido de no haber sido por la intervención del grupo. Y, lamentablemente, también estaban otros, como Brody, quien no había logrado volver a casa una noche después de sus tutorías por teléfono. Nunca lo volvimos a ver. Se había ido. Él y Drew habían sido marcados esa misma tarde, pero ella apareció en el patio y todos corrimos a su auxilio. Eso había hecho la diferencia.

Físicamente, Lance parecía estar bien, pero eso sólo era una parte de la historia. Aunque pasábamos mucho más tiempo juntos trabajando, hablábamos menos que nunca. Era muy frustrante. Él se distanció mucho de mí y eso me dolía. Mi reflejo ante su rechazo, para bien o para mal, era buscar a Lucian. Me sorprendí repasando nuestro último encuentro una y otra vez, como si fuera una canción que no pudiera sacar de mi cabeza. Aun así, seguía intentando convencer a Lance de ir al cumpleaños de Max. Todos estarían allí. Resultó que todos lo adoraban, además de que necesitábamos reunirnos por un motivo *normal* en medio de toda la locura que se desencadenaría en pocas horas.

Nos amontonamos alrededor de unas mesas y bancos de madera gastada, en una cabaña cálida estilo cajún a la que Dante sugirió ir. Había banderines de la Universidad Tulane colgados en las paredes, una banda de instrumentos de metal tocaba en el fondo y las mesas estaban llenas de recipientes con comida a la barbacoa, platillos apetitosos y un montón de comida frita. Los cocteles huracán —sin alcohol para nosotros— llegaron en unas jarras y lo mejor de todo era que el restaurante no era un lugar frecuentado por la Cofradía.

Cuando terminamos el banquete y pagamos la cuenta, llegó el pastel —una sorpresa patrocinada por Dante que hizo que Max se ruborizara— y todos cantamos "Feliz cumpleaños", e incluso algunos de las mesas vecinas sonrieron y aplaudieron.

Devorábamos el pastel cuando la música se detuvo.

—¿Hay algún Dante aquí? —una hermosa voz grave interrumpió de golpe en el micrófono—. ¿Dante Dennis? —los ojos de Dante se abrieron, sorprendido, mientras Max se levantaba y lo señalaba, junto a él.

—¿Qué? ¡Si no es *mi* cumpleaños! —Dante rio, mientras le daba una palmada en el brazo a Max. Estaba tan acostumbrado a ser el organizador de las fiestas que verlo en esa posición tan inesperada me hizo sonreír.

—No, pero sí el mío, y tú eres mi regalo de cumpleaños favorito —Max lo dijo en serio, sin payasear.

Miré a Lance con el rabillo del ojo y no pude sentir nada más que una puñalada de nostalgia. Él sonrió mientras que todos silbamos y festejamos a Dante y a Max, pero yo sabía que su mente estaba muy lejos de aquí.

—Por cierto —continuó Max—, esto es para ti —le entregó una bolsa de regalo color azul. Dante se veía confundido y echó un vistazo dentro.

—Es una broma —dijo Dante, sin mostrarlo aún.

—¿Qué es? —tuve que preguntar y me incliné para echar un vistazo.

Dante metió la mano y sacó el amuleto grisgrís que había hecho y escondido entre las cosas de Max, quien al parecer lo había descubierto; luego sacó un muñeco vudú que se parecía a él.

—¡Amigo, hiciste un buen trabajo! —dijo tomando el muñeco, que era del tamaño de su mano, y lo puso junto a su rostro.

—¡Está lindo, Dan! —sonreí.

El trombonista pronto ahogó mi voz y la banda inició con las primeras notas de "Feliz cumpleaños", pero muy rápido se convirtió en "Cuando los santos marchando van". Y la marcha se hizo, justo en nuestra mesa. Uno de los anfitriones del restaurante colocó coronas de plástico en la cabeza de Dante y Max, e hizo que se levantaran. Nuestro mesero saludó con dos sombrillas verdes en el aire y se las dio. Todos en el lugar aplaudían y de repente todos en la mesa ya estábamos de pie.

—¡Vamos! —dijo Connor, haciéndome un gran ademán para que me acercara—. ¡Es una caravana!

—¿Qué? —le dije, por encima de la música.

—¡Anda, tú déjate llevar! ¡Vamos!

Lance parecía no tener ninguna intención de moverse, así que le hice una seña para llamarlo.

–¡Tienes que dejarte llevar! —le dije, tirando de su brazo.

Guiados por la banda, todos desfilamos afuera del restaurante, junto con muchos de los otros comensales, y nos dirigimos hacia la calle. Como la música era tan estruendosa, la gente del barrio dejaba de hacer lo que estuvieran haciendo para asomarse a ver nuestra celebración y muchos se unían.

–¡No puedo creer que hayas organizado todo esto! —elogié a Max a gritos.

–¡Sólo se vive una vez! —me respondió con una sonrisa. Dante tomó su mano y la agitó en el aire. En sus manos libres se agitaban las sombrillas al compás. Todos bailábamos juntos en la calle, arrastrando con nosotros el quinteto de metales, recogiendo más y más juerguistas a nuestro camino. Por alguna razón, mientras todos avanzaban, terminé hasta la cola de la multitud. El grupo era tan grande que entre empujones y codazos, Dante, Lance y yo nos separamos como tres pedazos de madera a la deriva que se lleva la corriente de un río. Sentía algo energizante mientras estaba inmersa en la agitación y el buen ambiente. Decidí empaparme de esa sensación, de la alegría, de la emoción de esta espontánea fiesta en la calle. No podía más que sonreír.

Pero entonces sentí la punzada.

No pude entenderlo al principio, no concebía lo que me había topado. No fue esa sensación familiar de mis cicatrices a punto de estallar, era algo mucho más intenso. Sentí como si me hubieran cortado una parte de mi espalda, como si me hubieran arrancado un pedazo de piel bruscamente. Tuve que detenerme en seco mientras la multitud celebraba alrededor de mí y avanzaba. Llevé mi mano a mi espalda y busqué a tientas hasta encontrar la herida. La sangre, pegajosa y espesa, había mojado mi suéter. Sentí que toda la escena se difuminaba: la música se apagó, las voces se atenuaban. Me dejé caer, poco a poco, en la oscuridad. Pero seguía moviéndome, o algo o alguien me movía y me llevaba con él. Todo se paralizó.

Estaba afuera.

Varios rostros resplandecían encima de mí, cada uno más hermoso y aterrador que el otro. Estaban acurrucados entre ellos y se acercaban hacia mí. Algunos me eran peligrosamente familiares —Wylie y la increíble Clío— otros no, los recién adoctrinados, pero todos resultaban igual de temibles: la chica morena que Lance y yo habíamos visto aquella tarde en la joyería, la criatura rubia en la que Jimmy se había convertido, y en las orillas noté a un par de chicas rubias de piernas largas, una pareja de chicos atléticos, y tal vez una docena de rostros perfectamente simétricos, con esculpidos pómulos y envidiables físicos, que había visto en el bar y durante el ritual en el cementerio.

Estaba atónita, recostada con mi mejilla en el suelo de un callejón, el cuerpo contra un edificio de ladrillos. A pesar de todo aún podía escuchar el barullo de la fiesta en las calles. Quise gritar, pero no tuve la fuerza de abrir la boca ni de reunir el aire necesario en mis pulmones. Lo peor fue que me di cuenta de que con las trompetas a todo volumen y el redoble de los tambores, sumados al ruido de la multitud, nadie me hubiera podido escuchar. La única sensación que tuve fue la de mi trío de cicatrices. Especialmente mi hombro derecho, que palpitaba y ardía como si algo dentro de mí estuviera intentando desgarrar mi piel para huir.

Los rostros encima de mí sonrieron.

–¡Hola, Haven!, estamos muy felices de tenerte con nosotros aquí esta noche. No tienes idea de cuánto hemos esperado esto —me dijo Wylie con una voz inquietantemente dulce—. De hecho, varios de nosotros hemos sido tan impacientes que casi te llevamos antes de lo planeado —miró a Clío. Ella se encogió de hombros, con una salvaje sonrisa en su rostro.

—¡No puedes culpar a una chica por intentarlo! Sabía que nos divertiríamos —se arrodilló y me arrulló dulcemente. Sus botas vaqueras quedaron frente a mis ojos.

—Estoy seguro de que recuerdas a nuestra querida Clío, por sus encuentros en el cementerio.

Debió ser ella la que me encerró aquella tarde, la que intentó alejarme de la puerta y saltó de la nada para atacarme.

—¡Ah, no te preocupes! Te sentirás bien muy pronto, querida —dijo Clío con una voz relajante—. Tenemos una gran noche en camino —todo el grupo intercambió miradas con los mismos ojos ansiosos.

—Bienvenida a la Cofradía —dijo Jimmy, ahora musculoso, sonriendo e intentó acariciar mi cabello.

Mi cabeza, mi visión, mi todo se oscureció.

Comencé a correr por las calles con esta gente. Lucian, que también estaba ahí, me alcanzó y estrechó mi mano, corriendo a mi lado. El viento alborotaba mi cabello y mi vestido. Me sentía volar y tuve que voltear a ver mis pies para confirmar que seguía en el suelo. ¿Qué traía puesto? No pude ponerme un vestido para la cena, pero llevaba un conjunto parecido al de Clío: corto, entallado, con una minifalda acampanada con estampados de colores explosivos y unas botas de tacón alto y puntiagudo, del tipo con el que jamás hubiera pensado caminar, mucho menos correr. Todo era perfecto en esa noche calurosa. De hecho sentía mucho más calor ahora que cuando llegué, ¿o era que la temperatura de mi cuerpo se había elevado? Todo hubiera sido perfecto si yo hubiera sido otro tipo de chica, la que sabe como pasarla bien, la que todo le parece sencillo, la que no teme a nada, la que es capaz de conquistar a quien quiera y cuando sea, el tipo de chica que a veces deseaba ser. Por una vez, esa noche me sentí cómoda siendo esa persona. No pude realmente entender cómo o por qué había pasado, pero me sentía bien. Me sentía liberada.

Mientras corríamos por las iluminadas calles con faroles del Barrio Francés, Lucian me llevó hacia la oscuridad de los rincones para besarme. Me susurró que quería que estuviéramos alejados de los demás, sólo los dos, que podíamos estar juntos, que nos esperaba un mundo en el que no teníamos que dar explicaciones, un mundo sin barreras, desprovisto de divisiones y reglas entre ángeles y demonios, en el que podíamos convivir y sólo *ser*. Me dijo que era todo lo que él quería y soñaba, y todo lo que yo tenía que hacer era seguirlo hacia ese lugar donde podíamos conseguirlo.

No lograba orientarme. Parecía que habíamos llegado al exuberante parque de la plaza Congo, donde Dante y yo a veces almorzábamos. Pero luego, lo siguiente que supe es que estábamos a la orilla del agua. Lucian soltó mi mano y continuó corriendo, hasta desaparecer a la distancia. Antes de que pudiera darme cuenta, en un abrir y cerrar de ojos, ya estaba en uno de los barcos de vapor cruzando el río. La música sonaba y los pasajeros bailaban y bebían tragos. Mi mente era muy lenta para procesar todo. Estaba siendo bombardeada por miradas y sonidos, y la salvaje, aterrorizante adrenalina que acompañaba todo. Aun así, a pesar de la confusión, sentía como si algo hubiera sido desbloqueado, dejando entrar en mi interior un nuevo tipo de libertad. Mi alma se elevó desde lo profundo para correr libremente.

Lucian tenía que regresar, pero eso, como todo lo demás en ese momento, no me molestaba. Clío y Jimmy se habían ido a una banca a la orilla del agua, sin prestar mucha atención a la vista. Ella se alejó y se deslizó junto a mí mientras yo contemplaba el oscuro puerto con ojos soñadores. Estaba satisfecha de vivir el momento, mi mente se detuvo para sincronizarse con el ritmo suave de nuestro viaje en bote, y mi corazón, y cada una de sus terminaciones nerviosas, trabajaron para registrarlo todo, desde la dulce y pegajosa esencia del aire del río y el viento que soplaba a través de mí, hasta el hipnotizante goteo del agua que se escuchaba debajo de nosotros. Mi alma y mis sentidos trabajaban al límite, extraían el sazón de cada segundo, de cada minuto.

—¿Sabes que te ama, verdad? Tienes que saberlo —dijo Clío en tono seductor.

—¿En serio me ama? —no sabía por qué hablábamos como si fuéramos amigas, por qué no le temía.

Rápidamente esos pensamientos me sacaron del paisaje, como si un pájaro se aproximara para arrancar un pez de la superficie del agua y luego volara lejos en un movimiento exacto y fugaz.

La morena apareció.

—Es tan hermoso y te ama, ¿por qué no estás con él?

—Es complicado —me oí decir.

—¿Por qué? —preguntó la morena—. Tienes diecisiete años. ¿Qué puede ser complicado? ¿Es porque eres un ángel?

Esta palabra, dicha por una extraña, debió haber conmocionado mi corazón, pero en vez de eso la sentí como una expresión ordinaria dicha en el ánimo de una charla casual sobre el clima o sobre lo que había acontecido en mi programa de televisión favorito.

—De cualquier modo, en realidad no eres un ángel aún, no completamente.

–Tienes un gran camino por recorrer —dijo Clío—, y probablemente no llegues a tu meta. Nadie te dice lo difícil que será el camino, actúan como si fuera sencillo y predestinado; pero es algo brutal. Y el camino está lleno de personas que fracasan —dejó de hablar y sonrió con plenitud; ésa era su gran arma—. Sería tan sencillo correr a sus brazos y pertenecer a su mundo. ¿No amarías eso? ¿No sería mejor a como es tu vida ahora mismo?

–¿De verdad te gusta tu vida tal como es? —preguntó la morena.

–... ¿ahora que ya viste un poco más de lo que implica convertirse en ángel? —Clío terminó la idea.

Estaban a ambos lados y cada una llenaba mis oídos con estas ideas que sonaban tan reales y abordaban temas muy profundos de mi subconsciente que siempre había evitado, por temor a arruinar lo que me mantenía viva.

–¿Has notado la manera en que tu vida es más ardua que la de cualquier otra persona? ¿Cuánto más se espera de ti? ¿Por qué es de esa manera? Me parece algo muy injusto.

–¿Cuándo comenzarás a vivir? ¿Cuándo elegirás disfrutar cosas que otros hacen a diario, en lugar de estar envuelta en constantes preocupaciones y temores?

–¿No deseas que esas cicatrices dejen de lastimarte?

–Las cosas no tienen que ser de esta manera, hay otras formas de vida, más fáciles y mejores.

–Estamos tan felices de que seas parte de nosotros. ¿No es divertido? Así es como se vive cada noche aquí.

–Supongo que puedo acostumbrarme —me escuché decir e inmediatamente sentí que mis palabras me traicionaban.

Noté una división dentro de mí, una línea que se dibujaba en ese momento, que separaba mi alma en dos partes. No tenía el poder necesario para detener todo esto. Estas palabras salían de mi boca sin filtro alguno. Vivía una guerra interna y no podía encontrar mi yo sano; estaba siendo sepultada con trozos de verdad. Mi hartazgo había incrementado la presión que sentía por haber seguido un camino tan difícil. Lo que había dicho no eran mentiras. Eran cosas que sentía, a pesar de fingir que no lo fueran.

Ese momento era sin duda mucho mejor de lo que me había sentido en mucho tiempo. Era algo vigorizante. Sentía como si mis ojos se hubieran abierto. Hasta entonces no me había dado cuenta de a qué grado mi destino, es decir, la misión que se me había encomendado, pesaba sobre mí. Tampoco de cómo había infectado cada célula, músculo, hueso, pensamiento y trozo de mi existencia. No comprendía la capacidad de esa presión y cuán frustrada y temerosa había estado hasta que me fueron abiertos los ojos. Sí, podía acostumbrarme a esto. Podía volverme adicta a esto.

Apenas tuve el tiempo de definir mis pensamientos y ya estaba en otra loca carrera. Esa noche fue de una constante agitación, el tipo de suceso que anima cada parte de tu ser y que no quieres que termine, incluso si, por alguna razón, no estás completamente consciente de lo que pasa todo el tiempo. Era como si alguien hubiera puesto un velo sobre todo; nada parecía desarrollarse de una forma lineal, y casi nada parecía tener un origen claro. No tenía ni idea de cómo había llegado del punto A al punto B o con qué otros puntos me había topado a lo largo del camino.

Recordaba vagamente, por ejemplo, que Lucian y yo habíamos estado en la casa encantada con el resto, y que él y yo habíamos hecho algún tipo de pacto que nos unía y que me hizo sentir que él realmente se preocupaba por mí, que en verdad me quería y que albergaba sentimientos muy profundos hacia mi persona, lo mismo que yo hacia él. Había sido una revelación. Sólo que no recordaba ningún detalle, salvo el sentimiento de alegría. La fuerte sensación de invencibilidad, poder, fuerza y paz, que corrían a través de mí, en conjunto, no pudo haber sido más embriagante e infinita. Había una libertad en movimiento, una libertad en la caída, algo de otro mundo contenido en éste, que se hizo cargo de todo: los nervios, las partes inseguras de mi conciencia que por lo general cuestionaban todo. ¿De qué había tenido tanto miedo?

Lo último que recuerdo es haber observado mi reflejo en la ventana de una tienda mientras recorríamos las calles a altas horas de la madrugada; haber peinado mi cabello para descubrir mi rostro. Pero el reflejo que había visto no era yo. El reflejo era alguien más, algún tipo de persona ideal de larga cabellera rubia y piernas esbeltas, que daba elegantes pasos como si hubiera estado en una pasarela, y que poseía imponentes ojos seductores. ¿Quién era ésa? ¿Y dónde estaba yo?

⚜

27

Ni siquiera eres tú

Lo primero que oí fueron las campanas. Resonaron tanto que sacudieron todo mi cuerpo e hicieron eco en mi cabeza como si retumbaran en alguna parte de mi interior. De pronto escuché algo con un tono diferente. ¿Sirenas? No presté mucha atención. Me sentí en paz por eso, felizmente el ruido se desvaneció a lo lejos.

Mis ojos se abrieron en las más pequeñas rendijas y dejaron entrar la pálida luz del sol, que justo comenzaba su ascenso. El frío aire de la mañana me envolvió. No sabía dónde estaba o cómo había llegado ahí, pero no importaba en ese momento. No estaba lista para abrir mis ojos. ¿Por qué molestarse? ¿Cuál era la prisa? No podía moverme mucho, no podía sentir mucho, salvo por la sensación de calma pura que recorría mi cuerpo como si estuviera flotando entre el tiempo y el espacio. Todo parecía estar bien con el mundo, como si estuviera experimentando una dulce serenidad que había eludido toda mi vida. Pensé en Lucian. Deseé que estuviera ahí conmigo. ¿Por qué teníamos que seguir todas estas reglas que nos mantenían separados? Era absurdo. Parecía claro que debíamos estar juntos. ¿Dónde estaba? ¿Dónde estaba yo? No tenía ni idea de dónde había estado, con quién había estado, qué había hecho. Sólo era consciente de esta especie de nirvana. Y quería más. A la deriva, mantuve mis ojos completamente cerrados.

Las campanas. Otra vez esas campanas. *Deténganlas*, pensé. ¿Dónde estaban? ¿Por qué se oían tanto? Hicieron temblar mi cuerpo y parecía que mis tímpanos iban a estallar. Finalmente, abrí mis párpados contra el ardiente sol. Me cegó, no podía ver nada más que una luz blanca. Entonces los objetos empezaron a tomar forma: alguien a caballo, congelado en el tiempo, en algún lugar debajo de mí; frondosos árboles susurrantes en la fría brisa, y justo adelante, el cielo claro hacia el río. Me senté, nerviosa, insegura. Mi cabeza palpitaba, mis músculos dolían y sentía mis huesos como si hubieran sido destrozados con un taladro. Pero mis piernas se sentían libres, sueltas. Volví a mirar. Estaba al nivel de las nubes. Mire hacia abajo y mi respiración se detuvo. Conocía al hombre del caballo, era Andrew Jackson. Debajo de mí estaba la plaza Jackson. *Debajo de mí.*

Mi corazón dio un vuelco. Me senté en el borde de un edificio con las piernas colgando en el aire, sin nada que me lo impidiera. Pude haber caído directo sobre el pavimento. ¿Habría dormido aquí? Podía haberme matado con el simple hecho de rodar. Me aferré a la esquina con las manos sudorosas. Las campanas detuvieron su canto. Intenté respirar profundamente pero lo hice de manera irregular, y comencé a toser. Tenía que salir de allí, pero ¿cómo? Me sentía paralizada, tenía miedo de moverme y aun así mi corazón saltaba en mi pecho, latiendo tan fuerte y continuo que pensé que iba a caer. Estaba sudando, temblaba. No podía mirar hacia abajo de nuevo. Entonces, en lugar de eso, miré hacia arriba: justo sobre mí, casi llegando a la estratósfera, se encontraba la torre central de la Catedral de Saint-Louis, pero... ¿cómo?

No lograba encontrarle sentido a mi situación. Lo único que tenía que hacer era bajar. Ahora. Los recuerdos acudieron a mi cabeza, todos los detalles que había leído sobre este lugar: dedicado al Rey Luis IX de Francia. Destruida en un incendio a finales de 1700 y reconstruida; Latrobe había trabajado en ella. Pero el único dato que daba vueltas en mi mente era que tenía cuarenta metros de altura, así que debía estar a unos veinticinco metros en ese momento. Me aferré a la orilla una vez más. Y entonces recordé otro dato interesante: no podía morir de una caída desde este lugar. No sabía cómo había llegado ahí, pero no podía morir al caerme. Miré hacia abajo, lentamente para no tropezar y caer de cabeza. Como a seis metros debajo de mí había un espacio para descender y un par de ventanas. Necesitaba llegar ahí.

Me preparé para despegar y después, sin previa disposición o estrategia, me empujé de la orilla y aterricé con un golpe tan seco que sonó más fuerte de lo que esperaba por mi peso y se sintió como si mi destino fuera a ir directo dentro de la iglesia. Tropecé hacia adelante sobre mis manos y rodillas, y me raspé. Mis pies y tobillos palpitaban como si algo adentro se hubiera roto, y me sentí deshecha pero aliviada de preocuparme por algo así. Me sentí una maniaca. Tenía que seguir, tenía que entrar, tenía que llegar a un lugar seguro. Las angostas cornisas de las inmensas ventanas sobresalían a unos tres metros arriba de donde estaba. Subí el gran escalón que estaba ahí, enmarcado con una estructura de vidrio con vista hacia el entrepiso de la catedral. No había nadie. Estas ventanas eran un bonito detalle arquitectónico pero no estaban destinadas a abrirse, por lo que no había manera fácil de entrar. Era una pena. Tendría que crear alguna.

Me acomodé mi suéter con coderas, y usando mi otra mano empujé mi brazo como una catapulta, haciendo fuerza en el cristal. Una, dos, tres veces. *Crack*. El vidrio cedió, había varias grietas en él. Un golpe más y cedió. Llovieron trozos y fragmentos adentro. Caí en las bancas de un sentón. Una música de órgano llenó el aire, seguida por un toque desafinado, las notas incorrectas y luego todo se quedó en silencio, excepto por una respiración entrecortada. Me enderecé, estiré mis pies y observé la planta principal de la iglesia: casi todas las bancas estaban llenas. Muchos rostros curiosos y horrorizados me miraban en el entrepiso. Me congelé.

Y luego corrí. Bajé las escaleras de la esquina, pasé corriendo junto a los acomodadores de la iglesia, y salí por la puerta principal hacia la plaza Jackson, donde los artistas preparaban sus actos y los carruajes esperaban a los primeros pasajeros del día. Seguí adelante, tan rápido que sentí la brisa correr a través de mi ropa. Sólo entonces me di cuenta de que estaba sangrando y de que mi suéter estaba rasgado a lo largo de mi brazo y en la espalda. Aun así, no me detuve. Era bastante temprano y las calles aún no despertaban, los comerciantes empezaban a abrir sus tiendas y unos cuantos turistas vagaban. Pero en cada calle me encontraba con lo mismo: policías y cinta amarilla que enmarcaban una escena del crimen. No quise acercarme a esos lugares cuando pasaba por ahí, pero no había manera de ignorar los bultos amortajados en el suelo. Eso sólo me hizo correr más rápido.

Finalmente logré llegar a la casa y entré por la ventana. Mi habitación se sentía tan acogedora como si no pudiera soportar mi peso, y mi cuerpo no podía contener esa obsesión que abrumaba a mi sistema. Golpeé el piso y todo se oscureció de nuevo.

La voz era familiar.

–¡Haven! ¡Haven!

Se acercó y luego lo sentí justo encima de mí.

–¡Soy Dante! ¿Cuánto tiempo has estado aquí?

Algo tiró de mi brazo y me dio unas palmadas en la frente. Todo sonaba como si estuviera pasando en otro lugar a otra persona.

–Espera. Treinta segundos, ¿de acuerdo? ¡Connor!

Lo ignoré. Afuera ya era de noche; el día aparentemente iba y venía. Mis nervios, mis poros, cada pulgada de mí piel zumbaba. Una furia rosa se arremolinó dentro de mí, y me puso en pie. Empezó en mi hombro, donde podía sentir algo extraño calentarse y crecer sin control desde ahí, que impregnó cada célula de mi cuerpo. Una furia salvaje encendió mi sangre y demandó acción y movimiento, como una pregunta que busca respuesta. Mi cuerpo entero se cubrió de esta violencia.

Abrí la puerta del armario, lo hice con tal fuerza que el espejo que se encontraba adentro se desatoró de un lado y quedó colgado de un ángulo. Rompí mi suéter y jalé el tirante de mi camiseta, para ver por encima de mi hombro. Estaba tan cerca del vidrio del espejo que su frialdad amenazó con calmar mi ardiente cicatriz. Pero ahora, mientras observaba, la intensa hoja afilada de ese dolor se transformó en un confortable calor. Una ardiente flor de lis brillaba en mi hombro.

Era hermosa. Pertenecía allí, imploraba ser admirada. Estaba maravillada ante ella, y de la chica en el espejo con el fuego en sus ojos y su penetrante mirada. Mí-ra-me. Una calma se apoderó de mí, mezclada con locura; una combinación de adrenalina y paz.

Algo más llamó mi atención en el espejo. Afuera, desde lo negro de la noche, llegó esa luz, el reflejo de la ventana en su camino. Esa luz me llamaba.

Busqué entre los objetos que colgaban del armario y lo encontré tirado, lo jalé de manera tan brusca que rompí el gancho. Arranqué mi camiseta de tirantes y mis jeans, me quité los zapatos y me puse el olvidado vestido, el negro que había comprado con Sabine, abroché el cierre y sentí cómo se adhería a mi cuerpo. Me paré sobre las botas que había comprado ese mismo día y sentí que medía tres metros.

Con un golpe, abrí la puerta de mi habitación y la azoté contra la pared. Me sentí superhumana. Oí otra voz, pero no me moleste en escucharla. Seguí caminando.

–… regresaste. Hav… ¿a dónde vas?… Vas a… —el chico alto me siguió, seguía hablándome. Su mirada me molestaba. Con los ojos orientados en línea recta, mi cuerpo se detuvo en el vestíbulo en automático, decidido a llegar a la siguiente puerta lo más pronto posible, derribando lo que impidiera su camino. Él seguía hablando detrás de mí. Sujetó mi brazo para detenerme. Yo lo empujé en dirección contraria como si fuera un insecto. Continué.

Cuando di la vuelta en la esquina, llegaron más obstáculos. Sonreí por un momento y luego sus expresiones cambiaron. Miré a través de ellos. Todo lo que pude registrar en mi radar fueron ojos que parecían de piedra con la intención de detenerme y brazos extendidos listos para atacarme. Algunas palabras sin valor me alcanzaron, pero la mayoría llegaba a mí como el sonido de la estática.

–… no lo que usaba hace un momento…
–… te ves como si quisieras matar a alguien…

—… ¡Cuidado!…

—… necesitamos llevarla a la habitación…

Bloquearon mi camino, pero mientras me acercaba, levanté mis brazos y los empujé como si fueran puertas de salón. Uno cayó. El alto se abalanzó sobre mí.

—… *no es seguro ir*… *quiero ayudar*…

Sus brazos me sujetaron por detrás. Solté un grito agudo, demente. Pensé que podía morderlo para que me soltara. Pataleé con mis piernas al aire, como unas tijeras salvajes, para hacerlo perder el equilibrio. Por fin se cayó de rodillas y me soltó, mientras yo me moví alrededor y estrellé mi puño en su quijada. Estaba hecho de piedra, pero el tronido fue tan placentero para mis oídos y el impacto tan satisfactorio para mis manos que sonreí. El dibujo en mi hombro recompensaba mis esfuerzos, y sentí que mis venas bombeaban llenas de euforia.

Mis piernas se liberaron y me llevaron a la velocidad de la luz a la mansión LaLaurie. Llegué antes de que alguien pudiera escuchar mis pasos, no tenía tiempo de lidiar con alguien que viera hacia dónde iba. Hice sonar la manija de la puerta con la suficiente fuerza para derribar la puerta desde el marco. Me molestó que estuviera cerrada. Esta casa merecía ser destruida por mantenerme fuera. Mis manos golpearon la puerta, como si enfrentaran a una bestia. La ventana. Sí. Enrollé mi pierna, pateé rápido y fuerte. Mi grueso tacón estrelló el cristal y lo rompió. Fue hermoso ver todos esos pedazos centellar en el suelo, como una caja de música. Pisé los pedazos irregulares y entré a la casa.

La oscuridad y el silencio me rodearon. Estaba a salvo, donde pertenecía. Y luego esa voz, la única que quería escuchar, llenó mi cabeza, tocó mi corazón. A medida que el volumen subía, todo mi ser registraba el cambio, ahora hacia el ensueño.

—¿Haven? —dijo Lucian gentil e incrédulo, y después añadió con más fuerza—. ¿Haven? ¿Qué...? —no terminó su frase. Luego, se materializó en lo alto de la escalera y se detuvo en seco.

Una vez más, subí mi cuerpo por la escalera, deslizándome hacia él, jalada como el océano en un día de tormenta. La quemadura de mi hombro encendió el fuego y me impulsó. Él tuvo tiempo sólo para caminar un paso hacia mí, antes de que yo lo alcanzara.

—¿Qué haces aquí? —susurró, sonriendo.

Pero yo lo jalé del cuello de su camisa para besarlo. Envolví mis brazos alrededor de su cuello y ambos flotamos, al parecer, hasta los últimos escalones, enfebrecidos, y colapsamos en una cómoda banca cerca del barandal justo arriba del vestíbulo.

Él se apartó un momento para hablar.

—He estado tan preocupado por ti, no sé ni por dónde empezar —dijo mientras unos suaves rayos de luz de Luna se filtraron en el lugar y lo cubrieron con un brillo—. ¿Has recibido mis mensajes? —deslizó sus dedos por mi cabello.

—No, yo... —tenía problemas para estructurar mis pensamientos en oraciones.

—Supe que te marcaron. Fui el último en enterarme. Aún me mantienen al margen de muchas cosas —negó con la cabeza, lamentándose—. ¿Estás bien? —corrientes eléctricas azules encendieron sus ojos grises e irradiaron ondas de tranquilidad que tenían un efecto hipnótico en mí.

—Estoy bien —susurré y lo jalé para besarlo de nuevo—. Ya no hables.

—Eso no suena como tú —dijo suavemente, dejando salir una leve risa—. No es que me esté quejando precisamente, pero... ¿qué es todo esto? —me miró de arriba abajo—. ¿Qué pasa? —descansó sus dedos en mi barbilla por un instante y me miró a los ojos, en busca de alguna pista. Sentí una risa traviesa floreciendo. Le quité su corbata desarreglada, la colgué en el barandal y la dejé caer. Vi cómo revoloteó hasta el suelo—. No tenemos mucho tiempo. Tenemos que hablar del Día de Metamorfosi en algún momento —suspiró.

–¡No! —no quería escuchar nada sobre la logística o los planes o el destino que nos habían reservado a cualquiera de los dos. Estaba harta de todo eso. Lucian estaba hablando, pero yo no lo escuchaba. Recosté mi cabeza sobre su hombro. Podía escuchar su voz, pero ninguna de sus palabras se quedaba conmigo. Recogió mi cabello atrás de mi oreja y llevó mis largos mechones hacia atrás de mi hombro. Entonces su mano se congeló y él se apartó, asustándome, y me giró con fuerza, hasta dejar mi espalda frente a él.

–¿Qué es esto? —gritó, su fría voz me sacó del trance en el que estaba. Me senté derecha, temblando por su cambio repentino. Podía sentir su aliento en mi espalda mientras se acercaba y lo examinaba como si estuviera vivo. Miré por encima de mi hombro y vi ese punto marcado por una tonalidad naranja quemada, que brillaba en la oscuridad. Intenté alejarlo de él.

–Ya sabes lo que es —me eché hacia atrás—. Se irá, relájate.

–No si no tratas de pelear contra eso —escupió sus palabras—. ¿No te lo advertí? ¿No te dije que no puedes dejar que te domine o te destruirá?

–No —me recargué sobre el barandal, mirando hacia arriba, aburrida de esta charla. Dejé caer mi cabeza contra el barandal y miré hacia la oscuridad. Mis párpados se cerraron, mi mente se perdió en una especie de neblina. Ciertas escenas llegaron a mi cabeza de una sola vez, olas de recuerdos que no sabía que tenía hasta ese momento. Lucian y yo hablábamos justo como ahora, pero de una manera muy diferente. Habíamos llegado a una decisión que recordaba que me había parecido reconfortante. Me rompía la cabeza para saber qué era, pero no encontraba nada.

—¿No habíamos tenido esta conversación antes? —le pregunté.

Esa sensación que recordaba tan vivamente era la misma que me había envuelto minutos antes de que descubriera mi marca. Fue algo relajante; estaba tan locamente enamorada de esa sensación que quería más. Ahora, siempre.

—¿De qué hablas? ¿Cuándo habíamos discutido esto? No te he visto en días.

—Estuve aquí ayer en la noche. Contigo.

—No estuviste ayer aquí conmigo —ni siquiera intentó ocultar el enojo en su voz.

Estaba perdiendo la paciencia, la locura crecía de nuevo sobre mí.

—*Sí* hablamos de esto —me dirigí bruscamente hacia donde estaba. La escena se reprodujo ahora en mi cabeza, como una película—. Me dijiste que podía quedarme contigo, en tu mundo, para encontrar una manera de estar ahí que se adecuara a los dos.

—¿Por qué diría eso? —preguntó ofendido—. ¿Y por qué estarías de acuerdo con algo así?

Me recosté de nuevo, en un ambiente de ensueño, mi mente giraba desde ese lugar de mi hombro.

—Sería tan fácil —las palabras fluyeron tranquilamente, como si alguien más lo dijera por mí—. Es lo que dijiste: "¿No te gustaría que las cosas fueran más sencillas? ¿No estás cansada de luchar?" —lo cité de memoria.

Mis ojos se cerraron en algún lado de ese oscuro abismo mientras pensaba en la manera en que me había visto al decir aquello.

–Sí, estoy cansada —añadí y cerré mis ojos de nuevo—. Sí, quiero que algo sea sencillo, al fin —sentí mi ser a la deriva, dejándose llevar por el aquí y ahora.

–¿No entiendes? ¡Esto es lo que hacen ellos! —dijo—. Se aprovechan de tu inseguridad y tus deseos. Así es como capturan a la gente. Esto —tocó mi marca y la oprimió, provocándome un quejido agudo— crea una ficción a la que puedes aferrarte. No estuviste aquí ayer por la noche. Tú y yo no hablamos. Si luchas contra todo esto, como te dije, entonces entenderás la verdad sobre ti y el tiempo que pasaste con la Cofradía. Te aseguro que lo que sea que haya pasado con ellos no fue algo placentero. Confía en mí.

–Confiar en ti. En ti. Seguro —respondí rápidamente.

–Mira, deberíamos calmarnos un momento.

–¿Calmarnos? Aún estoy esperando arder —le respondí.

Se separó de mí en la banca, con el ceño fruncido, horrorizado.

–Ésta ni siquiera eres tú —dijo—. Ésta es... una versión corrompida y manipulada de ti misma. No sé con quién estoy hablando ahora —más que disgustado, sonó decepcionado. Eso debió haberme hecho reaccionar, pero mi enojo sólo aumentó.

–¿En serio? Porque la persona con la que estás hablando es alguien que está bastante cansada de que le hablen de las ridículas hazañas que se esperan de ella. Así que unirme a ti no suena tan mal como solía sonar, ¿qué te parece? La otra opción es perderte completamente. ¿Perderte porque te fallé, porque no puedo salvarte? ¿Cómo podría vivir con eso?

–Pensé que podrías con esto, pero mejor lo olvido —dijo mordaz. Me jaló con un brazo y me levantó del asiento.

–¿Vas a despreciarme? No puedes, me necesitas.

–No así —dijo con tanta ferocidad que me hizo temblar—. No puedo hablar contigo así, y no te hablaré hasta que luches contra eso —aplastó la palma de su mano contra la marca de flor de lis de mi hombro que sentí que chisporroteaba contra él. Me quemó. Quitó su mano de nuevo y vio con sorpresa lo que había hecho. Su voz se suavizó:

—Te enviaré un mensaje o alguna señal pronto, y hablaremos de todo esto.

—No te molestes —respondí de inmediato, el coraje me quemaba por dentro una vez más. Tenía que escapar. Muy lejos. Lo empujé y corrí escalera abajo. A mitad del camino salté del barandal y aterricé en el suelo al mismo tiempo que la puerta de abajo se abría. Aparecieron Dante, Lance y Connor frente a mí. Quise correr a través de ellos, hacia la noche. Lo intenté, pero sólo avancé unos cuantos pasos.

Pronto mi rostro golpeó contra el suelo.

28

Es bueno tenerte de regreso

Sentí una lucha en mi interior, algo intentaba sofocar mi alma, algo que sellaba su boca con cinta adhesiva, cubría su cabeza con una bolsa de plástico, ataba lastres en sus pies, la sumergía dejando que se ahogara. Todo se hacía con júbilo mientras mi alma pataleaba y gritaba dentro de mi cuerpo, rogaba que la escucharan y volvía de nuevo a la superficie para engullir enormes bocanadas de aire fresco, para abrir los ojos, para vivir. Peleaba una y otra vez, afanándose y queriendo expulsar esta fuerza extraña, a ese atacante que se había instalado dentro.

Necesitas destruirlo, Haven. Extinguirlo antes de que te mate a ti y todo lo que eres. Hazlo antes de que lo pierdas todo. No quieres esto.

Y entonces, cuando la lucha ya fue insoportable y pude visualizarme perdida en el fondo de aquel lago, comencé a flotar. Tenía completa certeza de ello. No sabía dónde estaba, sólo sabía que estaba oscuro y que yo no tenía peso alguno, estaba suspendida. Mis ojos luchaban por enfocar, pero no había nada que ver excepto un resplandor dorado que me rodeaba. Poco a poco, una luz tras otra se iban consumiendo mientras aterrizaba sin aliento y jadeante en un suelo acojinado. Había un silencio atrapado en la habitación, interrumpido sólo por una respiración apenas perceptible. Sentí que alguien me levantaba y que mi cuerpo se desplomaba en sus brazos: era Lance, lo sabía por el olor de su piel, como a ropa recién lavada.

–Estoy bien. Déjame caminar —susurré.

Me ignoró.

—Cuando volteamos, ya no estabas —dijo Lance.

Después de abrir los ojos me encontré en mi cama, con Dante y Lance a mi lado; el sol se ocultaba al otro lado de la ventana. Al parecer, había dormido todo el día. Acababan de darme los pormenores de mi furia descontrolada. Era una sensación extraña saber que hiciste y dijiste cosas que no recuerdas en absoluto. Es como si alguien hubiera entrado en tu cuerpo, como si te hubieran robado el coche y después lo hubieran estacionado en tu garaje, abollado, raspado y con un montón de misteriosos kilómetros acumulados. Y eso era sólo lo que la gente de nuestra casa había presenciado. Quién sabe cuántas cosas más habrían sucedido.

Mis recuerdos eran increíblemente dispersos: todo lo que recordaba era que me había despertado en la plaza Jackson, algo que a Dante le parecía asombroso: "Pero, ¿cómo llegaste ahí?", y a Lance le había resultado inspirador: "¿De veras crees que subiste hasta allá?". Al parecer, después de haberme alocado por toda la casa, me desmayé en el umbral de la mansión LaLaurie justo cuando ellos dos y Connor habían ido a buscarme. Habían visto a Lucian, quien les dijo:

—Fue marcada y los necesita. Estoy atrapado aquí, si no yo mismo la llevaría.

Entonces me llevaron de regreso y reunieron al grupo en la sala de levitación.

—De pronto había tanta gente que se formó una segunda línea. Todo se había salido de control —explicó Dante sacando algo de su bolsillo, una ramita verde que parecía menta. Me la dio junto con una botella de agua—. Toma, Mariette dice que te ayudará a recobrar las fuerzas. Es sólo una hierba.

Me la comí y al mascarla las hojas eran más quebradizas de lo que esperaba, sabían a vainilla.

—No está mal —sonreí e intenté encontrar las palabras—. Oigan, lamento mucho... todo. Ni siquiera sé qué decir.

—Estamos bien —dijo Lance tratando de no tomárselo tan en serio—. Sólo que, ya sabes, es bueno tenerte de regreso —su tono era muy serio y se le quebraba un poco la voz. Se ajustó los anteojos—. No te preocupes por nosotros, es con Connor con quien deberías disculparte.

Me llevé la mano a la boca para sofocar una risa inoportuna. Sin embargo, lo que me acababan de decir simplemente me parecía incomprensible.

—¿De verdad lo golpeé? —susurré.

—Oye, tienes un gancho fulminante —dijo riendo Dante.

—¿Ya ven?, no me hagan enojar —sacudí la cabeza.

La mirada de Dante se ensombreció.

—Hav —comenzó a hablar juguetendo con los dedos mientras cruzaba por su rostro una expresión de dolor—. Me siento muy culpable. Me enfrasqué demasiado en el cumpleaños de Max, debería haber puesto más atención. No debería haberte perdido de vista.

—Es una locura, D —le di un empujoncito con el hombro—. Esto tenía que pasar, quiero decir, iba a sucedernos a todos tarde o temprano, es como una especie de novatada, ¿no?

Lance asintió.

—Bueno, fue algo más serio que la novatada de una fraternidad, pero sí, a todos...

Dante levantó la mano, parecía avergonzado.

—Excepto que...

—Tú no cuentas —dijo Lance—. Por eso te sientes culpable.

Me volví hacia él.

—¿Por qué él no cuenta?

—La noche que desapareciste, hablábamos con Connor, que sabe algunas cosas. Dijo que, según le han contado, por ahora estoy exento de continuar con las pruebas por las que ahora ustedes tendrán que pasar. Resulta que estoy, digamos, en un nivel más avanzado.

—Debes estar bromeando —reí.

Dante siempre quería sobresalir en todo.

—Sí, supongo que ya pasé por esto en Chicago, con Etan —dijo Dante que aún sonaba melancólico cuando decía su nombre. En realidad, Etan había sido su primer amor, a pesar de que había intentado robarse su alma—. Así que ahora estoy en un nivel más arriba. También Max, en realidad. Se supone que debemos ayudarlos.

—¡Vaya! Suertudo.

—Sí, suertudo. Casi se llevan mi alma la última vez, como ustedes recordarán. Pero sí —dijo.

—Como sea —interrumpió Lance—, parece que Connor conoce nuestro pasado. Dijo que Dante es un "ángel de nacimiento" más que un "ángel de crecimiento" y que por eso está un paso adelante de nosotros.

—¿Qué significa eso?

Nunca se me habría ocurrido preguntarle a Connor acerca de nuestro pasado. Siempre había estado demasiado preocupada intentando averiguar sobre nuestro futuro y de sobrevivir nuestro presente.

—Algo así como que nuestras almas encuentran a nuestros cuerpos y que el alma de Dante ya había nacido en su cuerpo.

—¿Qué?

—¡Creo que mi padre era un ángel! —Dante se veía radiante, orgulloso.

—Nunca conociste a tu papá.

—Lo sé, creo que fue por eso.

—Como sea, dijo que no nos molestáramos en intentar entenderlo, porque si pasamos esta fase averiguaremos más —dijo Lance—. *Cuando* superemos esta fase.

—Bueeeno —sacudí la cabeza—. Entonces ¿me perdí de algo?

—¡Ah, sí! —dijo Dante—. Hubo una oleada de asesinatos completamente demencial, como siete u ocho en una noche.

Con sólo oírlo me puse a temblar.

—Es horrible.

Lance se limitó a ajustarse los anteojos con una expresión seria y cambió de tema.

—Además, vamos a hacer una carroza para el Mardi Gras —dijo.

—Todos los voluntarios del programa harán su propia carroza y marcharán en el desfile —añadió Dante—. Comenzamos a trabajar en eso hoy.

—Bueno, creo que ya están todos al tanto —dijo Lance que estaba de pie—. Ahora, tan pronto como puedas contarnos qué estuviste haciendo, ya tendremos la historia completa.

—Seguro, sí —dije con el sarcasmo correspondiente.

—Ah, espera, tengo otra pregunta —exclamó Dante—. ¿Quién es o en dónde queda Savannah?

Ahora sí estaba confundida de verdad.

—Mmm, ¿en Georgia? —me aventuré.

—Sí, pero, ¿qué significa? —sondeó Dante.

—¿Cómo podría saberlo? —me encogí de hombros.

—Aparentemente, eso fue lo último que dijiste antes de desmayarte —explicó Lance.

—Ah...

—Dinos si recuerdas cualquier otra cosa, porque eventualmente lo harás, como sucedió conmigo —dijo Lance sacudiendo la cabeza al revivir en su mente los horrores por los que había pasado—. Tal vez podamos aprender algo de todo ello.

Asentí. Los dos se levantaron para marcharse.

—No más vagancia, Haven la *Terra-ble* —dijo Dante mientras me apuntaba como si me estuviera advirtiendo.

—Ah, y llama a Joan —ordenó Lance.

—Uf —gemí—. Claro, Joan.

Su radar debía estar encendido. Me preguntaba si llegaría el día en que tuviera que contarle todo esto. Últimamente había estado insistiendo; cada vez era más y más difícil seguir guardando el secreto y yo no era muy buena mintiendo. Mi vida no había sido lo suficientemente emocionante, o peligrosa, como para necesitar mentir sobre algo hasta el año pasado.

—Llamó un montón de veces y le dijimos que te había dado un superresfriado y que estabas afónica —dijo Dante con falso orgullo.

—¿Lo creyó?

—Lo suficiente para subirse en un avión —rio Lance.

La llamaría, pero antes había algo que debía hacer.

Connor abrió la puerta. Vi un raspón verdusco apenas perceptible en su mejilla izquierda.

—Te traje algo —dije con mi voz más dulce.

En una mano sostenía una bolsa de hielo y en la otra una lata de palomitas con caramelo.

—Si no planeas lanzarme algunas, entra —sonrió y abrió la puerta de par en par.

—En cuanto a eso...

—Ya casi terminé con la etapa del hielo. Está sanando rápido. Pero tomaré eso.

Tomó la lata de palomitas, le quitó la tapa y miró adentro.

—Oye, está medio vacía...

—A mí me gusta decir medio llena. Es lo mejor que puedo ofrecer con tan poco tiempo de aviso.

—¿Palomitas rancias a medio comer? —sacó un puñado y de un brinco se dejó caer en su escritorio—. No está mal.

—Lo siento, de verdad no quise...

—No te preocupes —ignoró mi disculpa—. Como ya les dije a los demás, eso pasa cuando eres la más fuerte. Con el poder también viene una cierta carga, ¿no?

—Yo soy la más...

—Y probablemente estabas agotada desde el principio, porque no creas que no sé que has estado guiando al equipo en la levitación y en la extracción del alma.

—¿Yo lo he guiado?

—Sé que he sido duro con todos ustedes, pero lo soy porque los creo capaces, a ti en especial, Haven. Apuesto todo a tu éxito. Si... —sacudió la cabeza y comenzó de nuevo—. Cuando... cuando hayas terminado, es muy probable que termines siendo mi jefa.

–¿Qué? —exclamé y se me escapó una carcajada, sus palabras sonaban ridículas—. Qué gracioso.

–Es en serio —no parecía que estuviera bromeando.

–Eso suena increíble —creí que sólo lo estaba pensando, pero lo dije en voz alta.

–Pero un día a la vez, ¿de acuerdo? —dijo Connor—. Sabes que en determinado momento tendrás que luchar contra *ellos* —asentí—. Tenemos que aprender tanto como podamos acerca de cómo sucederá todo. Ahora ya sabemos sobre el tipo de la casa vecina.

Lucian.

–Sí —dije con cierta culpa.

Levantó las manos y continuó:

–Descuida, estabas protegiendo tus fuentes, pero ahora estamos en el mismo canal, ¿de acuerdo? Podemos mantenerte a salvo mucho mejor de esa manera, ¿entendido?

–Entendido —asentí.

–¿La marca se fue? —señaló mi hombro.

Ni siquiera la había visto. Jalé de mi camiseta para intentar ver mi hombro. Se inclinó hacia mí y me dio la vuelta.

–Está un poco enrojecida, pero nada de qué preocuparse.

–Gracias —no pude ocultar mi alivio.

–Mírala ahora —asentí de nuevo—. Ciertamente estás llena de sorpresas.

–Sí, cómo me gustaría volver a ser aburrida de nuevo —dije cuando abría la puerta.

Sonrió de nuevo.

–Algo me dice que eso no será posible.

Cuando sentí que podía fingir, que me escuchaba otra vez lo suficientemente normal como para que el oído afinadísimo de Joan no detectara problemas, la llamé. Contestó después del primer tono, como si hubiera estado esperando junto al teléfono.

—¿Cómo vas con tu resfriado, querida? No puedo creer que sobrevivas estos inviernos de Chicago y que cuando te encuentras en un lugar cálido, enfermes. ¿Cuántas veces te he dicho que no dejes de tomar tu vitamina C, Haven? ¿Estás comiendo cosas saludables? Necesito enviarte algunos paquetes con cosas para que cuides tu salud. Estaba pensando en inscribirte en el Club de la Fruta del Mes aunque no te vayas a quedar mucho tiempo por allá, aun así... —divagó, como siempre.

—No, estoy bien, de verdad —mentí.

—Estoy segura de que estás trabajando en exceso—me regañó cariñosamente.

—Sí, algo así.

—Todo te lo tomas como si fuera de vida o muerte. No seas tan dura contigo misma.

—Gracias —dije, con cierta impaciencia—. Lo haré, te lo prometo. ¿Cómo va todo en casa?

—Bien, bien. Las chicas del hospital te mandan saludos. Todas siguen preguntando si has sabido algo de las universidades, pero sólo les digo que...

—No —dije un tanto exasperada—. Cuando tenga noticias, todas ustedes serán las primeras en saberlo.

Aún me sentía muy rara con el asunto de la universidad, no me encantaba pensar que tenía que pasar por todas estas simulaciones de las solicitudes de ingreso, esperar e inquietarme. Era imposible imaginar que me permitirían ir a la escuela y transitar por el ritual del pasillo que desde hacía mucho tiempo esperaba con emoción. Los acontecimientos recientes me habían recordado, en términos precisos, que había aspectos de mi futuro en los cuales tenía menos control que las admisiones en la universidad.

—Ya sé, ya sé. Es demasiado pronto, sólo sabemos que te aceptarán en todas, y las chicas piden que no te vayas demasiado lejos. Ya sabes cómo es esto, te extrañan tanto. Y yo también.

—Sé que me extrañas —dije suavemente.

—Estaba pensando... ¿y si fuera al Mardi Gras? —su voz subió una octava y un decibel.

—Joan, es muy lindo de tu parte, pero ¿no crees que sería muy costoso?, además sería una locura estar por aquí, mejor en otra ocasión.

—Ah, pero encontré unas tarifas increíbles, una especie de promoción especial, además siempre he querido ir —hubo una pausa, como si esperara mi intervención, y después siguió hablando—.Ya sé, ya sé, estás angustiada porque estarás muy ocupada con tu trabajo, pero te prometo que me quedaré en el hotel y no te estorbaré... —cuando llegaba a este punto, resultaba muy difícil disuadirla, pero le rogué al cielo para que no viniera de visita, aun cuando ello significara incluirla en la lista de pasajeros indeseables para mantenerla alejada.

Seguía haciendo su mejor esfuerzo cuando oí que se abría la puerta. Me volví para mirar, pero lo que veían mis ojos no tenía sentido: Dante estaba frente a mí, pero no estaba, era una especie de holograma traslúcido de sí mismo. Se materializó completamente y después titiló de nuevo.

—¿Oye, podemos hablar en unos cuantos días? Dante acaba de entrar y... él... no se ve muy bien.

—Ay, no, querida, ¿se enfermó de lo mismo que tú?

—No lo sé aún.

—Dale mis saludos. Cuídense. Te quiero, cariño.
—Te quiero, adiós —colgué.
Dante se quedó ahí, de pie, con las manos en la cintura.
—¿Me ves? —preguntó incrédulo.
—¿Qué te sucede?
Llevaba un gotero, lo apretó un poco y cayó líquido en sus manos, se las frotó y sacudió brazos y piernas.
—¿Me ves ahora?
—Sí.
Apretó de nuevo para obtener más líquido, esta vez se frotaba las manos por todo el cuerpo, como si quisiera sacudirse un enjambre de abejas.
—¿Y ahora?
Ya no era un holograma para nada, era él.
—Está bien, Dan, deja de hacer eso... por favor.
Musitó algunas maldiciones, con los puños apretados.
—Ahora te escucho —dije riendo.
—Dame tu dije, el que Lance te dio.
Movía los dedos rápidamente con insistencia.
—¿Lo dices en serio? —me quité el collar y se lo di—. ¿También vas a usar tu poder para robar a las personas? No me hagas tu cómplice.
—Demasiado tarde —Dante cubrió el dije en forma de flor de lis con un poco de líquido del gotero. Un tenue hilo de humo comenzó a salir. Me lo devolvió—. Sujétalo bien y visualízate invisible.
Cerré los ojos, me concentré e imaginé que mi forma y mi figura se desvanecían. Era el mismo poder de pensamiento que solía emplear para suspender objetos en el aire, pero esta vez la concentración se enfocaba en un objetivo diferente.

–Oye, Hav, de verdad eres muy buena en esto.

–¿Qué quieres decir?

–Mira el espejo.

Mientras lo señalaba con un gesto, me di la vuelta y en vez de mi reflejo solamente vi una especie de borrón oscuro y nebuloso, una silueta, algo parecido a una sombra. Mi mente despegó a mil por hora.

–Vaya, nunca me había visto tan bien —bromeé.

–Es muy curioso —dijo Dante—. Yo preparé esta cosa pero nunca me había funcionado como a ti. Tienes aptitudes, Hav.

–Tú tampoco eres tan malo.

–Intenta regresar a tu estado normal —dijo con el mismo gusto que el de un niño que mira a un mago.

–Si me quedo así, te habrás metido en un problema gordo —reí mientras sostenía el dije y me concentraba de nuevo.

–Mira, de esto te hablo —dijo gesticulando frente al espejo. Lo miré y ahí estaba yo—. Aptitudes. Es algo muy bueno que no te hayamos perdido —suspiró—. Con todo lo que ha sucedido, se me olvidó que estoy muy enojado contigo.

–¿En serio? —no sabría decir si hablaba en serio o si simplemente estaba a punto de bromear.

–Sí, lo estoy —lo dijo como si fuera un disparo que me detuvo. Me senté—. Cuando fuimos allá y te encontré en la puerta, con él... Haven, quería matarlo.

–Pero él no hizo nada en absoluto. En todo caso, lo que realmente quiere es ayudarnos de la forma que puede...

–Lo sé, lo sé —subió el tono de voz interrumpiéndome. Tuve que desviar la mirada—. *Lo sé*, el punto es que en *ese momento* no lo sabía y pude haberlo matado. Cualquiera de nosotros hubiera podido hacerlo. *Lance* pudo haberlo matado.

Dante me dio unos largos segundos para que pudiera entender lo que me estaba diciendo.

–Él quería matarlo, Hav —pronunció cada palabra lentamente—, cuándo pensó que Lucian te había herido. Sólo piénsalo.

29

Eres un poco revoltosa

Las imágenes parecían volar hacia mí mientras descendía a este infierno: destellos de imágenes de cuerpos bañados en sangre sobre callejones oscuros, y rostros de chicos y chicas apuñalados. Era como un programa de televisión que detestaba, como una película de la que quería salir. Pero no lograba detenerlas. Aunque esas escenas revoloteaban en mi subconsciente: "Despierta, Haven, despierta ya", me decía, pero el terror había tomado el control. ¡Cómo deseaba arrancarlo de mi cabeza, borrarlo de mis ojos!

Mis párpados se abrieron, pero mi respiración y mi corazón iban a toda velocidad, tenía la piel cubierta de sudor y el cabello pegado hacia un lado de la cabeza. No había consuelo en la familiaridad de esa habitación oscura ni en la comodidad de esa casa que compartía con otros como yo. Las visiones seguían allí. Y de alguna manera sabía que no eran pesadillas sino recuerdos. Eran escenas que había vivido, no eran alucinaciones elaboradas por una imaginación hiperactiva o unos nervios destrozados. Además de las víctimas, todo parecía cubierto por una bruma; excepto ese montón de figuras como buitres que descendían hacia los cuerpos y los despojaban de sus pertenencias, de sus rizos de cabello, o peor aún, de sus dedos, sus ojos. Estas visiones me atormentaban de la misma manera que los recuerdos lo habían hecho antes.

Apreté las pestañas e intenté llenar mi cabeza con cualquier otra cosa para arrancar ese mal, pero en vez de eso, una escena quedó fija en mi mente. Era una imagen del cementerio, las sombras hacían una larga fila ante alguien cuyo rostro no conseguí percibir. Le hacían reverencias y le ofrecían objetos y restos de personas que ya habían sido dadas por muertas. Se erguía delante de la cripta recién construida por Lance, y los recolectaba todos en una bolsa de terciopelo del tamaño de un costal de papas. Al final se atiborraba con infinidad de trofeos terroríficos.

Fuertes llamados hicieron temblar la puerta. Justo en ese momento me percaté de que estaba gritando. Lance irrumpió con los brazos en guardia, listo para la batalla, buscando a un atacante, pero se relajó cuando comprobó que estaba sola.

Corrió hacia la escalera donde yo yacía paralizada. Los gritos me desgarraban el pecho y me tomó de la mano. Finalmente sentí que mis aullidos cesaban. Me faltaba el aire, pero mis ojos no podían detenerse, recorrían de manera obsesiva la habitación de un lado a otro y los sentía completamente desorbitados hasta que sentí la mano de Lance apretar la mía.

–Lo sé —fue todo lo que dijo.

–Esa oleada de asesinatos, esas muertes...

–Lo sé.

–Yo estuve ahí. Vi todo lo que sucedió. No hice nada para detenerlo.

–Lo sé —dijo de nuevo, cada vez su voz se escuchaba más grave aunque también resultaba más reconfortante.

–Pero hasta ahora sólo recuerdo una emoción extraña de esa noche.

Asentía con aire sabio.

–Has regresado del otro lado —musitó—. Pero las visiones seguirán persiguiéndote. Siento decírtelo. A mí todavía me acosan.

–Pero, ¿de verdad yo...?

No había manera de disimular el pánico auténtico de mis ojos, el temblor de mi voz.

–No —dijo con convicción, podía leer mi mente—. No, nosotros no lo hicimos. No habríamos podido —sonó menos seguro y añadió arrepentido—: Para mí es algo inútil pensar en ello —tomó el teléfono de mi cómoda y echó una ojeada a la pantalla—. No he recibido ningún mensaje con información útil acerca de la noche en la que fui marcado. Tal vez será diferente para ti.

Me mostró la pantalla del teléfono, ambos leímos:

> Ahora tal vez habrás descubierto la verdadera naturaleza del tiempo que pasaste con la Cofradía.

Parecía confirmarlo: esta sensación de que habíamos estado en un emocionante desfile con la Cofradía, cuando en realidad habíamos presenciado esa noche de terror desde el centro de esta tormenta de asesinatos. Pero entonces el mensaje cambió de curso.

> Si puedes soportar el horror de estar con ellos de nuevo, vale la pena llevar a cabo el plan que estás considerando.

Era cierto. Ya lo había estado pensando. Ahora sentía que debía hacerlo.

—En cuanto a ese plan —dijo Lance golpeteando la pantalla—, ¿podría formar parte de él?

Su mirada penetrante me decía que él tampoco tenía la intención de aceptar un no como respuesta.

—No creo que pueda ser de otra manera —dije.

Lance se quedó en mi habitación el resto de la noche, encogido a mi lado hasta que el sol de la mañana entró por la ventana. Mis ojos se abrieron de par en par para saludar al astro rey. Mi cuerpo se sentía despierto, por fin, era completamente yo de nuevo. Ese dolor sordo en mi hombro disminuía, aunque el horror de los sueños se mantenía fresco.

Todavía en pijama, me senté sobre el escritorio, bolígrafo en mano, y transcribí las palabras que se repetían una y otra vez en mi mente.

L...
Por favor, perdóname por lo de la otra noche.
¿Podemos comenzar de nuevo?
Quiero ayudarte.
Pero primero necesito tu ayuda: ¿puedes averiguar dónde atrapará la Cofradía a sus siguientes víctimas?
También necesito saber, ¿qué sucedió en las noches cuando nos marcaron a Lance y a mí?
¿Herimos a alguien?
Necesito saber si realmente tomamos parte en las actividades de la Cofradía.
Con cariño,
H

Me vestí y me acerqué a la casa vecina mucho antes de que mis compañeros se alistaran para comenzar el día. Como no habían reparado la ventana, habían instalado un toldo de plástico transparente por fuera. Pude ver la luz dentro junto a un frasco. La puerta estaba cerrada y debido a que el proyecto había terminado, no podía saber cuándo la abrirían. Las pocas personas que caminaban por ahí no parecían muy enteradas de mi presencia, así que saqué mi navaja suiza del bolsillo y extraje una pequeña hoja. Metí la mano, jalé el frasco y deslicé una nota. Esperaba que la encontrara.

Esperé hasta que estuve a salvo, arrellanada en la comodidad de nuestro patio, antes de vaciar el frasco. En su interior encontré dos notas de pergamino cuidadosamente dobladas.

La primera nota tenía la fecha del cumpleaños de Max:

H...
Mis más sinceras disculpas por haber estado ausente,
pero tengo muchas cosas que decirte ahora.
El Día de Metamorfosi está a la vista.
Se ha fijado para Mardi Gras.
Comiencen con los planes. Estoy en deuda para siempre contigo por tu ayuda. Entenderé si en cualquier momento decides que no vale la pena hacer esto por mí. Ya me has dado mucho más de lo que merezco: esperanza.
¿Nos vemos hoy por la noche? Te enviaré una señal.
Tuyo,
L.

Leí la nota dos veces antes de que lo inevitable sucediera y mis dedos comenzaran a calentarse. Después la sostuve unos cuantos segundos más, hasta que ya no pude hacerlo, cayó al suelo, se encendió y crepitó antes de convertirse en cenizas que se desintegraron por completo. Entonces desdoblé la segunda nota, con fecha del día anterior:

H...
*He escuchado de los moradores de mi mundo condenado que has sido marcada, y me invade la preocupación y la culpa. Por favor, dime que estás bien. Tu seguridad es lo único que importa en este momento. No descansaré hasta saber que estás bien.
Con amor,
L*

Estudié la nota para almacenarla en mi memoria. Así que esto era lo que había hecho falta para una despedida como ésa: un peligro extremo y una amenaza inminente a la salud de mi cuerpo y de mi alma. Por lo menos el trauma de los días anteriores había hecho que ganara una especie de beneficio adicional. Lo asumiría. En un instante, también esa nota se convirtió en ceniza.

Lance me encontró esperándolo en el patio.

—¿Lo hiciste? —preguntó cuando salíamos a la calle Royal.

—Sí.

Suspiró con alivio.

—Muy bien. ¿Y ahora...?

—Ahora simplemente esperaremos a que conteste mi nota, además tenemos que hablar con Dante porque no puedes ocultarte...

Me detuvo con la mano.

—No hay problema. Acabo de hacer una prueba.

–¿De verdad? —dejé de caminar por un momento para que viera mi sorpresa.

–No eres la única que puede hacer esos trucos —sonrió.

–Me da gusto que confíes en mí. Ciertamente no necesito una función en solitario.

–Sí, creo que no es posible dejarte sola ni un momento —dijo. La mirada furtiva que me lanzó con el rabillo del ojo me decía que estaba bromeando—. Eres un poco revoltosa —sonrió con cierta soberbia.

–Eso me han dicho siempre —le devolví la sonrisa.

Lance parecía distinto después de los horrores de los sueños de la noche anterior y de la locura de que nos habían marcado. Sentí el cambio. Me sentía cercana a él, como si hubiéramos estado en arenas movedizas, nos hubieran desprendido y pisáramos tierra firme otra vez. Pensé en lo que me había dicho anoche y me pregunté si era posible que *ambos* hubiéramos emergido victoriosos de aquello que nos amenazaba, y si era verdad que habíamos pasado a través de aquella turbulencia. Esperaba que sí, porque no me gustaba cómo se veía mi mundo sin él, y esperaba que él se sintiera igual respecto a mí. Quería estar segura, pero no me parecía correcto preguntar. Por ahora disfrutaría con la esperanza de que una parte de mí estuviera de regreso.

Caminamos por el Barrio Francés hacia la línea divisoria de la calle del Canal, cerca del lugar de compras favorito de Dante, y después seguimos hacia la central bodeguera. Las multitudes pronto disminuían en esa área, pero felizmente no tenía nada que ver con la imagen que su nombre sugería. Me había imaginado estructuras abandonadas, sin mantenimiento, y calles con esquinas colmadas de malvivientes desagradables. En vez de eso, la mayoría de los escaparates albergaban encantadoras galerías y restaurantes prometedores. Mientras Lance y yo avanzábamos, nuestra conversación también se aligeraba con temas menos densos.

–La idea es alegorizar el montón de lugares donde hemos estado trabajando y hacer la broma de que ha sido un trabajo tan arduo que siempre cubríamos el turno de noche. Después incluiremos los cementerios, ya que son puntos clave en la ciudad —Lance me explicó los dibujos de la carroza en los que el grupo ya había comenzado a trabajar mientras yo recuperaba fuerzas.

–Entonces, a juzgar por la velocidad a la que vas con esta cosa, debería tomar unos diez minutos más terminarla, ¿me equivoco? —bromeé. Al parecer, él había logrado terminar el trabajo en la cripta la mañana del día anterior—. Creo que podríamos ir al cine o hacer algo antes de las tutorías.

Puso cara de impaciencia.

–Perdona que te decepcione, pero hemos estado trabajando en conjunto con todo el voluntariado de la ciudad, no sólo somos nosotros...

–Ah, entonces tienes que disminuir un poco tus habilidades. Nada de herirte con los clavos.

–Sí, y tal vez tú quieras relajarte un poco y evitar arrojar objetos —me riñó con dulzura.

–Ya tomé nota.

Fue hasta que llegamos a los límites de la ciudad cuando nos topamos con una bodega digna del nombre del barrio. Era un enorme monolito en forma de hangar y los costados abiertos, como si fueran las puertas de un garaje. Nos escabullimos por la parte trasera. Lance iba al frente para atravesar un muelle de carga.

El sonido de taladros, martillos, sierras y todo tipo de herramientas mecanizadas nos saludaron. Adentro, el lugar bullía con nuestros compañeros. Tal como Lance lo había mencionado, no sólo estaban los de nuestra casa, sino el grupo entero de internos, y todos se encontraban muy ajetreados con un objetivo, arremolinados alrededor de cuatro plataformas con ruedas que los camiones remolcarían el gran día. Hasta ese momento todas eran negras, pero nuestros compañeros trabajaban haciendo versiones miniatura de los sitios emblemáticos de la ciudad: la plaza Jackson, el Superdomo o la calzada del lago Pontchartrain. Extendieron una bandera por el piso en la que se leía RED DE VOLUNTARIOS DE PREPARATORIA DE NOLA, estampada con letras gigantes. Mientras tanto, nuestros compañeros ángeles habían acondicionado en un rincón un espacio para trabajar en réplicas miniatura de las criptas famosas del cementerio Saint Louis No. 1.

Lance había comenzado a construir los árboles para la parte del cementerio en la carroza y me reclutó para ayudarlo.

—Trata de no perder un brazo, ¿ok? —dijo, cuando me colocó delante de una sierra fija.

—Tienes que estar bromeando —dije.

Se quedó pensando sobre el asunto un momento.

—Bueno, no te preocupes —movió la cabeza—. Sólo haz como que estás muy ocupada y cuando sea el momento de clavar y pintar todo esto, entonces te pondremos a trabajar.

Eso sonaba más factible.

Alguien me jaló de la manga y me volví. Emma estaba junto a mí con una tabla y un bolígrafo en la mano.

—Muy bien, ustedes dos. Soy del comité de disfraces —dijo—. Estoy haciendo una encuesta. ¿Qué les parece si nos disfrazamos de esqueletos, de zombis, almas perdidas, o...? —ambos la miramos sin expresión alguna—. ¿Qué quieren ser? ¿En la carroza?

A la mañana siguiente, cuando me dirigía al jardín comunitario con Dante, encontré otro mensaje esperándome en la casa de junto.

> H
> Cualquier cosa que estés pensando, no la apruebo,
> pero prometo ayudarte. Siempre comienzan sus oleadas
> de asesinatos en la plaza Congo a medianoche.
> Sospecho que estarán ahí esta noche. Por favor, prométeme
> que tendrás mucho cuidado. Me mata no poder estar
> ahí para guiarte. Déjame una nota aquí mañana para saber
> que estás bien.
> Respecto al otro asunto: he estado preguntando y sé
> de buena fuente —gente que estuvo ahí— que ni tú ni
> Lance cometieron ninguno de esos actos. Ustedes fueron
> espectadores, no participantes.
> Por lo demás, los de tu grupo han sido excepcionalmente
> fuertes y no han participado activamente en los crímenes
> durante los episodios en que los marcaron.
> Tuyo,
> L

30

Ni una palabra

Dante fortaleció el dije de la flor de lis de Lance y reforzó el mío.

−Estarás bien toda la noche, pero cuando salga el sol o ante cualquier luz artificial, obviamente estarás en problemas —advirtió, mientras Max observaba con expresión grave.

Connor llegó antes de transformarnos para desearnos suerte.

−Sean prudentes, chicos. Si están en peligro de que los detecten, escapen —ordenó.

En las últimas semanas se le había formado una arruga en el entrecejo, la gravedad de esta guerra comenzaba a afectarlo.

−Una cosa más —dijo Max exaltado—. Es algo en lo que hemos estado trabajando. No está listo todavía, pero si esparcen esto en los objetivos antes de que los ataquen, podrían protegerlos. Ésa es nuestra esperanza, por lo menos. Hagan una prueba para nosotros —a cada uno nos dio una bolsa llena con polvo rojo.

Como ya no había más instrucciones pendientes, Lance y yo nos miramos un momento.

–¿Listo? —pregunté. Él asintió, puso la mano sobre el brazalete de cuero en su muñeca e inclinó la cabeza. Yo tomé mi dije y me concentré hasta que sentí que mi forma se desvanecía en la bruma.

Nos dirigimos sigilosamente a la plaza Congo por calles cada vez más desiertas. Nos mimetizamos con la noche de manera que apenas podíamos vernos el uno al otro; Lance y yo éramos sólo unas manchas oscuras. Si nos manteníamos lejos de la luz de las lámparas, realmente éramos invisibles. Nuestro mayor reto sería no perdernos el uno del otro en el curso de la noche.

Cuando nos acercamos al lugar del encuentro, oímos el murmullo de las voces. Más allá de donde nos encontrábamos, algunas figuras se dirigían hacia la parte superior de las rejas. Pero estar camuflados no significaba que pudiéramos atravesar las rejas del parque. Como Dante nos había explicado: "Es como si te arrojaran encima una bolsa de papel: sigues ahí, sólo ya no te ves como eres".

Como ya lo habíamos hecho tantas veces en el cementerio, escalamos por la entrada y subimos a la reja sujetándonos de las barras de metal intentando que no hicieran ruido. Oí las suaves pisadas de Lance en la acera de enfrente. Las mías lo seguían uno o dos segundos atrás. La luz del arco de la entrada reveló el reflejo de su sombra por un instante y al verla sentí alivio. Nos internamos aún más en el exuberante parque hasta que nos encontramos con ellos. Había por lo menos unas veinte personas reunidas, que charlaban, cantaban y se balanceaban a un ritmo silencioso. Los ánimos estaban agitados, tenían el pulso frenético de una multitud ansiosa por comenzar.

Los rezagados iban incorporándose a la Cofradía. Un hombre mayor llegó por el mismo camino que nosotros y conforme se acercaba su forma se iba alterando: primero era una persona con el pelo gris y una joroba, pero después se convertía en un joven fuerte y vivaz. Saludó a los otros con apretones de mano. Algunos trepaban a los árboles como gatos, saltaban hacia las bancas y se impulsaban de nuevo a otras ramas. Muchos otros cambiaban de forma ante nuestros ojos, adoptando un físico completamente distinto. Un hombre común, rubio y delgado, caminaba del brazo de una pequeña figura cubierta de negro. Cuando se acercaron a la luz, vimos claramente que la Hermana Catherine se transformaba en Clío y adoptaba la envidiable forma escultural de un demonio joven, incluso llevaba su acostumbrado disfraz de minivestido con botas vaqueras. Su acompañante era Jimmy, nuestro compañero caído. Busqué a Lance para decírselo, pero me tomó varios intentos hasta que mi mano rozó lo que supuse que era su hombro. Sentí que me apretaba el brazo en señal de que lo había comprendido, mientras Jimmy tomaba su lugar junto a un tipo con un mechón azul que ya habíamos visto antes: Brody. Jimmy le daba palmadas en la espalda mientras hablaban, como si le diera ánimos. Entonces, muy lentamente, Brody dejó de ser ese patineto desgarbado de piernas largas y espalda caída, para transformarse en un musculoso mariscal de campo, el tipo de estadunidense ideal con una mandíbula definida. Era pelirrojo y portaba un corte de pelo militar.

Sin aviso, Clío saltó en el aire para posarse sobre una escultura de bronce que representaba a un músico de jazz. Se acomodó en la cabeza de la estatua como un pájaro con las piernas cruzadas, mientras miraba a sus leales súbditos debajo de ella, con esa sonrisa perversa en sus carnosos labios. Lance me jaló hasta la base del árbol más cercano. Invisibles, permanecimos de pie bajo su copa, con toda libertad para observar.

—*Bienvenue!* —saludó y los asistentes le respondieron—. Veo que algunos han comenzado a celebrar antes de terminar el trabajo —señaló en nuestra dirección. A una distancia peligrosamente cercana, debajo de otro árbol, una pareja que no parecía pertenecer al grupo, se abrazaba y besaba—. Wylie, deberías saber las reglas —dijo Clío burlonamente. Él se puso de pie, inclinando su cabeza hacia ella con respeto—. Deja eso para más tarde, será todavía más placentero después de las emociones que nos esperan.

Apenas respirando, me acerqué más a la pareja. Era aquella mujer alta de larga melena castaña.

—Ya todos saben lo de la cuota, ¿verdad? Así como siempre necesitamos nuevos miembros, necesitamos también provisiones. Escojan bien, *mes chéries*. Quédense con lo mejor y usen lo que sobre —Clío vociferaba como si fuera su propio eslogan publicitario—. Nuevos reclutas, no sean tímidos. Disfruten, ya los veré regresar a casa con sus trofeos —dijo arrastrando las palabras, lenta y sugerente.

Si no conociéramos el trasfondo de su conducta, cualquiera pensaría que se trataba de una típica belleza sureña que fungía como anfitriona de una fiesta. Aplaudió dos veces, lo que parecía ser la señal que todos esperaban. Juntos soltaron un rugido al unísono y se dispersaron en medio de la noche como una jauría de perros salvajes, precipitándose hacia las rejas de la entrada.

Lance y yo nos demoramos un momento en comenzar a movernos, sobrecogidos por ese repentino éxodo masivo hacia el Barrio Francés. Juntos salimos a toda prisa para seguir a Clío. Ella se colocó al frente del grupo hasta que llegaron a la calle Bourbon. Después, sus multitudes se dispersaron como planetas que giran alrededor de un sol. Ella rondaba a tres hombres que sostenían cervezas y caminaban en medio de la calle, hasta que uno de ellos la miró a los ojos. Clío se le adelantó y giró para mirarlo sobre su hombro, lazándolo con una mirada con la que le pedía que la siguiera. Él lo hizo. Entre más cerca la tenía, ella caminaba más aprisa, de espaldas, sonreía y ondeaba los brazos entre las multitudes atrayéndolo a una calle y a otra. Unas cuadras después lo llevó a un callejón entre dos tiendas. Iba solo.

Aguardamos y me coloqué contra un muro de ladrillos mientras buscaba la bolsa de polvos, lista para lanzarlos.

—Me atrapaste —le dijo ella a él

—Eso creo. Hola. ¿Qué estás haciendo sola en un lugar como éste? —dijo él arrastrando las palabras.

—¿Eres de aquí? —preguntó ella, acariciando el muro con los dedos y acercándose lentamente hacia él.

Ella se deslizaba como en trance, hasta que de pronto se tropezó, pero se repuso con una sonrisa. Su presa estaba tan embobada que probablemente ni lo notó. Pero yo perdí el aliento cuando pensé que podía haberse tropezado con Lance.

—Eres lindo, ¿eh? —le ronroneó al tipo.

Él era más o menos de la misma estatura que ella y su cuerpo era blando sin ser regordete, más bien estaba recubierto de músculos que alguna vez habrían sido fuertes, era alguien que tal vez había dejado el ejercicio para sólo mirarlo en la televisión. Ella le pasó los brazos por el cuello como si fuera a besarlo, pero algo brillante destellaba en su mano.

Todo sucedió demasiado rápido. Busqué en mi bolsillo y tomé un puñado de polvo para lanzarlo. Pero una de sus seguidoras chocó contra mí. El polvo se me cayó cuando Clío asestó la hoja del cuchillo en el cuello de su víctima. Traté de contener un grito al alejarme del grupo. Como buitres el grupo se abalanzó en picada y lo cercenaron. Después se dispersaron, tan pronto como llegaron. Algunos se transformaron en visiones distintas, otros aguardaron.

—Clío, por un momento pensé que lo ibas a conservar.

La chica que se había tropezado conmigo era quien hablaba. Su pelo largo y ralo colgaba en una trenza a un costado de su cabeza.

—Lo sé —suspiró Clío mientras encendía un cigarrillo con el dedo índice—. Lo pensé. No estaba mal, pero prefiero comenzar la noche con un cuerpo, no con un alma. Crea el clima idóneo. Tantas capturas nos esperan. Realmente necesitan ser especiales.

Parecían flotar para regresar a la noche. El hombre yacía en el piso con el pecho abierto en un charco de sangre. Hubiera querido no mirarlo.

—Demoré demasiado —oí decir entre las sombras del callejón.

Lance estaba arrepentido.

—Yo también —dije, y sentí náuseas.

—Ya será la próxima —murmuró mientras sus pasos se acercaban—. Vamos, continuemos antes de que los perdamos.

Comenzamos a correr hasta que llegamos de nuevo a la calle Bourbon. Clío se había encontrado con Wylie y su novia, y esta vez no lo perdimos de vista. La llevaba aferrada a él, abrazada contra su cadera, la protegía mientras caminaban entre la multitud. La calle Bourbon estaba tan iluminada que debíamos ser muy cuidadosos y mantenernos alejados de las luces de neón de los bares. Estábamos más seguros entre el mar de gente que caminaba en la calle, permanecimos lo suficientemente cerca de Wylie para oír parte de su conversación.

—Tú elige, mi amor —dijo a través del cabello de su novia.

Ella señaló, sonriendo de oreja a oreja, como si pensara adoptar un nuevo perrito. Después aceleraron el paso. Flotaron en dirección de una mujer de veintitantos vestida de manera conservadora, portaba jeans, blusa y un saco ajustado y caminaba junto a sus amigas. Parecía el tipo de mujer a la que han obligado a salir y que sucumbe a las presiones de la líder más alocada del grupo: una fiestera desaliñada que payaseaba cantando una canción que salía de las bocinas del bar más ruidoso de la calzada. No imaginaba cómo capturarían a esta joven, aparentemente sensata y sobria. Pero Wylie y su pareja caminaron junto a su presa y rápidamente intercambiaron miradas. Fue en ese momento cuando lo vi. Localizaban a cada miembro de la Cofradía dentro de un radio de cinco metros, y todos juntos paralizaban a su presa en el sitio donde se encontrara. Usaban sus ojos.

Ella pareció relajarse mientras sus amigas se adelantaban unos pasos, y entonces Wylie y su pareja se le acercaron por detrás y tomaron sus lugares a cada lado. Él pasó el brazo por encima de su presa y yo arremetí empujando a las personas que tenía enfrente para cubrirla con un puñado de polvo, mientras Wylie escondía algo en su bíceps. Era como un pico largo y negro, cubierto de veneno, pensé. Lo asestó con rapidez y limpieza, luego escondió la evidencia en su bolsillo. En un instante, ella se desplomó como cualquier otro juerguista, pero ambos la sostenían y le abrían el paso.

Había fallado de nuevo y la noche apenas comenzaba. Por un instante dejé de moverme y por todas partes me empujaban personas que habían salido a divertirse, en medio de otras que habían llegado ahí para destruirlas. ¿Cómo podíamos seguir así?

Sentí a Lance a mi lado. Había demasiado ruido en todas partes, la música, la gente, al tiempo que él hablaba.

—Brody se ve hambriento —dijo.

Busqué alrededor y lo encontré, era esa nueva versión de él saliendo del bar. Ahí estaba, de pie, en su flamante cuerpo como un escudo de armas. Tuve la certeza de que podía superar a cualquiera. Jimmy estaba junto a él.

No decían una sola palabra, sólo comenzaron a seguir a una rubia pequeña que parecía de mi edad. Se despidió cuando salía de un restaurante, vestía una especie de uniforme —blusa blanca y pantalón negro—, y su peinado era una cola de caballo.

No estábamos en la calle Bourbon, pero había mucha gente, la suficiente como para que ella no se percatara de los pasos que se acercaban a sus espaldas, ni de dos miembros más de la Cofradía que estaban entre la gente que miraba los escaparates en la acera opuesta.

La chica sacó su teléfono y se sumergió en una charla animada. Salí corriendo, sin importar que mis pasos o mi jadeo hicieran ruido. Esta vez mi intento no fallaría. La chica pasó debajo de una lámpara cuando me aproximé a ella lo más rápido que pude y le lancé un puñado de polvo por un costado, al mismo tiempo que Jimmy y Brody se tropezaron conmigo y arremetieron contra ella.

La chica se dio la vuelta y mirándolos fijamente retrocedió a toda prisa.

—¡No se acerquen! —les gritó. Sus palabras salieron desgarradas con un grito aterrador—. ¡Aléjense! —dijo y corrió a toda velocidad, sus pies golpeaban tan fuerte el pavimento que sonaban como disparos.

Oí que alguien del otro lado de la calle llamaba al 911:

—No estoy seguro, pero sonó como un asalto o algo así...

–Está bien, eres un principiante. La próxima vez, la próxima... —oí que decía Jimmy mientras corría con Brody a toda prisa.

Los seguí unas cuadras, pero en el momento en que el sonido de las sirenas penetró el aire, ya se habían transformado de nuevo en lo que eran y desaparecieron en la noche. La policía jamás los encontraría.

De alguna manera, Lance había conseguido mantenerse cerca.

–Ésa fuiste tú, ¿verdad? —murmuró.

–¿Tú crees?

–Bueno, no llegué a tiempo, pero no creo que ella sola los haya detectado —dedujo—. Tampoco que sea tan veloz.

Era cierto: la chica se había escapado con tanta velocidad y fuerza que bien podría haber sido una de ellos. Tomé nota mental para Dante y Max de que su polvo rojo parecía funcionar.

Mientras seguía la noche, la Cofradía se dividió en dos grupos, así que era imposible seguirlos a todos e impedir los ataques. Nunca se mantenían demasiado alejados los unos de los otros y parecían estar en sintonía telepática. Pudimos evitar que casi mataran a alguien, cuando otros miembros de la Cofradía se unieron como manada en proceso de tomar como botín a otra víctima unas calles más adelante.

Con cada asesinato y con cada captura de alma, la euforia de los miembros de la Cofradía aumentaba, como si esos actos les inyectaran combustible y los hicieran más fuertes, en medio de un salvaje gozo. Hasta Lance y yo podíamos sentir su frenesí colectivo. La emoción emanaba de cada uno de ellos y rastros de ésta se colaban por nuestra piel, aunque intentáramos resistirnos. Estas criaturas también tenían ventajas fisiológicas: eran increíblemente ágiles y rápidas. No bien comenzaban a sonar las sirenas se dispersaban de inmediato, trepaban por los edificios como insectos, se agazapaban en espacios oscuros. Los más hábiles podían transformarse en un abrir y cerrar de ojos. Podías ver a alguien caminar hacia ti, sin quitarle la mirada de encima, y de repente cambiaba tan rápido que parecía que te habías distraído o que alguien caminaba delante de ellos y te obstruía la vista.

Lo más escalofriante era lo que eran capaces de hacer sin pronunciar palabra. Podían estar a varios metros unos de otros, pero cuando uno elegía a su presa, los demás ya estaban también al acecho. Entonces todos concentraban su mirada en esa persona y luego atraían a la víctima a su telaraña. Era como si marcaran a las personas con un láser invisible. El esfuerzo combinado de esa concentración podía paralizar a una persona en un sitio o hacer que se desviara en cierta dirección. Recordé esa sensación de sentirme separada del grupo en el cumpleaños de Max y que pareció no importarme. Ahora lo comprendía.

Pensé en los cadáveres. El enorme derramamiento de sangre era algo que nunca había deseado presenciar. Y habían sido muchos. Las pocas almas que vi que se llevaron inspiraban un tipo de miedo diferente. Esas personas ya habían sido reclutadas para su ejército. Temblé al pensar que los encontraría de nuevo y que vendrían por mí. Hacia el final de la noche, Lance y yo habíamos acumulado un catálogo mental de las identidades de varios miembros de la Cofradía. Era un conocimiento útil, por supuesto, pero habíamos reunido demasiadas imágenes nuevas y horribles. Era como si las hubieran marcado con hierro candente en nuestras mentes; supe que no habría cura para las pesadillas que nos esperaban. Sentir culpa también era inevitable. No habíamos podido salvar a todos. Muchas personas ya no podrían regresar a sus casas esa noche, las darían por perdidas porque no habíamos sido capaces de salvarlas; otras aparecerían pero sus familiares tendrían que identificarlas. Estos pensamientos herían mi corazón. Mi única esperanza era que después de haber visto operar a la maldad, eso nos ayudara a saber cómo luchar contra ellos.

Sin embargo, sabía que no teníamos tiempo. La claridad comenzaba a invadir las calles, las horas previas al amanecer habían comenzado. Lance encontró mi brazo para guiarme a casa. Llegamos al callejón donde habíamos presenciado la primera tragedia de la noche y entonces escuché el sonido que se produce al desgarrar, arrancar y separar los miembros de un cuerpo. No podía equivocarme. Quise acercarme.

–No —murmuró Lance.

–Sí —susurré.

Juntos rastreamos el ruido hasta que llegamos al patio enrejado de un restaurante que había estado cerrado durante varias horas. Cuatro de ellos estaban ahí, dos hombres y dos chicas; todos nos resultaban familiares. Llevaban sus abominables trofeos para usarlos en el siguiente ritual, no había duda. Todos retrocedieron al mismo tiempo, tenían sangre en las manos y en la ropa. Entonces se transformaron. Súbitamente estaban limpios en sus formas nuevas, pero seguían llevando sus macabros recuerdos. En bolsos y mochilas guardaban jirones de ropa, un reloj; podía verse un dedo, una oreja, un pequeño frasco con sangre. Entonces, con una sonrisa en sus bocas, saltaron hacia la reja y caminaron sobre ella con naturalidad, dejando tras de sí el cadáver desmembrado entre las flores.

Ya no soportaba más esto, esta oleada de asesinatos que yo no había podido detener. La rabia me hervía dentro y me hizo olvidar mi propio miedo. Los seguí. Tenía que averiguar a dónde irían. ¿Qué sucedía después de esta carnicería? Sentí cómo a Lance le afectaba esta decisión, luego vi que su sombra caminó en silencio junto a la mía. Supe que no me dejaría ir sola. Así que seguimos al grupo en su camino de regreso al parque donde todo había comenzado.

Se separaron antes de llegar a la plaza Congo. Escalaron otras rejas que conocíamos muy bien, aquéllas que rodeaban al cementerio de Saint Louis No. 1. Corrían y corrían sin parar, se perdían entre los pasillos, saltaban como ranas en las tumbas al ras del suelo o se lanzaban a las más altas, hasta que llegaron a su destino: la cripta de Lance. La tumba era de un blanco prístino brillante, como un faro. Empujaron la lápida de mármol y desparecieron al internarse en la entrada de casi un metro de altura. Conseguimos escabullirnos detrás de ellos, estábamos tan cerca que me tropecé con una de las chicas.

—Cuidado con esas manos, Marcus. Ya habrá tiempo para eso —susurró.

—Como tú digas —el de la sonrisa torcida gruñó con una confusión placentera.

Ahí adentro, el espacio era muy reducido, como de dos por tres metros, las paredes y el piso eran de mármol liso y estaba caliente como un horno.

—¿Tenemos que dejar esto aquí? Quiero todos los honores. Traje algo bueno —dijo la otra chica. Hablaba despacio, mientras vaciaba un bolso con todo tipo de restos humanos.

La mochila del otro tipo me cayó a los pies. Sentí el peso tibio de su contenido recién cosechado y hubiera querido mover el pie, pero temía que cualquier movimiento nos delatara. Sentí la piel de gallina, mi mente luchaba por pensar en otra cosa.

—Sí, déjalo en la mochila por ahora. Él recibirá todo eso, es increíble —explicaba Marcus—. Solía ser importante, pero tuvo una discusión con el Príncipe o algo así.

—Esperemos que eso *no* pase —chasqueó el otro tipo. Su voz era áspera y fría.

—¿Y ahora qué? —preguntó la chica.

—Vamos a celebrar, por supuesto —dijo Marcus.

Corrió hacia la oscuridad en el fondo de la cripta. Supuse que había un muro allí, pero él siguió de largo, sus pasos se oían cada vez más lejos. Los otros tres gritaban y vitoreaban mientras se apresuraban a seguirlo. Una parte de mí quería que se alejaran lo suficiente para poder hablar con Lance, él había construido este lugar. ¿Sabría él lo que acechaba ahí? ¿Adónde conducía? Pude oír sus pisadas.

—¿Vamos? —preguntó ansioso.

—Sí —respondí sin pensarlo.

Ese corredor oscuro y sofocante tenía una pendiente tan pronunciada que pensé que sería mejor deslizarnos hasta abajo. Me aferré a las piedras húmedas y disparejas de la pared. El sendero se dividía y el camino que tomamos pronto nos condujo a un sitio alumbrado con un tono rojizo que provenía de un lugar más profundo. La piedra debajo de nosotros ahora era una larga hoja de vidrio, una ventana hacia una escena debajo de nosotros bastante alejada. A primera vista parecía idílica: era un lago rodeado de árboles y en sus márgenes podían verse figuras reclinadas. Aunque el color necesitaba un ajuste: los árboles eran negros y grises y la hierba estaba muerta y en descomposición. El lago era rojo. Miré a Lance para confirmar mis sospechas, pero algo peor interrumpió mis pensamientos. Algo peor. Lance elevó la mirada y pudo observar nuestros cuerpos reflejados en la ventana. Comprendió: ahí ya no éramos sombras. Nos podrían ver.

Corrimos por encima del vidrio y nos internamos en ese túnel hasta que un sendero de piedra reemplazó las ventanas de abajo. Más adelante el sendero se dividía de nuevo hacia otro corredor con huecos en el muro bañados de un resplandor rojizo, que también eran ventanas; en una se veía otra vez el lago. En ese momento, aparecieron los cuatro miembros de la Cofradía que habíamos estado siguiendo, se quitaron la ropa mientras corrían al lago y se sumergieron en él. Alguien emergió de ahí, teñida de rojo y resplandeciente. Clío.

—Larguémonos de aquí —dijo Lance.

No necesitó convencerme. Me di cuenta de que tenía varios minutos apenas respirando.

—Sé que será una pregunta estúpida… —comencé mientras regresábamos corriendo por donde habíamos llegado.

—No, nada de esto estaba aquí —se apresuró a contestar Lance—. Yo construí una aburrida cripta, de cuatro paredes, sin sótano ni ventanas hacia el inframundo —murmuró. Le temblaba la voz.

—Sólo quería confirmarlo.

Dimos vuelta en una esquina. Podría haber jurado que seguíamos el camino por donde habíamos llegado, pero en vez de eso nos encontramos en otra parte, nos encontramos con otra bifurcación. Una nueva ventana apareció. En ella, dos hombres sumergían a otro en el mismo líquido rojo y viscoso hasta casi ahogarlo. Agitaba los brazos y las piernas y lo sacaban justo a tiempo sólo para sumergirlo de nuevo, una y otra vez. A la distancia, en unas gradas colmadas, vitoreaba una multitud. La temperatura del aire había aumentado tanto que sentía un hilo de sudor en la espalda. El pánico comenzó a llenar todo en mi interior.

—Éste no es el camino —susurré.

—Éste era el único camino —respondió Lance.

Después, nos quedamos paralizados: oímos pasos que se acercaban y nos escabullimos lejos de la ventana.

–No digan ni una palabra —nos ordenó la voz, con una fuerza a la que era imposible oponerse. La conocía muy bien. Era Lucian. Llevaba un costal negro vacío—. No se perdieron. Éste es un laberinto repleto de trucos ópticos para atrapar a los intrusos. Vengan conmigo —señaló.

Sus ojos no tenían vida, eran dos piedras opacas. El miedo se escuchaba en la voz. No tuvo que decírnoslo: si nos encontraban, ninguno de los dos saldría jamás. Corrimos detrás de él, pasamos junto a unas ventanas que mostraban actos horrorosos y por otras que supuestamente contenían momentos alegres y hedonistas, pero que también cortaban la respiración, como el chapuzón en el lago sangriento.

Lucian nos condujo por senderos oscuros hasta que finalmente llegamos a aquella rampa pronunciada. Comenzábamos a trepar hacia la entrada de la cripta cuando una voz femenina sonó sobre nuestros pasos:

–¡Luuuciaaan! —gritó—. ¿Por qué tardas tanto? ¡Estamos esperándote para premiar al ganador de la noche!

Sentí la mano fuerte de Lance en la parte baja de la espalda. Percibí que estaba a punto de defenderme.

Vi el dolor en la mirada de Lucian.

–Ya voy, Clío. Perdóneme, su majestad. Estaba por recoger las ofrendas.

Me dolió escucharlo responder de esa forma a aquella criatura. Me tomó del brazo y me jaló, luego a Lance. Nos susurró con urgencia:

–Corran lo más rápido que puedan, allá abajo giren a la derecha y busquen un hueco en el muro que lleva a una escalera, suban por ella. Pronto.

Iba a decir gracias, pero se llevó un dedo a los labios para decirme que no lo hiciera. Corrió y desapareció por la rampa con el costal en la mano para recoger lo que habían depositado en la entrada de la cripta.

Lance y yo salimos a toda velocidad por el pasillo interminable, luego seguimos sus instrucciones hasta que encontramos el hueco que fácilmente pasaba inadvertido y que daba a una escalera.

Hubiera deseado que Lucian viniera con nosotros. No pertenecía a ese grupo de asesinos. Pero trepamos y caímos y caímos, caímos mucho más tiempo de lo que esperábamos. Por fin, aterrizamos con un golpe sordo, enredados, con las piernas entrelazadas, en el segundo piso de la mansión LaLaurie.

31

Eso debe ser

No fue fácil informarle lo que había sucedido a Connor. Lance y yo corrimos fuera de la mansión en cuanto el sol de la mañana comenzó a elevarse. Sólo nos detuvimos cuando alcanzamos los confines del patio y entonces nos desplomamos en la tierra fría, frente a la fuente, incapaces de llegar hasta los sillones. Lance estiró los brazos y yo me acurruqué contra su pecho. Cerré los ojos por un momento y traté de dejar atrás los recuerdos de la noche pasada.

Todos estaban en la sala comunitaria, vestían la misma ropa del día anterior y nos esperaban. Cuando tuvimos el suficiente aliento para hablar, no encontrábamos las palabras. Poco a poco, Connor comenzó a sacarnos información mientras los demás escuchaban.

–Llegó la policía pero era demasiado tarde.
–Se transforman, aunque los miraras bien no los encontrarías.
–Las sirenas no paraban de sonar.

Hicimos un recuento rápido, aunque estábamos como traumatizados. Cuando por fin concluimos, Connor dispersó el grupo y nos ordenó dormir algunas horas, pero nos detuvo a mí y a Lance antes de que pudiéramos retirarnos.

—¿Saben algo de Sabine? Creo que ya debería haber regresado.

Miré a Lance y me preparé para su respuesta. Él me miró y respondió en voz baja:

—Le dejé uno o dos mensajes cuando se fue —después subió la voz, como si se defendiera—, pero eso fue todo y nunca me respondió.

—Yo le escribí —dije, mientras me encogía de hombros.

—¿Le escribiste? —me preguntó Lance.

—Ella dijo que todo estaba bien —asentí.

La verdad es que me había sido imposible entender a Sabine, aun en las mejores circunstancias. Yo era demasiado escéptica como para hacer amistad con ella, le había perdido la confianza desde su cita con Wylie.

—¿Has intentado llamarle? —le pregunté a Connor.

—Gracias, Haven, es una idea revolucionaria —dijo en tono plano—. Sí, me contestó y me dijo exactamente lo que quería oír, por eso no le creo una palabra. Todavía no quiero activar la alarma, creo que tendría más sentido que ustedes llamaran a sus padres, Haven.

—¿Para decirles qué? —refunfuñé.

—Cualquier cosa, sólo averigua dónde diablos está —casi ladró.

Luego garabateó algo en un trozo de papel y me lo dio.

—Aquí está su número.

—Por cierto, más tarde necesitaré un reporte completo sobre lo que funcionó bien, ¿de acuerdo? —dijo Dante cuando Lance y yo llegamos a su habitación.

—Max es aún más perfeccionista que yo y le prometí que llamaría hoy a Mariette para ponerlo al tanto.

—Algunos éxitos definitivos —asentí despidiéndome con un ademán—, estaré de regreso en un rato.

No me preocupaba estar sola en este momento, después de la noche que habíamos pasado, pero estaba ansiosa por cambiarme de ropa. En cuanto me encontré sola en mi habitación escuché la alarma de los mensajes, quién sabe cuánto tiempo había estado sonando. Subí a mi cama y de la cómoda tomé el teléfono, que nunca antes había sonado. Cuando oprimí el botón de la parte de abajo, el sonido cesó y un mensaje apareció en la pantalla.

> Mi querido ser alado, debes estar cansado, pero esto es importante. El Día de Metamorfosi se acerca y debes comenzar los preparativos finales, no pierdas de vista los retos que enfrentarás más adelante. Tal vez estés más interesada en devolverle a Lucian el favor que te hizo la noche pasada, lo cual es admirable; pero él te advirtió que alcanzar el éxito en esta misión sería difícil. Al planear tu estrategia analiza esa noche desde todos los ángulos, no dejes ninguna pregunta sin responder. Recuerda que toda clase de victoria implica sacrificio.
> Lucharás por tu vida y por la de él también.
> No pierdas de vista tu progreso. Mantén una estrecha vigilancia en la salud de tu alma o no serás de ayuda para nadie.
> Hay demasiado en juego, pero está en tu poder superar todas las amenazas que pesan sobre ti.

Mis ojos se fijaron en algunos puntos: responder las preguntas correctas, hacer sacrificios. Le di vueltas en mi cabeza. *Sacrificio*.

No me gustó esa palabra, pesaba demasiado sobre mis hombros, me aplastaba como solía hacerlo mi gran mochila repleta de libros. Quise regresar al tiempo en que los trabajos finales y los exámenes del colegio eran el más duro de los obstáculos. Pero en realidad ya no importaba eso, ¿o sí?

Incluso si no me hubieran forzado a seguir el camino de los ángeles, no sentía que hubiera tenido el control total de mi vida. Seguía trabajando duro para alcanzar mis objetivos, ya fuera una buena nota, que me aceptaran en la universidad o la oportunidad de vivir un día con mi alma a salvo. Ésa era la manera en la que yo funcionaba.

Después de reponerme, marqué el número que Connor me había dado. Sonó y sonó hasta que respondió una voz de hombre, tenía que ser el padre.

—Hola, ¿podría hablar con Sabine, por favor?

—Me temo que no se encuentra. ¿Quieres dejarle un mensaje?

—Hola señor, soy su amiga Haven, ¿podría decirle que me llame?

—¿Haven, la Haven de Nueva Orleans? —su áspero tono repentinamente tomó un matiz amistoso y familiar.

—Mmmm, sí, así es —el reconocimiento fue mutuo.

—Pensé que eras su compañera de habitación, pero debo haberte confundido —dijo casi para sí mismo, y continuó antes de que pudiera corregirlo—. Anda y llámala allá, volvió a Nueva Orleans hace un par de días, moría por regresar.

Mi ánimo recibió esta noticia con cierto grado de pánico, de modo que tuve que hacer un esfuerzo para mantener el control. Nos despedimos y dejé el teléfono sobre la cómoda mientras revolvía el cajón en busca de aquellas fotos. Reuní las pocas que tenía de Sabine. Cualquier mejoría que pudieran haberme mostrado se desmoronó. Sus fotos se habían vuelto grotescas: la piel de su rostro hueco colgaba como si se estuviera derritiendo, las llagas sangraban y supuraban, y cubrían cada centímetro de su cuerpo. Sus ojos estaban amarillos y deformes. De alguna manera su imagen se veía ahora peor que la de Jimmy y mucho peor que las de quienes se habían transformado en horribles alter egos.

Corrí escaleras abajo, atravesé el salón y llamé a la puerta de Lance. Abrió, se veía como si acabara de levantarse de la cama, limpiaba los cristales de sus lentes con la orilla de su camiseta de los Cachorros.

—Su padre piensa que está aquí.

Para cuando llegamos a la habitación de Connor ya sabíamos la verdad, pero dejamos que él nos lo confirmara.

—Tiene que ser una de ellos —dijo.

—Pero hicimos la extracción —le dije— y Dante la protegió con un hechizo. No entiendo.

—Atacan de diferente manera según su objetivo —Connor sacudió la cabeza—. Ahí tienen a Brody, quien fue atrapado y nunca regresó del todo, sólo fue succionado a su mundo enfermo, como ya sabemos —se escuchó derrotado, pero luego se recuperó—. Y también están Lance, tú y otros que lo han superado. Pero Sabine debió haber vuelto antes de saber que había sido atrapada.

—Pero eso no debería importar cuando fuimos tan lejos para protegerla, ¿o sí? —preguntó Lance— ¿Realmente hicimos todo lo que pudimos?

De pronto se me ocurrió algo.

—Ella estaba totalmente bien después de la extracción —dije—, no sé tú, pero yo estuve fuera de mí unos momentos, y tú

—hice un ademán hacia Connor, quien cruzó los brazos mientras escuchaba atentamente— dijiste que se suponía que sería un trabajo efectivo en la parte de la persona que está experimentando la división del alma.

–Así es —confirmó.

–Entonces es posible que ella no lo intentara en realidad —aventuró Lance.

Connor hizo una larga pausa, sacudió la cabeza y luego, con una inusitada suavidad dijo:

–Eso debe ser.

En nuestro camino al distrito de las bodegas, al pasar por la tienda de Kip sentí un mareo. No en el sentido emocional, sino físicamente, una aguda sacudida en el pecho que me detuvo durante unos instantes.

–¿Estás bien? —preguntó Lance.

–Sí, es sólo que...

Pero había perdido el hilo de mis pensamientos. Me sujeté de una ventana y vi a una mujer caminando hacia la trastienda con las suaves ondas de su larga melena balanceándose. Lance siguió mi mirada.

–Hey, ¿viste eso? —preguntó—. ¿No es ella la que está siempre con Wylie?

Asentí. Pensé en Sabine y en cómo había permanecido en el salón de tatuajes el día que encontraron el cuerpo ahí. Un horrible pensamiento pasó por mi mente, pero lo hice a un lado y continúe.

Llegamos a la bodega y encontramos el rumor habitual de martilleo y plática sin sentido que llenaba el ambiente. Seguimos nuestro camino hacia atrás, hacia el área donde nuestro pequeño grupo de ángeles de la calle Royal trabajaba en adornar la carroza fúnebre. En el camino no pude evitar observar a nuestros compañeros del programa, parecían tan tranquilos, charlaban y reían mientras trabajaban, algunos incluso jugueteaban lanzándose pintura; la clase de cosas que suceden en las películas, pero que nunca me habían ocurrido a pesar de haber pintado muchas veces durante mis numerosos trabajos. Al verlos anhelé la normalidad de sus vidas, después este anhelo se intensificó hasta convertirse en ese mismo agudo y punzante dolor que había sentido afuera de la tienda de Kip.

Al principio pensé que podría ser uno de tantos ataques de pánico, lo que sin duda explicaría la sensación de que todo se me venía encima, pero esto era algo más. Empezaba en la cicatriz de mi pecho y desde ahí se esparcía por todo mi cuerpo, se instaló en el corazón e hizo más lentos sus latidos, se enganchó en mis pulmones y constriñó mi respiración y se enterró en mi cerebro hasta que sentí que mi cabeza se partía en dos palpitantes hemisferios. Mi paso se hizo más lento hasta que finalmente tuve que detenerme. Me quedé enraizada al lado de un chico que cortaba tablas con una sierra circular, su ansioso zumbido retumbaba en mis oídos al morder cada una de las partículas de aserrín que se posaban en mi sudorosa piel. Cerré los ojos y puse la cabeza entre mis manos, después me forcé a abrirlos sólo para ver al chico que me miraba confundido con sus lentes de plástico.

—¿Estás bien? —preguntó sobre el rugido del equipo de construcción.

Me limité a asentir, y enjugué el sudor de mi frente. Todavía con mucho esfuerzo, me alejé unos cuantos pasos mientras él volvía a su trabajo, ¿qué me estaba sucediendo?, no era momento para sentirme débil.

Unos metros más adelante volvió a apoderarse de mí aquella sensación de escozor. Llegué al departamento de vestidos, una sección delimitada por unos bastidores de ropa y una mesa con un par de máquinas de coser haciendo su característico ruido. Un trío de chicas hojeaba un álbum de fotos Polaroid.

—Creo que necesitamos más color —dijo una de ellas, entornando los ojos—. ¿En serio quieren sólo negro y rojo en la última carroza, la del cementerio? Será muy aburrida.

Tuve que detener mis pasos y concentrarme en respirar, ellas detuvieron su conversación para mirarme. Mientras yo las veía un fuerte dolor estalló en mi pecho durante un instante, pero con un enorme esfuerzo me obligué a seguir adelante para finalmente alcanzar a Lance.

—¿Dónde estabas?, desapareciste —preguntó mientras colocaba un tablero en su lugar, a punto de concluir su réplica de aquella enorme cripta circular donde decidimos tomar "una pausa" hace algún tiempo. Odiaba aquel objeto. Antes de que pudiera contestar me estudió y dijo—: Escucha, no te ofendas, pero no luces nada bien.

Me recargué en la estructura y dejé que mi cuerpo se deslizara hacia abajo. Me tropecé, pero me recuperé.

—No está hecha de cemento y mármol como la auténtica, ¿qué sucedió?

Hice un par de aspiraciones profundas e intenté pararme derecha.

—Probablemente sigas agotada, eso debe ser —concluyó, con un dejo de preocupación en sus palabras.

—Espero que tengas razón

Una voz nos interrumpió.

—Estoy haciendo una encuesta: ¿qué tal poner lentejuelas en el vestuario? —dijo Emma—. ¿A favor o en contra? —nos limitamos a mirarla inexpresivamente.

—¿Lo dices en serio? —preguntó Lance.

—Enfáticamente en contra —contesté.

—Pero ni siquiera has visto las muestras.

—Enfáticamente en contra —repetí.

—Ya veremos —dijo, escribió algo en su registro y continuó en busca de sus siguientes víctimas.

Todavía tuve otro conato de desmayo antes de que terminara nuestra estancia en el almacén, por lo que Lance me ordenó descansar cuando regresamos a casa.

—Han sido días muy fuertes y no podemos tenerte así en nuestro acto del Mardi Gras —dijo, realmente preocupado detrás de su aparente broma.

Me fui temprano a la cama y decidí tranquilizarme practicando mis habilidades de levitación para dormir. Concentré mi mirada en una de las zapatillas que se encontraba en el piso de la habitación. Se levantó en segundos y flotó hacia mí. Saqué una mano de debajo de la colcha y la tomé. No estaba mal, lo había logrado en menos tiempo. Mis párpados se cerraron y ya comenzaba a quedarme dormida cuando escuché el sonido metálico del teléfono: había recibido un mensaje. Pensé en dejarlo pasar, pero el ruido aumentaba conforme transcurría el tiempo. Alcancé el teléfono y encontré un nuevo mensaje en la pantalla. Me armé de valor y comencé a leer; la primera línea me llenó de alivio y no de miedo.

Te dará gusto saber que lo que sentiste hoy no fue algún tipo de debilidad: fue una advertencia. Estás acostumbrada a sentir la presencia del peligro a través de tus cicatrices. Ahora has comenzado a desarrollar una habilidad superior para predecir problemas. Presta atención a esa sensación. Hoy, sin la necesidad de fotografías, tuviste éxito en identificar las almas que coquetean con el lado oscuro, considera esto un nuevo radar para ti: de ahora en adelante, cuando estés en contacto con alguien cuya alma esté en riesgo o en proceso de ser robada, lo sabrás y lo sentirás. Aunque hoy pudo haber abrumado todo tu ser, con el tiempo tu cuerpo se acostumbrará a este tipo de llamados.

Repasé aquellos episodios: ¿dónde estaba exactamente cuando recibí aquellos dolorosos golpes?, ¿quién estaba cerca?, ¿a quién debía buscar?, ¿cómo podría proteger a aquéllos a quienes ni siquiera conocía? Continué leyendo:

Estás volviéndote poderosa, Haven.
Lo de hoy debería darte confianza.

Traté por un momento de dejar de leer para saborear la frase.

Pero a pesar de esto, tu camino se tornará cada vez más espinoso. Ahora tu sentido de responsabilidad será mayor: querrás salvar a esas personas y a otras, sentirás que su destino está en tus manos, pero no siempre triunfarás.
Aun así, este conocimiento puede darte la oportunidad de cambiar el curso de esos destinos. El próximo objetivo de la Cofradía es una ola de violencia y su meta es el

derramamiento de sangre. Será mayor incluso que la que atestiguaste durante tu reclutamiento, pero ahora tendrás el poder para intervenir.

Mi frustración aumentó, entonces leí más rápido, con urgencia.

Más que nunca, tú, la iluminadora, necesitarás al arquitecto y al alquimista. A través de ellos obtendrás el más grande poder, sin su ayuda prácticamente estarás desvalida. Ustedes tres forman una unidad, funcionan mejor juntos.
No dejen que nada se interponga en el camino de su alianza, su supervivencia depende de esto. El día del juicio final se acerca, ser alado.

"No dejen que nada se interponga en el camino de su alianza", esta frase me llamó la atención. Era la primera vez que un mensaje me decía algo positivo sobre mí, algo que ya había descubierto por mí misma. Tenía que asegurarme de que uno de ellos supiera, sin lugar a dudas, lo que significaba para mí.

32

¿Qué nos pasó?

Cuando regresamos a casa al día siguiente, era algo innegable que el carnaval Mardi Gras estaba próximo a llegar. En la entrada de cada una de nuestras habitaciones habían sido colocadas máscaras con lentejuelas y plumas con colores insignia —verde, púrpura y amarillo—, junto con volantes que decían:

¡Estás cordialmente invitado
a la Mascarada de Mardi Gras
de la Red de Voluntarios de Preparatoria
de NOLA!
¡Se celebrará con el clásico estilo de Nueva Orleans!
En la Mansión LaLaurie

Estaba leyendo esto cuando Dante irrumpió en mi habitación sin saludar:

—¡Tengo una emergencia vudú! —mostraba el enloquecido nerviosismo de quien ha estado estudiando a última hora para aprobar exámenes de clases a las que nunca asistió.

—Esta fiesta es obligatoria, ¿me equivoco? Aun cuando se supone que deberás estar salvando vidas ese día —dejé la invitación sobre el escritorio y él simplemente me ignoró.

—Necesito algunos ingredientes de último minuto, sólo tengo algunas ideas —paseaba por la habitación sin mirarme—. Cosas que quiero agregar aunque usualmente no sean hechizos vudú, pero son *mis* hechizos. Mariette dice que necesito seguir mi corazón y mis impulsos, y experimentar. Ahora necesito algo más que salvia, raíz de jalapa y resina de sangre de dragón, ¿sabes? Necesito expandirme, necesito algo más exótico para complementar las hierbas del inframundo.

—Bueno, eso ciertamente tiene sentido —me encogí de hombros.

—¿Podrías conseguírmelas? —me preguntó. Dejó de moverse y me miró con sus febriles ojos.

—¿Qué?

—Max está ocupado consiguiendo lo que necesito en el jardín comunitario —dijo, sacudiendo las manos—. Y no sé en quién más confiar, necesito preparar algo lo más fuerte posible, con plantas lo suficientemente potentes como para que puedan combinarse con las flores del inframundo.

—¡No iré allá abajo! —le dije. No podría volver a esa cripta ahora, no podía arriesgarme con el Día de Metamorfosi tan cerca.

—Por supuesto que no, ¿es que no me escuchas? Tengo todo previsto: las flores están *aquí* —rebuscó entre los libros de mi escritorio, arrancó una hoja de mi libreta y garabateó una lista.

—De acuerdo, iré al Mercado Francés.

—*No.* Necesito que vayas al jardín botánico hoy en la noche y que traigas unas muestras.

—¿Eso no es, no sé, algún tipo de robo?

—En la guerra y en el amor todo está permitido, y esto es la guerra.

No podía estar en desacuerdo con su razonamiento.

—Tú eres mejor en ese tipo de allanamientos que yo, Haven, será sencillo para ti, y con todo lo que está ocurriendo con Mariette, necesito ahorrar cada minuto que pueda. Lleva a Lance… y esto —me extendió la lista con casi una docena de nombres y descripciones de flores.

Al anochecer Lance y yo nos encontrábamos junto a las puertas del jardín botánico, la arboleda se extendía infinitamente hacia el interior y sólo nos separaba de ella una verja de metal de tres metros de altura. No sería un problema, con un mínimo esfuerzo pasaríamos sobre ella.

—No quiero celebrar antes de tiempo, pero nos estamos volviendo realmente buenos en esto —bromeé.

—Estaba pensando lo mismo —sonrió Lance, quien sacó de su bolsillo trasero el mapa que Dante nos había dado y lo estudió mientras caminaba por el sendero pavimentado junto a altísimos y orgullosos robles, rosales en flor y una gran variedad de palmas cuyas gruesas y anchas hojas susurraban al rozarse unas a otras en la fresca brisa vespertina. A la distancia brillaba el domo de vidrio del invernadero al reflejar las luces de las lámparas de seguridad. Aun con tan tenue iluminación, el exuberante suelo, con sus maravillas vegetales y botones a punto de reventar formaba en conjunto un oasis de paz que casi me hizo olvidar que teníamos deberes por hacer. Saqué las notas de Dante de mi bolso, había organizado su lista de compras en orden de importancia, de más a menos.

—Voto porque vayamos primero a la sección tropical —dije, mientras me inclinaba sobre el mapa de Lance, que había encendido una pequeña linterna y señalaba nuestro objetivo en el papel.

Leí la lista en voz alta mientras Lance guiaba, acompañados del sonido de nuestros pasos y del chirriar de las cigarras como única banda sonora. Hablamos en voz baja, como si estuviéramos en una iglesia.

—Aquí está nuestra estrella: "azucena vudú, huele como a cadáver putrefacto", será divertido. Tenemos un par de orquídeas, y milenrama, dice aquí que es para sanar.

—¿Así que Dante cree que estas cosas son más potentes que lo que usamos con la Cofradía la otra noche? —se interrumpió, ajustó sus anteojos con un gesto nervioso y después señaló el camino alrededor de un espejo de agua.

—Se supone que sí —continué leyendo—: Hisopo para alejar a los malos espíritus. Espinas de algunas rosas raras híbridas. Mentiras de amor sangrante —me detuve—, ¡vaya!

—Me pregunto cómo serán.

—Aquí dice: "Pequeños botones rojos, colgantes, parece un corazón roto". Mi mente comenzó a divagar, el nombre de la flor se adhirió a mis pensamientos y se atoró entre las espinas de los pasados dos meses. Noté que ninguno de los dos habló durante un rato. Lance miraba sus pies mientras caminaba. Sentí el peso del silencio, los nervios afloraban mientras los minutos se extendían. Me pregunté si él se encontraba pensando lo mismo que yo. Miré a lo lejos las plantas tropicales meciéndose varios metros adelante. De algún modo decidimos hablar precisamente en el mismo momento.

—Yo… —inició Lance.

—¿Qué crees…? —comencé a decir.

Nos reímos de una manera nerviosa, dolorosa. Asentí para que continuara.

—Iba a decir que con estas batallas en puerta y todo eso, somos una especie de equipo, así que tenemos que empezar a actuar como tal... otra vez, de lo contrario nunca saldremos de esto.

Sonreí suavemente, con aprecio. Se me ocurrió que yo también podría tomar algún riesgo.

—Voy a hacer una pregunta que nunca pensé que tendría las agallas de hacer —dije—, siempre nos armamos de coraje cuando nuestras vidas están en juego, ¿no?

—Supongo que sí —contestó.

—¿Qué nos pasó...? —toda la sangre subió a mi cabeza en cuanto lo dije, pero me sobrepuse, estaba orgullosa de mí por intentarlo.

—¿Qué nos pasó? —preguntó como si no supiera a cuál de nosotros me refería.

Me preocupaba que las cosas se pusieran peor de lo que había imaginado, pero algunas veces sólo necesitas respuestas, incluso si éstas no cambian nada de lo que pasó ni de lo que ocurrirá en el futuro. Mi vida estaba poblada con tantas cosas fuera de mi control, que debía intentar comprender por lo menos ésta.

—No lo sé —Lance inhaló y revolvió sus cabellos, después exhaló.

De alguna manera, la situación era extrañamente tranquilizadora. Me sentía lo bastante envalentonada para presionar, mi mirada se centró en mis dedos inquietos.

—Quiero decir... —me abracé a mí misma y continué como quien se prepara para morir en una batalla contra los demonios en cuestión de días, sin nada que perder.

—Tú... tú... tú... —no podía dejarlo salir— ¿amabas a Sabine?

–¿Tú lo amas? —me eludió.

–Espera, yo pregunté primero —dije, fingiendo un puchero mientras lo observaba con el rabillo del ojo.

El aire se había tornado más frío desde que estábamos ahí, lo sentí pese al aumento de temperatura en mi piel. Pensé en el mensaje de la otra noche y sobre lo de ahora, no bromearía.

–¿Que si amo a Lucian? No, no realmente. Me preocupa, sé que no merece lo que le está ocurriendo. Pero no sé, creo que tal vez existe una diferencia entre tener un amigo que te atrae y no querer condenar al infierno a alguien que te atrae... —busqué la manera correcta de decirlo pero nunca había tenido una conversación como ésta, de modo que salió muy breve—: y el verdadero amor. Quiero decir, sólo estoy suponiendo —balbuceé— ya sabes, desde un punto de vista objetivo.

–Quizá tengas razón —dijo, con los ojos fijos hacia adelante.

Podía sentir su deseo de decir algo más, así que luché por ayudarlo a llenar el doloroso silencio.

–Así que —comenzó por fin—, por ejemplo, ¿cómo podrías categorizar el tiempo pasado con él?

–¿Aparte de los asuntos relacionados con ayudarlo a cumplir su promesa de liberarse?

–Aparte de eso.

Sonreí para mí.

–Aparte de eso, creo que yo sólo quería atraer tu atención.

Ahora él sonreía también, me miraba.

–Bueno, misión cumplida.

–Gracias —dije con una pizca de orgullo—. ¿Soy yo o hay cosas raras rondando desde que llegamos aquí?, quiero decir, entre nosotros, no sólo demonios tratando de liquidarnos, sino algo raro entre *nosotros*.

–Así es —suspiró.

–Ya te abrí mi corazón, tienes que darme algo más —dije suavemente, como para esconder la seriedad con la que estaba hablando.

–¿Sabine? —dijo tentativamente, como quien prueba un micrófono con la mayor naturalidad—: Sabine fue una pérdida momentánea de juicio.

–Estoy intrigada, sigue.

Habíamos llegado a la sección de plantas tropicales, su aroma flotaba en el ambiente, las gigantescas hojas formaban un toldo. Había orquídeas moradas, amarillas y de un rojo tan vibrante que podíamos verlas en la semioscuridad tachonando el exuberante paisaje verde como joyas incrustadas en terciopelo.

–Ella fue como una especie de escape —dio una patada en el suelo—. Tal vez era sólo que me parecía algo... frágil. Parecía que me necesitaba más, tal vez...

Había un tono de disculpa en sus palabras, sus ojos se encontraban con los míos ocasionalmente, como si se declarara culpable de algún crimen. Si en verdad lo intentaba, hasta podía sonarme como un cumplido.

–Ah —no lo había visto venir. No estaba preparada para una defensa.

–Estaba confundido. Lo que había sucedido en el Hotel Lexington, todo eso me dejó hecho polvo.

Podía verlo correr a través de los recuerdos dentro de su cabeza.

–Claro, también a mí.

–No, no me estás entendiendo —se veía frustrado, intentó otro camino—. No es agradable admitir esto, pero de un modo extraño me sentía como si todo lo que hacíamos me debilitara. Cuando regresamos a la vida normal, la montaña rusa que habíamos vivido fue demasiado para mí. Sentía como si te necesitara para mantenerme estable, pero te necesitaba mucho, nunca ha sido normal para mí sentirme así, fue demasiado... tú eras demasiado, luego llegamos aquí y...

—¿Yo era demasiado? —no entendí.

—Tú parecías asimilar más fácilmente esta nueva existencia, este estatus de ángel, como si fuera algo que debías hacer y simplemente lo hacías. Yo no lo logré. Una vez que me sentí lo suficientemente bien como para salir de la cama, una vez que sucedió todo aquello, el fuego, la batalla, me sentí como si fuera alguien más, no yo, quien había hecho y vivido todo, no me podía imaginar tener que hacer algo como eso otra vez.

—Bienvenido al club, es decir, ¿estás bromeando?, no es la clase de cosas a las que uno se adapte fácilmente. Yo también estaba destrozada, ¿por qué nunca dijiste nada?

—No es la mejor hazaña para contarle a tu novia.

Entornó los ojos detrás de aquellos marcos que formaban sus gafas.

—Bueno, si me lo hubieras dicho hubieras descubierto que me sentía, y me sigo sintiendo, completamente fuera de control, si te sirve de consuelo.

Me sentí mejor al decir eso y de notar que estaba bien sentirse de aquel modo.

—Sí, supongo —sonrió—. Lo que estoy diciendo es que salir con Sabine fue para mí una especie de escape de todo esto. Pero no hay escape, ahora lo sé. Y cuando fuiste marcada —hizo una pausa— me di cuenta de... mucho.

Por un momento me sumergí en todo aquello, no quería hablar demasiado, me di un espacio para respirar como reacción al peso de sus palabras. Habíamos dejado de caminar, quién sabe cuánto tiempo estuvimos de pie en medio de esas orquídeas, perdidos en nuestros pensamientos. Lance me miró, sonreía apenado.

—Ya te he abierto mi corazón, ahora tú tienes que darme algo.

Casi repitió mi parlamento, en tono rotundo.

Lo tomé de su camisa y lo atraje hacia mí, con mis labios busqué los suyos y sus brazos apretaron mi cintura en un abrazo.

Cuando regresamos a la casa, localicé a Dante en la habitación de Max. Desempaqué varias bolsas Ziploc, le entregué los recortes de varias formas y tamaños, y mencioné cada uno mientras lo hacía. Cuando llegué a las mentiras de amor sangrante sonrió con esa mirada juguetona que yo conocía muy bien.

—Resulta que ya no necesitaré ésta, después de todo —dijo.

33

Salve, reina Haven

Después de nuestro escape de la cripta le dejé una nota de agradecimiento a Lucian, en ella también le preguntaba qué iba a hacer el Día de Metamorfosi. Todos los días revisaba en busca de su respuesta pero lo único que recibía era una ventana oscura. No podía sacudirme aquel sentimiento de que había sido atrapado por ayudarnos y por eso se había ido para siempre. El domingo finalmente, mientras iba al almacén a dar los últimos toques a nuestra carroza, observé la luz y una nota enrollada en una de aquellas botellas.

    H
    Me alegra haber estado ahí para ayudarlos.
    Gracias nuevamente por lo que estás a punto de hacer,
    no puedo decirte todo lo que significa para mí.
    Nos encontraremos en nuestro lugar habitual la mañana
    del Día de Metamorfosi. Hasta ahora sé que debes seguir
    a Clío esa tarde, ella te conducirá hacia tu némesis,
    Lance deberá hacer lo mismo con Wylie.

Ojalá tuviera algo más para ti en este momento pero se ha vuelto cada vez más difícil obtener información.
No confían en mí. Intentaré con todo mi corazón reunir más para el momento en que te vea.
Tuyo,
L.

Los siguientes dos días fueron borrosos. Podía sentir un escudo que se endurecía alrededor de mi cuerpo, que me protegía y me fortalecía. Parecía que ya nada podía sorprenderme. Por ejemplo, hicimos otra llamada anónima a la policía para que buscara bajo la cripta que Lance había construido y, en efecto, habían cavado sin encontrar nada. Si no hubiera explorado aquellos corredores con Lance, habría terminado por creer que lo había soñado. También llamamos una y otra vez a las autoridades —River, Drew y Tom hicieron los honores en esa ocasión— para advertir sobre las amenazas que pendían sobre el Mardi Gras. Al menos la policía saldría con toda su fuerza, aunque en el pasado no hubiera sido capaz de combatir a los demonios.

Pero había otra llamada que me parecía más exasperante: la que yo le debía a Joan. Había logrado evadirla demasiado, la entretenía con mensajes cortos y apresurados, y dejaba que sus llamadas se encontraran directamente con el buzón de voz. Ignoraba cualquier mención a sus posibles planes de viaje. Pero esta vez, acurrucada en mi cama dos días antes del que podría ser mi último en la Tierra, no podía esperar más. Contestó inmediatamente.

—¡Hey, hola! Eres una chica difícil de encontrar —me saludó.

—Lo sé, lo sé, lo siento. Las cosas han estado... muy locas.

—Sí, locas, locas, las cosas siempre son lo suficientemente locas para ti, demasiado como para llamar a casa.

Su tono era tan animado que podía darme cuenta de que no estaba realmente enojada... todavía.

–Lo siento, yo...

–No te preocupes querida, está bien, sé que estás ocupada.

Se detuvo un momento, como si buscara una forma adecuada de continuar, lo que me puso nerviosa.

–¿Está todo bien?

–Sí, pero bueno, ahora, no seas mala, te tengo una sorpresa —dijo con cierta precaución.

–Muuuy bien —me abracé a mí misma.

–Conseguí un viaje para ir a verte, costó más de lo que esperaba pero no pude resistirlo, ¡quiero verte en el desfile!

Una alarma sonó en mi mente: ella vendría hacia acá en el peor momento posible, el más peligroso.

–¡Joan, no puedes hacer eso!

Lo solté antes de pensarlo y sonó peor de lo que pretendí.

–¿Cómo?

Sonó alterada, toda su dulce emoción se había esfumado repentinamente. Di marcha atrás.

–No, lo siento, quiero decir que me daría mucho gusto verte, pero no puedo, tú no puedes. Yo sólo... es que no puedo tenerte aquí, no en este momento.

Me rompió el corazón decir eso y hacerlo de manera tan forzada, pero necesitaba que me escuchara. Necesitaba que ella estuviera segura y eso significaba mantenerla tan lejos de aquí como fuera posible. Me encontré con un muro de silencio al otro lado de la línea y pensé que la llamada había terminado.

–¿Estás ahí? —tuve que preguntar. Suavicé mi voz esta vez.

Cuando ella finalmente habló, pude oír cómo reprimía las lágrimas.

—No sé por qué estás enojada conmigo, Haven, yo sólo quiero verte, ¿qué tiene de malo? Sé que estás ocupada pero… no esperaba esto, creí que sería divertido compartir juntas ese momento. Pronto irás a la universidad y sé que eso será algo maravilloso y emocionante, pero voy a extrañarte, ya te extraño.

Era claro que había tocado una fibra sensible. Me sentí terrible. Lo único que me mantuvo firme fue la idea de no verla atrapada en alguna cruenta batalla. Por algunos instantes mi mente viajó por un territorio desconocido: ¿qué tal si ella no me escuchaba?

Otro pensamiento me sacudió: ¿qué pasaría si hablaba con ella, si le contaba todo y le decía la verdad sobre mí, Dante y Lance, sobre lo que realmente éramos, por muy difícil que le resultara comprenderlo? Sonaría tan descabellado que probablemente pensaría que yo estaba delirando.

—Lo siento Joan, no quise ser… Mira, es sólo que… están pasando algunas cosas raras por aquí.

Dije, para medir las aguas. Me enfermaba tener que tejer estas elaboradas redes. Hubiera querido decirle la verdad por la egoísta razón de que ella de algún modo tendría las palabras para hacer que la situación pareciera mejor y menos espantosa de lo que realmente era. Necesitaba eso ahora, algunas veces me sentía cansada de tener que ser fuerte.

—Bueno, Haven, francamente estoy muy molesta, ¿qué es lo que está pasando ahí?, ¿de qué estás hablando? —ahora su tono era severo.

—Sólo estoy siendo dramática —me acobardé—, todo está bien, estoy estresada, quiero terminar esto y regresar a casa, es todo.

—Detesto cuando te pones así. No puede ser tan malo, siempre te presionas demasiado para hacer todo perfectamente, necesitas relajarte, no es bueno que sigas así.

–Lo sé, tienes razón.

–Quizá pueda ir en otro momento, antes de que termine tu viaje, o por lo menos prométeme que descansarás en casa en junio. Tomaré algunos días de vacaciones y tal vez podamos vagar por ahí.

Me quedé en silencio, intentando retener las lágrimas: ¿estaría yo ahí?, ¿cuánto tiempo más tendría para hacer este tipo de llamadas, con la angustia de que cada una podía ser la última? No dije nada durante largos segundos.

–Nos divertiremos —dijo ella tratando de sonar amable.

Enjugué mis ojos con el dorso de la mano y endurecí mi voz.

–Claro, claro, es una cita, lo prometo.

–Es más que eso —hizo una nueva pausa—. ¿Segura que estás bien?, ¿debo estar preocupada?, porque siento que debería estarlo, así que tendrás que convencerme de lo contrario.

Quería decirle que sí, que estaba aterrorizada pero en su lugar continué:

–Claro que no, estoy bien, realmente bien.

–No te creo, pero tengo la sensación de que no me dirás lo que está pasando hasta que estés lista, así que por ahora todo lo que te pido es que al menos tomes muchas fotos, ¿de acuerdo? Quiero fotos tuyas en ese desfile, es una orden, y quiero que te diviertas, ¿me entendiste?

–Entendido —asentí para mí, sonriendo entre lágrimas.

Tal vez algún día hallaría la manera de decírselo, pero justo en este momento me era imposible, no había modo. Todo lo que podía esperar era que mi deseo por sobrevivir, de verla una vez más, me ayudara a salir adelante y me diera fuerza llegado el momento.

Dante y Max nos citaron a Lance y a mí en la casa de Mariette el lunes por la tarde. "Quiere desearles buena suerte", había dicho Dante. Necesitábamos toda la que pudiéramos obtener, así que no íbamos a negarnos. Cuando llegamos los chicos ya nos esperaban, sentados cerca del mostrador principal.

—¿Cómo está tu brazo? —preguntó Dante mientras me saludaba con sus ojos danzarines.

—¿Qué?

Abrió su mochila y adentro vi unos triángulos y unas estrellas afilados, todo hecho con una especie de delicada corteza de árbol y cuyas puntas estaban pintadas con una multitud de colores. Estaban envueltas y protegidas en pequeñas bolsas individuales Ziploc.

—Cada una de ellas libera un debilitante golpe —cerró su mochila—. Les mostraré todo lo que hacen y dependerá de ustedes lanzarlas en el momento oportuno a las personas adecuadas.

—Haces que suene fácil.

—Lo será —dijo Max animándonos, lo que agradecí.

—Al menos ésa es la idea —dijo Dante.

—¿Qué hay de mí? —preguntó Lance.

—No te preocupes, te daremos un curso intensivo de todo esto al volver a casa —aseguró Dante—, tendrás toda la noche para averiguarlo. No hay problema, ¿verdad?

Reímos nerviosos.

Para ese momento, Mariette surgió de la trastienda, más serena que de costumbre.

—Gracias por venir.

Nos miró fijamente.

—Quiero que sepan que mi espíritu estará con ustedes mañana. Sé que serán capaces de derrotar a los malvados.

Mascullamos reverenciales agradecimientos y luego ella se dirigió a mí.

—Haven, ¿puedes darme un minuto de tu tiempo?

—Seguro —le dije y di un paso adelante.

Sentí cómo los demás se escabullían detrás de mí mientras la seguía hacia el almacén, donde tomó mis manos y me miró a los ojos.

—Dante debe haberte dicho que tenemos preparadas algunas cosas muy especiales para ti.

—Oh, muchas gracias, él ya me enseñó algunas.

—Sería negligente de mi parte no preguntar por última vez: ¿te gustaría algo específico contra aquél cuya carta me diste?

Sacudí la cabeza.

—No, gracias, no necesitaré eso.

—Lo sospechaba, pero quería estar segura. Dante ha entrenado bien. Está haciendo todo a su alcance para ayudar a protegerte. Aun así, no podemos estar seguros de que las pociones funcionarán sobre estas bestias, te pido disculpas por si algo te falla.

—Sé que has hecho mucho, gracias, si fallo no será tu culpa.

—Tengo plena confianza en ti.

Asintió. Luego bajó la cabeza casi inclinándose ante mí, soltó mis manos y volvió a la trastienda. De pronto recordé algo, no pude resistir.

—Mariette —la llamé y ella volteó—, ¿hay algo más que deba saber antes de encaminarme a esto?

De nuevo me miró profundamente y caminó hacia mí.

—No sé si sobrevivirás, no puedo alcanzar a verlo con ninguno de ustedes, por más que lo he intentado una y otra vez —sacudió la cabeza—. Tampoco sé si el de las cartas lo logrará, pero sé lo que estás intentando hacer por él y eres muy valiente por ello.

Probablemente saber esto no te sirva para salvar tu vida, pero puedo decirte algo: ambos en verdad te aman. De acuerdo con mi experiencia, saber cosas como ésa puede marcar una diferencia, esto puede hacer que una persona pelee con mayor ahínco.

Con una sonrisa y otra inclinación de cabeza desapareció en la trastienda y apagó la luz. Permanecí ahí algunos segundos más en la oscuridad, sola. Registré lo que me había dicho y que había sacudido con fuerza mi corazón.

En el momento en que Connor se nos unió en la estancia después de la cena, comenzábamos a sentir ansiedad por la proximidad de aquel temible día. Tomó su habitual posición al frente de la habitación y examinó nuestros exhaustos rostros. Nuestra casa se había tornado silenciosa: al parecer, cada uno de nosotros se había encogido en sus propios pensamientos para prepararse mentalmente.

—Sé que las cosas se pondrán difíciles pronto —empezó—, pero quiero que sepan que estoy seguro de que pueden con esto, ya saben lo que tienen que hacer. Cada uno será alcanzado por un demonio recientemente transformado cuya misión es robar su alma y destruir su cuerpo, para convertirlos en su recluta personal en el inframundo por toda la eternidad. Algunos también se enfrentarán a demonios de la vieja guardia que intentarán debilitarlos mientras pelean. Como ángeles, son el más ansiado premio para ellos. Ustedes no sabrán cuándo o cómo atacarán, a menos que ocurra antes de medianoche en este Día de Metamorfosi, así que tendrán que estar prevenidos. Tres de ustedes —se dirigió a Emma, Tom y River— deben concentrarse en someter a sus atacantes y golpearlos con esto antes de que se las arreglen para alcanzarlos con cualquier cosa —mostró una de las figuras triangulares que había visto en la mochila de Dante—, las hicieron Dante y Max, los debilitarán y eso les permitirá destruirlos. Sabrán que han triunfado cuando cambien de forma y comiencen a verse como sus decadentes almas, entonces sólo manténganlos así hasta que humeen y se conviertan en cenizas. Si quieren saber cómo se ve todo esto, pregunten a Haven, Lance o Dante, ellos han estado ahí.

Me sorprendí de haber sido nombrada, me dio una inyección de confianza, un sentimiento de que era experta en ese lugar, como si supiera exactamente lo que estaba haciendo.

–El único problema —continuó Connor— es que deben golpearlos justo en el blanco: en las marcas que tienen en sus cuerpos.

–¿Los tatuajes? —preguntó Emma, que diligentemente escribía en un bloc de notas mientras él hablaba—, ¿qué pasa si los tienen cubiertos u ocultos de alguna manera?

–Serán capaces de encontrarlos. El Día de Metamorfosi esas marcas brillarán, ahí estarán, además emiten calor, confíen en mí.

Ella asintió solemnemente junto con el resto, todos con expresiones muy serias.

–Para ustedes dos —giró para encararnos a mí y a Lance, que estábamos sentados en los sillones de la esquina— será un poco más difícil: tal vez les tocarán adversarios más habilidosos, así que deberán tener armas más poderosas —alzó una de aquellas figuras de estrella—, éstas atravesarían la piel de un mortal o de un ángel menor, pero ustedes pueden tomarlas. Dante y Max, cuando empiece el Día de Metamorfosi, su trabajo estará completado, sólo les queda esperar que sus herramientas den a cada uno la oportunidad que necesitan para luchar. Sé que ya saben esto, pero ¿están poniendo los cimientos para asegurarse de que los demonios queden sellados después de la medianoche?

—Lo hicimos —respondió Dante—, hemos esparcido amuletos grisgrís alrededor del cementerio, concentrándonos en las criptas asociadas con la Cofradía.

Alcé una ceja impresionada, y él interceptó mi mirada.

—Te dije que estaba ocupado —susurró.

Connor seguía hablando.

—Sólo recuerden, chicos, que todos pueden lograrlo, piensen en ello, piensen en el tiempo pasado aquí: ustedes ya han peleado contra bestias sin corazón, han luchado contra los elementos e incluso han aprendido a caer. Tienen todas las herramientas para luchar; no teman, han alcanzado el poder necesario para triunfar.

Esperaba que tuviera razón.

—Una cosa más: dondequiera que los sorprenda la noche, cuando hayan pasado la prueba, regresen aquí en cuanto les sea posible para reportarse con algún otro. Estarán llenos de adrenalina y en medio del Mardi Gras, estará la fiesta en la puerta de al lado, pero háganme un favor y díganle a alguien que están bien antes de sumergirse en la emoción del festival. La medianoche es el momento en que los demonios llevan a sus reclutas de regreso al inframundo. Si permanecen ahí mucho tiempo durante el Día de Metamorfosi, corren el riesgo de perder por completo sus poderes.

La imagen de Lucian llenaba mi cabeza en ese momento. Deseé poder saltar hasta las 12:01 y saber que todo mundo estaba a salvo y habíamos dejado atrás todo esto.

—Así que esperen a verse aquí unos a otros poco después de la medianoche.

Algo de lo que dijo al final me sonó extraño, pero me distraje momentáneamente con la cristalina confección morada, verde y amarilla que Max pasaba frente a mi cara. Él y Dante tenían las manos llenas con platos rebosantes de un pastelillo con esos colores.

—Ahora, en el espíritu de las festividades de esta semana, Dante y Max prepararon un gran pastel para todos nosotros, así que adelante, chicos.

—Quien encuentre el muñeco será la reina o el rey de nuestra carroza —anunció Dante.

Todo mundo empezó a masticar y a hablar en voz baja mientras Connor se escabullía a su habitación. Lance me contaba algo, pero lo ignoré sin decir palabra y corrí tras Connor.

—¡Espera! —lo llamé mientras corría para alcanzarlo en el salón—, dijiste que necesitamos buscarnos entre nosotros y encontrarnos aquí y todo eso, pero ¿no estarás aquí tú también? —le dije cuando lo alcancé.

Su rostro se descompuso por un momento, comunicando todo lo que necesitaba saber. Sacudió la cabeza.

—He hecho todo lo que podía por el momento, no te preocupes, concéntrate en ti y en lo que tienes que hacer en las veinticuatro horas próximas.

—Pero... espera, estoy teniendo un grave problema de abandono, no entiendo —intenté tomarlo a broma, pero no pude evitar sentir un dolor sordo en el corazón—. ¿Cómo puedes marcharte?, ¿no quieres estar aquí para ver lo que sucede?, ¿no te preocupamos?

—Claro que me preocupan, Haven, pero esto no depende de mí, esto es como es: debía observarlos y ahora debo irme, no tengo permitido estar aquí en el momento de la batalla, estaría impaciente por intervenir en la lucha y no puedo hacer eso, así que debo alejarme de aquí durante el Día de Metamorfosi. Mira, tengo la sensación de que te veré nuevamente, ¿de acuerdo?, sólo...

—¿Así es como funcionan las cosas? —lo interrumpí—. ¿Cómo puedes abandonar el colegio y todo lo demás?

Buscaba con desesperación algo en mi mente que pudiera retenerlo.

—Haven —levantó los brazos para tranquilizarme—, esto no importa, ¿quieres hablar de logística? Me iré por una "emergencia familiar" y después, en algún momento, regresaré. Alguien más, alguien común que no es un ángel, se hará cargo de las cosas por algún tiempo. Mi trabajo está terminado, pero lo que en realidad importa es que te concentres en el juego y superes esta prueba, ¿de acuerdo?

Había dureza en su voz y me miró con severidad antes de suavizar su mirada.

—Tienes que superar esto y algún día podrías encabezar a los guardianes.

—¿Los guardianes?

Se limitó a sonreír, tomó el tenedor, cortó y mordió un trozo de pastel para luego tomar algo que había en mi plato.

—Salve, reina Haven —tomó una pequeña figura de plástico de mi plato y la levantó. La tomé en mis manos mientras él sonreía con calidez y tranquilidad, y caminaba de vuelta a su habitación.

Después de todo el tiempo que había pasado en la vieja y espeluznante mansión LaLaurie durante su remodelación, aquella mañana del Mardi Gras se sentía extraño ver todo el lugar acondicionado para una fiesta. Era como si me hubiera convertido en una persona totalmente diferente, sentía que durante esos meses había crecido y enfrentado una inmensa maldad y que ésa había sido la pelea de mi vida, no estaba preparada para desperdiciarla, había demostrado que tenía la suficiente fortaleza emocional para luchar contra el horror, sólo esperaba tener la misma fortaleza a nivel físico.

—No me gusta la idea —dijo Lance cuando le comenté mi plan de encontrarme con Lucian—. Pero la acepto.

Lance me esperaba en la terraza cuando entré, debíamos abordar pronto la carroza, de modo que no tenía mucho tiempo.

La veladora del vestíbulo había sido sustituida por un candelabro, pero no había duda de quién era la figura de enfrente, que miraba hacia el mundo al cual deseaba pertenecer en pocas horas.

Volteó antes de que llegara a él, llevaba una máscara, listo para la fiesta que iniciaría un poco más tarde. Aun con el rostro oscurecido, pude reconocer por sus ojos que se trataba de él y no del Príncipe, pero para estar más segura, antes de decir una palabra, me dije: *Escucha tus cicatrices, tu radar.* Cerré los ojos e hice una rápida revisión interna: nada. No había sobresaltos ni señales de alerta, era Lucian, estaba segura.

También yo estaba disfrazada para el desfile, vestida con un atuendo que no había elegido yo y que pretendía ser el de una diablita sexy. Frente a la puerta principal había una mesa decorada con adornos de máscaras del Mardi Gras. Tomé una y la coloqué a la altura de mi rostro, de frente a él.

—Será mejor que Haven esté detrás de eso —dijo dulcemente—, de lo contrario voy a pedirte que te vayas, quien quiera que seas, porque oficialmente tengo reservada esta ventana.

Sus ojos grises brillaron, sonreí tímidamente.

—Soy yo.

—Hola —se quitó la máscara.

—¿Saben que te encuentras aquí?

—No, pero no creo que el reclutamiento empiece hasta que el desfile esté en marcha, estaré pronto ahí y volveré más tarde, al acercarse la medianoche. Para entonces habrá terminado la batalla.

Habló con la cortada cadencia de quien trata de calmar sus nervios.

—Y tengo el tiempo en mis manos —dije suavemente, él sonrió agradecido.

—Exactamente, tan pronto como pueda escabullirme y evitar ser capturado o llevado de regreso en contra de mi voluntad o... —su voz se suavizó y bajó el tono—. Bueno, creo que conoces la otra posibilidad.

La conocía. Asentí e intenté desterrar el miedo de mis ojos.

—Entonces mi alma será libre.

—Entonces serás libre, lo sé.

—No.

Sus ojos se encontraron con los míos por un instante.

—¿Qué?

—Mi *alma* será libre.

—¿No es eso lo que dije?

—No exactamente.

—No entiendo.

—No te preocupes por eso ahora, sólo tenemos que ocuparnos de mantenerme vivo y alejado del resto de la Cofradía hasta la medianoche, después seré por fin un mortal. Pero mis poderes desaparecerán poco a poco al acercarse esa hora y cuando vean que no estoy en la cripta recolectando sus trofeos, vendrán a buscarme. Entonces te necesitaré, necesitaré toda la ayuda que pueda obtener.

—Sólo necesitas un poco de apoyo, no hay problema.

—Te veré aquí después de la batalla —bajó la cabeza por un momento mirándome pesadamente—. Me temo que sigo sin saber con quién pelearás, sólo sé que antes Clío tratará de acabar contigo, así que conserva tu fuerza si puedes.

—Lo sé —dije firmemente.

Necesitaba que Lucian creyera que no estaba preocupada. No sabía mucho, pero tenía en cuenta que si él claudicaba en la más pequeña parte de su ser, esto no funcionaría.

De pronto, una aspiradora empezó a funcionar en las habitaciones de arriba y se oyeron unos pasos que se acercaban. Los organizadores de la fiesta seguían ahí, finalizando los preparativos. Lucian miró hacia el cubo de la escalera. Lo seguí hasta el rellano del segundo piso, al parecer buscaba un espacio privado, tranquilo, la clase de lugares que se necesitan cuando hay que dar un adiós profundo porque lo que está en juego es demasiado. Se detuvo frente a un tapiz dorado con flores de lis.

—¿Cómo se supone que debo agradecerte? No quiero insistir, pero ¿sabes que ellos no dudarán en matarte si se dan cuenta de que estás ayudándome?

—Agradécemelo logrando sobrevivir —le dije.

—De acuerdo —sonrió.

El melancólico reloj del abuelo comenzó su canto fúnebre. Abajo, pude ver a Lance asomarse por la ventana, me miraba. Lucian miró un momento también, tenía su mano en mi brazo, me habló al oído:

—Entiendo cómo son las cosas, por supuesto, pero ¿está bien si puedo seguirte amando por siempre?

No respondí, no tenía respuesta para eso. Tiró del tapiz y se deslizó detrás de él, para desaparecer al instante.

34

Prepárate para cazar y ser cazada

Para el momento en que abordamos la carroza ya disfrazados, esperando en la fila para desfilar por la calle Bourbon, donde la multitud pululaba, la mayoría ebrios y al parecer felices de hacer casi cualquier cosa para obtener de nosotros algunos collares de perlas brillantes, yo ya me había metido en mi papel y estaba lista. Más de lo que nunca había estado. Entre el rugido del estridente público, las chillantes trompetas y el retumbar de la música zydeco, no podía escuchar mis propios pensamientos. Dejé que todo esto me pasara por encima, sólo dispuesta a que la parte pensante de mi ser se dejara guiar por la parte intuitiva. Si había aprendido algo, era que hoy sería un día para que prevalecieran los instintos y las sensaciones corporales.

Las nubes se habían acumulado y con ellas la humedad, se sentía el aire espeso de una tormenta próxima. Los rayos tronaron a la distancia. "No saben lo que dicen, la temporada de huracanes terminó", escuché decir a una de las chicas del comité de vestuario cuando todos tomábamos nuestros lugares en la línea de salida de las carrozas. Tenía razón, pero yo había revisado los reportes del clima mientras leía algunos correos electrónicos aquella mañana —me había levantado mucho antes de que el sol saliera y apenas había dormido— y se esperaba que una tormenta tocara tierra en algún momento del día.

Una tormenta de otra clase bullía en mi bandeja de entrada: había recibido respuesta de tres universidades: Northwestern, Chicago y Princeton, las tres me habían aceptado. No podía creerlo, pero lo más impactante de todo era que no me sentía como había esperado. Había soñado toda mi vida con noticias como éstas y ahora deseaba sentirme más emocionada de lo que estaba en realidad. Hubiera querido saber a ciencia cierta que sería lo suficientemente afortunada para vivir y matricularme. Para hacer el momento aún más agridulce, cuando fui a la habitación de Connor para contarle y despedirme, encontré la puerta abierta. Sus cosas ya no estaban. Había dejado una nota en el escritorio:

> Buena suerte a todos, realmente ha sido un honor entrenarlos. Sé que todos triunfarán y que pronto los volveré a ver, de modo que no me pondré sentimental. ¡Mándenlos al infierno!
> Hasta pronto,
> Connor.

Tomé la nota y la pegué en la puerta principal, pues podía ser lo último que viéramos cuando nos marcháramos. Después llamé a Joan, pero me envió al buzón de voz. Recordé que hoy trabajaba un turno largo y me sentí casi aliviada. Le envié un mensaje de correo electrónico y para sentirme mejor añadí esta promesa al final: "Si no lees esto antes del desfile, sólo quiero que sepas que lamento lo de la charla del otro día, tengo mucho que contarte y quiero decírtelo todo. Probablemente no creas algunas cosas, pero estaré feliz de compartirlas contigo. Gracias por estar siempre dispuesta a escuchar. Te amo, Joan. Haven".

Si lograba superar este día, me permitiría dejarla entrar, contarle todo, pues mantenerlo callado me estaba matando. Éste fue el trato que hice conmigo misma.

—Hola, lindos diablillos.

Saludé a mis tres compañeros demonios: Lance, Dante y Max. Nos habíamos apostado detrás de algunas lápidas en la parte posterior de la carroza. Los chicos llevaban pantalones y camisetas negras con retazos de piel color rojo —plastipiel, en realidad— cosidos en los bolsillos y los puños; las chicas llevaban camisetas negras con flecos para hacer parecer que estaban desgarradas, llevaban faldas con plastipiel cosido en los pliegues.

—Quiero que parezca que estamos escapando del infierno —había sido la instrucción de Emma.

No podía ser más apropiado, ella también nos había hecho el maquillaje que en los chicos consistía principalmente de labial negro y en las chicas involucraba una elaborada mezcla de brillante sombra roja en los ojos y pestañas postizas. Esto último parecía especialmente innecesario y fue tremendamente doloroso de aplicar, sin embargo, sólo pude resistir hasta el punto en que ella finalmente dijo:

—Probablemente muera hoy y, ¡maldita sea!, quiero morir con pestañas largas y bonitas.

Emma también quería morir en botas hasta las rodillas con tacón de aguja, pero allí respetuosamente marqué mi límite:

necesitábamos algo que nos permitiera correr, así que accedió a que usáramos las más utilitarias botas de combate. También ordenó que demonios hombres y mujeres lleváramos tridentes rojos y cuernos con lentejuelas, pero yo había planeado deshacerme de estos aditamentos tan pronto como fuera posible. Guardé en mi pecho la única parte del conjunto no ordenada por Emma: una foto de Lance y una mía, de ese modo, si nos separábamos, podía seguir vigilando la salud de su alma o, si me capturaban, podría monitorear la rapidez de mi deterioro. Eran pequeños consuelos, pero consuelos al fin.

La carroza arrancó traqueteando de lado a lado, nos sacudía a lo largo de la ruta del desfile, mientras la música llenaba el aire. Mientras avanzaba, sentí la adrenalina circular por todo mi organismo, como el lento y constante gotear de un suero intravenoso. Lance me tomó de la mano y me llevó detrás de la maqueta de la tumba circular que había construido y que yo detestaba.

—Antes de que todo enloquezca hoy, sólo quería decir que hemos logrado esto —dijo, inclinando la cabeza.

Aventuré un nuevo mantra:

—¿Nosotros contra el inframundo?

—Nosotros contra el inframundo.

Con la música a todo volumen, la desvencijada carroza sacudiéndose y la multitud rugiendo a nuestro alrededor, lo jalé para darle un beso mientras nos recargábamos en la cripta de madera. Nos perdimos durante un momento y dejamos que el mundo se alejara de nosotros.

—Siento interrumpir, palomos —dijo Dante—, pero la bomba está a punto de estallar sobre nosotros.

—Prepárense, vamos —ladró River a Tom, Dante y Max, pasando junto a nosotros con su tridente en alto, mientras Lance preparaba los accesorios demoniacos en el interior de las pistolas de agua. Al oprimir el gatillo rociarían a la multitud con lo que parecía confeti, pero en realidad eran mezclas brillantes que Dante había preparado como protección contra los demonios.

Dante hizo a un lado los tridentes mientras Max abría una bolsa llena de cuentas de vidrio con las mismas propiedades mágicas. Las esparcimos alrededor de la carroza y empezaron a funcionar, pero yo no pude evitar zambullirme en el espíritu de la noche.

Toda la gente nos pedía desesperadamente cuentas, nos gritaba y nos vitoreaba. Cada uno de nosotros portaba en el cuello brillantes collares morados, verdes y dorados. Busqué en el saco para sacar serpientes de plástico y las lancé a la multitud abajo y arriba en los balcones de los edificios por donde pasábamos. Vimos un mar de manos, brazos y varias otras partes del cuerpo exhibirse y contonearse. Cuando cruzamos por el barrio, en medio de la música furiosa y los ensordecedores gritos, no nos quedó más que reírnos de la salvaje locura, la desnudez y la deliciosa ausencia de reglas en todo aquello.

—¡He visto más cuerpos desnudos en tres calles que los que he visto en casi diez años en el hospital! —grité a mis compañeros, intentando hacerme oír por encima del rugido colectivo.

—Podría acostumbrarme a esto —contestó Lance, con los ojos muy abiertos detrás de sus gafas.

—¡También yo! —concordó Max mientras pasábamos junto a un grupo de hombres con el torso desnudo pintados con los colores del Mardi Gras.

—¡Hey! —lo reprendió Dante en tono de broma.

Recorrí la multitud y de inmediato regresé a la dura realidad: Clío, brillando en un blanco inmaculado, estaba de pie en el techo de uno de los edificios y miraba el desarrollo del desfile. Comencé a sudar frío. Lance también la vio.

—Así que Wylie no debe estar muy lejos —dije. Estudiamos la escena un poco más, pero no pudimos encontrar rastros de él.

—Espera —dijo Lance.

Sus ojos estaban fijos en algo al otro lado de la calle. Seguí su mirada hasta el techo de otro edificio y vi... a Kip. Sí, por supuesto. Recibí la revelación como si me sacudiera un relámpago.

—¿Crees que...? —preguntó él.

—Por supuesto —dije sin dudarlo.

Ahora todo tenía sentido, un escalofrío se apoderó de mí al pensar en aquella primera presentación de Kip. Nunca los habíamos visto juntos a él y a Wylie en el mismo lugar y en el mismo momento, ése era el disfraz de Wylie, ahora lo sabíamos. Mi corazón se congeló y el terror me invadió, pero me advertí: *Para esto te entrenaron, estás preparada, puedes hacerlo.* Pasé al lado de Dante y Max, tiré del brazo de Lance y lo acerqué hacia mí. Me miró y asintió.

—De acuerdo, llegó el momento —dijo, en perfecta calma.

Admiré su control. Yo me sentía a punto de abandonar mi piel. Dante y Max habían dejado de lanzar las cuentas de vidrio y nos observaban.

—Tienen todo, ¿verdad? —preguntó Dante.

Asentimos. Una ráfaga de viento sopló tan fuerte que apenas podía escuchar, el viento giraba a nuestro alrededor y sacudía mi cabello. El cielo había tomado un sobrenatural tono de caramelo de naranja un tanto siniestro.

—Es todo lo que necesitan para bloquear sus poderes de reclutamiento en este día, con esto es posible neutralizar su capacidad de convertir a los no ángeles, a los civiles.

Dante me alcanzó uno de los tridentes especiales pintados con aerosol color plata que había empapado en una de sus pociones recientemente inventada para bloquear de manera temporal las habilidades de los demonios.

—Hazlo —dijo.

Lancé el tridente por el aire y vi cómo aterrizó en el techo donde estaba Kip y lo derribó. Por un momento todo su ser brilló y parpadeó al convertirse en Wylie y luego nuevamente en Kip.

—Perfecto —dijo Lance.

Eso era todo lo que necesitaba, ahora podría terminar la labor y utilizar a Wylie para llegar a su objetivo real.

—Ten cuidado —lo previne.

Sentí una fría y húmeda gota en la mejilla, un rayo tronó a lo lejos.

—¡Ve! —gritó Dante.

—Ve —secundó Max.

—Los veo después —dijo Lance.

Él y yo asentimos uno al otro e intercambiamos miradas que deseaban suerte y contenían la promesa de que viviríamos para encontrarnos nuevamente. Lo vi bajar de un salto de la carroza y atravesar la multitud hacia un callejón que conducía a un patio desde donde podría escalar al techo. Aunque eso no era lo que yo tenía en mente, necesitaba ir arriba lo más rápido posible. Dante me pasó otro tridente y corrí hacia la parte trasera de la carroza, a su punto más alto —el árbol que Lance había construido—. Arrojé el brazo hacia atrás y lancé el tridente hacia Clío, la saeta formó un arco sobre el techo, con la cubierta de oscuras nubes como fondo... y se perdió.

—No te preocupes —dijo Dante.

Sacudí la cabeza, sin tiempo para lamentar mi mala puntería. En lugar de ello, me aferré a la madera contrachapada del tronco del árbol y me erguí. Luego me balanceé en las aparentes ramas y subí dos niveles más, hasta alcanzar las siguientes ramas, mientras buscaba mantenerme en equilibrio para no caer; en ese punto salté y empujé con tanta fuerza la rama que se rompió, no sin antes servirme de apoyo para impulsarme fuera de la carroza. Durante esos pocos segundos en los que salí disparada sentí cómo mi cuerpo cortaba el aire. Todo parecía ocurrir en cámara lenta.

Entonces el cielo se abrió. Cortinas de lluvia cayeron repentinamente y llenaron la escena tan rápido que al parecer a nadie se le ocurrió ponerse a cubierto. De hecho, más bien pareció que esto sólo había logrado que la multitud se excitara más. Aullaban y gritaban todavía más fuerte, sacudiéndose el agua como un perro después de un baño. Alcancé a agarrarme del barandal de un tercer piso. Las yemas de los dedos de mi mano derecha resbalaron del hierro forjado, pero mi otra mano lo asió con fuerza. Se escucharon aclamaciones de parte de los juerguistas, que gritaron y rugieron por lo que acababa de hacer, pues al parecer pensaron que era parte del espectáculo, un acto coreográfico para añadir algo nuevo a las festividades, lo que significaba que ninguno de ellos me ayudaría, pues sólo se hicieron a un lado para aplaudir.

Balanceé mis piernas hasta alcanzar el barandal, salté hacia el alero del techo sobre sus cabezas, y lo sujeté para tirar hacia arriba mientras me observaba la animada y frenética multitud.

Ya en el techo alcancé a ver a Clío tres edificios adelante, al parecer todavía no se percataba de que yo estaba arriba también, porque continuó mirando la escena con los ojos desorbitados y una sonrisa torcida. Comencé a correr a través de la lluvia, entre manotazos retiré mi empapado cabello de mi rostro. Para alcanzar a Clío, tenía que saltar sobre un callejón entre dos edificios, así que aumenté la velocidad, clavé los pies en la cornisa de ladrillo del primer edificio y me catapulté por encima del vacío, que sentí infinito. Apreté las piernas para llegar más lejos, en mi intento para asegurarme de que podría cubrir la distancia. Alcancé el otro techo con un sonido que se convirtió en un dolor agudo que provenía de mis piernas. Un pequeño grupo de personas que se había reunido ahí para observar el desfile se quedó congelado sin decir palabra mientras yo corría a través del techo. Había que saltar otro callejón, de nuevo volé sobre el abismo y esta vez aterricé sobre mis rodillas. Pero no importó, lo había logrado. Clío, erguida, se pavoneaba ante mí.

–Vaya, estoy impresionada —dijo con sarcasmo.

El húmedo viento zumbaba a nuestro alrededor con tal fuerza que pensé que nos derribaría. La tormenta sonaba como si fuera un tren pasando a toda velocidad.

–Lo malo es que no vivirás para repetirlo.

Levantó ambos brazos y mientras los bajaba, con un chasquido disparó dos rayos de fuego hacia mí que se arremolinaron al acercarse, por lo que me tiré al suelo para esquivarlos. Ni la torrencial lluvia fue capaz de sofocarlos. Mientras estaba agachada tomé del interior de mi bota una de las estrellas de Dante, luego me lancé hacia ella y se la arrojé, apuntando a su tatuaje. Fallé, la estrella cayó a lo lejos con una voluta de humo. Clío movió su cabeza hacia atrás, riendo a carcajadas.

–Esto será aún más fácil de lo que pensé, pronto serás nuestra nueva mascota —dijo mientras giraba en la lluvia como un niño—. ¡El Príncipe estará emocionado! Le harás muy bien a mi reputación.

Disparó otro rayo hacia mí y después otro, varios más se abalanzaron detrás de mí, brillando y alargándose, atacándome de un modo que me impedían huir.

–La belleza de esto —decía Clío a través de los remolinos de viento y lluvia que, de alguna manera, avivaban el fuego— es que vuelas directo a tu derrota, ¡prepárate para cazar y ser cazada!

Parecía tener un halo naranja alrededor de todo el cuerpo, su sonrisa hizo que mi sangre se enfriara.

–Preparen, apunten, fuego —dijo, ronroneando con una espeluznante calma.

Sentí el calor en mi espalda mientras las flamas se movían cada vez más cerca y ella se marchaba. Giró para correr sobre los techos a lo largo de la avenida Ursulines hacia la calle Royal. Saltaba con facilidad sobre los callejones, como si danzara. Mientras yo corría y saltaba, me sentía como sostenida por el viento, que rugía con tal ferocidad que podía oír cómo varios cristales se rompían cuando se estrellaba contra las ventanas. Las flamas estaban cada vez más cerca.

Aceleré y tropecé hasta casi caer al suelo, pero me enderecé y me las arreglé para hurgar en mi bota en busca de otra estrella. Sin importar que estuviera a más de media calle adelante de mí, lancé la estrella a la velocidad del rayo, y en segundos vi cómo su cuerpo se sacudía de dolor mientras sujetaba su muñeca lastimada. Cayó sobre un montículo, junto a unos charcos de agua de lluvia que salpicaban a su alrededor. Aun a lo lejos supe que la estrella había hecho blanco en aquella marca de flor de lis. La furiosa cortina de fuego a mis espaldas se atenuó y comenzó a apagarse. Recuperé mi paso y mientras me acercaba, ella se puso en pie y me encaró. Ahora estaba realmente enojada, pero al menos no podría robar alma alguna aquella noche.

–Lamentarás haber hecho eso —me gritó mientras disparaba relámpagos aún más grandes hacia mis piernas.

Uno me quemó en el muslo. Tropecé pero me obligué a seguir adelante, pese al dolor que sentía. En mi interior maldije a Emma por hacernos llevar aquellas faldas tan cortas. Cuando llegamos a la calle Royal, Clío me arrojó algunos rayos brillantes más antes de saltar y deslizarse en un largo y suave movimiento directamente hacia el lado opuesto de la calle, como si estuviera de acuerdo con los cables eléctricos y éstos le permitieran atravesar la lluvia y el aire convirtiéndolos en una banda sonora de truenos.

Mis piernas golpearon el techo, mi mente suspendió todos los pensamientos y el diálogo interno, me impulsé desde la cornisa y crucé por encima de los autos y la calle, me sentí caer al recobrar la gravedad su fuerza sobre mí. Vi un poste de luz y me concentré en él para llegar en breve hasta donde estaba, después me lancé nuevamente y volé hasta otro poste. Finalmente aterricé justo enfrente de nuestra casa y salté hasta la puerta contigua del balcón bañado por la lluvia de la mansión LaLaurie, donde sonaba la música de los buenos tiempos en la fiesta que ya estaba en marcha, luego continué hasta donde se encontraba Clío: el techo.

En cuanto llegué ahí, Clío me saludó. Estaba sentada en la cornisa, con las piernas cruzadas delicadamente.

—Créeme, si pudiera matarte ahora, lo haría —dijo, mientras estudiaba la manicura en sus uñas, sin preocuparse por la lluvia que nos empapaba hasta el punto en que nuestras ropas se veían como si estuvieran hechas de adhesivo—. Pero no sería justo. Es toda tuya, Savannah —le gritó a una figura envuelta en una nube de humo que estaba a cierta distancia de nosotros, después hizo un salto desde el ángel de la cornisa y desapareció en medio de una nube de fuego antes de alcanzar el suelo.

Me acerqué a la silueta humeante mientras ella avanzaba hacia mí, al fin pude verla completamente: era la chica de Wylie. Se detuvo, erguida y orgullosa, confiada de que saldría victoriosa. Yo me sentía agotada ya por los golpes y raspones que había recibido. Reuní todas mis fuerzas y cambié el apoyo de pierna como si estuviera esperando el servicio en un partido de tenis. En realidad estaba harta de esperar. Podía ver un brillante resplandor emanar de su hombro, un ominoso halo carmesí. Tomé de mi bota otra estrella y la lancé rápidamente hacia ella, pero pasó por encima de su hombro. Se limitó a sacudir la cabeza con desprecio.

Alzó las palmas y de ellas surgieron dos bolas de fuego ardiente que aplastó una contra otra como si amasara una dura pelota de nieve. Ambas brillaban y flotaban en el aire. Luego las lanzó hacia el suelo, donde se fragmentaron en pequeñas flamas. Las pequeñas gotas de fuego crecieron y formaron un enjambre que chisporroteaba y que se dirigió hacia mí y me rodeó, salpicó alrededor y me quemó. Me sentía como atacada por una multitud de agujas furiosas. Me encogí sobre mí misma hasta convertirme en una bola, no tenía idea de cómo luchar contra esto, lo mejor que podía hacer era tratar de rodar y alejarme. Ella se quedó allí y siguió disparando con sus manos aquellos pequeños rayos. Desde lejos vi su sonrisa, se veía satisfecha de sí misma. Me retorcí mientras me envolvían las explosiones de fuego, que dejaban vetas sangrantes en mi piel. Las flamas se concentraron en mis tres grupos de cicatrices y me di cuenta de que había más que fuego en ellas. Estaba severamente dañada, pero sentí cómo estas tóxicas llamas hurgaban en mis cicatrices y me infectaban con alguna clase de veneno. Sin embargo, me sentí diferente de la ocasión en que había sido marcada, la noche del cumpleaños de Max. Ahora podía sentir cómo algo crecía dentro de mí y luchaba, tratando de sofocar este envenenamiento. Me derrumbé sobre el anegado techo, pero aún no había terminado. Busqué en mi bota y saqué una estrella más, ésta con puntas negras, la más temible de mi arsenal. Miré la marca en el resplandor de mi atacante e hice mi disparo.

–¿Por qué no me dejas ver con quién estoy peleando realmente? —grité.

Lancé el arma hacia ella y la golpeé justo en el blanco del hombro. Ella volteó durante un momento, casi no pude creer lo que vieron mis ojos, y aunque en el fondo de mi corazón lo sabía, verlo me sacudió profundamente: en una fracción de segundo cambió de forma y se convirtió en Sabine.

–Y tú que creías que sabías todo sobre mí —dijo.

Lanzó una loca y desaforada carcajada antes de caer sobre sus rodillas y convertirse en un arrugado montículo sobre los paneles de vidrio de la claraboya.

El impacto de tal visión me paralizó por un momento y ella utilizó esto para tomar ventaja. Aprovechó para alcanzarme con otro de sus rayos envenenados, que chisporroteó en mis cicatrices e hizo que mi cuerpo se desplomara contra el techo una vez más. Cerré los ojos y me concentré en el acompasado ritmo de la fuerte lluvia que golpeaba mi adolorida piel. *Levántate, debes seguir* —me dije—, *hazlo por Lucian*.

Del otro lado de la azotea, Sabine, otra vez como Savannah, había comenzado a incorporarse. Se levantó con cuidado hasta pararse nuevamente sobre sus afilados tacones. Alzó la cabeza y me lanzó una mirada que podría hacer trizas a una persona. Busqué algo que pudiera darme alguna ventaja y mi vista se detuvo en algunos ladrillos sueltos en la parte más lejana de la cornisa, quizá abandonados ahí durante los trabajos de restauración. Me concentré en ellos con todas mis fuerzas, una masa de ladrillos del tamaño de un baúl flotó y se movió en el aire hacia ella. Canalicé mi fuerza tan intensamente que sentí cómo el sudor perlaba mi frente. Los ladrillos subieron más alto en el aire, firmes, y entonces me concentré en guiarlos y los solté sobre los cristales, que estallaron junto con la claraboya entera y se llevaron a Savannah con ellos, quien cayó produciendo un crujido.

Salté sobre mis pies con la energía repentinamente fluyendo otra vez y me lancé sobre el hueco. Ella yacía sobre su espalda, con sus largas extremidades extendidas, en la pista de baile del tercer piso de la mansión. Un círculo de aturdidos invitados a la fiesta la rodeaban y la miraban con fascinación, mientras otros huían escaleras abajo en medio de gritos lo suficientemente altos como para ser escuchados a gran distancia. La lluvia empapaba a todos.

Los ojos de Savannah se encontraron con los míos y ardieron. Se puso en pie como si nada pasara y me disparó un rayo en forma de daga que me derribó y me puso a su nivel; sentí como si cayera en un túnel de viento que me succionaba demasiado rápidamente, caí en el suelo con un mojado chasquido. Trozos de vidrio se incrustaron en mi piel y todo comenzó a zumbar. Escuché el ruido de numerosos pies huyendo, como una manada que se alejaba de nosotras por las escaleras, y luego vi un par de zapatos, los de ella, que se aproximaban a mí. Mis cicatrices ardieron y sentí que las toxinas se incrementaban y me debilitaban. Rodé sobre mi estómago con la esperanza de ponerme en pie y alcancé a ver dos largas tiras de vidrio. Me concentré en ellas, vi cómo se levantaron y se precipitaron hacia ella para golpearla en la parte alta de su cuerpo y lanzarla contra la pared, donde quedó clavada como un insecto. Había ganado tiempo. Me paré con las piernas temblorosas, justo cuando ella logró liberarse y cayó erguida.

Entonces embistió contra mí. Me lanzó antorchas llameantes que tuve que esquivar desde el suelo. Lancé hacia ella una estrella más que acertó en su marca y en un instante se convirtió en la grotesca figura que había observado en mi foto, pero después se convirtió otra vez en Sabine, la verdadera. Me arrodillé junto a su cuerpo inerte y de pronto mi corazón se rompió, sentí lágrimas caer, yo había hecho esto... ¿o no? Ella había intentado matarme y yo había tenido que defenderme, pero ahora, al mirarla, sólo podía ver a mi amiga, la chica que alguna vez había caminado conmigo junto al río, con quien había comido pastelillos y hablado de chicos. ¿Cómo había ocurrido todo esto? No me había dado cuenta de que había dejado que mi mente divagara y que había bajado la guardia hasta que sentí la mano de Sabine, tibia y quebradiza. Se miró en mis ojos, su mirada era muy intensa... entonces se desmoronó frente a mí y quedó convertida en ceniza. No pude retener las lágrimas por más tiempo, las sentí arrasar mi rostro y mezclarse con la lluvia mientras me sentaba debajo del agujero del techo.

Poco a poco empecé a darme cuenta de dónde estaba y de que la noche aún no terminaba, no tenía tiempo para lamentaciones. Reuní fuerzas, me estabilicé y dirigí toda mi determinación hacia el obstáculo final que se avecinaba.

35

¿Ésta es tu manera de hacerme sentir amado?

Bajé a toda prisa las escaleras hacia el segundo piso y me sorprendí de que la fiesta no se hubiera terminado. Tan sólo se había reubicado en los primeros dos pisos de la casa. Una herencia de la magia del Mardi Gras o algún truco del demonio, no lo sabía. El bullicio continuaba a tope, con la música a todo volumen, y los juerguistas, con sus trajes y vestidos, seguían bailando. Continué mi camino hacia abajo, intentando ignorar mi agotamiento. Saqué las fotos, me preocupaba que las toxinas me hubieran hecho demasiado daño. Me sentía sumamente debilitada, pero mi imagen decía otra cosa: no sólo estaba en perfecto estado, sino que tenía un gran halo y dos gloriosas alas blancas expandidas en mi espalda. Tuve que mirar dos veces para asegurarme de que no estaba viendo visiones. ¿Significaba que estaba a salvo? Miré la foto de Lance y lo encontré con un halo y unas alas similares, lo único que pude imaginar es que era un buen augurio.

De pronto algo me sacudió: ¿qué hora era? Miré por encima del barandal en busca de Lucian —¿estaba aquí?— pero a quien encontré fue a Dante, que levantó su máscara y con una mirada y un movimiento de cabeza dirigió mi atención hacia la ventana, donde se encontraba Max enmascarado, tenso, confundido en medio de un grupo que mordisqueaba sus canapés. Su luz tipo láser se dirigió hacia la puerta principal... donde estaba Kip. El demonio miró rápidamente por encima de quienes lo rodeaban, como si hubiera estado buscando desde hacía algún tiempo, y luego salió. Max se asomó a la ventana, vigilándolo, después asintió hacia Dante: era la señal. Yo esperaba que Kip no regresara. Debíamos correr contra reloj hasta que él necesitara volver o se arriesgara a perder sus poderes por siempre lejos del inframundo. Una mirada hacia el reloj del abuelo me informó que la medianoche estaba cerca, sólo faltaban diez minutos.

Un hombre alto y enmascarado se deslizó hacia la multitud desde el ala trasera de la casa, y se colocó al lado de Dante. Susurraron entre sí, después Dante señaló hacia donde yo estaba y Lucian echó a andar hacia la escalera, que estaba atestada de gente charlando, sentada en los escalones o divirtiéndose, casi todos bloqueaban el camino. No había tiempo para sortear a la multitud, así que escalé el barandal y me deslicé por el liso y pulido pasamanos de la escalera hasta que llegué justo encima de Lucian, aproximadamente a la mitad de la altura entre ambos niveles.

–¡Hey! —grité hacia él. No quería llamarlo por su nombre por si hubiera más demonios entre nosotros. Me agaché mientras él miraba tras su máscara, con los ojos luminosos.

–Empezaba a pensar en ti —dijo. Había nerviosismo en él, hizo un ademán hacia abajo.

–Cuidado —le dije.

Se movió hacia un lado para hacerme espacio y salté hasta aterrizar de lleno junto a él. Me tomó de la cintura, como si creyera que necesitaba apoyo, pero caí firme sobre mis pies, me había vuelto diestra en esto.

—Lo siento, llego tarde.

—No tienes idea de lo bueno que es verte —dijo, mirándome con alivio.

—¿Por qué, qué pasó?

—Nada, ése es el problema. Absolutamente nada. Ha estado muy tranquilo.

—Sólo tenemos algunos minutos y estarás a salvo —dije.

Pero él no se veía convencido y antes de que intentara tranquilizarlo, un empapado Max empujó a los invitados para acercarse a nosotros.

—Hay un desastre afuera, es muy difícil ver —dijo, cuando llegó junto a nosotros. Gritaba para hacerse oír por encima del rugido de la fiesta—, pero juraría que Kip se dirige hacia acá. Dante y yo salimos a vigilar y creemos haberlo visto a una calle de distancia. Dante está en el techo intentando averiguar más.

—Lo sabía —dijo Lucian sacudiendo la cabeza.

—Espera aquí —le dije a Lucian.

Salí corriendo hacia el frente de la casa. Me abrí paso entre los asistentes de la fiesta, hasta que salí a la tormenta. El viento y la lluvia me golpearon, corrí por la calle. La tempestad rugía, el agua corría y empapaba a los juerguistas que ahora huían de la calle Bourbon, el choque del metal contra el pavimento —*bang, bang, bang*— hacía eco detrás de mí, como una explosión de color que caía a lo largo de la calle Governor Nicholls, una de las carrozas del desfile se había volcado, una más estaba varada en la avenida Ursulines. Confeti, serpentinas y cuentas se agitaban en el húmedo y ventoso aire nocturno. Antes de que pudiera procesar completamente el caos que había alrededor, algo cayó justo frente a mí. Mi corazón se detuvo y me escuché gritar. Allí estaba Kip, caminaba hacia mí, hacia la casa, a unos metros de distancia. Algo se me ocurrió entonces: ¿dónde estaba Lance? Si Kip estaba aquí y Lance no... No, era imposible, ni siquiera podía pensar en eso.

—Hey, Lucian, ¿qué haces aquí? —gritó Kip hacia donde yo estaba—, se supone que debemos regresar al cementerio en este momento.

Se paró con los brazos cruzados sobre el pecho, mirándome. No entendí hasta que su voz estuvo a sólo unos metros de mí.

—Sí, adelántate, pronto estaré ahí —gritó Lucian.

Miré alrededor, estaba en el camino de entrada, justo en el umbral, con rachas de viento alrededor. Yo era el único obstáculo entre ellos. Para algunos de los rostros que miraban en nuestra dirección, el intercambio no parecía más serio que una pelea de cantina. Kip rio.

—Debes estar bromeando, ¿crees que no sé qué está pasando? —dijo.

Con los ojos fijos en Kip, retrocedí lentamente. Lucian permaneció en silencio un momento y después dijo:

—¿Cuál es el problema? ¿Por qué te preocupa si voy contigo o no? Ve tú.

—¿En serio? Sabes tan bien como yo que hay un precio por tu cabeza, y me gustaría reclamarlo, si no te importa.

—¿Estás harto de ser el más débil del grupo? Pensé que no te importaba ser el chivo expiatorio del Príncipe.

—¿Realmente quieres hacerlo de esta manera?

Kip desdobló los brazos, como si estuviera a punto de saltar. Lucian rio.

—Debes estar bromeando si crees que tengo miedo.

—Seguro, está bien —miró su reloj—, falta un minuto para la medianoche y no seré yo quien desobedezca.

—Te encuentras en una misión suicida, ¿me equivoco? —dijo Lucian tranquilamente, pero me puse tensa al escucharlo.

—Estás haciendo esto demasiado fácil —dijo Kip con calma y en un instante lanzó algo brillante hacia nosotros. No podría decir exactamente qué era, sólo supe que por reflejo le di una patada. Algo sonó en la distancia, el repique de campanas: era la medianoche.

Todo sucedió al mismo tiempo y demasiado rápido para poder procesarlo. Me lancé hacia atrás, quitando a Lucian del camino, que cayó entre un grupo de invitados y se golpeó con fuerza contra una pared en el interior del vestíbulo. Me levanté de un salto, saqué mi última estrella, que tenía pegada junto a la foto en mi pecho, y la lancé hacia Kip. Podría decir que mi blanco estuvo errado, pero no importó: Lance apareció por la esquina, corrió hacia Kip, lo golpeó y lo empujó directamente hacia la línea de fuego de mi arma. Kip lanzó un grito de agonía.

De pronto, algo se introdujo en mí, excavó y se aferró tan firmemente dentro de mi piel que me cortó el aliento. Me sentí caer, pero mi cuerpo se rehusaba a dejar de pelear. *No puedes abandonarte, no puedes dejar que Kip regrese a esta casa, tienes que mantenerlo alejado.* Mis piernas temblaron, di unas cuantas zancadas sobre la acera antes de que por fin se rindieran y caí sobre el pavimento, la lluvia me golpeaba. Mi cabeza cayó hacia un lado y vi a Kip, o a la mole que alguna vez había sido, luego cambió a su disfraz de Wylie y por último se convirtió en un montículo de cenizas humeantes.

Algo apareció en mi campo de visión: Lance. Se inclinó sobre mí y de pronto me desconecté de todo lo demás: la locura de la multitud, la tormenta, la calle inundada, el pavimento contra mi rostro, todo. Él me estaba diciendo algo, con sus labios muy cerca de los míos.

—¿Por qué hiciste eso? —repetía una y otra vez.

Su voz temblaba y estaba a punto de quebrarse. Pensé que se debía a que yo no le había respondido aún. Se arrodilló junto a mí, levantó mi cabeza del suelo y me acunó. Entonces, como si sintiera que yo comenzaba a volver en mí, dijo:

—¿Ésta es tu manera de hacerme sentir amado?

Poco a poco empecé a pensar con claridad otra vez.

—Eso depende, ¿funcionó? —le pregunté, luchando por hablar.

—Tal vez —sonrió.

—Qué bien.

Me dolió el hombro en la parte donde alguna vez había sido marcada. Llevé mi mano hasta el lugar donde la manga de mi camiseta estaba desagarrada y extraje algo: una púa negra del tamaño de mi dedo índice, quizá cargada de veneno. Habíamos visto a Wylie usarla la noche en que atacamos a la Cofradía y debían habérmela enterrado la noche en que fui marcada, pero al parecer no funcionaba en ángeles que habían pasado su segunda prueba.

—Además, yo sabía que no me haría daño a largo plazo. A corto plazo... auch.

Lance sonrió y se inclinó, deslizó su mano por mi cabello húmedo, me dio un beso suave en el hombro y después sus labios me sorprendieron buscando los míos. Sentí una fuerza vital regresar a mí, latía en mis venas, llenaba mis pulmones y bombeaba mi corazón. Sentí su aliento y pude sentir su corazón palpitando junto al mío; mi cabeza giró intoxicada por él, por todo lo que había pasado aquel día. Aunque me sentía agotada, había valido la pena llegar a este momento. El tiempo se detuvo, sentí que podría haberme quedado para siempre en aquella franja de la calle Royal, rociada por la lluvia y el viento, entre la multitud que huía.

–¿Qué pasó, cómo llegaste aquí?

–Lo lamento, llegué tarde, me entretuve con Jimmy y Brody —dijo mientras me ayudaba a incorporarme—, pero me cuidé de ellos y me puse en camino hacia acá cuando Lucian me encontró y me dijo que estabas en problemas, vine tan pronto como…

–¿Cómo podría él…? —mi corazón se paró—. ¿Lucian…?

Mi cabeza señaló la mansión. Ahí estaba él, junto a la puerta abierta, empezando a despertar. No, no. Pero no podía culpar a Lance, el tiempo había sido demasiado corto y él no podía ser capaz de diferenciar aquellos ojos grises, no sabía que sus verdaderos ojos estaban muy dolidos por todo lo que habían observado.

–No, Lance, no, ¿dónde?

En un instante el terror nubló sus ojos y comprendió.

–Aquí.

La tranquila voz llegó a nosotros a través de la tormenta. La voz de Lucian en el cuerpo de Lucian llegó hacia nosotros desde el lado opuesto de la calle. Un rayo estalló y su figura cambió instantáneamente por la del Príncipe, que caminaba con orgullo, tras patear lo que quedaba de Kip.

–Si quieres que las cosas se hagan bien… —gritó. La ira sacudía su voz.

Luego corrió en pos de nosotros antes de que pudiéramos movernos, actuar o luchar, y con el brazo tomó a Lance por el cuello y sujetó sus brazos a sus espaldas. Me lancé contra ellos, pero un círculo de fuego ardió a su alrededor, con llamas sobre sus cabezas. Salté hacia atrás para no quemarme.

Las llamas mermaron un instante y pude ver sus rostros. Lance luchaba por zafarse del Príncipe, sólo para que el fuego estallara una vez más y se extinguiera. Grité el nombre de Lance con la voz entrecortada y caí de rodillas en el círculo ardiente.

Lucian llegó por detrás, libre de los grilletes de aquella prisión.

–¿Qué he hecho? —susurró, torturado—, ¿qué he hecho? Arreglaré esto.

No podía hablar, no podía pensar, repasaba esos pocos segundos, intentaba pensar cómo podría haber evitado que esto pasara.

Empezaron a llegar los demás, se veían tan empapados como nosotros, pero estaban vivos. Emma, River, Drew y Tom, cada uno desde diferentes direcciones, hasta converger frente a la casa. Dante y Max corrieron desde la mansión encantada como nerviosos padres aliviados al ver finalmente a sus pequeños llegar a casa… hasta que vieron que uno no lo había conseguido. Dante puso su mano en mi hombro.

–Sé qué podemos hacer —dijo—, recibí un mensaje hoy, no parecía tener mucho sentido hasta ahora.

Miró en dirección a Lucian.

–Tú nos ayudarás.

–Por supuesto —dijo, con la voz sacudida por la culpa.

Entonces me puse de pie, aún mirando el círculo, como si creyera que me haría bien mirar el fondo. Dante tomó mis brazos.

–Todo esto sólo es parte de la siguiente prueba —dijo en tono confortante.

–El iluminador, el arquitecto y el alquimista deben permanecer juntos —me escuché decir, como si estuviera en trance, luego agité mi cabeza y me sacudí, invocando toda mi fuerza. Después los miré a todos y dije—: Debemos ir por Lance, ahora.

No lo perdería. No sin pelear.

Agradecimientos

Así como Haven confía en que su equipo de ángeles la ayudarán, yo también. He aquí sólo algunos de ellos. Gracias, muchas gracias.

A Stéphanie Abou, simplemente la mejor agente y amiga que una chica pudiera tener. A la fabulosa Rachel Hecht y a mis amigos de Foundry Literary + Media.

A Julie Tibbott, la más fantástica editora que una chica pudiera tener. He aprendido mucho trabajando contigo y estoy muy agradecida por tu brillante guía (y paciencia). A la adorable Rachel Wasdyke y a todo el equipo de Houghton Mifflin Harcourt, por el amor que le han brindado a Haven Terra.

A Stephen Moore, por ayudarme a que Haven expandiera sus alcances.

A Richard Ford, por sus infinitos estímulos.

A mis más grandes y animosos guías: mis maravillosos padres, Bill y Risa; a mi extraordinaria hermana Karen (¡que leyó los primeros borradores!) y a mis superparientes políticos que me apoyaron: Steve, Ilene, Lauren, Dave, Jill y Josh.

A todos mis amigos de Louisiana, ¡que me enseñaron todo lo que sé! Y a todos mis amigos y familiares que me leyeron y me escucharon, con un particular agradecimiento a Jami Bjellos, Sasha Issenberg, Jenny Laws, Ryan Lynch, Jessica y Andres Lucas, Poornima Ravishankar, Cara Lynn Shultz, Anna Siri, Kate Stroup, Jennie Teitelbaum, Kate Zeller; a Eric Andersson, Albert Lee, Kevin O'Leary, Jennifer O'Neill y a todos mis amigos en *Us Weekly*.

A Brian y Sawyer, por todo su amor y por hacer que la vida real sea tan divertida como la ficción.

Y por supuesto a ti, lector, te agradezco mucho haberte tomado el tiempo de mirar a Haven crecer y estar con ella en sus viajes. ¡Espero que hayas disfrutado hacia donde la llevan sus aventuras!

⚜

Esta obra se imprimió y encuadernó
en el mes de agosto de 2016,
en los talleres de Impregráfica Digital, S.A. de C.V.,
Av. Universidad 1330, Col. Del Carmen Coyoacán,
C.P. 04100, Coyoacán, Ciudad de México.